태릉
좀비촌
2

태릉좀비촌 2

초판1쇄 인쇄 2019년 1월 4일
초판1쇄 발행 2019년 1월 9일

지은이 임태운

펴낸이 박대일
편집 이문영 · 임유리 · 신지연 · 전보라
교정 김미영
마케팅 임유미
디자인 박현주
일러스트레이션 코개

펴낸곳 파란미디어
출판등록 2004년 9월 14일 제313-2004-00214호

주소 03992 서울시 마포구 동교로23길 14 국제빌딩 6층
전화 02.3141.5589 영업부 070.4616.2012 편집부
팩스 02.3141.5590
전자우편 paranbook@gmail.com
카페 http://cafe.naver.com/paranmedia
페이스북 http://www.facebook.com/paranbook

ISBN 978-89-6371-631-2(04810)
978-89-6371-629-9(전3권)

태릉 좀비촌
임태운 장편소설
KOREA
2
새파란상상

차례

31화
엘 에로에

- 감염 4일째. 오후. 02:20.

"까를로스! 그 몰골이 대체 뭐야?"

"나도 반가워, 클라우디아."

"휴가 중 아니었어요? 복귀했다는 소식을 못 들었는데."

"사정이 있어, 아르도. 휴가 중에 불려온 건 아니야."

엄밀히 말하면 휴가 중이던 내게 이 악몽이 찾아온 거지.

나탈리 쿡이 FBI의 능력으로 수배령을 풀어 준 덕분에 까를로스 황 조사관은 긴급구호대 캠프를 자유롭게 활보하고 있었다. 그러자 세계 각지에서 몰려온 WHO의 파견 인력과 미국 질병관리센터 CDC의 의료진들까지 모두 그의 얼굴을 알아보고 인사를 건네 왔다.

그들의 당황과 놀라움은 자연스러운 일이었다. 다소 다혈질에 고집스런 데가 있긴 하지만, 누구보다 총명한 그들의 친구가 불법 밀입국자 같은 꾀죄죄한 행색으로 돌아다니고 있었기 때문이다. 그래도 황 조사관은 그런 인사들에 일일이 신경 써 줄 겨를은 없었다.

"엘 에로에El Héroe! 만나 뵙게 돼서 영광입니다."

하지만 그를 처음 마주하면서 '엘 에로에'라 부르는 자들을 보면 누군가 몸 속에서 기압계를 부숴 버린 것처럼 전신이 무거워졌다.

영웅.

메데인의 현장에서 살아 돌아온 그에게 사람들은 그런 별명을 붙여 주었다. 그러나 정작 황 조사관 본인은 그 별명을 끔찍하게 싫어했다. 재앙 이후 사람들에게 우상이 필요한 것은 당연하지만, 그가 메데인에서 죽지 않을 수 있었던 것은 단순히 운이 좋았기 때문이었다.

'영웅이라니, 당치 않아. 난 그들을 충분히 살리지 못했어.'

결국 황 조사관은 경의를 담아 자신을 바라보는 이들의 시선을 피한 채 허겁지겁 남미지부의 천막으로 돌아왔다.

헤페르손 티아파가 분을 삭이고 있었다. 그의 눈앞에는 박살 난 기계의 잔해가 부산스럽게 흩어져 있었다.

"제기랄. 이게 얼마짜린데!"

"무슨 일입니까, 헤페르손."

"폐쇄 구역의 내부 상황을 알아보기 위해 우리 친구들이 드론을 띄웠어. 그런데 입구를 넘어서려는 순간 이 나라의 군인들이 이걸 격추시켜 버렸지 뭔가!"

"통신도 끊어 놓더니, 비행마저 금지시켰단 말이군요."

"이 건을 정식으로 항의할 생각일세. 최첨단 장비가 실려 있는 놈이라 다시 마련하려면 얼마나 걸릴지 원."

나탈리가 보여 준 안금숙의 사진, 그리고 세계 각지의 용병들로 추정되는 리퍼들의 이야기가 병 속의 침전물처럼 황 조사관의 머릿속을 어지럽혔다. 헤페르손을 비롯한 동료들은 아직 이 사안에 대해 모른다. 명확한 증거가 손에 들어올 때까지 함구하고 있는 게 좋을 거라는 나탈리의 경고 때문이었다.

어쩌면요, 헤페르손. 이 나라에 퍼진 질병은 콜롬비아 광견병뿐만은 아닐지도 모릅니다.

시무룩해진 황 조사관의 표정이 드론 때문이라고 믿었는지 헤페르손이 손을 휘저었다.

"너무 신경 쓰지 말게나. 아 참. 좀 전에 본부에서 자네에게 귀국 권유가 떨어졌어."

"네? 콜롬비아로 돌아오란 말입니까."

"응. 현장에서 감염 사태 발생을 직접 겪은 자네의 소견을 듣고 싶은 모양이야. 게다가 엄밀히 말하면 자넨 아직 휴가 중이니 여기에 남을 필요는 없어."

하나 황 조사관은 즉각 고개를 가로저었다.

"지금은 안 됩니다. 저 감염 구역 안에 분명 생존자들이 있어요. 그리고 그들을 구하려고 용감하게 목숨을 걸고 뛰어든 진짜 '엘 에로에'들을 제가 도와줘야 합니다."

"까를로스, 이렇게까지 할 필요는 없어. 이 나라 공무원들은 자네 말을 믿어주기는커녕 철장 안에 구금까지 시켰었다면서. 사실 난 불쾌하네. 메데인 시티의 영웅이 왜 이런 먼 나라에서 부당한 취급을 받고 있느냔 말이야."

황 조사관은 잠시 눈을 질끈 감았다.

아니. 그 호칭은 날 위한 게 아니야. 메데인 시티에 파견됐을 때, 난 아무것도 하지 못했어. 겁을 먹은 채 벌벌 떨기만 했단 말이야. 숨어 있는 재주 덕분에 목숨을 부지했지. 너희들 멋대로 살아남은 나에게 그런 별명을 붙여 버렸고!

속으로 절규를 삭힌 다음 그는 다시 눈을 떴다. 아직 바리케이드 앞에서 의경들과 대치하며 생존자들의 소식을 알려 달라고 울부짖는 가족들의 얼굴이 떠오른다.

"여기에 와서야 알게 된 게 있습니다, 헤페르손. 재앙 앞에서 도망치지 않고 힘겨운 싸움을 계속하고 있는 사람들을 가까이 마주하고서야 내가 얼마나 겁쟁이였는지 깨달았어요."

그래, 나는 속죄를 하기 위해 여기에 온 거야.

"이 사태가 끝날 때까지 여길 떠나지 않을 거라고 본부에 전해 주세요."

"자네 생각이 정 그렇다면, 알겠네."

그 순간, 황 조사관의 재킷 주머니 안에서 무전기의 송신음이 들려왔다. 이 무전기를 통해 연락이 올 사람은 단 한 명뿐이다. 반가운 마음에 황 조사관은 냉큼 수신 버튼을 눌렀다.

"라쿠 군입니까!"

"네, 까를로스 아저씨. 지금 우린 챔피언 하우스란 곳에 도착했어요. 여기 생존자가 스물여섯 명이나 모여 있어요."

"오 디오스 미오! 좋말 다행이군뇨. 라쿠 군 친구도 차즌 겁니카?"

"아뇨. 하지만 어디로 갔는지 알아냈어요. 이제 거의 따라잡은 것 같아요."

"오케이, 조아요. 저도 꼭 생존좌들을 커내 드릴 방법을 좌자보게써요!"

이때, 목소리가 락구에서 록희로 바뀌었다.

"아 참. 아저씨, 그거 알아요?"

"로키 양?"

"좀비들이 온도를 본대요."

"아니, 그걸 어떠케?"

"여기까지 싸워 오면서 알게 됐어요. 이상하지 않아요? 공룡도 아니고, 무슨 열 감지를 해?"

그 말을 끝으로 반드시 무사하라는 인사가 오간 뒤 무전은 끊겼다.

"까를로스? 그 무전기는 뭐야? 이 나라 말로 얘기를 하는 것 같던데."

헤페르손이 다가오는데도 황 조사관은 대꾸를 하지 못했다. 그저 멍하니 서서 무전기를 붙잡고만 있을 뿐. 록희가 남긴 마지막 말이 그의 머릿속에서 좀처럼 켜지지 않던 전구를 밝혀 주었기 때문이다.

어째서 감염자는 온도를 볼 수 있는가.

어째서 그들은 호흡을 하지 않는가.

어째서 그들의 근육은 괴력을 발휘할 수 있는가.

자연계에 존재하는 그 어떤 병원균도 그런 능력은 없다.

"헤페르손. 내과 레지던트 시절 때 제게 해 주셨던 말씀 기억나요?"

"내가? 무슨 말을 했나."

"답을 계속 찾지 못할 경우엔 문제를 의심해라. 어쩌면 문제가 잘못되었을 수 있으니."

헤페르손이 고개를 갸우뚱거리자 황 조사관은 답답하다는 듯 드론의 잔해들을 테이블 한구석으로 치워 버렸다. 그리고 구석에 있던 랩탑을 들고 와 그 위에 올려놓았다.

"아니, 무슨 짓인가. 이것들 모두 재활용해야 하는데."

"이 바이러스의 정체를 파악하지 못하는 이유, 과거의 그 어떤 사례와도 닮지 않은 이유를 알아낸 것 같아요."

"뭐라고? 그게 뭔가."

황 조사관이 본부에서 보내준 콜롬비아 광견병의 표본 샘플 동영상을 보면서 답했다.

"아주 단순하게 생각해 보자는 거죠. 답을 못 찾고 있다는 건 문제가 잘못되었다는 것. 이 광견병이 그 어떤 바이러스와도 닮지 않았다면…… 바이러스가 아닌 거예요."

"바이러스가 아니라면 뭐란 말인가?"

인간은 공룡이 될 수 없다. 체온을 감지하는 능력은 파충류의 것이다.

"백신Vaccine. 어쩌면 이건 병균이 아니라 예방 백신에 더 가까운 것일지도 모릅니다."

"갈수록 뚱딴지같은 소리군. 대체 무엇을 예방한다는 거야?"

호흡을 하지 않으니 온갖 잔혹한 세균병기로부터 자유롭다. 고통을 모르니 총탄도 무섭지 않다. 타액 침범을 통해 적군을 바로 아군으로 만들 수 있는 가공할 전염 능력은 덤이다.

랩탑의 액정을 더듬는 황 조사관의 손가락이 조금씩 떨려온다.

"'죽음'을 예방하는 백신이었던 겁니다."

● • •

"정말 이 중요한 걸 내게 맡기겠다고?"

국가대표 남자 핸드볼팀의 주장이자 최고령인 주현택이 락구에게서 무전기를 받아 들었다.

"네. 지금으로선 이게 선수촌 바깥과 연결되는 유일한 통로예요."

등 뒤에서 록희의 성난 목소리가 들려왔다.

"유일한 통로니까 꼭 갖고 있어야죠, 이 답답이가!"

"우린 승미를 찾아 다시 여기로 돌아올 거잖아. 옥상도 제일 넓고, 건물 자체도 요새처럼 높으니, 역시 여기가 딱이야. 구조대가 온다면 이곳으로 불러들여야 돼."

스무 명이 넘는 수의 많은 생존자들을 외면할 순 없다. 락구는 이곳 챔피언 하우스가 전쟁통의 '벙커' 역할을 할 수 있는 가장 적당한 장소라고 확신했다.

"무전기를 내가 갖고 있다가 바깥에서 잘못되면 여기 있는 사람들 모두 끝장이야. 그렇게 둘 순 없어."

"아, 몰라! 난 분명히 반대했어요. 나중에 후회하지 마요."

그토록 중요한 걸 맡게 되는 현택의 부담감도 말 못 할 수준이었다. 하지만 밖에서 그를 기다리는 아내와 딸들의 얘기를 듣고 락구는 그를 믿을 만한 사람이라고 판단했다.

"일단 아저씨만 알고 계세요. 아래로 내려가면 어수선하니."

셋은 챔피언 하우스의 옥상에 있었다. 선수촌 주변의 전경이 탁 트여 보이는, 전망대 효과가 있는 이곳에서 락구와 록희는 다음 경로를 세심하게 관찰했다.

"권투소녀, 이리 와 볼래?"

"뭔데요."

"쩌어기 멀리 실내 빙상장 보이지? 꼭 스케이트 선수 헬멧처럼 지어진 거."

"보여요."

"그 바로 옆에 납작하고 길게 뻗은 건물, 저곳이야."

양궁장.

승미가 동료들을 구하기 위해 삼은 목표. 락구와 록희는 그 뒤를 따라야 한다. 문제는 그곳으로 가는 경로가 둘로 나뉘어 있다는 점이었다.

"관리동을 거쳐 가는 게 지름길이야. 하지만 큼지막한 건물을 가로지르는 경로는 위험 부담이 있어. 개선관 때처럼 건물 내에 '그것들'이 숨어 있을 수 있으니까."

"다른 길은요?"

"멀리 돌아서 숲길을 가로지르는 방법이 있지. 중간중간에 건물은 없어. 다만 두 배 가까운 거리를 돌파해야 하니까 만약 포위라도 되면 숨을 곳이 없어지지."

록희가 머리를 어지럽게 헤집었다. 쉽지 않은 문제였다. 두 루트 모두 성격이 다른 위험성을 내포하고 있었으니까.

"그 양궁 언니라면 어디를 택했을까요?"

"글쎄. 만약 안 소령님처럼 강력한 돌파 능력이 있는 일행이 있다면 난 지름길인 숲을 택했을 거야. 하지만 승미를 돕겠다고 한 그 두 남자의 역량이 어느 정도인지 모르니, 섣불리 단정할 수가 없어."

"흐음. 그냥 그 언니 옆에 남자 둘이 따라붙은 게 맘에 안 드는 건 아니고요?"

"아, 아니거든!"

반응 봐. 진짜 솔직하다니까. 놀리는 재미가 있어. 피식 웃던 록희는 다시 정색을 했다.

"내 생각도 비슷해요. 그 세 명이 무사히 양궁장에 도착했다면야 어느 쪽으로 가든 상관없지만, 만약 중간에 발이 묶였을 수도 있잖아요. 그러면 우린 난감해지는 거예요."

답답한 마음에 락구가 현택을 바라보았으나 돌아오는 건 찌푸린 얼굴뿐이었다.

"미안. 그때 난 옥상 반대쪽에서 걔네가 빠져나갈 수 있게 시간을 끌어 주고 있었거든. 그래서 어느 쪽으로 갔는지는 보지 못했어."

그때, 옥상 문이 벌컥 열리며 오동통한 몸집의 하재일이 모습을 드러냈다. 락구는 처음에 흠칫했다. 그가 어깨에 기다란 저격소총을 메고 있었기 때문이다.

"숲 쪽으로 가면 안 돼요."

"네? 승미가 떠나는 걸 보신 겁니까?"

"여기 달린 스코프 보이죠? 이거 배율이 어마어마하거든요. 이걸로 봤어요. 관리동 쪽으로 달려가는 거."

락구의 표정이 밝아졌다. 그가 재일에게 달려가 손을 붙잡고 흔들었다.

"고맙습니다. 덕분에 엇갈릴 일이 없겠어요."

"돼, 됐어요. 손 좀 놔 줄래요? 힘 엄청 세시네."

"아, 미안해요."

"흠흠. 사격 선수로서 그분들을 도와드리고 싶었는데, 그럴 수가 없었어요. 여기 총알이 없거든요. 좀비들한테 사람 물리는 것만 지겹게 봤어요. 이제 그런 건 그만 보고 싶으니까요. 아무튼 전 이만."

재일은 저격소총을 소중하다는 듯 쓰다듬으며 다시 내려갔다.

"잘됐다."

목적지가 정해졌으니 망설일 이유가 없다. 락구와 록희는 관리동 쪽으로 방향을 정하고 당장 달려 내려갈 참이었다. 그때, 현택이 락구를 제지했다.

"잠깐만 기다려. 이대로 무작정 나가면 좀비 떼에 포위될 거야. 아무리 너희들이 날고 긴다고 해도 꼼짝없이 물릴 정도의 수지."

"하지만……."

"이 근처 좀비들의 시선을 모아 줄게. 승미와 두 친구가 이곳을 떠날 때도 유용했던 방법이야."

잠시 후 그는 옥상으로 한 여자 선수를 데리고 왔다. 키는 작았지만 두툼한 승모근과 우람한 이두근을 보유하고 있었다.

'극도로 잘 단련돼 있다. 격기 종목은 아닌 것 같은데?'

현택과 그녀는 옥상 한편으로 가 큼지막한 벽돌을 집어 들었다. 락구와 록희는 그 뒤를 따라붙었다. 현택이 25미터 아래의 지상을 한번 살피더니 오른손에 든 벽돌을 던졌다.

"흐읍!"

그러자 회전이 실린 벽돌은 빠른 속도로 낙하해 주차장의 한 은색 승용차 지붕을 우그러뜨리는 데 성공했다. 핸드볼 선수답게 한 번의 시도에 명중.

삐용삐용삐용삐용!

곧 차량 도난 경보음이 쩌렁쩌렁 울려 퍼졌다. 모두가 숨을 죽이고 지상을 슬쩍 내려다보는데 이곳저곳에서 감염자들이 튀어나왔다. 적어도 오십.

"워후. 저렇게나 많이 있었네?"

록희가 짐짓 아무렇지 않은 척 휘파람을 불었지만 사실 등 뒤론 식은땀이 나고 있었다. 현택이 설명했다.

"챔피언 하우스의 근처에는 숨을 곳이 많아. 선수촌의 모든 건물과 통해 있고. 평소에도 북적대는 곳이었으니까 좀비들도 그런 모양이야."

"하지만 저긴 너무 가깝지 않아요?"

"맞아. 그리고 깨물 사람이 없다는 걸 알아채면 흩어지겠지. 그래서 세령이를 부른 거야."

잠자코 벽돌을 들고 있던 여자 선수, 곽세령이 손짓으로 셋을 비켜서게 했다. 긴 도약 거리가 필요한 모양이다. 현택이 손가락을 들어 광장 너머에 세워진 한 무리의 차량들을 가리켰다.

"저기로 다시 한 번 좀비들을 유인할 거다."

락구는 아연해졌다. 현택이 가리킨 지점이 적어도 70미터는 돼 보였기 때문이다.

"저렇게 먼데 가능하겠어요?"

"나는 못 하지. 하지만 세령이는 돼. 저기 검은 SUV 박살 난 거 보여? 누가 저랬겠어."

현택이 가리킨 SUV는 꽤 멀리 있었다. 락구와 록희가 입을 쩍 벌리며 등 뒤를 돌아보자, 세령은 두툼한 돌을 오른쪽 볼과 목 사이에 끼운 채 달려오고 있었다. 자유로운 왼손은 던질 방향을 가늠하며 창공을 향해 쭉 뻗어 있다.

'포환던지기 선수였구나.'

여자 포환던지기의 국내 신기록은 19.36미터. 목표 지점과는 꽤 차이가 있다. 그러나 챔피언 하우스의 옥상은 사층 높이. 게다가 세령이 손에 들고 있는 돌의 무게는 정식 투포환인 4킬로그램에 훨씬 못 미치는 가벼운 무게다.

"후으으읍!"

태양까지 닿을 기세로 그녀가 벽돌을 집어 던졌다. 호쾌한 포물선을 그리며 쭉쭉 뻗어 나간 사각형 벽돌. 그것은 70미터 떨어진 화물트럭의 운전석 창문을 깨부순 다음 조수석의 문을 안쪽에서 찌그러트리며 멈췄다.

삐우우우우웅!

배회하던 수십 감염자들의 시선이 또 한 번 한쪽으로 쏠렸다.

"크르르르르."

"우워어어어어."

썰물처럼 빠져나가는 감염자 무리를 보면서 락구는 하마터면 박수를 칠 뻔했다. 그러나 다행히도 록희가 도복 깃을 꽉 잡으며 속삭였다.

"서둘러요!"

"응. 알았어. 두 분, 정말 고맙습니다."

현택은 옥상의 문을 벌컥 열어 주며 고개를 끄덕였다.

"작별인사 따윈 하지 마. 영화에서 보니까, 그거 하면 꼭 죽더라고."

● ● •

"자, 내 말이 맞죠?"

재일은 고급 레이스 커튼 너머로 보이는 풍경을 주시하고 있었다. 락구와 록희가 소리를 내지 않도록 주의하면서 재빠르게 관리동 건물을 향해 달려가고 있는 광경을.

그가 있는 곳은 챔피언 하우스 삼층에 마련된 호화로운 VIP 응접실이었다. 가끔 대통령이나 장관급 고위 관료들이 태릉선수촌을 찾아올 때를 대비해 마련된 곳이었다.

재일의 등 뒤에는 최고급 소가죽 소파에 몸을 뉘인 오로라가 있었다. 그녀는 아직도 가라앉지 않은 볼을 쓰다듬고 있었다.

"알겠어요. 그러니까 커튼 내려요."

재일이 씨익 웃으며 다시 창문을 가렸다. 작은 조명 하나만이 오로라의 고운 턱 선을 비추고 있었다.

"수고했어요, 오빠."

"별건 아니었지. 물론 현승미가 떠난 숲길과 반대 방향을 알려 줌으로써 얻은 양심의 가책이 몹시 무겁게 느껴지긴 하네."

양심이래. 오로라가 코웃음을 쳤다. 재일에게 이런 걸 부탁하게 된 이유는 다름 아니라 그의 얼굴에서 '이기심과 탐욕'을 제외한 그 어떤 것도 발견하지 못해서였으니까.

그가 자신의 셔츠를 만지작거리면서 로라에게 다가왔다. 재일의 입장에서는 그녀가 마침 소파에 누워 있는 것이 그렇게 고혹적일 수가 없다.

"자, 그러면 약속했던 대로 나와……."

로라가 매끈한 다리를 들어 재일의 튀어나온 배를 멈춰 세웠다.

"그만, 거기까지."

"왜 이래? 이제 와서 딴소리하는 건 아니겠지? 엄연한 살인 방조 행위에 내가 가담해 준 거라고."

"말 잘 했어요, 오빠. 그 미친 망아지 같은 년이 다시 돌아오면 어쩔래요?"

"그건 내 소관 밖이지!"

"그러니까 못 돌아오길 빌어요. 약속했던 건 그때 줄 테니까. 이제 냄새나는 몸뚱이 좀 치워 줄래요?"

재일의 얼굴이 벌겋게 달아올랐다. 어금니를 꽉 깨물었는지 볼살이 부르르 떨릴 정도다.

"사람 갖고 노는 거 즐기는 건 알겠는데, 나한테 이게 있다는 거 잊지 마."

"웃겨. 그거 총알 없는 거 온 선수촌이 다 알거든요?"

"총알은 없어도 무거운 쇳덩어리야. 깡마른 여자애 갈비뼈는 부술 수 있지."

"후후훗. 사내새끼들은 꼭 궁지에 몰리면 그딴 협박을 하더라?"

오로라가 스르륵 일어섰다. 재일은 그 기세에 눌려 자기도 모르게 한 발짝 뒤로 물러섰다. 곧바로 그 행동을 후회했지만 때는 늦어 있었다.

"진짜 저지를 수 있는 사람은 말로 협박하지 않아요, 오빠. 내 갈비뼈든 골반뼈든 다 마음대로 부숴 봐."

재일이 저격소총의 총신을 꽈악 움켜쥐었다.

로라는 무방비하게 그에게 등을 보이면서 응접실의 캡슐커피 머신을 작동시켰다. 여유롭게 콧노래까지 부르면서. 재일도 알고 있다. 그녀를 절대 건드릴 수 없는 이유를. 저 문 밖에 서 있을 양복 입은 맹수가 가만히 있지 않을 것이기 때문이다.

"날 호구 취급 하지 않는 게 좋을 거야."

"그러면 호구처럼 굴지 마. 백록희가 살아 못 돌아오는 게 확실해질 때 우리 거래가 끝나는 거니까요."

재일이 문을 벌컥 열며 응접실 문을 박차고 나왔다. 그의 예상대로 강두제는 복도 의자에 앉아 나이프로 당구 큐대를 더 날카롭게 깎고 있었다. 재일 쪽은 쳐다보지도 않았다. 그는 씩씩거리며 복도를 내려갔다.

재일은 실제로 며칠 동안 옥상에서 스코프를 통해 선수촌의 흉악한 감염자들을 모조리 파악하고 있었다.

'관리동 쪽으로 가서 살아남은 사람은 단 한 명도 없었어. 거긴 정말 소름 끼치는 놈이 설치고 있거든.'

인내심을 가져야 해. 결국 마지막에 원하는 걸 얻는 건 나일 테니까.

32화
천국도 극락도 아닌

- 감염 4일째. 오후. 02:41.

묘한 공존.

도무지 섞이지 않을 것 같은 둘이 어색하게 붙어 있는 건물. 그것이 태릉선수촌 관리동을 처음 보는 자들이 갖는 느낌이다. 일층에는 선수촌 전체의 전산을 관리하는 서버기재실. 여기까진 문제없다.

이층 창문에는 은은한 그러데이션으로 만들어진 연등이 달려 있다. 불당이다.

그리고 바로 위층인 삼층에는 인자한 얼굴의 예수 그리스도가 어린 양떼를 보듬어 주는 그림이 넓은 창문에 그려져 있다. 예배당이다.

불당과 예배당이 한 건물에 모여 있는 기묘한 구도를 보며 록희가 락구를 향해 어깨를 으쓱였다.

"두 어르신이 사이좋게 붙어 있네요. 풍수지리적으로 겁나 좋은 터라서 그런가 보지."

둘은 관리동 앞에 세워진 컨테이너 박스 뒤에 몸을 숨기고 있었다. 사람을 물어뜯는 시체들의 두개골을 부수며 여기까지 온 그들이라 관리동에서 느껴지는 경건함을 더 예민하게 느끼는 건지도 모른다.

"넌 둘 중 어느 쪽인데?"

"종교 같은 거 없어요. 그런데 두 곳 모두에서 잠은 많이 자봤어요. 팸 애들 데리고."

"팸? 가출한 애들 몰려다니는 거 말이야?"

록희가 고개를 끄덕였다.

새벽에 선수촌의 바리케이드 앞에서 난동을 부렸던 이백여 명의 어린 폭주족들이 생각났다.

'아직 스무 살도 안 된 애가 대체 어떤 삶을 헤쳐 온 거야.'

평화로운 때였다면 팥빙수 먹으며 가출 생활이 힘들진 않았느냐며 이것저것 물어봤을 수도 있겠지만, 락구는 그 대신 이제 익숙해진 적외선 스코프를 썼다. 안금숙 소령이 남긴 유일한 물건이었다.

"이층에는 아무도 없어. 텅 빈 모양이야. 그런데……."

"그런데?"

"삼층엔 주황색으로 일렁이는 게 있어. 왜 꼼짝을 않고 있지? 사람이 자고 있는 걸까."

"몇 명이에요?"

락구는 스코프를 눈에서 떼며 고개를 가로저었다.

"잘 모르겠어. 아침때와는 다르게 해가 뜬 지 꽤 돼서 분간이 잘 안 돼."

관리동에서 양궁장까지는 멀지 않다. 한달음에 달려갈 수 있다. 하지만 관리동 삼층에 일렁이는 게 사람이 맞다면?

"밖에 오래 서 있을 순 없잖아요. 결정해요, 유도아재."

승미가 관리동에서 쉬고 있는 건지도 모른다. 다만 개선관에서 체조 감염자 무리에 포위되어 본 경험을 떠올리면 내부 상황이 어떨지 모를 건물에 무턱대고 진입하는 건 큰 위험이 따르는 일이었다. 게다가 그때완 달리 안금숙 소령과 세 명의 펜싱 검객들도 지금은 곁에 없다.

"확인해 보자. 조심스럽게."

"알았어요. 가요."

"웬일로 순순하다, 너?"

"그 양궁 언니가 삼층에 있으면 땡큐니까. 고생해서 양궁장까지 갔는데 엇갈린 걸 알면 노땡큐고."

그렇게 두 선수는 십자가와 연꽃이 지켜보는 가운데 관리동을 향해 달려갔다.

일곱에서 여섯이 된 리퍼들이 헬멧과 '밥통'을 내려놓은 채 모여 있었다.

그들이 아지트로 삼은 곳은 오륜관의 핸드볼 코트 위였다. 순전히 널찍한 공간이 필요했기 때문에 낙점된 공간이었다. 주변에는 리퍼들에 의해 머리를 공격당한 감염자들이 아무렇게나 널브러져 있었다.

리더인 알바레즈가 수염을 쓰다듬으며 물었다.

"지금까지 몇 개 모았지?"

왼쪽 옆구리를 감싸 쥔 사브리나가 답했다.

"마지막에 그 덩치 큰 녀석까지 세 개야."

"머리 한 개당 5백만 달러니, 벌써 꽤 모았군."

쿤린이 코트에 침을 퉤하고 뱉었다.

"꽤라니 무슨 소리야, 알바레즈. 아직 밥통에 네 자리나 남았다고."

"그래도 사람 목 따는 것보다 훨씬 짭짤한 장사 아닌가, 쿤린."

"뭐, 그렇긴 하지. 이미 죽은 놈들 죽이는 거니 보복이 따라올 일도 없고."

그때, 2미터인 핸드볼 골대 위로 머리 하나가 더 나와 있는 거한 드미트리가 입을 열었다.

"엄밀히 말하면 우리 밥통은 네 개가 아니라 세 개 남았어. 잭이 아직 돌아오지 않았으니까."

무리로부터 떨어져 있던 다섯 번째 리퍼가 큼직한 액정이 달린 패널을 들고 알바레즈에게 갔다. 암살자 집단에 선발될 만큼 뛰어난 격투 능력을 겸비했지만 원래 전공은 해커인 사내였다.

"이게 뭐야, 주세페."

"다들 이걸 봐야겠다 싶어서. 잭의 슈트 전원이 셧다운 돼 있길래 의아했어. 사고를 당했든 좀비에게 물렸든 간에 아직 슈트의 배터리가 나갈 정도로 오래된 건 아니니까. 그래서 잭의 헬멧을 해킹해서 원격으로 연결해 봤거든."

주세페가 바닥에 패널을 내려놓자 리퍼들이 몰려들었다. 곧 영상이 재생되었다. 헐크좀비에게 덤벼드는 쿤린과 드미트리의 뒷모습이 화면 가득 잡혔다.

"잭의 헬멧캠인가?"

"응. 곧 문제의 장면이 나오니까 잘 봐 둬."

리퍼들의 협공에 몰리던 헐크좀비가 알바레즈의 만곡도에 목이 날아간다. 결착의 순간 리퍼들이 긴장을 풀고 헐크좀비의 시체에 다가가는데, 카메라가 느닷없이 수직으로 훌쩍 뛰어오른다. 높은 곳에서 갈 곳을 잃고 어지럽게 흔들리던 카메라는 이윽고 '핏' 하고 암전됐다.

잠시 리퍼들 사이에서 정적이 찾아왔다. 저격수답게 눈이 좋은 사브리나가 제일 먼저 이상한 점을 찾아냈다.

"좀비한테 당한 게 아니었네? 누군가 잭의 목을 올가미로 낚아 올려서 일격에 제압했어."

알바레즈도 고개를 끄덕였다.

"함정을 파 놓은 거야. 범인이 누군지는 몰라도 저 3단계 좀비를 사냥하러 우리가 찾아올 것을 알고 있었어."

주세페가 패널을 들어 다시 뭔가를 조정했다. 그러자 화면이 꺼지기 직전 홱홱 돌아가던 시선이 슬로우 화면으로 천천히 재생됐다. 한 지점에서 주세페가 정지 버튼을 누르자 리퍼들의 눈매가 날카로워졌다. 화면에는 점프슈트를 입은 동양인 여성이 날붙이를 휘두르고 있었다.

"이 여자를 아는 친구?"

모두 대꾸가 없었다. 프로페셔널 암살자들 사이에서도 전혀 생소한 얼굴.

잭을 공격한 이유가 뭘까. 우리를 제거하는 게 목적인가. 혼자인가, 아니면 공범이 있나. 전혀 의외의 장소에서 누군가가 그들에게 게릴라전을 걸어오고 있었다. 그리고 리퍼들은 걸어오는 싸움을 피해 본 역사가 없는 이들이었다.

알바레즈가 결정을 내린 듯 입을 열었다.

"쿤린의 말대로 머리 세 개는 확실히 부족해. 게다가 우린 아직 월척은 꼬리도 못 봤고."

"2천만 불짜리 괴물 말이군. 탱크 해치를 맨손으로 뜯어내던 그 좀비 녀석."

그들은 자신들이 이야기하는 대상의 이름이 대한민국 레슬링 국가대표 왕치순이라는 건 모르고 있었다. 그들에겐 오직 거액의 수배가 걸린 '사냥감'일 뿐.

"그래. 여길 뜨기 전에 그놈만은 꼭 잡아야지. 하지만 불청객한테 뒤를 잡히는 것도 반갑지 않아."

전대미문의 사냥터에 뛰어든 사냥꾼들. 그런데 거꾸로 그들을 '사냥'하려는 여자가 있다. 알바레즈는 복잡한 퍼즐을 맞추는 데는 관심 없었다.

그 여자도 '사냥감'에 편입시키면 돼.

"나와 드미트리, 주세페가 2천만 불짜리를 쫓겠어. 그동안 나머지는 이 영상에 나온 여자를 찾아내. 목적을 알아내고 죽여."

주세페가 패널을 조작해 이번에는 새로운 그림을 띄웠다.

"이런 규모의 시설에는 CCTV 저장 서버가 반드시 있기 마련이야. 그걸 얻으면 이 여자를 추적해 볼 수 있어."

하늘에서 내려다본 위성사진이었다. 우거진 삼림 중턱에 지어진 운동장과 건물들의 옥상들이 높은 해상도로 포착돼 있다. 검은 장갑으로 감싸인 손가락이 한 건물을 가리켰다.

그 건물의 옥상에 명징하게 보이는 붉은 십자가. 태릉선수촌의 관리동이었다.

쿤린이 특유의 비열한 표정을 한 채 혀로 입술을 핥았다.

"내가 가지. 몸이 근질거리기도 하고, 우리 중에서 가장 빠르니 여차하면 빠져나올 수 있어."

"오마르를 데려가, 쿤린. 너 못지않게 민첩하니까."

그러자 여섯 번째 리퍼 오마르가 몸을 일으켰다. 단신의 쿤린과 달리 깡마른 몸에 긴 팔다리를 가진 이였다.

"빈손으로 괜찮겠어?"

"괜찮아. 사람을 상대할 때 난 독침을 쓰거든."

"크크. 해독제는 있어? 나한테 잘못 쏘지 마."

"해독제는 있지만, 너, 빠르다며. 알아서 잘 피해."

쿤린과 오마르가 농을 주고받으며 아지트를 떠날 준비를 하자 알바레즈가 마지막으로 당부했다.

"주변을 잘 경계해. 그리고 알겠지만 누군가에게 발견되지 말고."

대장의 잔소리에 쿤린이 씨익 웃었다.

"걱정하지 마. 숨 쉬는 거든 숨이 멎은 거든, 마주치면 다 머리통을 잘라 줄 테니."

● • ·

인간의 신체 중에서 가장 적응력이 뛰어난 기관 중 하나가 바로 코다. 하지만 락구는 지금 이 순간, 피 냄새에 완전히 찌든 줄 알았던 코가 다시금 역한 냄새에 움찔하는 걸 느꼈다.

관리동 이층의 불당에는 금동으로 만들어진 보살상과 미륵상이 느긋한 표정으로 앉아 있었다. 자신들을 찾아온 중생들에게 현세의 번뇌를 없애 주고 내세의 극락왕생을 빌어 주는 자비로움으로. 하지만 그들 앞에 널브러진 시체들의 산은 그야말로 무간지옥도였다. 락구의 입에서 절로 탄식이 나왔다.

"저게 다 시체들이라니!"

큰 절의 대웅전에 비할 데는 아니었지만 제법 넓은 대청마루에 움직이지 않는 인영人影들이 쓰러져 있었다. 살 속에 묻혀 있어야 할 뼈들이 바깥 공기를 탐하며 기괴하게 튀어나와 있다. 그리고 절반 이상의 시체들의 옷과 피부가 그을려 있었다.

"상태가 왜들 저래요? 시커멓게 타서는."

"누가 불에 태운 거 아닐까."

"어디서요?"

록희의 말대로 불당의 대청마루는 불에 쉽게 타는 목재들 천지였음에도 불구하고 모두 상태가 멀끔했다. 화재의 흔적은 어디에도 없었다.

"모르겠네. 여기가 아니라 다른 곳에서 불에 탄 건가."

"암튼 여기에 오래 있고 싶지 않아. 올라가요."

바닥에 떨어진 연등이 검은 웅덩이 위를 떠다닌다. 저 붉은 연등의 원래 색깔은 저렇지 않았을 것이다.

등을 돌리려는 순간, 락구의 눈에 보살상이 들어왔다. 눈을 감은 보살상이 내려다보는 곳에 한 시체가 고개를 처박고 엎드려 있었다. 그가 입은 옷을 보자 락구는 가슴이 철렁 내려앉는 기분이었다.

하얀색 도복에 검은 띠.

락구가 움직이질 않자 의아해하던 록희도 곧 그 시체를 발견했다.

"저거, 유도복 아녜요?"

하지만 오래 쳐다보니 알 수 있었다. 유도복과 비슷하지만 팔 기장이 짧고 어깨에 검은 선이 그려져 있다.

"가라데복이야."

도쿄 올림픽에서 야구와 함께 막차를 탄 종목 중 하나가 바로 가라데였다. 하지만 개최국인 일본의 소망에 의해 편입된 종목이라 일회성에 가까운 종목이었고, 실제로 선수촌에 전용 훈련장도 마련돼 있지 않았다.

“어째서 가라데복을 입은 사람이 선수촌에 왔을까.”

“그놈의 다큐멘터리 때문이겠죠. 한곳에 모여서 촬영하면 그림이 나쁘지 않을 테니까.”

“아, 다큐멘터리. 그랬지.”

올림픽 특집 다큐멘터리. 그것 때문에 나흘 전 선수촌 안이 평소보다 곱절은 복작댔던 것이 떠올랐다.

그들에게 승미가 관리동 방향으로 갔다고 알려 준 하재일은 스스로를 사격 선수라고 소개했다. 그가 원래 훈련해 왔을 태릉 사격장도 이곳 선수촌과는 몇 백 미터나 떨어져 있다.

“저들은 그 다큐멘터리 촬영이 아니었다면 휘말리지 않았을 죄 없는 선수들이야.”

“지난 일 떠올려서 뭐 해요. 정말 죄가 없으면 극락으로 잘 찾아갔을 거예요. 교회 다녔던 영혼이면 뭐, 한 층만 올라가면 됐을 거 같고.”

둘은 보살상 앞에 엎드려 있는 가라데카를 뒤로하고 삼층으로 올라갔다. 예배당으로 진입하는 철문은 활짝 열려 있었다. 그런데 록희가 바닥에 늘어진 두꺼운 검은 금속 줄들을 가리켰다.

“보통 계단에 이런 게 있지는 않죠?”

“이거 고압 전선들인데. 피복이 다 벗겨져 있고. 뭘까?”

댕기처럼 얽혀 있는 전선들의 끝을 따라가 보자 벽 양쪽에는 급조한 테이프로 콘덴서와 코일이 고정돼 있었다. 전류가 흘렀던 것인지 새카맣게 녹아내려 원래의 형태를 많이 잃은 채였다.

"아래층 시체들이 왜 저렇게 탔는지 알겠어."

"불이 아니라 전기였구나."

감염자들을 노린 함정이다. 그것도 전문 지식이 없으면 흉내내기도 힘든 고도의 기술이 담긴. 락구는 기운이 빠지는 느낌에 다시 사로잡혔다.

'승미가 이런 걸 만들 수 있을 리는 없는데.'

그녀뿐 아니라 보통의 운동선수, 그 누구라도 다룰 수 있는 수준이 아니다. 예배당 안에 숨어 있는 자가 누구인지는 몰라도 승미나 그 일행일 가능성이 현저히 떨어지는 순간이었다.

락구의 실망에는 아랑곳없이 록희는 예배당의 문을 발로 벌컥 걷어찼다.

꽈아아앙.

굉음을 내며 문이 열리자 락구가 화들짝 놀랐다.

"미쳤어? 느닷없이 그렇게 문을 열어?"

"뒤를 봐요. 저 전기지옥을 뚫고 기어간 좀비들의 흔적이 전혀 없이 깨끗하잖아요. 삼층까진 못 온 거예요."

록희의 말대로 예배당 내부는 적막만이 감돌고 있었다. 붉은 눈의 감염자도, 머리가 뚫린 시체도 보이지 않는다. 침입의 흔적도 전무한 깔끔한 광경.

락구가 용기를 내 입을 열었다.

"이 안에, 누구 있습니까?"

대꾸는 없었지만 뭔가가 덜그럭거리는 소리가 들렸다. 예배당 제단 뒤에서 나는 인기척. 두 국가대표 선수는 바짝 긴장한 채 천천히 제단 쪽으로 걸음을 옮겼다. 성경책이나 찬송가 악보가 올라와 있어야 할 장의자의 선반에는 잘린 고압 전선과 니퍼, 망치 등의 공구들이 있었다.

제단으로 가는 길 중간에 멈춰 선 락구가 다시 적외선 스코프를 꺼내 들었다. 이번에는 더욱 명징하게 보였다. 제단 뒤에서 붉게 빛나는 인간의 형체.

"확실히 사람이야. 가까이 가 보자."

둘이 경계를 조금 풀고 제단 뒤로 돌아가자 이번에도 기이한 광경이 그들을 맞이했다. 어떻게 끌고 온 건지 큼직한 욕조가 뒤집힌 채로 나무 패널 위에 엎어져 있었다. 생존자는 그 안에 숨어 있는 모양이었다. 락구가 가까이 다가가 속삭였다.

"스, 승미니?"

혹시나 하는 마음이었지만 역시 대꾸가 없었다.

"어휴. 그 양궁 언니였으면 진작 대답했겠죠."

록희가 한숨을 내쉰 다음 락구를 뒤로 물러나게 했다. 그리고 분명히 욕조 안에도 들리도록 소리쳤다.

"거기 안에 있는 사람, 셋 셀 때까지 안 나오면 불 지를 거예요. 얼굴 보이든지, 통구이가 되든지 알아서 선택해요."

락구가 질렸다는 듯 록희를 쳐다봤다. 라이터도, 성냥도 없는 주제에 뻔뻔하게 협박하는 록희의 얼굴은 무표정했다.

"하나. 둘."

그러자 욕조 안에서 남자의 다급한 목소리가 흘러나왔다.
"나, 나가요! 나갑니다."
젊고 깡마른 남자가 욕조를 낑낑대며 들어 올리기 시작했다. 겁먹은 그의 얼굴이 보이자 혹시나 승미일지도 모른다는 기대감이 또 한 번 박살 나서 락구는 크게 실망했다. 그래도 손을 뻗어서 도와주는 건 잊지 않았다.
"으으읍!"
락구가 욕조를 번쩍 들어 주자 훨씬 수월하게 생존자가 빠져나왔다. 땀에 범벅이 된 얼굴, 원망 섞인 말투로 그가 투덜댔다.
"아니, 제가 여기 숨은 건 어떻게 알았어요?"
락구가 적외선 스코프를 꺼내 보여 주려는 걸 록희가 말렸다.
"다 방법이 있어요. 그쪽, 뭐 하는 사람인지나 말해 봐요. 삐쩍 마른 걸 보면 아무리 봐도 선수는 아닌데."
록희의 말대로 생존자의 체구는 무척 앙상했다. 올림픽 정식 종목으로 바둑이나 스타크래프트가 채택되지 않는 한 태릉선수촌에선 보기 힘든 종류의 체형.
"고, 공익근무요원 박정욱입니다. 대한체육회 소속으로, 관리동에서 근무하고 있어요. 선수촌 전체의 기재 담당이거든요."
"흐음. 그래서 감전시키는 함정도 만들고 그랬구나."
록희와 얘기를 나누던 정욱이 락구를 힐끔힐끔 쳐다봤다. 락구는 그가 천천히 뒷걸음질을 치며 자기로부터 도망치고 있는 것을 보고 고개를 갸웃했다. 락구의 체격이 건장하긴 하지만 인상이 험악한 쪽과는 아무래도 거리가 멀기 때문이다.

"왜 절 보고 그렇게 놀라시죠?"

그러자 정욱이 난감하다는 듯 입술을 열었다.

"죄, 죄송하지만 그 도복 뭐죠? 왜 그걸 입고 있어요? 네?"

"왜긴요. 제가 유도 국가대표니까요."

'유도'란 단어에 정욱의 얼굴이 환해졌다.

"아, 유도였어요? 씨이, 놀래라."

"뭔가 다른 도복과 헷갈리신 거예요?"

정욱의 눈빛에 공포감이 떠올랐다.

"네. 이 주변에 주먹으로 사람 머리를 부수는 괴물 좀비가 있어요. 그 좀비가 하얀 도복에 검은 띠를 매고 있거든요."

하얀 도복에 검은 띠를 맨 좀비라고? 락구와 록희가 서로를 쳐다봤다. 방금 전 거쳐 올라온 불당에 엎드려 있던 하얀 도복을 동시에 떠올린 것이다.

록희가 물었다.

"아래층 불당에 새카맣게 탄 좀비들, 다 그쪽이 처리한 거 아니었어요?"

"네? 아닌데요. 전선을 설치한 건 맞아요. 그런데 좀비들은 감전이 돼도 죽지는 않더라고요. 그냥 돌려보내는 게 목적이었어요. 전선이 다 떨어진 뒤로는 무서워서 욕조 안에 숨어 있었고요."

"그럼 아래층의 시체들은 다 누구 짓이에요?"

"아래층이요? 그건……."

말을 잇던 정욱의 안색이 창백해졌다. 그리고 황급히 뒤집어진 욕조 밑을 뒤지더니 큼지막한 랩탑을 꺼내 들었다. 그리고 신들린 듯이 터치패드를 움직였다.

"뭐 하는 거예요?"

"아, 아래층 불당에 가끔 그 좀비가 와요. 보통 2시에 와서 3시에 떠나는 것 같아요."

"그쪽이 무서워하는 좀비가 아래층의 무덤을 만든 거라고요?"

락구가 끼어들었다.

"정욱 씨, 이상하잖아요. 걔네는 서로를 물지 않아요."

정욱도 안다는 듯 고개를 끄덕였다.

"물지는 않죠. 그런데 그 녀석은 움직이는 거라면 뭐든 주먹으로 부숴 버린다고요. 좀비도 마찬가지예요."

불당 시체들의 몸이 뭔가 강한 타격에 부서진 듯 난잡했던 것이 떠올랐다.

'그걸 단 한 명의 좀비가 했단 말이야?'

곧 정욱의 랩탑 액정에 익숙한 CCTV 화면이 떠올랐다. 락구와 록희의 얼굴이 자연스럽게 정욱의 양쪽으로 달라붙었다. 이걸로 욕조 안에서도 우리가 오는 줄 알고 있었구나.

화면은 이층 불당을 내려다보고 있었다. 정욱이 손가락을 깨물기 시작했다.

"여, 역시 와 있잖아요."

"와 있다뇨, 누가요?"

락구의 질문에 정욱이 손가락으로 화면의 정중앙을 가리켰다. 그러자 채도가 무척 낮고 화질이 거친 CCTV 화면에서 변화가 일어났다. 보살상 앞에 엎드려 있던 시체가 천천히 몸을 일으킨 것이다. 락구와 록희가 절로 숨을 들이켠 것은 어쩔 수 없는 반응이었다.

"뭐야. 숨진 거 아니었어?"

"감염자였나 봐. 정욱 씨, 저게 왜 한 시간 동안 불당에서 엎드렸다가 가는 건데요?"

"뭐겠어요. 불공을 드리는 거겠죠."

록희가 어이없다는 듯 반응했다.

"좀비가 무슨 불공을 드려요? 그러다가 삼보일배까지 하겠네, 썅."

"왜, 왜 저한테 욕을 하고 그러세요."

"아, 그쪽한테 한 거 아니니까 쫄지 마요."

정욱과 록희가 왈가왈부하고 있을 때 락구는 화면에서 가라데카 좀비가 사라진 것을 제일 먼저 발견했다.

"없어졌다. 어디로 갔는지 알 수 있어요?"

정욱도 곧 그것을 확인했다.

"건물 밖으로 나갔을 거예요. 화면을 외부 CCTV로 바꿔 볼게요."

정욱이 키보드를 두드리자 곧 관리동 정문을 바라보는 카메라 구도가 화면을 가득 채웠다. 그런데 1분이 넘는 시간이 흘러도 화면에 잡히는 것은 아무도 없었다.

"이, 이상하다. 분명 지금쯤 운동장 쪽으로 걸어갈 타이밍인데. 한 번도 그건 변한 적이 없는데."

그러자 섬뜩한 예감이 락구의 등을 스치고 지나갔다.

"권투소녀."

"왜요."

"아까 예배당 문 걷어찬 거, 이제는 좀 후회되냐?"

"젠장. 인정하긴 싫은데 조금 그래요."

왠지 주변이 어두워진 기분이 든다. 예배당 입구에서 들어오는 빛을 누군가가 가로막고 있는 것처럼.

"크르르르르."

모골을 송연하게 만드는 낮은 으르렁거림이 셋의 등 뒤를 덮쳤다. 정욱은 화들짝 놀라 무릎에 올려놓은 랩탑을 떨어트리고 말았고, 락구와 록희는 재빨리 등을 돌려 예배당 입구를 쳐다봤다.

여기저기 피가 튄 하얀 도복. 정녕 인간의 것인지 의심이 되는 두툼한 주먹. 그리고 이제는 인간의 영역을 벗어났음을 보여주는 붉은 눈.

"재, 자세가 왜 저래요?"

가라데카 좀비는 예배당 입구를 막고 서서는 양손을 엑스 자로 교차한 채 얼굴 앞에 쳐들고 있었다. 그리고 박력과 절도가 공존하는 기세로 양손을 내리며 포효했다.

"크오오오오오!"

일명 오스おっす 포즈. 눈앞의 상대를 전력으로 꺾겠다는 가라데카 특유의 임전 태세였다.

33화
그와 그녀가 싸우는 이유

- 감염 4일째. 오후. 03:09.

날카롭게 끝을 깎은 화살이 중력에게 반항하며 날았다.

분홍색 깃 화살이 붉은 눈을 한 포식자의 관자놀이를 꿰뚫었고, 강제로 배터리를 적출당한 자동인형처럼 감염자의 움직임이 멎었다. 기울어지는 육체에 박힌 화살은 이제 급격히 중력과 화해하며 바닥으로 떨어지려 한다.

하얗고 기다란 손가락이 그것을 뽑으며 낚아챘다.

"저 모퉁이만 돌면 양궁장이에요. 조금만 힘내요."

두 사내를 인도하며 달려가는 체스트가드의 양궁 선수.

192센티미터의 키에 떡 벌어진 어깨를 지닌 데이브 달튼은 그녀를 쫓아 달리며 생각했다. 조금만 힘을 내라니. 자기가 우리 셋 중에 가장 숨을 헉헉대면서 말이야.

'하지만 저 눈빛에는 분명 뭔가 있어.'

풀숲을 헤치고 달려오는 감염자가 달튼에게 돌진해 왔다. 하키 스틱을 꼬나 쥐며 그는 승미에게 자신이 처리하겠다는 눈짓을 보냈다.

"크아아아악!"

뛰어오르기 전에 끝낸다. 감염자들의 지긋지긋한 도약력과 민첩함을 알고 있었기에 달튼은 먼저 거리를 좁히며 하키 스틱을 세로로 찍어 감염자의 머리를 노렸다.

콰지익!

북미 아이스하키에선 여전히 경기 도중 시비가 붙은 선수들의 일대일 주먹다짐을 암묵적으로 허용한다. 달튼은 상대 팀 최고의 주먹을 한 발 먼저 찾아내 도발한 다음 격파하는 소위 '전문 싸움꾼'이었다. 그에겐 맹수 무리의 우두머리인 '알파 메일Alpha Male'을 직감적으로 찾아내는 안목이 있었던 것이다.

이틀 전, 한밤중에 챔피언 하우스의 문을 두드린 현승미를 처음 봤을 때 달튼은 호기심을 느꼈다. 흑인 중에서도 큰 체구를 가진 달튼의 입장에선 승미가 무척 가냘프기 짝이 없는 상대임에도 불구하고 그녀의 눈빛이 '전문 싸움꾼'으로서의 달튼을 긴장시켰기 때문이다. 그리고 잠시 뒤, 박물관의 유리를 거침없이 깨부순 다음 활을 메고 다시 나타난 그녀를 보고 달튼은 결심했다.

'이 여자를 따라가야 해. 육감이 그렇게 말하고 있다.'

뒤로 처져 있다가 속도를 높인 달튼이 승미의 뒤로 바짝 따라붙었다.

"슌미. 양궁장에, 친구들, 있을까? 셀폰, 죽었다."

"그러길 바라야죠. 그리고 슌미가 아니라 승미라고 몇 번 말해요."

"알았다. 슌미. 고치겠다, 슌미."

"대체 무슨 어학당을 다녔던 거야. 됐고, 따라와요."

달튼과 승미의 만담을 보고 있던 이진검은 피식 웃었다. 둘을 보고 있자면 감염자들에게 느끼는 살벌함을 잠시 잊을 수 있다.

셋은 양궁장으로 향하는 길을 빙 둘러 가고 있었다. 대로변은 너무 탁 트여 있고 감염자들이 우글우글 몰려 있어, 양궁 필드 쪽의 수풀 길을 뚫고 가기로 의견을 모은 것이다.

그리고 드디어 납작하고 긴 양궁장 건물이 모습을 드러냈다. 창문 블라인드는 모두 굳게 내려져 있었고 열린 문도 없었다. 승미는 그것을 내부 생존자가 '살아 있다'는 청신호로 받아들였다.

"크르르르르."

"으워어어."

대략 스물이 넘는 수의 감염자들이 먹잇감을 찾아다니며 주변을 배회하고 있었다. 이미 예상하고 있던 범주였기에 승미는 한숨을 내쉬거나 눈을 질끈 감지 않았다. 그럴 시간에 그녀는 허벅지에 달린 퀴버에 손을 가져갔다.

남은 화살은 단 두 개.

“진검아. 저기 건물 끄트머리 보이지? 돌파할 거야.”

진검은 고개를 끄덕였고 달튼은 자신의 차례가 곧 올 것이라 생각하고 기다렸다.

“그리고 진검이가 길을 뚫으면 달튼은 절 지붕으로 올려 줘요. 되겠어요?”

달튼이 자신의 우람한 팔뚝을 한번 보여 줬다.

“와이 낫? 노 프라블럼. 언제 시작하나, 작전.”

“지금.”

말을 마치자마자 승미는 두 발 중 남은 화살 하나를 시위에 걸면서 달려 나갔다. 앵커링이 끝나자마자 거의 본능적으로 쏜다고 느껴질 만큼 빠른 릴리스.

쐐액.

진동하면서 날아간 화살은 양궁장의 벽을 긁던 감염자의 뒤통수를 꿰뚫었다.

진검이 입을 벌리며 덤벼드는 감염자들을 향해 달려갔다. 아래에서 대각선 위로 올려 치는 깔끔하고 강력한 백핸드 스윙. 라켓의 날카로운 헤드 프레임이 악취를 내뿜는 감염자의 턱을 잘랐다.

달튼과는 전혀 다른 이유로 진검은 승미를 따라나섰다. 사실 그날 챔피언 하우스에서 승미를 처음 만났다고 얘기했지만, 그건 거짓말이다. 수려한 외모에 시원스런 미소를 지닌 진검은 자타가 공인하는 인기남이었다. 그래서 늘 피곤했다.

“진검아. 내일 리듬체조 애들이 배드민턴 좀 가르쳐 달랜다. 시간 비워 둬.”

“싱크로나이즈드 애들이랑 놀기 얼마나 어려운데. 그런데 너 없으면 안 나온대잖아.”

선배들은 늘 자유 시간에 진검을 데리고 다니며 타 종목 여자 선수들의 환심을 사는 간판으로 세웠고, 운동에만 전념하고 싶던 진검에게는 늘 고역인 일이었다.

‘선수촌에서 왜 연애질을 해. 랭킹 올리기도 바빠 죽겠는데.’

선배들에게 벗어나기 위해 진검은 별 관심도 없던 ‘영어회화 교실’을 덜컥 신청했고 거기서 창문 햇살을 받으며 하품을 하던 승미를 ‘처음’ 보았다. 순간 시끌벅적한 다목적체육관 강의실의 인파가 모두 시야에서 사라지고, 오직 진검과 승미 둘만 남은 듯 느껴졌다.

물론 그녀가 진검을 기억하지 못하는 건 당연했다. 세 번째 수업 때부터 진검은 수강을 포기했는데, 그 이유는 승미를 볼 때마다 뛰는 심장이 멈추질 않아서였다.

‘저 사람이랑 같은 공간에 있으면 안 될 것 같아. 내 랭킹이 곤두박질 칠 거야.’

의도적인 회피.

하지만 그녀가 좀비가 우글대는 바깥으로 활과 화살만 들고 나가겠다고 했을 때는 더 이상 회피할 수가 없었다.

‘이 판국에 랭킹이 무슨 대수야. 내 마음 가는 대로 하자.’

그게 진검이 승미의 길을 뚫어 주려 감염자의 머리를 베는 선택을 한 진짜 이유였다.

"슌미. 여기다."

달튼이 양궁장 벽에 등을 대고 깍지 낀 손을 아래로 내렸다. 그리고 달려오던 승미의 관성을 그대로 살려 주며 위로 튕겨 올리자, 무사히 지붕 위에 올라선 속사의 여왕은 모든 감염자들의 시선을 받게 됐다. 승미가 싸늘하게 그들을 내려다보자 흥분한 감염자들이 지붕 위로 뛰어올랐다.

"캬아아아아아."

그들을 유인하듯 슬레이트 재질의 지붕을 밟으며 달리던 승미는 곧 양쪽에서 모여드는 감염자들에게 둘러싸일 형국에 처했다.

진검이 발을 동동 구르며 탄식했다.

"누나는 대체 무슨 생각일까요."

"묻지 않는다, 진콤. 다만 따라갈 뿐."

자신의 양쪽에서 달려드는 감염자들을 살피던 승미가 뒤를 흘끔 보더니 지상을 향해 폴짝 뛰어내렸다. 달튼과 진검은 그것을 따라오라는 신호로 읽고 양궁장 뒤로 돌아 나갔다.

인공 잔디가 심긴 장쾌한 필드가 그들의 눈앞에 펼쳐졌다.

승미는 뒤따라오는 감염자들을 따돌리며 길게 도열한 과녁들을 향해 질주했다. 곧 한 감염자가 무서운 속도로 승미를 추격했다. 달리는 속도가 예사롭지 않다. 육상 단거리 선수일 가능성이 높았다.

승미는 멈춰 서서 왼발로 잔디밭을 단단히 받치고 선 다음 마지막 한 발을 시위에 메겼다.

직선 주로로 달려오는 감염자.

'이 거리에선 절대 안 빗나가.'

승미는 확신하고 쏘았고, 그녀의 확신이 늘 그렇듯 결과는 옳았다. 미간이 꿰뚫린 감염자에게는 더 이상 관심도 두지 않고 지체 없이 달리던 승미가 곧 과녁에 도착했다. 그녀는 재빨리 과녁에 꽂혀 있던 화살들을 뽑아낸 다음 잔디밭에 꽂고 무릎을 꿇었다.

이동성을 포기하고 정확도를 높인 선택.

거의 동시에 달튼과 진검이 승미의 진의를 읽었다. 양궁장의 카드키를 갖고 있는 승미는 간단히 정문을 따고 들어갈 수 있었다. 그러나 그렇게 되면 감염자들이 건물 내부로 따라 들어올 위험이 너무 크다. 주변의 감염자들을 한데 모으되, 멀리 있는 감염자들이 보지 못하는 곳에서 처리한다. 그 짧은 순간에 승미는 그 조건들을 모두 충족하는 방법을 찾아냈고, 또 실행한 것이다.

늘 과녁을 향해 있던 승미가 지금은 과녁을 등 뒤에 두고 목표물을 노리고 있다.

'평소와 정반대 방향으로 활을 쏘게 생겼네.'

승미의 손가락이 불을 튕겼다.

가장 먼저 쏘아진 화살이 달려오던 감염자의 이마를 노렸으나, 팅 하고 날아갔다. 인간의 뼈를 꿰뚫기 위해 개조한 승미의 화살에 비해 양궁장의 과녁에 꽂혀 있던 화살촉은 훨씬 뭉툭했던 것이다.

"누나, 다리를 쏴요!"

이를 악물며 소리친 진검은 곧 민망함에 사로잡혔는데, 그가 말을 마치기도 전에 선두의 감염자가 다리에 화살을 맞고 뒹군 것이다.

쐐액! 쐐애액!

승미는 달려오던 감염자들의 종아리와 발을 노려 속도를 늦추는 데에만 집중했다. 그렇게 감염자들을 약화시키면 두 남자가 활약해 줄 것을 믿고 있었기 때문이다.

승미의 화살 세례를 맞고 비틀거리는 감염자들의 숨통을 끊는 것은 어려운 일이 아니었고, 곧 사격 필드 위는 활동이 정지한 감염자들의 시체 더미로 지저분해졌다.

두 남자가 다가갔을 때, 승미는 눈을 감은 채 침착하게 호흡을 고르고 있었다. 달튼과 진검은 그녀를 보며 이번에도 정반대의 생각을 했다.

'여신이다. 이 사람을 지키다가 죽어도 괜찮은 여신.'

'찾았다, 내 알파 피메일. 이 여자와 함께 다녀야 살 확률이 가장 높아진다.'

진검이 일으켜 주려 다가섰을 때, 승미는 감았던 눈을 번쩍 뜨며 일어섰다. 그녀의 시선 너머에는 빼꼼히 열린 양궁장의 창문이 있었다. 거기서 앙증맞은 소녀의 얼굴이 튀어나온 것이다.

장연두는 눈물이 그렁그렁한 얼굴로 숨을 들이마셨다. 승미에게 반가움의 비명을 지르려는 것이다. 승미가 재빨리 양손을 휘둘러 엑스 자를 그리는 바람에 연두는 가까스로 입을 틀어막고 음성을 억눌렀다. 그것은 릴리스 순간에 조용히 해 달라고 승미가 갤러리에게 늘 보여 주던 제스처였던 것이다. 상황을 깨달은 연두가 간절한 손짓으로 빨리 들어오라는 메시지를 보냈다.

"자, 가요."

승미가 앞장서서 걸었다. 두 남자가 뒤따라오는지는 굳이 확인하지 않았다. 셋 중에 누가 리더인지 모두가 진작에 동의했기 때문에.

"대단하다, 슌미."

"누나, 팔꿈치 안 아파요?"

"아픈 데는 어깨야. 배드민턴이랑 비슷하지."

진검은 심드렁하게 대꾸하는 승미의 얼굴 옆선을 계속 쳐다봤다. 눈을 제대로 마주치고 대화할 자신이 없었기 때문에.

"이렇게까지 무리하는 이유가 뭐예요?"

승미의 발걸음이 조금 느려졌다. 숨을 고르기 위해서일까. 그때 달튼은 승미를 만난 이래 처음으로 그녀의 입가에 웃음이 깃든 걸 보았다.

"여기서 빨리 나가지 않으면 저 바깥에서 좀 많이 울적해할 녀석이 자꾸 생각나서 그래."

승미의 직감은 이번에도 맞았다.

그 '울적해할 녀석'은 정확히 같은 순간 꽤 울적해하고 있었던 것이다. 그 이유는 가라데 도복을 입은 감염자의 쇠공 같은 주먹이 콘크리트로 만들어진 벽에 구멍을 내는 걸 보았기 때문이었다.

꽈아아앙!

황급히 바닥을 구르자마자 벌떡 일어서는 락구. 둘의 싸움에 끼어들지 못하는 록희가 초조하게 외쳤다.

"맞았어요?"

"안 맞았어. 그런데 계속 그럴지는 모르겠다아아악!"

벽에서 주먹을 뽑아 낸 가라데카가 이번에는 맨 발바닥을 직선으로 뻗어 냈다. 복싱 스텝을 쓰는 록희와 달리 락구는 옆으로 피하는 동작에 익숙하지 않아 하필이면 명치를 적중당할 뻔했다. 그것이 내장 기관을 박살 내는 '초승달 차기'인 것은 몰랐으나, 일단 맞으면 큰일이 난다는 건 명확했다.

이미 공방이 시작된 지 꽤 흘렀고 락구의 이마에선 땀이 흐르기 시작했다.

'확실히 내 도복에 반응하는 것 같아. 진짜 대련하는 것처럼 살기가 넘치잖아.'

● ● •

가라데카 좀비의 인간이었을 시절 이름은 지왕. 성은 엄이었다.

안면을 향한 펀치를 제외한 전신 타격이 허용되는 풀컨택트 가라데. 전 일본 공수도 대회 8강 토너먼트에 이름을 올린 유일한 한국인이 지왕이었다.

물론 결승까지 가는 일은 녹록치 않았다. 미리 공지된 훈련 장소가 10킬로미터 너머의 허름한 체육관으로 바뀌어 있었고, 주최 측이 잡아 주는 호텔의 환풍기가 그의 객실에만 고장 나 있었다.

혹시나 해서 계체량 당일 세 시간이나 일찍 장소에 도착한 지왕이 한창 계체량이 진행되고 있는 현장을 목격했을 때 느낀 분노는 강렬했다.

'나를 떨어트리려고 갖은 수를 다 쓰는구나.'

지왕은 그들의 뜻대로 따라 주지 않을 생각이었다. 파죽지세로 결승전까지 오른 지왕은 예상했던 상대인 일본의 강자를 거의 묵사발 내며 몰아붙였다. 매트 한복판에서 둘 다 물러서지 않았다. 실전 가라데에서 후진은 곧 패배다. 서로의 주먹과 발로 상대의 신체 단련량을 시험하는 무도인 것이다.

그렇게 경기 종료 부저가 울린 순간 지왕은 승리를 확신했다. 지왕의 몸이 깨끗한 반면 상대는 온몸에 멍이 들고 피를 흘리고 있었기 때문에. 일방적인 공세. 만에 하나 연장전이 선언되어도 무조건 KO로 끝장낼 자신이 있었다.

그래서 방어 자세를 푼 게 화근이었다. 심판이 말릴 새도 없이 상대 선수의 악에 받친 상단차기가 지왕의 턱을 돌렸다.

락커룸에서 깨어났을 때 지왕은 침대 옆에 놓인 은메달을 보고 입을 쩍 벌리고 싶었다. 하지만 턱에 감긴 붕대 때문에 그럴 수가 없었다.

'왜 상대의 실격패가 아닌 거지? 어째서!'

지왕은 어설픈 일본어로 이미 현장을 정리하고 있는 주최 협회에 항의했으나 돌아오는 대답은 한결같았다.

"油断した君がが悪い."

지왕의 손에 들린 번역기 앱은 앵무새가 마스코트 캐릭터였는데, 그 앵무새가 얄밉게 조잘댔다.

"방심한 네가 나빠. 다시 들으시겠습니까? 방심한 네가 나빠."

종료 부저가 울렸다 해도 싸움터에서 방어를 포기한 지왕에게 문제가 있었다는 설명이었다. 그러나 과연 그 일본 선수와 입장이 바뀌었더라도 같은 판정이 내려졌을까.

한국으로 돌아온 지왕은 매일 주먹으로 송판을 내리쳤다. 평생 강함을 갈구했던 그의 자존심이 그 송판처럼 부서진 걸 느꼈다. 그리고 도쿄에서 열리는 올림픽에—아마도 처음이자 마지막으로—가라데가 정식 종목으로 채택되었다는 소식을 들었다. 꺼진 줄 알았던 불씨가 화르륵 타올랐다.

지왕은 결의를 다잡았다.

"도복을 입은 것들에게는 이제 절대로 방심하지 않아."

'일단은 저 불도저 같은 기세를 멈춰야 해.'

락구는 가라데카 좀비의 주먹에 온 신경을 집중했다. 그리고 일부러 자신의 얼굴을 조금 내밀었다. 그것은 안금숙 소령이 보여 주었던 전법. 미끼를 던져 감염자의 공격 본능을 자극하는 방법이었다.

허리에 장전돼 있던 가라데카 좀비의 주먹이 준비동작 없이 발사됐다. 앞으로 고개를 숙여 지르기를 피해 낸 락구가 드디어 상대의 가슴 깃을 붙잡는 데 성공했다. 유도복보다 훨씬 빳빳했다. 늘 쉴 새 없이 당겨지면서 늘어날 일이 없기 때문이었다. 단숨에 날려 버릴 생각으로 상대의 도복을 잡아당겼을 때, 락구의 복부에 묵직한 충격이 강타했다.

1인치 펀치.

"커헉!"

뒤로 훌쩍 튕겨 나가 버릴 정도로 강한 충격에 락구는 순간 아연해졌다.

'분명 주먹을 내지를 공간이 없었는데.'

다시 거리를 벌리는 락구. 초근거리 타격도 가능한 감염자를 어떻게 상대해야 할지 막막했다. 그때, 구경만 하느라 짜증이 나 있던 록희가 벽을 파고들 기세로 벌벌 떠는 정욱에게 외쳤다.

"뭐 무기 같은 거 없어요? 막 지지거나 자를 수 있는 거 없냐고요."

정욱은 고개를 홰홰 젓다가 뭔가가 생각난 듯 기도방의 문을 가리켰다.

"저, 저기요!"

지체 없이 록희가 기도방 문을 열자 바닥에 어지러이 널린 전깃줄 다발 가운데에 파란색 전기톱이 보였다. 작동 방법을 찾는 건 어렵지 않았다. 손잡이 안쪽에 압력을 감지하는 버튼이 있었기 때문이다.

위이이이이잉.

바닥에 파편을 튀기며 전기톱이 작동했다. 낑낑거리며 그것을 들고 나온 록희는 예배당 전체를 오가며 싸우는 둘을 목격하고 욕이 튀어나오는 것을 느꼈다.

"아오, 씨발. 이렇게 무거운 걸로 저 빠른 걸 어떻게 잡아."

그녀의 말이 옳았다. 6킬로그램에 육박하는 전기톱으로 벌새처럼 빨리 움직이는 저 감염자를 공격하는 건 요원해 보였다.

'영화에서 스티로폼처럼 휘두르던 건 다 개뻥이었네. 그렇다고 넋 놓고 있을 수도 없고.'

록희는 전기톱을 낑낑 들고 가 예수 그리스도가 매달린 십자가 밑에 놓았다. 그리고 정욱에게 손짓했다.

"이리 와서 이것 좀 치워요, 빨리!"

불호령이 떨어지자 정욱은 냅다 달려와 록희를 도와 제단을 벽 끝까지 밀어 버렸다.

드르르륵.

그러자 십자가를 향해 융단이 깔린 일직선의 길이 완성됐다. 순례 길의 끝은 구원이 아닌 죽음. 맹렬히 돌아가고 있는 전기톱의 톱날이었다. 위이이잉 돌아가는 그 굉음을 뚫기 위해 록희가 목청껏 내질렀다.

"유도아재!"

가라데카 좀비의 공격 범위에서 아슬아슬하게 벗어나 있던 락구가 재빨리 눈을 굴려 십자가 밑의 전기톱을 확인했다.

'저기로 집어 던지라는 말인가?'

문제는 정면 접근을 불허하는 상대의 두 주먹이었다. 저 흉기 같은 걸로 도대체 몇 만 장의 송판을 깨 온 것일까.

가라데카 좀비의 두 주먹을 피하면서 락구가 공격을 성공시킬 방법이 딱 하나 있었다. 뒤로 접근해서 목을 조르며 손날 업어치기의 변형으로 집어 던지는 것. 온갖 유도의 기술을 질리도록 익혀 온 락구에게도 다소 자신 없는 기술이었다. 게다가 문제는 락구의 시야 역시 상대의 몸으로 가려져서 낙하지점을 확실히 분간할 수 없다는 점이었다. 상대에게 달라붙어 동귀어진 하는 형국으로, 자칫 잘못하면 전기톱에 썰려 나가는 건 락구일 수도 있다.

그래서 락구는 울적했다. 여기서 죽으면 승미를 만날 수 없게 되니까. 하지만 거꾸로, 그랬기에 락구는 전진의 용기를 낼 수 있었다.

'승미를 구해야 해. 좀비도, 전기톱도 날 죽일 수 없어.'

가라데카 좀비의 중단차기가 날아왔다. 목단 장의자가 박살이 나며 그 조각이 둘 사이에 팝콘처럼 흩뿌려졌다. 그 조각 중 하나가 가라데카 좀비의 왼쪽 눈을 찔렀다. 그러자 그의 왼쪽 손이 얼굴로 올라와 비비적댔다. 요새 같던 상대의 동작에 빈

틈이 생긴 것이다.

망설이면 망한다, 주저하면 죽는다.

락구는 대한민국 유도 대표팀의 모토를 떠올리며 몸을 튕겼다. 그리고 가라데카 좀비의 허리를 정면에서 감싸 안았다. 곧 그의 등을 부수려는 팔꿈치 공격을 느꼈고, 재빨리 상대의 뒤로 돌아갔다.

한 손으로는 상대의 띠를, 다른 한 손으로는 목을 둘러 앞깃을 잡는다. 물리지 않으려면 준비동작 없이 단숨에, 상대의 등과 락구의 가슴은 이제 조금의 공간도 없이 완전히 맞닿아 있었다.

'너를 만나기 전까진 절대 죽지 않아.'

유도밖에 모르는 태릉의 유도바보, 장용의 놀림에 따르면 승미밖에 모르는 승미바라기.

그가 상대의 몸을 있는 힘껏 들어 올렸다.

34화
양을 무는 양치기 개

– 감염 4일째. 오후. 03:42.

헤페르손 티아파는 실로 오랜만에 용감하고 호기롭던 청년 대학생 까를로스를 다시 만난 기분을 느꼈다. 물론 이곳이 안데스 산맥의 바람이 선선하게 불던 톨리마 대학교의 강의실이 아니라 머나먼 이국의 재난 구호소라는 점이 유감이었지만.

"그러니까 자네 말에 따르면, 콜롬비아 광견병이 자연 발생한 바이러스가 아닐 수도 있다는 건가?"

"그래요. 인간의 뇌와 신경체계에 격렬한 변화를 가져다주는 어떤 약물이나, 특수 강화제였을 수 있지 않겠습니까."

감염이 되어 사망 후 걸어 다니는 시체가 되는 점만 따져 보면 까를로스 황 조사관의 추리도 일리가 없진 않았다. 통각 마비와 함께 찾아오는 비약적인 근력의 향상, 극단적인 공격성의 발현, 거기에 온도를 보는 탐지 능력까지.

"하지만 이런 바이러스를 누군가가 인위적으로 만들어 낸 거라면 대규모 인체실험이 필연적일세. 천문학적인 비용은 차치하고서라도, 그런 홀로코스트 급의 비인간적 만행을 누가 감수할 수 있겠나."

"메데인을 떠올려 보세요, 헤페르손. 우리가 그곳에서 목격했던 참상을요. 그게 홀로코스트가 아니면 뭐란 말입니까. 비상통제령이 떨어지고 도시 전체를 불태웠으니 무척 깔끔한 마무리였겠죠."

황 조사관의 음색이 점점 흥분으로 떨리고 있었다. 헤페르손은 그의 어깨에 손을 올리고 진정시켰다.

"차분해지게, 까를로스. 증거 없이 비약을 밀고 가선 곤란해. 그건 과학자의 스탠스가 아니야."

문득 '증거'를 반드시 손에 넣고 말겠다던 나탈리 쿡의 얼굴이 떠올랐다.

메데인은 7일 만에 완전 소각되었다.

어느덧 감염 사태 발발로부터 나흘. 과연 태릉은 얼마나 버틸 수 있을까. 그 짧은 시간 안에 나탈리는 그토록 갈구하는 '증거'를 발견할 수 있을까.

황 조사관이 헤페르손의 손에 자신의 손을 얹었다. 그의 온기는 따스했기에 실제로 안정이 되는 느낌이었다.

"그래요, 헤페르손. 검증 없이 의심을 확신의 자리에 놓는 건 늘 경계해야 하죠. 그런데 제가 만약 부인할 수 없는 '증거'와 언젠가 마주하게 된다면……."

그의 동공에 서글픔이 깃들었다.

"그때도 인간에 대한 믿음을 잃지 않을 수 있을까요."

헤페르손이 뭔가 대꾸할 말을 찾고 있을 때 바리케이드가 포진한 방향에서 요란한 사이렌 소리가 들려왔다.

때르르르르. 때르르르르.

황급히 막사 바깥으로 나가 보니 긴급 구호소의 모든 인원이 하던 동작을 멈추고 황망하게 소리의 진원지를 쳐다보고 있었다. 격리 구역 안의 감염자들을 자극시킬 수 있다는 이유로 일정 데시벨 이상의 기계음은 군 병력이 모두 불허하고 있는 상황이었다. 그런데도 불구하고 이렇게 큰 사이렌을 울리게 한다? 바리케이드 구역에서 뭔가 다급한 일이 일어나고 있는 것이다.

생각보다 발이 먼저 움직였다.

파도를 밀어붙이는 절벽.

황 조사관이 받은 느낌은 그러했다.

아침만 해도 세 자리 수였으나 어느새 그 수가 천을 넘어선 의경들이 바리케이드 앞에 모여 있던 희생자들의 가족들을 압박하고 있었다. 경찰 수송버스 위에 올라간 의경 한 명이 확성기의 마이크에 대고 소리쳤다.

"비상대피령이 떨어졌습니다. 모두 해산하십시오. 다시 한 번 알립니다. 내부 생존자는 확인되지 않았습니다. 16시까지 해산하지 않을 시 공무 집행 방해로 체포하겠습니다."
당연히 선수촌 안에 가족들이 살아 있다고 믿는 사람들의 반항이 거셌다.
"그럼 나를 들여보내 줘! 이 자식들아."
"내 새끼랑 같이 죽을 거야. 비키란 말이야!"
악을 쓰며 몸부림치던 자들이 거침없이 연행되고 있었다. 마치 범죄자를 다루는 것처럼 무정한 통제.
'갓뎀. 시작됐구나.'
기시감을 불러일으키는 장면이었다. 몰려 있는 인파들을 물러나게 하는 이유는 단 하나. 무차별적인 방역을 실시하려는 것이다.
나흘째 식음을 전폐하며 생환자들이 돌아오기만을 기다리던 유가족들에게 기운이 있을 리 없었다. 속절없이 체포되어 버스에 실리는 이들이 점점 늘어 갔다. 현장에 진을 치고 있던 취재진들 또한 그 장면을 촬영하다가 제지당하고 있었다. 까를로스 황 조사관은 인파들을 헤치며 앞으로 나아갔다.
'내부 생존자가 확인되지 않았다니, 말도 안 되는 소리잖아!'
황 조사관의 손에는 유도 국가대표 도락구와 연결된 끈, 경찰용 무전기가 꽉 쥐어져 있었다. 락구는 분명 그에게 알려 주었다. 선수촌에서 개선관, 의료동을 거쳐 챔피언 하우스에 도달한 그는 최소 서른 명이 넘는 생존자들을 만났다고.
"헤이, 써Sir! 내가 쌩존좌드리 몇 명인쥐 알고 이쒀여!"
하지만 마이크를 든 의경에게 다가가기란 너무 먼 길이었다.

밀려나는 무리를 거꾸로 뚫고 가야만 했기 때문이다.

"크악!"

결국 한 사내의 팔꿈치에 코를 얻어맞은 황 조사관은 무전기를 놓치고 말았다. 아스팔트 위로 날아간 무전기가 데굴데굴 굴렀다. 격통에 눈물까지 났지만 황 조사관은 결사적으로 무전기를 붙잡으러 기어갔다.

그때, 익숙한 하얀 손이 무전기를 낚아채는 것이 보였다. 고개를 들자 나탈리 쿡이 그를 애처롭게 바라보고 있었다.

"일어나, 까를로스."

"저들에게 알려 줘야 해, 나탈리. 아직 생존자가 있다는 것만 알려 주면 방역 조치를 미룰지도 몰라."

나탈리는 단호하게 고개를 가로저었다.

"순진하긴. 알려고 하지 않는 자들에게 진실을 외친다고 들어 줄까."

도무지 영문을 모르겠다는 황 조사관을 이끌고 나탈리가 인파들로부터 멀리 벗어났다.

"저들은 명령에 따를 뿐이야. 게다가 불법적으로 빼낸 무전기를 다시 경찰에 빼앗기기라도 하면 자기 친구들은 어떻게 될 것 같아? 마지막 끈마저 사라지는 거야."

"하지만 나탈리도 분명 들었잖아. 선수촌 안에 살아 있는 사람들이 있어. 그들을 도와줘야 해."

그녀는 답답하다는 듯 한숨을 내쉬었다.

"내가 제약회사인 올림푸스의 뒤를 쫓고 있다고 얘기했지?

그들이 양을 노리는 늑대 무리라고 생각해 보자고. 당연히 늑대들은 허약한 양치기 개가 있는 농장을 노리겠지. 안 그래?"

FBI 특수작전부 요원이 비유를 들자 황 조사관의 머리도 조금씩 차가워졌다.

"콜롬비아나 대한민국처럼 재난 대책 매뉴얼이 부실한 국가. 늑대로부터 양을 지켜 줘야 할 양치기 개가 나 몰라라 도망쳐 버린 농장이…… 바로 이 나라라는 건가?"

"그것보다 더한 상황이지. 때로는 양치기 개가 오히려 늑대의 무리에 섞여 양을 잡아먹기도 하거든. 지금 바로 그런 일이 일어나고 있는 거야."

황 조사관은 그 말에 반박하지 못한다는 것이 더욱 처참했다. 답답함에 그가 머리를 쥐어뜯었다.

"그럼 어째야 한단 말이야. 이대로 메데인의 악몽이 재현되는 걸 두고만 봐야 해?"

"까를로스. 당신은 감염 사태가 퍼지고 이틀 동안 이 나라의 비상대책위원회에 자문위원으로 있었잖아."

"그, 그랬지."

"생각해 봐. 모든 양치기 개가 다 똑같을 순 없어. 분명 마지막까지 양을 지키려는 자가 있을 거라고. 떠오르는 사람 없어?"

그러자 누군가의 얼굴이 황 조사관의 뇌리를 스치고 지나갔다.

황 조사관에게 '튀기'라는 폭언을 내뱉은 자의 얼굴을 냅다 들이받았던 그날.

— 어째서 대한민국 국군의 병력을 최대한 투입하지 않는 겁니까. 아직 손을 놓을 때가 아닙니다.

모여 있던 관료들 중에서 유일하게 생존자들의 구출을 최우선시해야 한다고 부르짖던 군인 간부가 있었다. 다소 밝아진 황 조사관의 표정을 마주한 나탈리의 얼굴도 진지해졌다.

"있어. 기대를 걸어 볼 만한 사람이."

●. •

이제는 눈물도 말라 버린 것 같은 얼굴의 중년 여인이 카메라를 향해 울분을 토로한다.

"그래요. 죽은 우리 아들 한 번도 메달을 따 본 적 없어요. 그런데 이번 사고 보상금이 금메달 연금의 열두 배라고 계산한 기사가 나왔더라고요. 제발요. 그게 사람이 할 짓인가요? 금메달 천 개를 줘도 새끼 잃은 어미의 가슴을 채울 수 있을 리가 없잖아요."

이번엔 아직 일곱 살밖에 되지 않은 여자아이.

"이게 우리 엄마가 마지막에 보낸 톡이에요. 보실래요? 아, 제가 읽어 달라고요? '사랑하는 우리 딸. 앞으론 엄마가 머리도 못 묶어 주고 양치질도 못 해 줄 것 같으니까 매일 연습해야 해', 이렇게 왔어요. 우리 엄마 무섭죠? 여자 하키 주장이라서 그래요. 엄마한테 할 말이요? 왜요? 아저씨들 앞에선 안 할래요. 어차피 곧 다시 만날 거니까. 양치질하기 싫어서 그런 건 아니고요."

인터뷰 영상은 다음 사람으로 넘어갔다. 화면을 가득 채우는 사천왕 같은 붉은 얼굴. 자막에는 '대한민국 유도 국가대표팀 사무룡 감독'이라고 박혀 있다.

"그래요! 모두가 선수촌의 감염자들을 겁내고 있는 거 압니다. 다들 그렇게 말하더군요. 태릉에는 지구상에서 가장 뛰어난 체력을 가진 좀비들이 우글대니, 어서 불태우라고요."

이 타이밍에서 사 감독은 숨을 훅 들이마시더니 일갈했다.

"아닙니다! 태릉은 체력만 강한 자들을 키우는 곳이 절대 아니고! 지구상에서 가장 훌륭한 '정신력'을 가진 생존자들이 아직 살아 있을 곳입니다. 도락구는 살아 돌아올 겁니다. 그 녀석을 기다려 줘야 합니다!"

누군가는 분노하고, 누군가는 탄식한다.

인터뷰 영상들이 흘러나오는 화면의 하단에는 마치 선거 투표율처럼 실시간으로 두 개의 그래프가 표시돼 있다.

— 태릉선수촌을 격리 방역해야 한다: 82%.

— 생존자들을 마지막까지 구출해야 한다: 18%.

잘 다려진 군복을 입은 손이 리모컨을 들어 화면을 꺼 버렸다.

"기권이 없어. 엉터리 투표란 소리지. 안 그런가?"

육군 항공작전사령부의 제1여단장 최관식 준장의 목소리에는 감정이 실려 있지 않았다. 그러나 그를 1년 동안 옆에서 보좌해 온 부관 김 중위는 그가 지금 분노를 가까스로 억누르고 있다는 걸 알 수 있었다.

"잘 모르겠습니다, 준장님. 방송국마다 너무 들쑥날쑥이라고는 생각합니다."

김 중위는 야전 막사에 임시 설치된 플라스틱 전화기를 만지작거리고 있었다. 방금 전 전화를 끊은 최 준장이 그것을 집어던지는 바람에 수화기에 금이 갔기 때문이다.

"저격수는 몇 명이나 자원했나."

"스물아홉 명입니다. 그중에서 공중 저격 훈련을 마친 병사들이 총 여덟 명입니다."

"제2여단에서 수송헬기는 결국 보내지 않겠다고 하나."

"응답이 없습니다."

"젠장. 전군 철수라니. 꽁무니를 빼고 도망치라는 거지."

"주한 미군이 현장 통제권을 이어받을 준비를 하고 있습니다."

최관식 준장은 독립여단의 권한으로 헬기를 이용한 구출 작전을 준비해 왔다. 먼저 아파치 가디언 공격헬기로 지상의 감염자들을 견제하고, 그 틈에 치누크 수송헬기로 생존자들을 실어 나른다. 속칭 '헐크좀비'처럼 건물을 힘으로 기어오르는 특수한 감염자가 출몰할 경우, 블랙호크 기동헬기에 태운 저격수들이 일점사로 사살한다.

그것이 최 준장이 이틀 동안 준비한 작전이었다. 이미 여러 번의 진압 작전이 실패로 돌아간 후라 오직 자원자들로만 팀을 꾸리기까지 했다.

그런데 방금 전 철수 명령이 떨어진 것이다. 군내 정치판에서 잔뼈가 굵은 최 준장이었지만 이런 상황에선 위화감을 느낄 수밖에 없었다.

"너무 막힘이 없어. 병균이 퍼지고, 준비했다는 듯 격리 폐쇄를 시켜 놓고, 구출에는 미지근하고. 게다가 통신은 진작 끊어 놓았지."

마치 구출할 사람이 없다는 조건을 미리 충족시켜 놓아야 했다는 듯.

"미군이 우리 국민을 구해 줄 것이라 믿는 건 순진해. 역사가 이 굴욕적인 '면피'를 기억할 거야. 아닌가?"

"미래는 잘 모르겠습니다."

"그렇겠지. 그나저나 대체 밖은 왜 저렇게 시끄러워? 망가진 전화기는 냅두고 나가 보게, 김 중위."

"알겠습니다."

누군가 소란을 피우는 것 같았다. 잠시 후 김 중위가 들어와 상기된 얼굴로 입을 열었다.

"어떤 외국인 남녀가 찾아왔습니다, 준장님."

"외국인이? 나를?"

"여자 쪽은 FBI라고 주장하고, 다른 한쪽은 WHO 소속이라고 합니다. 어떻게 할까요?"

"뭘 어떡해. 좀비 쪽이 보낸 암살자는 아니겠지. 들여보내."

그렇게 까를로스 황 조사관과 나탈리 쿡이 최 준장의 지휘 막사에 들어섰다.

최 준장은 황 조사관의 얼굴을 알아보았다.

“자네, 보건복지부 차관님의 이마를 헤딩으로 들이받았던 그 친구 아닌가?”

“마씁니다, 준쟝님! 내가 긴히 할 말쓰미 이씁니다!”

“말씀은 하는 게 아니라 드린다고 하는 거라네.”

“아, 그러씁니까.”

“하긴, 한국말이 뭐 좀 어렵나. 철수 명령이 떨어진 판국에 무슨 볼일이지?”

황 조사관이 품에서 무언가를 꺼내기 시작했다. 그 동작이 너무 조심스러워서 최 준장은 그가 금괴라도 꺼내는 줄 알았다. 그러나 황 조사관이 테이블 위에 올려놓은 것은 투박한 검은색 무전기였다.

“제 칭구들을 구해 주십씨오, 준쟝님!”

황 조사관의 긴 설명을 들으면서 최관식 준장의 얼굴은 점점 굳어져 갔다.

“그러니까 아침에 군인들의 포위망을 강제로 뚫고 들어간 유도 선수가 자네 친구고, 그 친구가 선수촌 안에 수십 명의 생존자가 있다는 걸 직접 확인했단 말이지? 이 무전기로 그 유도 선수와 통신할 수 있고?”

열렬히 고개를 끄덕이는 황 조사관. 최관식 준장은 한참 동안 무전기를 매만지더니 부관에게 말을 건넸다.

“그만 물러가, 김 중위.”

“네? 어디로 말입니까.”

"그동안 성질 더러운 상관 모시느라 수고했어. 자네 결혼식에 주례 봐 주기로 한 약속은 못 지킬 수도 있겠군."

김 중위는 장교가 드글대는 항공작전사령부에서 빠릿빠릿한 일처리를 본 후 최 준장이 직접 차출한 부관이었다. 그렇게 눈치가 빨랐던 만큼 이 순간 상관이 무엇을 결심한 건지 바로 알아챘다.

"안 됩니다! 명령 불복종으로 군사재판에 회부되실 겁니다, 준장님."

"알아. 그러니까 자네는 이 얘기를 못 들은 걸로 해야지. 난 나이를 꽤 먹었지만 자넨 창창하잖아. 나가 있게."

"하지만……."

김 중위가 다급하게 말리려 하자 최 준장은 결국 부서진 수화기를 다시 집어 들었다.

"계속 내 시간을 뺏을 건가!"

결국 김 중위는 눈을 질끈 감고 경례를 붙인 뒤 막사를 빠져나갔다. 최 준장이 상념에 젖은 채 잠시 수화기를 쳐다보다가 이내 내려놓았다.

"일단 당신들 이야기가 맞는지 확인을 좀 해야겠군. 지금 즉시 무전을 걸어 볼 수 있겠나."

황 조사관은 나탈리를 쳐다보았고 그녀 역시 고개를 끄덕였다.

"걸게씁니다."

송신 버튼을 누르자 치이이익거리는 소리가 한참 들리더니 응답이 돌아왔다. 눈을 크게 뜨며 황 조사관이 소리쳤다.

"아아, 들리나효? 거기는 무사합니까."

"여기는 선수촌 챔피언 하우스입니다. 생존자들이 구조를 기다리고 있습니다."

최 준장의 눈빛이 이채롭게 빛났다. 나탈리의 표정 역시 진지하기 짝이 없었다. 그런데 정작 황 조사관의 눈썹은 기이하게 비뚤어져 있었다.

"어어, 크런데 뉴구쉽니까? 라쿠 구니 아닌데효?"

"도락구 선수가 제게 이 무전기를 맡겼습니다."

"아, 그래효? 라쿠 군은 어디에 이씀입니까? 전해야 할 굿 뉴스가 퐈이널리 생겼는데!"

잠시의 침묵 후에 돌아온 대답은 막사 안을 얼어붙게 만들었다.

"유감입니다만, 도락구 선수는 감염자와의 격투 도중 사망하였습니다."

35화
숨바꼭질

– 감염 4일째. 오후. 04:01.

땀에 젖은 유도복을 입은 청년의 얼굴이 사진 속에서 싱그럽게 웃고 있다. 액자의 유리를 거울삼아 비춰 본 자신의 얼굴은 세월의 풍파를 겪고 피로감에 사무쳐 있다.

'10년 전의 나는 이렇게 웃을 줄도 알았던 건가.'

운동에 뜻을 둔 자들이 최고의 경지로 꼽는 그랜드슬래머이면서도 파벌 싸움에 환멸을 느껴 태릉선수촌을 뛰쳐나갔던 사내가 '추억'이란 매트 위에 서 있었다. 매트 위를 떠난 뒤 오랫동안 방황했던 나날들이 한꺼번에 몰려오는 기분이었다. 강두제를 다시 현실 속으로 불러온 것은 정 피디의 환호였다.

"오오, 카메라다! 진짜 있었어!"

두제와 로라의 활극을 렌즈에 담다가 카메라를 강제로 반파 당해 울적해하던 정 피디가 챔피언 하우스 박물관에서 환호하고 있었다. 그는 대포처럼 묵직한 비디오카메라를 어깨에 이고 두제에게 다가왔다.

“두제 씨 말대로 정말 있었어요.”

“꽤나 낡아 보이는데, 작동은 제대로 되겠습니까?”

“하긴, 88년 서울올림픽 개막식을 찍었던 모델이라고 하니 말 다 했죠. 그래도 보존 상태가 좋아서 테이프가 열화되진 않은 것 같아요.”

“다행입니다. 어쩌면 구출 장면을 찍을 수 있겠군.”

정 피디는 이미 낡은 비디오카메라를 백 일 만에 휴가 나온 군인이 애인을 껴안듯 애지중지하고 있었다.

“아이고, 2020년에 8밀리 비디오테이프가 웬 말이냐.”

그러면서 그는 배터리를 충전할 방법을 찾겠다면서 아래층으로 내려갔다. 두제는 박물관 입구에 서서 자신을 계속 노려보는 눈초리를 더 이상 무시할 수가 없었다.

“무슨 용건이신지. 30년 된 카메라 훔쳤다고 고소라도 하시려나.”

남자 핸드볼 국가대표의 주장 주현택은 팔짱을 풀지 않은 채로 답했다.

“아니. 댁들이 박물관에서 메달을 가져가든 트로피를 털든 관심 없어. 우리 생존자들한테 피해를 줄 짓만 하지 않는다면.”

“그거 참 섭섭한 말씀입니다. 저와 로라 양은 ‘생존자’가 아니기라도 하답니까."

"당신들이 보여 준 모습을 봐. 생존보다 다른 것에 관심이 더 많아 보이던 게 내 착각인가."

"그래서 날 졸졸 따라오면서 감시하는 겁니까. 핸드볼 선수답게 질긴 면이 있네."

현택은 대꾸하지 않았다. 두제 역시 대답이 돌아올 것은 기대하지 않았던 터라 무심히 현택을 지나치려는데…… 현택의 손에 쥐어져 있는 무전기가 두제의 발걸음을 멈추게 했다.

"그건 뭡니까."

"도락구 선수가 내게 맡기고 간 거야. 바깥에서 그를 도와주는 사람이 연락을 하기로 했거든."

두제의 눈이 빛났다. 뭐야, 바깥과 연락이 가능한 무전기라니. 보통 물건이 아니잖아?

"그런 걸 댁에게 맡긴 걸 보면 도락구 선수도 어지간히 심지가 약하구만."

"뭐?"

"자기가 잘못될 가능성을 머릿속에서 지우지 못했다는 뜻이잖습니까. 그게 바로 약자들의 사고방식이지."

난 안 그래. 여기서 무조건 살아 나간다는 전제하에 행동하고 있잖아.

"대체 무슨 말을 하고 싶은 거야."

현택의 말투에 가시가 돋치자 두제는 슬쩍 웃어 보였다.

"나라면 그 무전기를 댁한테 맡기진 않을 거란 소립니다."

"불만이라도 있나?"

"지금 이곳에서 좀비 무리에 집어 던져졌을 때 가장 오래 살아남을 수 있는 사람에게 그걸 맡기는 게 현명한 처사 아닐까요."

두제는 조금의 으스댐도 없이 평온한 말투로 읊조렸다. 그래서 그 말에 더욱 설득력이 실렸다.

현택은 내색하지 않았지만 마음이 흔들리는 것을 느꼈다. 스물네 명의 구출 여부가 달려 있는 무전기를 맡은 것이 부담된 것은 사실이기 때문이다. 자신이 죽거나 무전기를 잃어버리면 모두의 구출 가능성이 낮아진다.

'그래. 독선적이긴 하지만 이 남자라면 좀비들 머리를 부수면서 최대한 질기게 살아남겠지.'

두제는 냉철하게 계산된 타이밍에 슬쩍 손을 내밀었다.

"어떻습니까. 중요한 물건일수록 가장 튼튼한 금고에 넣어놓아야지요."

한참을 고민하던 현택은 무전기와 두제의 얼굴을 번갈아 쳐다보았다.

두제는 조급함 없이 기다렸고, 결국 현택이 그에게 무전기를 내밀었다. 그런데 두제가 무전기를 붙잡고 자신에게 당기려는데 현택의 손이 그걸 놓지 않고 있었다.

"왜 그러십니까."

"핸드볼의 본질은 패싱 게임이야. 뛰어난 천재가 혼자 돌파해서 골을 넣을 수 있는 축구와 다른 점이지."

"흐음. 그런데요?"

"당신 눈빛 말이야, 아무래도 믿음이 안 가. 혼자 골 넣겠다고 설치다가 결국 팀을 지게 만드는 녀석들이 보여 주는 눈빛을 하고 있거든."

두제의 입술에서 실소가 새어 나왔다.

"이거 이거, 제대로 찍혔나 보네요. 설마 그 무전기를 넘기면 이 판국에 내가 혼자 살겠다고 딴 수작을 부리기라도 할 거라는 겁니까."

현택은 두제의 손에서 무전기를 탁 낚아채며 물었다.

"내 말이 틀렸나?"

두제는 텅 빈 자신의 손바닥을 보다가 어깨를 으쓱했다. 둘 사이에 잠시 동안의 침묵이 흘렀다. 현택의 표정은 심각했지만 두제의 얼굴은 난감함에 겸연쩍어하는 듯했다.

그래서 현택은 자신의 목젖을 향해 날아오는 손날 공격에 아무런 대비가 돼 있지 않았다.

퍼억.

기도가 막히는 아찔한 고통이 찾아왔지만 비명을 지를 수가 없었다. 기습을 날린 두제의 오른손이 그대로 현택의 입을 틀어막았기 때문이다.

"으으읍!"

현택이 두제의 손을 떼어 내려 버둥거렸다. 어느덧 얼굴에서 웃음기를 완전히 지운 두제가 현택의 뒤통수를 붙잡아 아래로 내렸다. 그리고 길로틴 초크로 상대의 목을 옥죄었다.

필사적으로 두제를 밀쳐 내려 발악하는 현택. 허우적대던 손길에 두제의 셔츠 등 쪽이 조금 뜯어질 정도였다. 하지만 산소가 차단된 현택은 결국 의식을 잃고 바닥에 쓰러지고 말았다. 두제는 손을 툭툭 턴 다음 바닥에 떨궈진 무전기를 집어 들었다.

"그래. 당신 말이 맞아."

복도로 나와 주변을 살펴 아무도 없는 것을 확인한 두제는 기절한 현택을 어깨에 둘러멨다. 그리고 남자 화장실 청소도구함의 문을 열어 그 안에 현택을 밀어 넣었다.

"미안하지만 난 어린 녀석들이 서로 목숨을 걸고 구해 준다느니, 기다려 달라느니 하는 소꿉놀이엔 관심 없거든. 비정한 세상에서 무턱대고 순진한 것도 죄야."

두루마리 휴지를 뜯어낸 두제는 현택의 입에서 흘러나온 침을 꼼꼼히 닦아 주었다.

"모두가 낭만만 쫓으며 아름답게 살 수 있다면 얼마나 좋겠어. 하지만 그게 가능하다면 내가 오로라 같은 망할 계집애 뒤치다꺼리나 하고 있진 않았겠지."

청소도구함의 문을 닫고 바닥에 굴러다니던 대걸레를 문 바깥에 받치는 두제. 생존자들은 모두 일층 로비나 대강당에 모여 있다. 박물관 옆 화장실까지 애써 볼일을 보러 올 자는 없다.

두제는 화장실 거울에 자신을 비춰 보며 비뚤어진 넥타이를 바로 맸다. 현택이 조르기에서 벗어나기 위해 이것저것 붙잡다가 넥타이 끝을 잡아당겼던 모양이다. 물론 두꺼운 승모근을 가진 그에게 넥타이란 갑갑하기 짝이 없는 것이었으나 아직은 풀어 버리기 곤란했다.

'구출 영상에 때깔이 좋게 나와야 하니까 말이지.'

바로 그 순간에 무전기가 울렸다.

두제는 조금의 망설임도 없이 수신 버튼을 눌렀다.

"아아, 들리나효? 거기는 무사합니까."

상대는 어눌한 한국말로 말을 걸어왔다. 무전기 너머에서 느껴지는 분위기는 긴박해 보였다. 그리고 그런 상황은 두제가 원하는 바였다. 초조하고 다급해하는 사람일수록 상대의 거짓패를 읽지 못한다.

두제의 입에선 한 번도 연습해 본 적 없는 대사들이 자연스럽게 흘러나왔다.

"유감입니다만, 도락구 선수는 감염자와의 격투 도중 사망하였습니다."

● • ·

맹렬히 돌아가던 전기톱이 멈췄다.

하얀 도복을 입은 자의 등 쪽에서부터 가슴팍까지 뚫고 나온 톱날이 을씨년스러웠다.

"크워어어어."

절반 이상의 상체를 썰린 후에도 다물어지지 않는 입. 록희는 공구용 드라이버를 집어 든 뒤 신음 소리를 내뱉는 그의 정수리에 내리꽂았다.

콰직.

그러자 신음 소리가 멈췄다.

록희는 '피 웅덩이'라고 불러도 될 예배당 바닥에서 눈을 감은 채 쓰러져 있는 또 한 명의 하얀 도복에게 다가갔다.

"사망한 척 그만 하고 눈 떠요."

그러자 바닥에서 대꾸가 올라온다.

"나 정말 살아 있니? 어디 안 잘렸고?"

"사실 좀 놀랐죠. 거리가 꽤 멀었는데 정확하게 뛰어들어서 메다꽂더만 뭘. 칭찬해 줬으니까 일어나요. 걷어차기 전에."

"끙차, 알았어."

락구는 천천히 몸을 일으켜 끔찍한 몰골이 된 가라데카 좀비의 시신을 내려다봤다. 작전이 성공한 것은 기뻤지만 또 하나의 감염자를 자신의 손으로 '정지'시킨 것을 어떻게 받아들여야 할지 난감했다.

"운이 좋았어. 계속 싸웠으면 물리거나, 그 전에 어디가 부러졌을 거야."

그 말을 들은 록희는 한숨을 내쉬었다.

"운이 좋은 건지, 나쁜 건지. 있으라는 양궁 언니는 없고 이런 무지막지한 좀비나 만났으니. 그 사격 뚱땡이 새끼, 큰소리쳐 놓고. 우리 낚은 거 아냐?"

"잘못 봤을 수도 있지. 그 사람 탓해서 뭐 해. 어차피 양궁장까지 가는 거리는 이쪽이 더 짧아."

"양궁장에 없을 수도 있잖아요. 이거 무슨 숨바꼭질도 아니고."

그때, 숨어서 지켜보던 정욱이 쭈뼛대며 다가왔다.
"두 분은 선수신 거죠? 그리고 누군가를 찾아서 여기까지 오신 거고요. 맞죠?"
락구가 예배당의 커튼에 얼굴을 닦아 낸 다음 고개를 끄덕이자 정욱은 기다렸다는 듯 부탁을 꺼냈다.
"제발 절 데려가 주세요."
"네?"
"이제 트랩을 만들 전선도 다 떨어졌고, 여기 혼자 남아 있으면 전 꼼짝없이 물려 죽을 거예요. 바깥으로 나가 보고 싶었지만 엄두가 안 났어요. 이대로 욕조 안에 숨어 말라죽는 건가 싶었던 순간에 두 분을 만난 거고요."
정욱의 눈빛은 간절해 보였다. 락구는 난감하다는 듯 록희를 쳐다보았다. 그러자 이미 예상하고 있었다는 듯 소녀는 분명하게 고개를 가로저었다.
"너, 장본인이 옆에서 보고 있는데 그렇게 절도 있게 거부하는 건 좀 심하지 않니."
"우리 둘이서 양궁장까지 가는 것도 벅차요. 국대여도 동료로 끼워 줄까 말깐데, 이 사람 완전 뼈남이잖아요."
정욱이 끼어들었다.
"저, 저한테 하신 말씀인가요? 뼈남이 뭔데요?"
"뼈밖에 없는 남자."
록희의 심드렁한 대답에 정욱은 반박할 말을 찾지 못했다. 실제로 그는 저체중으로 신체검사 4급 판정을 받고 대한체육회 소속 공익요원으로 배치된 것이기 때문이다. 하지만 그에겐 근육 대신 눈치가 있었다.

"제가 두 분을 도와드릴 수 있어요."

락구가 고개를 갸웃했다.

"우릴요? 어떻게요?"

"이 관리동 일층에 선수촌 전체의 CCTV와 연결된 서버가 있거든요. 그걸 제 랩탑에 연결하면 두 분이 찾는 사람이 어디에 있는지 실시간으로 볼 수 있어요. 영상 기록이 보통 2주 동안 저장되니까, 그걸 되감아 추적할 수도 있고요."

"그게 사실이에요?"

락구는 물론 록희도 눈을 크게 떴다. 정욱은 이 낌새를 놓치지 않고 락구의 손을 덥석 잡았다.

"숨바꼭질이라고 하셨죠? 술래의 시야는 넓을수록 좋잖아요. 그분이 선수촌 어디에 있든 제가 꼭 찾아 드릴게요."

● ● •

승미와 달튼, 진검이 양궁장 안에 들어섰다.

나흘째 씻지도 못했는지 꾀죄죄한 선수들 다섯 명이 모여 있었다. 여자 대표팀 셋, 남자 대표팀 둘. 연두가 쪼르르 달려와 승미에게 와락 안겼다.

"언니이! 어허엉, 우리 다 죽는 줄 알았어요."

"그래. 고생했지."

훌쩍이는 막내를 달래는 승미에게 다른 선수들도 천천히 다가왔다. 의료동에 있다고 믿은 승미가 완전히 반대쪽인 양궁장까지 헤치고 온 것을, 그들은 보면서도 믿기 힘들었다.

남자 대표팀의 주장인 주상혁이 물었다.

"현승미, 여기까지 어떻게 온 거야? 게다가 그 활은 리커브 보우잖아."

"설명하자면 길어, 오빠. 지금은 서둘러야 돼."

연두는 승미의 품에 꼭 안겨 떨어질 줄을 몰랐다. 승미도 그런 마음을 모르는 바는 아니었지만 무작정 시간을 허비하고 있을 수는 없었다.

"자. 연두야, 진정해. 계속 울면 수분이랑 나트륨만 빠져나가."

"흑, 알겠어요. 언니."

연두를 억지로 떼어 놓은 승미는 챔피언 하우스에서 가져온 리커브 보우를 놓고 자신의 라커룸을 열었다. 오랫동안 손에 익은 컴파운드 보우를 들어 시위를 튕겨 보는 승미.

늘씬한 리커브 보우와 달리 컴파운드 보우는 도르래와 격발 장치가 달려 있어 쏘는 법이 완전히 다르다. 승미는 리커브로 시작해 후발주자인 컴파운드에서도 세계랭킹 순위권에 올라 있는 드문 케이스였다.

'역시 손에 익은 게 좋아.'

게다가 장력과 탄속에서 기계식 활인 컴파운드 보우가 리커브 보우보다 더욱 강력했다.

잠시 후, 달튼이 승미의 어깨를 톡톡 두드렸다.

"말해 봐. 쓘미의 플랜. 어쩔 거지, 이제부터."

승미는 어리둥절해 있는 양궁 선수들에게 말했다.

"일단 모두 자기 활을 꺼내 와. 체스트가드랑 퀴버도 여유껏 챙겨. 화살은 카본 재질만 놔두고 다 버려. 어차피 촉을 커터로 깎아야 되니까. 컴파운드 쓰는 사람은 어퍼 캡(휠) 강도는 내가 조정해 줄게. 좀비의 머리를 뚫을 수 있을 정도로."

속사포처럼 쏟아지는 지시 사항에 다들 어안이 벙벙하다. 연두가 코를 훌쩍이며 끼어들었다.

"언니, 도대체 무슨 소리예요. 여기서 다 같이 구조대를 기다리는 거 아녜요?"

그러자 승미의 표정이 어두워졌다.

"지금까지 아무도 여기까지 오지 못했잖니. 이건 숨바꼭질이 아니야. 찾으러 올 술래는 없어."

상혁이 설마 하는 얼굴로 물었다.

"활이랑 화살을 챙기라는 건, 우리 힘으로 탈출이라도 하자는 거야? 저 괴물들을 뚫고?"

"구조대는 안 올 거야. 인정해야 해, 오빠. 골든타임은 끝났어."

다른 선수들이 뭐라 반박하려 하자 승미는 단호하게 그 말을 끊었다.

"통신은 두절됐고, 헬기나 탱크 소리도 끊긴 지 오래라는 걸 알 거야. 너희들 모두를 설득할 시간은 없어. 그러니까 각자 선택해. 여기서 가만히 기다릴 건지, 아니면 스스로의 힘으로 탈출할 건지. 전자면 명복을 빌어 줄 거고, 후자면 화살을 빌려 줄 거야."

선수들은 모두 깊은 생각에 잠겼다.

제일 먼저 움직인 것은 연두였다. 체스트가드를 메고 자신의 활을 꺼내 온 것이다. 그러자 다른 선수들도 연두처럼 주섬주섬 장비를 챙기기 시작했다. 승미는 연습용 화살 박스를 뜯어 바닥에 화살 수백 개를 좌르륵 늘어놓고 커터로 날카롭게 다듬었다.

"준비, 끝나면 알려 줘라, 승미."

혹시나 양궁장에 접근하는 감염자를 경계하기 위해 달튼이 창가로 가 섰다. 진검이 다가와 승미 옆에 앉았다.

"커터기 하나 더 있어요, 누나? 도와줄게요."

"응. 여기."

"이렇게 힘주면 되는 건가. 아, 부러졌다."

"무작정 힘만 주지 말고, 사선으로 베어 낸다고 생각해."

그때 승미가 진검의 왼팔에 붙은 낡은 주황색 손목밴드를 발견했다. 멀리서 볼 땐 몰랐는데 꿰맨 흔적도 있었다.

"밴드, 꽤 오래됐네."

"아, 이거요? 예전부터 쓰다가 2년 전에 한 번 다른 걸로 바꿨는데 그때 전국체전에서 예선 탈락했거든요. 그 뒤로는 다시 이걸로 돌아와서 계속 꿰매서 써요."

"아아, 부적이구나."

"그런 셈이죠. 이것 때문에 아직 좀비한테 물리지 않은 것 같아요."

선수들에게 징크스는 떼려야 뗄 수 없는 존재다. 머리카락 길이에서부터 속옷의 색깔. 심지어는 경기 직전에 음악을 듣는 이어폰의 감촉 같은 것까지 모두 통제되어야 심리적인 편안함을 얻는 경우도 있다.

하지만 승미에겐 징크스가 없다. 마지막 한 발을 쏠 때 화살에게 말을 걸곤 하는 연두에게 늘 유치하다며 놀리곤 할 정도였다.

"난 부적 같은 거 안 믿어. 좀비한테 물리지 않은 건 네가 발이 빨라서지, 그 밴드 덕분이 아니야."

"어? 누나, 그 머리끈은 그럼 부적이 아니고 뭐예요? 몇 년째 쓰는 것 같은데."

승미는 심드렁한 표정의 곰돌이 캐릭터가 붙은 머리끈으로 머리를 묶고 있었다. 뒤통수로 손을 가져가 머리끈을 만지는 승미가 생각에 잠겼다.

"이건 공물이야. 부적이 아니고."

오래전의 기억이 흘러들어왔다.

— 뭐냐, 이게. 도락구.

— 너 머리끈 자주 잃어버리잖아. 전지훈련 갔다 왔을 때 보이길래 하나 사 왔어. 눈에 잘 뜨이니까 이건 안 잃어버릴 거야.

— 내 탄산음료 같은 상큼함과 이 칙칙한 곰탱이가 어울린다고 생각하니?

— 윽. 뭐야. 그래서 맘에 안 든다는 거야?

— 응. 헌드레드 퍼센트 별로. 십 점 만점에 빵점으로 별로.

— 칫. 됐어. 나래한테 갖다 줘야겠다.

— 나래 걔 머리 짧잖아. 그런 스타일은 묶으면 안 이뻐. 하여간 섬세하질 못하다니까.

— 그럼 김장용 주지 뭐! 그 녀석 냉면 먹을 때 머리 묶고 먹으니까. 야, 안 놔? 놓으라고.

— 됐어. 그래도 공물을 바치는 정성을 생각해서 가끔 해줄게.

물론 가끔이 아니었다. 줄이 해질 정도로 승미는 이 머리끈을 자주 했다. 옛 생각에서 빠져나온 승미는 문득 진검의 질문에서 의아한 점을 발견했다.

"이진검. 너 근데 내가 이거 몇 년째 하는 걸 어떻게 알았어? 나 안 지 이틀밖에 안 됐으면서."

커터로 화살촉을 깎던 진검의 손이 움찔하고 멈췄다. 영어회화 수업 때 승미의 뒤통수를 몰래 훔쳐보았다고 이실직고할 수는 없었으니까.

"그, 그 캐릭터 유행이 좀 지난 거거든요. 모르셨나."

"흠. 그래. 난 또 너무 낡아 보이나 했네."

아무래도 화제를 돌려야겠다고 생각한 진검이 화살 박스들을 가리켰다.

"화살들이 많긴 한데, 정말로 우리들만으로 후문까지 뚫고 갈 수 있을까요?"

손목 보호대를 감고 있던 상혁이 그 말에 덧붙였다.

"맞아. 여기서 후문까지 가는 길이면 실내 빙상장을 거쳐야 하는데, 그 앞은 엄청 큰 대로변인 거 알지? 첫째 날 달아나다가 물린 사람 수가 장난 아냐. 한꺼번에 몰려들면 도망칠 곳도 없어."

그러자 승미가 물끄러미 모두를 쳐다봤다.

"다들 무슨 소리 하는 거야. 난 탈출하겠다고만 했지, 후문으로 가겠다고 한 적 없어."

"뭐? 그럼 어디로 탈출하겠다는 말이야?"

양궁장은 선수촌 정문에서 가장 먼 건물 중 하나임과 동시에 삼육대 캠퍼스와 이어진 후문에 가장 가까운 건물이기도 하다. 때문에 양궁장의 모두가 '탈출'이란 단어에 자연히 그 방향을 생각하고 있었던 것이다.

"우린 반대쪽으로 갈 거야."

모두가 하던 일을 멈추고 승미를 쳐다봤다. 블라인드를 살짝 올려 바깥을 주시하던 달튼마저도 고개를 돌렸다.

승미는 날카롭게 깎인 화살촉을 형광등에 비춰 보며 말을 맺었다.

"지금은 버려져서 창고로 쓰는 건물, 실내 수영장."

36화
구걸 유발자들

- 감염 4일째. 오후. 04:32.

"선수촌에 이렇게나 CCTV가 많았나요?"

락구는 정욱의 랩탑 액정에 떠 있는 30여 개의 분할 화면들을 보고 놀랐다.

"여기는 국가의 세금으로 만들어진 곳이니까요. 사고가 일어나면 안 되잖아요."

훈련 중인 선수들로 왁자지껄했던 모습은 어느 곳에서도 찾아볼 수 없었다. 지금은 붉은 눈의 포식자들이 배회하는 죽음의 무도장일 뿐. 그중에서 두 곳의 상황은 특히 끔찍했다.

록희가 그곳을 손가락으로 가리켰다.

"여기랑 여기는 완전 장난 없네요."

바로 체력 단련장인 월계관과 식당이었다. 바닥이 보이지 않을 정도로 많은 수의 감염자들이 조류에 휩쓸리듯 화면을 꽉 채우고 있었다. 두 곳은 평화로웠던 시절에도 하루 종일 선수들로 북적대던 곳이다. 그러니 감염자들이 빽빽이 들어차 있는 지금의 이 상황이 딱히 어색한 것은 아니다. 하지만 카메라들이 비추는 다른 곳에 비해서 이 두 곳은 유독 밀집도가 심했다.

정욱이 관리동 일층 서버실에서 나오는 열기에 이마를 닦으며 말했다.

"두 분이 말씀해 주신 것처럼 좀비들이 온도를 본다면 말예요, 몰려 있는 사람이 많을수록 위험해지는 거 아닐까요? 건물 안에 있는 사람들의 수가 적어야 살 확률이 높아지는 거죠."

록희가 고개를 끄덕이며 동조하자 정욱은 살짝 용기를 냈다.

"그러니까 꼭 무기 같지 않아요? 사람이 많이 몰려 있는 곳으로 찾아가 병균을 퍼트리는 유도탄처럼."

락구도 바로 그 지점에서 위화감을 느꼈다. 하지만 생각은 익숙한 일층 건물의 외부 풍경을 마주했을 때 멈췄다.

"양궁장이다."

승미가 있을 확률이 가장 높은 장소.

락구는 마치 그렇게 하면 화면 속으로 들어갈 수 있을 것처럼 몸을 앞으로 내밀었다. 그 와중에 락구의 어깨에 치인 록희가 빌컥 짜증을 내려다 상대의 얼굴을 보고 주춤했다. 락구의 얼굴은 감염자들을 상대할 때보다 더 심각해 보였다.

양궁장 주변의 잔디밭은 얼핏 보면 피크닉을 나온 사람들이 여유롭게 초여름의 햇살을 즐기는 것처럼 보였다. 그러나 정욱이 화면을 조금 확대해 보니 그들의 남루한 옷차림과 뜯겨져 나간 팔다리가 선명했다.

"움직임이 없네요. 누가 숨통을 끊은 걸까요?"

정욱의 질문에 락구가 대답했다.

"저기 시체들 머리에 화살이 꽂혀 있잖아요. 승미가 무사히 양궁장까지 도착했던 거야."

비록 화살 깃의 색깔까지는 분간할 수 없었지만 락구는 그것이 승미가 쓰는 분홍색 깃일 거라고 확신했다. 락구가 정욱의 어깨를 붙잡고 재촉했다.

"양궁장 내부 카메라는 없어요? 생존자들이 있다면 보일 거 아녜요."

"어, 지금 찾아볼게요. 저한텐 그런 접속 권한이 없어서 우회하려면 시간이 좀…… 어라?"

그때, 누구도 예상하지 못한 상황이 펼쳐졌다.

양궁장의 정문이 양옆으로 활짝 열리더니 두 명의 남자가 밖으로 달려 나온 것이다. 덩치가 큰 흑인의 손에는 아이스하키 스틱이, 날렵한 체형의 청년의 손에는 배드민턴 라켓이 들려 있었다. 그들은 몸을 낮춰 주변을 살피더니 양궁장 안쪽을 바라보며 손짓했다. CCTV로 소리까지 전달되지는 않았기 때문에 서버실에서는 오직 락구의 침 삼키는 소리만이 들렸다.

컴파운드 보우와 리커브 보우를 각각 들고 체스트가드와 퀴버로 완전 무장한 여섯 명의 궁사들이 일렬로 모습을 드러냈다. 모두가 벙거지 모자를 쓰고 있어 얼굴은 식별할 수가 없었다. 하지만 가장 뒷줄에서 두 번째 궁사의 한 갈래 묶음머리를 본 락구는 확신했다.

"승미다."

나흘 만에 처음 보는 승미의 움직이는 모습이었다. 반면에 록희는 고개를 갸웃했다.

"내 눈엔 다 비슷비슷해 보이는데, 어떻게 알아요?"

"난 알아볼 수 있어. 들고 있는 활이랑 체형을 보면."

락구가 확신하는 이유는 그것뿐만은 아니었다.

"그리고 내가 준 공물을 하고 있으니까."

양궁장에서 빠져나온 여덟 명은 주변을 경계하면서 언덕 위를 거슬러 올라갔다. 그 방향은 선수촌 정문을 향하는 길도, 후문으로 이어지는 길도 아니다. 생존자들이 모여 있는 챔피언 하우스로 돌아가는 경로도 아니다.

"어디로 가는 거죠?"

락구의 질문에 정욱은 어깨를 으쓱했다.

"글쎄요. 저도 물어보고 싶은데 방법이 없네요. 뒤를 쫓아가 보죠."

정욱이 랩탑의 터치패드를 드래그 하자 이번엔 다른 카메라의 앵글이 펼쳐졌다. 드문드문 벤치가 놓여 있는 언덕길의 휘어진 산책로였다. 잠시 기다리자 산책로 끝에서 그들이 모습을 드러냈다.

"왜 뛰는 거지?"

다시 나타난 여덟 생존자들은 뜀박질을 하고 있었다. 그 이유는 곧 알 수 있었다. 펄쩍펄쩍 도약하며 그들을 쫓아오는 수많은 감염자들이 곧이어 등장한 것이다. 그걸 지켜보는 락구는 숨이 멎는 기분이었다.

"아야야얏! 어, 어깨 좀 놔 주세요."

정욱이 소스라치면서 놀라자 락구는 제 손아귀에 힘이 들어간 것을 뒤늦게 깨달았다.

"미안합니다. 이거 지금 벌어지는 일 맞죠?"

"네, 맞아요. 실황이죠."

여덟 생존자들은 무작정 달리지만은 않았다. 유리한 지형을 발견했다 싶으면 여섯 궁사가 V자 대형으로 등을 맞대고 서서 시위를 놓았다. CCTV 카메라로는 화살의 움직임을 잡을 수 없었지만 달려오다가 픽픽 거꾸러지는 감염자들의 모습은 분간할 수 있었다.

록희가 손가락의 밴디지를 뜯으며 읊조렸다.

"정확히 머리를 못 맞히고 있어요. 좀비들이 다시 일어나잖아요."

가까이 다가온 감염자들은 아이스하키 스틱과 배드민턴 라켓에 의해 목이 잘려 나갔다. 그러나 코앞까지 다가온 감염자들의 위세에 놀랐는지 궁사들의 적중도가 흐트러지는 것이 느껴졌다.

락구가 중얼거렸다.

"도망쳐. 한곳에 오래 있으면 위험해."

마치 그 말을 들은 것처럼 그들은 다시 사격을 멈추고 감염자들을 따돌리며 달려가기 시작했다. 그렇게 카메라가 두 번 바뀌고 나서야 락구는 그들의 목적지를 깨달았다.

"수영장이구나. 거기로 가려는 거야."

"네? 거긴 오래전에 폐쇄되어서 그냥 창고로 쓰고 있는데요."

"맞아요. 그런데 저 방향이면 다른 선택의 여지가 없어요. 수영장을 목표로 잡은 거예요."

이유는 알 수 없지만 락구는 궁금해하지 않기로 했다. 따라가서 물어보면 된다.

'드디어 찾았어! 이제 만날 수 있어.'

마치 20킬로그램 아령을 양손에 들고 윗몸 일으키기를 할 때처럼 심장 박동이 빨라지고 호흡이 가빠진다. 더 이상 화면을 지켜볼 여유는 없다. 락구가 자리를 박차고 일어서자 록희도 그 뒤를 따랐다. 그러자 정욱이 황급히 둘의 앞을 가로막았다.

"저도 데려가 주시는 거죠? 약속대로. 맞죠?"

락구는 할 수 없다는 듯 고개를 끄덕였다.

"걱정은 되지만…… 우리 뜀박질 속도에 맞추셔야 돼요. 그리고 만에 하나 물리시면 그땐 우리도 어쩔 수 없어요."

"괜찮습니다! 최선을 다해 따라가겠습니다."

줄곧 혼자였던 정욱은 마음에 보온패치가 붙은 듯 안심되는 기분이었다. 다행히 록희는 모르겠지만 적어도 락구는 위험에 처한 사람을 버리고 달아날 것 같진 않았다. 그렇게 성욱이 자신의 랩탑을 집어 들었을 때!

"억."

그의 고개가 옆으로 꺾이며 풀썩 쓰러졌다. 입을 슬며시 벌린 채로 마치 돌처럼 굳은 듯 꼼짝도 하지 않았다.

"정욱 씨?"

락구는 영문을 몰라 하며 정욱에게 다가가려 했지만, 그가 쓰러지기 전에 미약한 파공음을 들은 록희가 락구의 도복 뒷덜미를 거칠게 잡아당겼다.

"숙여요!"

록희에게 끌려 잡아당겨지자마자 뭔가가 머리 위를 스쳐 지나가는 것이 느껴졌다.

타닥.

두 개의 날카로운 바늘이 서버실의 벽에 박히는 것이 똑똑히 눈에 들어왔다. 끄트머리가 파르르 떨리는 것이 그 운동력을 짐작케 한다. 등 뒤에서 킬킬거리는 웃음이 들려와 둘은 바짝 긴장하며 몸을 돌렸다.

온통 칠흑 같은 재질로 몸을 감싸고 있어 검은색 서버투성이인 실내에서 처음엔 분간이 어려웠으나, 눈이 익숙해지자 두 명의 사내인 것을 알 수 있었다. 한쪽은 천장에 머리가 닿을 정도로 깡마른 장신. 다른 한쪽은 등을 숙이고 있어 더욱 작아 보이는 단신.

등 뒤에 커다란 관을 멘 검은 슈트의 저승사자들. 등 뒤에 멘 무언가에서 흘러나오는 냉기가 락구와 록희에게까지 어렴풋이 전달될 정도다. 펜싱 대표팀의 표유나가 경고했던 바로 그들이었다.

단신의 리퍼, 쿤린이 배를 잡고 웃었다.

"이게 무슨 망신이야, 오마르. 이렇게 가까운 거리에서 못 맞히나?"

두 뼘 크기의 금속 막대를 입에 대고 있던 오마르는 심기가 불편해 보였다. 그가 다시 막대에 독침을 채워 넣으며 으르렁거렸다.

"우연이다. 두 번째는 빗나가지 않아."

다시 막대를 입에 댄 오마르의 마른 흉부가 쑥 들어갔다. 그러자 쾌속의 독침이 연속으로 두 발 발사되었다. 락구는 전방낙법으로 몸을 굴렸고 록희는 어깨만 돌려 독침을 피해 냈다.

일류 격투가들은 공격해 오는 대상의 점에 집중하지 않는다. 그것이 타격 포인트가 되기 전에 타고 들어오는 '선'을 본다. 독침이 향하는 궤적을 미리 파악하고 회피에 성공한 것이다. 물론 평범한 반사신경으로는 흉내도 내지 못할 일.

그러자 이번엔 두 리퍼의 표정이 뒤바뀌었다. 쿤린은 웃음기를 지우며 놀랐고 오마르는 오히려 납득이 되었다는 듯 고개를 끄덕였다.

"훈련받은 선수들이군. 그럼 그렇지."

"뭐야. 세 번째는 안 쏠 거야?"

"밥통을 벗고 녀석들의 동작을 예측해서 쏘면 좀 다를 텐데. 난 자네처럼 임무에 개인적 재미를 부여하지 않아. 쉽게 말해 변태가 아니라고."

“어렵게 말해도 돼, 오마르. 내가 새디스트 쾌락 살인마라고 말이야.”

오마르는 막대를 집어넣은 뒤 길에 늘어선 서버들의 사잇길로 성큼성큼 걸어왔다. 반면 락구와 록희는 다짜고짜 공격해 오는 두 리퍼 앞에서 바짝 긴장해 있었다. 그들이 영어로 대화를 나누고 있었기 때문에 농담을 나누고 있다는 것 말고는 내용을 전혀 파악할 수가 없었다.

일단 오마르가 가까이 오자 락구는 황급히 쓰러진 정욱의 겨드랑이에 양팔을 넣어 벽 쪽으로 끌어당겼다. 코 밑에 손을 대 보니 아직 숨은 쉬고 있었다.

“죽은 건 아니야. 그런데 왜 눈도 깜빡 못 하지?”

록희가 리퍼들을 쏘아보며 소곤댔다.

“이 새끼들이 그 새끼들인가 봐요.”

“조심해. 저렇게 히죽대고 있어도 살기가 보통이 아니야.”

세 발짝 정도 앞에서 오마르가 멈춰 섰다. 그가 장대처럼 긴 팔을 뻗어 정욱이 품에 안고 있는 랩탑을 가리켰다.

“그거. 내놓으면 살려 준다.”

짤막한 문장이라 락구도 그 정도 뜻은 알아들을 수 있었다. 옆을 쳐다보자 록희가 눈짓으로 물었다.

‘어떡해요?’

‘줘 버리자. 우리한텐 이제 필요도 없으니까.’

뚜껑이 열린 채로인 랩탑을 록희가 발로 툭 밀자 오마르의 앞까지 도달했다. 침착하게 그것을 살펴보는 오마르.

"훌륭해. 이걸 주세페에게 가져다주면 되겠어. 쿤린? 왜 밥통을 벗는 거야?"

오마르의 말마따나 쿤린은 냉기를 발산하는 밥통을 내려놓고 어깨와 목을 풀고 있었다.

"안 죽이겠다는 약속은 네가 한 거지, 난 아니거든."

"위에서 비감염자는 최대한 죽이지 말라고 했지. 이곳은 3단계 감염자가 될 뛰어난 육체를 가진 인간이 잔뜩 있으니까."

"흠. 놔두면 장래의 금덩이가 될지도 모른다는 건가. 그런데 대장은 우리 얼굴을 본 녀석들이 살아서 돌아다니는 걸 반기지 않을 거라고."

턱을 어루만지며 잠시 고민하던 쿤린이 결심을 한 듯 손을 허공에 뿌렸다. 그러자 양 손등 위에서 날카로운 송곳이 철컥 튀어나왔다. 그것을 본 락구와 록희는 바짝 긴장했다.

"아무래도 안 되겠어, 오마르. 둘 중에 한 놈만 죽일게."

"뭐?"

"이곳에 떨어져서 공포도, 지성도 없는 녀석들 목만 자르고 다녔잖아. 난 사냥개가 아니라 야생 늑대라고. 죽음을 목전에 둔 먹잇감이 벌벌 떨며 삶을 구걸하는 걸 보고 싶어."

쿤린의 눈빛에는 이미 살육에 대한 갈증이 넘실대고 있었다. 오마르는 무덤덤한 표정으로 그를 바라보더니 뒤로 빠졌다. 그리고 손목에 있는 스톱워치를 작동시켰다.

"3분 준다. 그 안에 끝내."

"들었지? 여러분, 열심히 발버둥 쳐서 날 즐겁게 해 주길 바라."

게임기를 켜도 된다는 부모님의 허락을 받은 소년처럼 쿤린이 웃었다. 그 표정을 보던 록희는 팔뚝에 솜털이 곤두서는 느낌이었다.

"아, 물론 도망칠 생각은 안 했으면 좋겠어. 그러면 저 바닥에 누워 있는 녀석한테 공들여 화풀이를 할 거니까."

그의 말을 알아듣지는 못했지만 락구는 귓속말로 계속해서 '냅다 튀자'는 록희의 제안을 못 들은 척하고 있었다.

'도대체 왜 못 튄다는 거예요? 저 새끼들 눈을 봐. 사람 죽이는 데 이골 난 놈들일 거예요.'

'정욱 씨랑 약속했잖아. 같이 데려가 주기로. 이렇게 버려두고 갈 순 없어.'

'좀비한테 물리면 두고 가기로 합의했잖아요.'

'응. 근데 물린 게 아니라 독침에 맞은 거잖아. 도망치려면 먼저 가.'

'이 고집불통아!'

둘이 티격태격하는 것을 구경하던 쿤린이 땅을 박차고 뛰어올랐다. 그가 먼저 고른 장난감은 록희였다.

"쳇!"

록희는 가슴을 향해 휘둘러지는 칼을 날렵하게 피한 다음 물러섰다. 그걸 예상했다는 듯 쿤린은 능숙하게 후속 공격을 가했다. 상대가 자신을 벽 쪽으로 몬다는 것을 감지한 록희는, 코너에 몰려선 안 된다는 복서 특유의 위기감 때문에 백스텝을 멈추고 왼손을 장전했다.

"핫!"

쿤린의 왼쪽 관자놀이를 노린 레프트 훅이 아슬아슬하게 빗나갔다. 메탈 너클이 감긴 주먹이 서버를 감싼 금속판을 우그러뜨렸다. 그것을 보고 휘파람을 분 쿤린은 록희의 팔목에 매인 밴디지 끝을 주욱 붙잡아 아래로 당겼다. 그런 뒤 무릎으로 상대의 허벅지를 때렸다.

"크읏!"

그 반동으로 록희의 자세가 흐트러지자 무자비한 송곳이 목젖을 노리고 직선으로 날아들었다. 록희가 전화 받는 자세로 왼팔을 귀에 바짝 붙여 그것을 막으려 했지만 너클에 쩡 하고 박힌 송곳의 충격에 온몸이 찌르르했다.

락구가 쿤린의 팔목을 붙잡은 것은 바로 그때였다. 상대가 워낙 빨라 공격과 공격 사이의 찰나를 노린 것이다.

'붙잡았다.'

검은 슈트는 매끄러워서 옷깃을 잡는 건 불가능. 꽉 잡은 손목을 중심축으로 상대의 발목을 후려갈겨 메칠 생각이었다. 그런데 킥복서 못지않게 빠른 락구의 다리후리기를 쿤린은 훌쩍 뛰어올라 피하더니, 차올린 뒷발을 전갈의 꼬리처럼 휘게 해 락구의 왼쪽 어깨를 걷어찼다.

"큭."

묵직한 고통에도 손목을 놓지 않은 락구가 바닥에 등을 대고 넘어졌다. 그러면서 여전히 떠 있는 상대를 자신 쪽으로 끌어당긴 후 아랫배를 힘껏 걷어찼다.

"타앗!"

그러나 배대 되치기를 당한 쿤린은 휘익 날아 공중에서 몸을 뒤집은 다음 사뿐하게 착지했다.

락구는 쓰라린 목을 어루만지며 생각했다.

'원숭이를 집어 던지는 기분이야. 공중으로 던지는 건 안 되고 바닥에 메쳐야 하는데, 그런 큰 기술을 썼다가는 교착 상태에서 송곳에 찔릴 거야.'

록희도 가드를 바짝 올리며 상대의 빈틈을 찾고 있었다.

'칼 들고 설치는 녀석들은 의외로 호흡이 더 가빠지고 동작은 경직되는데, 이 녀석은 달라. 흉기를 제 몸처럼 다루고 있어.'

반면 놀라는 것은 쿤린도 마찬가지였다.

"봤어, 오마르? 사내놈은 손아귀 힘이 무지막지하고, 계집년은 스프링처럼 빨라."

"감탄할 때인가, 쿤린. 2분 15초 남았어."

"쳇. 알았어."

쿤린이 다시 공격하려 개구리처럼 몸을 납작하게 웅크렸을 때, 그 일이 일어났다.

덜컹.

천장의 환기구가 벌컥 열리더니 누군가가 휘익 뛰쳐나와 쿤린의 정수리를 노린 것이다. 쿤린은 온몸이 울리는 본능적인 경보에 따라 팔로만 몸을 지탱해 습격을 피했다.

콰악!

날붙이가 아스팔트 바닥에 박히는 익숙한 소리. 순간 세상이 거꾸로 보이는 쿤린의 눈에 들어온 것은 양손에 칼을 든 여자였다.

"누구냐!"

습격자는 하강의 힘을 이용해 바닥에 꽂은 군용 나이프를 빼내며 쿤린의 옆구리를 걷어찼다. 튕겨져 굴러가던 쿤린은 탄력적으로 다시 일어섰지만 얼굴은 적의로 가득 차 있었다.

"납셨구만. 잭을 죽인 년."

구경만 하던 오마르가 가슴의 원형 버튼을 누르자 그의 등 뒤로 밥통 떨어지는 소리가 서버실에 메아리쳤다.

"이 여자는 너 혼자서 안 돼. 협공해야 한다."

두 리퍼의 가운데에서 포위된 여자의 얼굴을 락구와 록희는 너무도 잘 알고 있었다. 둘이 동시에 외쳤다.

"안 소령님!"

안금숙 소령은 둘 쪽을 쳐다보지 않고 두 리퍼만을 번갈아 보면서 대답했다.

"두 분, 인사는 나중에."

그 말을 마치기도 전에 두 리퍼가 안 소령에게 덤벼들었다.

쿤린이 바닥을 기듯이 쓸며 송곳을 휘두르자 안 소령이 군화로 벽을 박차고 올라 피했다. 그리고 오마르의 손날 공격을 기다렸다가 피해 낸 뒤, 풍차처럼 뒤돌려치기로 오마르의 오금을 걷어찼다.

곧 허공에서 쿤린의 송곳과 안 소령의 군용 나이프가 쉴 새

없이 격돌하며 불꽃을 튀겼다.

카각. 카가가각.

찌르기 위해 내뻗는 쿤린의 송곳과 달리 안 소령의 나이프는 곡선의 궤적으로 상대의 급소를 노렸다. 서로가 상대의 간격으로 깊숙하게 들어가지 못해서 결국 치명타는 나오지 않았다. 그러나 쿤린의 킥을 막아 낸 안 소령이 뒤로 물러서는 순간을 후위의 오마르는 놓치지 않았다.

락구가 다급히 외쳤다.

"소령님, 조심해요!"

그가 입에 대고 있던 막대를 불자 독침이 안 소령의 오른쪽 어깨에 적중했다. 그녀가 오른손에 들고 있던 정글도가 바닥에 떨어지며 땡그랑 소리가 났다. 잠시 쿤린과 간격을 벌린 안 소령은 신속하게 침을 빼 바닥에 내던졌다.

틱.

오마르의 눈썹이 일그러졌다. 당장 동작을 멈추고 바닥에 쓰러져야 할 상대가 심호흡을 한 번 쉬더니 다시 정글도를 집어 들고 허공에 몇 번 휘둘러 보기까지 한 것이다.

쿤린이 맞은편의 오마르에게 따졌다.

"뭐야. 제대로 쏜 거 맞아?"

"마비독이 안 먹히는 거야. 지독한 항독 요법을 이겨 낸 여자다. 쏙독새처럼."

그러자 둘의 앞에 모습을 드러낸 이후 처음으로 안 소령이 표정 변화를 드러냈다. 미약하지만 분명한 분노. 오마르가 그것을 놓치지 않고 붙들었다.

"당신. 쏙독새 때문에 우리를 따라다니는 건가."

그러자 안 소령의 입에서도 유창한 영어가 흘러나왔다.

"너희가 휘두른 칼의 피값을 받아 내러 왔다."

쿤린이 코웃음을 친 다음 외쳤다.

"웃기시는군! 그 자식은 우리 모두를 배신하고 속였어. 죽어도 쌌지."

안 소령의 눈빛이 찌르듯이 쿤린에게로 향했다. 그 서슬 퍼런 적의에 쿤린도 자신의 송곳니를 드러냈다.

"그렇게 노려보면 내가 너무 무섭잖아."

"네놈, 스스로를 야생의 늑대라고 칭했던가."

"훗. 숨어서 다 듣고 있었구만. 음흉하게. 그랬다면 어쩔 거냐."

"늑대 무리가 힘을 모아 수사자를 물어 죽였으면 한 가지를 확인했어야지. 그 수사자에게 짝이 있었는지를."

정글도를 쥔 안 소령의 손에 혈관이 터질 듯 불룩 올라왔다. 과도하게 힘을 주고 있는 것이다. 락구와 록희는 저토록 감정을 격렬하게 드러내는 그녀의 모습을 처음 목격하는 터라 생경하기까지 했다.

"각오해. 나는 먹잇감에게 삶을 구걸하게 만들지 않아."

안 소령이 두 칼을 쥔 손목을 엑스 자로 교차시킨 다음 살기 어린 눈빛으로 경고했다.

"너흰 죽음을 구걸하게 될 거야."

37화
탄피 속의 화약

- 감염 4일째. 오후. 04:55.

공방일체.

안금숙 소령의 싸움법을 보면서 락구가 떠올린 단어였다.

한 손에는 군용 나이프, 다른 한 손에는 기다란 정글도를 휘두르며 두 리퍼를 동시에 상대하는 그녀의 손속에는 망설임이 없었다. 정글도를 횡으로 휘둘러 상대의 거리를 견제하다가, 그들이 공격을 피해 품 안으로 들어오면 나이프의 간결한 찌르기로 방어해 낸다. 마치 길이가 다른 두 마리의 살모사가 그녀의 팔이 되어 춤추는 듯했다.

하지만 상대의 수준 역시 높았다.

"까불지 마라!"

쿤린이 서버실의 냉각탑을 달려 올라가 박자더니 안 소령의 머리 위로 날았다. 수직으로 내리꽂히는 날카로운 송곳. 안 소령은 나이프와 정글도를 교차시켜 막으며 송곳을 멈춰 세웠으나 바로 그 동작이 상대가 원하는 바였다. 그녀의 손목을 붙잡은 쿤린이 날아온 원심력을 유지하며 안 소령의 턱을 걷어찼다.

비틀대며 물러나는 안 소령의 등 뒤에는 오마르가 기다리고 있었다. 다섯 개의 번쩍이는 섬광이 허공을 찢듯이 궤적을 만들어 냈다. 오마르의 손가락엔 다섯 개의 독바늘이 장착돼 있었던 것이다.

"크윽."

등을 할퀴어진 안 소령은 인상을 찌푸리며 땅을 굴렀다. 락구가 속사포처럼 내뱉었다.

"나, 소령님이 정타를 맞은 거 처음 봐."

록희도 고개를 끄덕였다.

"좀비들도 못 한 걸 저 두 새끼가 해내네."

두 리퍼가 다시 간격을 벌려 안 소령을 중앙에 두고 선회했다. 안 소령은 다시금 아무렇지 않게 반격의 자세를 취했으나 이마에서는 땀이 흘러내리고 있었다.

오마르가 감정 없는 목소리로 내뱉었다.

"당신 정도의 킬러를 내가 모를 리 없는데. 어디 소속이지?"

"그런 질문을 하는 걸 보니, 정체를 알지도 못한 채 내 남자의 숨통을 끊었던 모양이군."

쿤린이 네 발로 기는 자세로 안 소령의 빈틈을 노리며 이죽거렸다.

"쏙독새, 그 녀석은 계약을 위반했어. 청부업자 세계에서도 엄연히 룰이 있다고. 만약 살려서 보내 줬다면 우리들의 공적에도 금이 갔을 거야."

안 소령은 싸늘하게 웃으며 대꾸했다.

"공적 때문이 아니라 공포 때문이었겠지. 정상적인 방법으로는 그를 넘어설 수 없다는 생각에 협공을 한 거잖아? 그것이 너희 쓰레기들이 말하는 룰인가."

쿤린의 눈에 핏대가 섰다.

"입 닥쳐!"

역으로 도발을 당한 쿤린이 안 소령과 격돌했다.

맹렬한 검격을 교환하던 둘의 균형이 깨진 것은 안 소령이 변칙적인 수를 던지면서부터였다. 나이프를 빙글 돌려 거꾸로 잡은 안 소령이 손잡이의 끝으로 쿤린의 명치를 강타했다.

"으으윽."

순간적으로 상대에게 익숙하지 않은 간격을 만들어 공격의 동선을 흐트러트린 것이다. 곧바로 쿤린의 목을 향해 참수의 벌을 내리려는 듯 하강하는 정글도. 쿤린은 있는 힘을 다해 오른팔의 송곳으로 정글도의 궤적을 바꿔 빗나가게 한 뒤 안 소령의 손목을 걷어찼다.

휘익! 날아간 정글도가 서버실의 천장에 꽂히며 가볍게 진동했다. 한 손이 비었지만 안 소령은 당황하지 않고 상대의 어깨로 손을 뻗었다. 거기에는 리퍼들이 '밥통'이라 부르는 냉각 장치와 연결하는 버클이 있었다. 그 버클을 잡아당기자 단신의 쿤린이 휘청였고, 안 소령의 무릎이 그의 복부를 뚫어 버릴 듯 강타했다.

"꾸에엑."

몸을 앞으로 숙인 쿤린에게 안 소령이 나이프로 치명타를 가하려는 순간, 오마르의 킥이 날아들었다. 그녀는 성큼 뛰어올라 천장에 박힌 정글도를 뽑아 들더니 그것을 휘둘러 오마르를 물러서게 했다. 그 찰나 동안 쿤린은 다시 충격에서 회복했고, 이내 분노에 찬 얼굴로 안 소령을 주시하기 시작했다.

락구가 고민을 시작한 것이 바로 그 순간이었다.

"권투소녀, 들어 봐. 이대로 가면 소령님이 질 것 같아."

"왜요? 안 밀리고 있잖아요."

"소령님이 다수를 상대하는 경험이 많은 건 의심할 여지가 없지. 하지만 상대들도 호흡이 척척 맞고 있어. 저 키 큰 남자의 손가락에 뭐가 발려 있는지는 모르겠지만 소령님의 반응은 점점 느려지고 있고."

"하긴. 걔들이 입은 저 시커먼 옷도 좀 사기인 것 같지 않아요? 충격을 흡수하는 것 같아."

두 리퍼와 안 소령이 다시 살육전을 시작했다. 오마르의 움직임에 걷어차인 의자가 락구 쪽으로 데굴데굴 굴러왔다. 락구는 쓰러져 있는 정욱이 다치지 않게 그 의자를 쳐 내며 일어섰다.

"우리가 도와주자."

어느 정도 예상한 제안이었지만 록희는 떨떠름했다.

"까를로스 아저씨가 한 말 기억나요? 저 아줌마 믿지 말라고 한 거."

"저들은 소령님을 죽일 셈이야. 그걸 지켜만 볼 거야?"

"아니, 애초에 소령도 아니라잖아요. 속셈이 뭔 줄 알고 도와줘요?"

그러자 락구가 팔을 걷어붙이며 말했다.

"그러니까 도와준 다음 그걸 물어보자."

결국 록희도 메탈 너클을 만지며 싸울 준비를 했다.

"어느 쪽?"

"가벼운 쪽."

오마르와 안 소령이 엉켜 붙어 근접전을 펼치는 동안, 쿤린은 상대의 배후를 찌르기 위해 틈을 노리고 있었다. 그때 직선 궤도의 주먹이 그의 관자놀이를 때렸다.

빽.

헬멧이 벗겨질 정도의 충격. 한 손으로 땅을 짚어 제비를 넘으며 물러선 쿤린의 눈에 주먹을 회수하는 록희가 보였다. 생쥐에게 수염을 뜯긴 살쾡이의 심정이 이러할까.

"이게 죽을라고!"

오른팔을 휘두르며 뛰쳐나가려던 쿤린이 허공에 덜컥 붙잡힌 느낌을 받으며 멈춰 섰다. 왼쪽 어깨에 강철 족쇄가 채워진 것 같은 묵직함. 고개를 돌려보니 두 생쥐 중 수컷 생쥐가 양손을 끼워 자신의 팔꿈치를 봉쇄한 뒤 꺾으려 하고 있었다.

"어딜!"

회심의 공격이라고 생각했다. 작정하고 부러뜨리려는 엘리트 유도가의 기무라 락이었기 때문이다. 그러나 쿤린은 양발을 모아 땅을 박차더니 제자리에서 한 바퀴 돌아 내려섰다. 관절기의 진행률을 무위로 돌리는 임기응변이었다. 락구는 무예를 넘어선 기예를 보여 주는 쿤린의 동작에 잠시 넋을 놓았고, 그 바람에 옆구리를 걷어차이며 물러났다.

"큭."

쿤린이 부러질 뻔한 자신의 왼팔을 쓰다듬으며 말했다.

"너희 둘, 곱게는 안 죽일 거야. 그러니……."

그 말이 끝나기도 전에 록희가 달려들었다.

"어차피 못 알아들어, 새끼야!"

복서의 연타를 리퍼는 스웨이 동작으로 피하면서 상대가 짧게 끊어 치는 펀치로 전략을 바꿨다는 것을 눈치챘다.

'영리한 년이군. 카운터를 안 맞겠다는 거지?'

그러는 찰나 락구는 깊은 고민에 빠져 있었다.

'아무래도 타격을 줄 방법이 없어.'

도복을 더욱 걷어 올리는 락구.

'유도 기술만으로는.'

찰나에 승부가 갈리는 매트 위에서 평생을 살아온 유도 선수. 그가 지금 막 몸에 밴 규칙을 벗어던질 각오를 했다.

"비켜서, 권투소녀!"

록희가 뒤로 뛰어들 공간을 만들어 주자 돌격 거리가 생겼다. 락구는 하단 태클하듯 몸을 낮춰 쿤린에게 덤벼들었다. 그러자 자동적으로 튀어나오는 송곳. 락구는 속도를 줄이며 특유의 빠른 손놀림으로 상대의 손과 깍지를 꼈다.

"춤을 추자는 거냐?"

쿤린이 비웃었지만 락구에게서 전해지는 악력에 움찔한 건 사실이었다. 락구는 스스로에게 되뇌었다. 마지막 빗장을 풀려면 그 과정이 필요했기 때문이다.

'이건 시합이 아니야. 싸움이야.'

락구의 오른손이 마주잡은 쿤린의 왼손을 시계 반대 방향으로 잡아 내렸다. 상대의 유연함을 알기에 마음껏 힘을 줄 수 있었다. 그러자 자동적으로 락구의 오른 팔꿈치가 지렛대의 원리로 튕겨 올라갔다.

상대와 깍지를 푸는 것과 동시에 락구의 오른 팔꿈치가 대각선 아래로 무자비하게 휘둘러졌다. 유도의 매트 위에선 너무나도 당연히 반칙인 동작. 그리고 물론 반칙은 원래 그러하듯 파괴적이다.

빠각!

헬멧으로부터 보호되지 않는 유일한 부분인 입술이 뭉개지며 쿤린이 뒤로 날아갔다.

"끄억!"

콰당탕탕.

서버들의 수납장을 부서트리며 나동그라지는 쿤린. 그가 피가 흐르는 입술을 부여잡고 비틀거리며 일어났다.

록희가 감탄했다.

"우와! 방금 뭐 했어요? 무슨 기술이야?"

"그냥 때린 거야. 메치기가 안 통하니까 어쩔 수 없었어."

팔꿈치는 신체에서 가장 단단한 부위에 속한다. 유도 대련 중에 실수로 상대의 팔꿈치에 가격당해 갈비뼈에 금이 가는 경우도 있다. 그런 공격을 실수도 아니고 노리고 때렸으니, 그 충격은 어마어마할 것이다.

상대가 다시 덤벼들 거라고 생각한 락구가 반격 자세를 취했다. 그러나 벌떡 일어난 쿤린의 시선은 락구의 뒤쪽을 보고 있었다.

"으으으윽."

단말마의 비명이 들려왔다.

고개를 돌리자 자신의 뒷목을 붙잡고 있는 오마르의 모습이 눈에 들어왔다. 자세히 보니 그것은 목을 붙잡은 것이 아니라 척추를 파고든 나이프를 빼내기 위해 안간힘을 쓰려는 것이었다.

버둥대던 오마르의 기다란 육체가 앞으로 쿵 하고 쓰러졌다. 그의 뒤에서 가쁜 숨을 몰아쉬던 안 소령이 뚜벅뚜벅 걸어왔다. 그러고는 망설임 없이 정글도로 오마르의 뒤통수를 내리쳤다.

카드득.

헬멧이 우그러지며 바닥에 피가 번지기 시작했다. 락구는 잠시 현기증을 느낄 수밖에 없었다. 난생처음으로 살인의 현장을 목격한 것이다. 록희도 얼굴을 찌푸린 건 마찬가지였다.

"꼭 그렇게까지 해야 돼요, 아줌마?"

안 소령이 오마르의 목 뒤에서 나이프를 뽑아내며 답했다.

"제가 이 무기들로 얼마나 많은 감염자들을 베어 냈다고 생각하시나요?"

락구와 록희는 동시에 그 말에 담긴 속뜻을 깨달았다.

"네, 맞아요. 감염자의 피가 묻은 칼로 사람을 찌르면 변하게 됩니다."

그녀가 쿤린에게 다가오자 락구와 록희는 무의식중에 뒤로 조금씩 물러났다.

대치 상황에서 먼저 입을 연 것은 쿤린.

"우리 중에서 가장 약한 오마르를 죽인 걸로 우쭐해 마라."

"허약한 놈들부터 제거하는 게 사냥의 기본이지. 그러니까 다음 순서는 자연히 네놈이 되는 거고."

쿤린은 재빠르게 안 소령과 그녀의 등 뒤에 버티고 선 두 남녀를 살폈다. 분하지만 셋을 당해 낼 수는 없겠다는 계산이 섰다.

"다시 만날 때는 다를 거다."

그 말을 끝으로 쿤린은 갑자기 록희를 향해 송곳을 휘두르며 덤벼들었다.

"물러서!"

후드에 달린 끈의 꽁지가 잘려 나가며 허공에 떠올랐다. 락구가 록희의 어깨를 잡아당기지 않았더라면 목을 베였을 것이다. 쿤린은 록희의 뒤에 떨궈진 랩탑을 집어 들고는 날 듯이 뛰어올라 창문을 박살 내고 달아났다.

안 소령은 그 뒤를 쫓을 생각은 없는 듯했다. 그녀는 죽은 오마르의 슈트 허리춤을 뒤지더니 녹색 액체가 담긴 주사기를 찾아냈다. 그리고 쓰러진 정욱에게 다가가 놓아 주었다.

멍하니 있는 락구와 록희에게 돌아서며 그녀가 말했다.

“두 분 괜찮습니까.”

“네, 괜찮아요. 방금 정욱 씨한테 뭘 주사한 거죠?”

“해독제겠지요. 그가 당한 건 거미에게서 추출한 마비독입니다. 살상용은 아니니 곧 깨어날 거예요.”

락구와 록희를 빤히 보던 안 소령이 표정 변화 없이 읊조렸다.

“두 분이 절 보는 눈빛이 달라졌군요. 아마 제가 예상하는 이유 때문인가요.”

그 말에 록희가 못 참겠다는 말했다.

“까를로스 아저씨가 말해 줬어요. 아줌마가 우릴 속였다고.”

“네. 그랬습니다. 선수촌에 들어오려고 당신들을 속였어요.”

“별로 미안해하지도 않네요? 대체 정체가 뭐예요? 네?”

자신을 바라보는 락구와 록희의 시선이 심상치 않다. 대답을 강요하는 압박감. 잠시 뜸을 들이던 안 소령은 이렇게 말했다.

“외계인이 지구에 심어 놓은 첩자입니다.”

락구와 록희가 동시에 뜨악하며 입을 벌렸다.

“뭐라고요?”

“그럼 이건 어떤가요. 비밀리에 연금술로 만들어진 인간형 안드로이드 로봇입니다.”

락구는 입을 다물었고, 록희는 짜증 난다는 듯이 한숨을 내쉬었다.

"어울리지 않게 장난하지 마요, 아줌마."

안 소령의 얼굴엔 조금의 웃음기도 없었다.

"제가 어떤 대답을 한들, 이 격리 구역에서 두 분이 그걸 검증해 낼 방법은 없습니다. 어차피 그런 상황에서 진실이 무슨 의미가 있나요."

락구가 둘의 대화에 끼어들었다.

"믿음의 문제가 있잖아요. 이제 우린 소령님을 못 믿겠어요. 사실 계속 소령님이라고 부르는 것도 이상하고."

"제 정체를 두 분께 말씀드릴 수 있었다면 처음부터 그리 했을 겁니다. 그게 대단한 문제인가요? 중요한 건 두 분이 의심하는 와중에도 절 도와줬다는 점 아닐까요."

격앙된 얼굴로 락구가 외쳤다.

"살인을 하실 줄은 몰랐죠!"

"놀라게 해 드려 유감이지만, 그게 저의 일입니다. 그리고 아직 저들에게 받아 낼 목숨 값은 다섯이 더 남아 있고."

그때, 정욱이 눈을 깜빡이며 격하게 숨을 들이쉬기 시작했다.

"허어어억."

락구가 다가가 정욱의 상체를 일으켜 줬다. 해독제가 잘 들었는지 혈색이 조금씩 돌아오고 있었다.

록희가 팔짱을 끼며 안 소령 앞에 섰다.

"어떤 일을 하시든 상관 안 해요. 이제 다시 도와드릴 일 없을 테니까."

"과연 그럴까요, 록희 양. 저는 그렇게 생각하지 않는데요."

락구가 정욱을 업은 다음 둘에게 다가왔다.

"얘 말이 맞아요. 살인 행위에 가담할 생각은 없습니다. 죄송하지만 우린 여기서 끝인 것 같네요."

정욱을 업은 락구가 록희의 어깨를 툭 쳤다. 그들은 서버실의 출구 쪽을 향해 조금씩 뒷걸음질 쳤다. 그동안 안금숙은 말없이 그들을 바라보고 있었다.

록희가 문을 열려는 그 순간!

"제가 왜 두 분을 골랐는지 아십니까."

멈칫하는 자신이 싫었지만 록희는 그녀의 뒷말이 궁금하다는 걸 인정해야만 했다.

"왜 그랬는데요?"

"제게 복수의 총알이 필요한 상황에서 두 분은 너무도 훌륭한 탄피였으니까요. 그 안에 화약을 채워 넣고 뇌관을 넣어 준다면 겨냥하는 모든 걸 파괴할 수 있는 가능성을 본 겁니다."

"아줌마 복수엔 관심 없거든요? 총알이니 뭐니, 뜻대로 움직여 줄 생각도 없고."

락구가 록희의 말을 받았다.

"무엇보다 인간 사냥에 동참할 정신 나간 사람이 있을 리가 없잖아요. 우린 사람을 죽이려고 여기 온 게 아니라, 구하러 온 거예요."

안금숙이 시선을 내리깔았다.

"그래요? 그렇게 말하기엔 두 분의 손에 묻은 피가 진해 보이는군요. 두 분을 철장에서 꺼내 준 건 누굽니까."

"네?"

"선수촌 안으로 들어올 계기를 제공한 건 또 누굽니까. 조금씩 조금씩 누군가의 살을 깎고 뼈를 부수는 체험을 쌓을 수 있도록 물들여 준 건 누굽니까."

대꾸할 말을 찾지 못하는 락구와 록희.

"두 분은 다시 저와 만나게 될 겁니다. 아직 뇌관은 심어지지 않은 것 같지만 시간문제지요. 복수는 '다른' 복수를 부르는 법이니까."

록희가 서버실의 문을 벌컥 열고 락구를 쳐다봤다.

"이상한 소리 들어 주지 말고 가요. 지금도 그 양궁 언니가 언제 위험해질지 모르잖아요."

"으, 응."

그렇게 둘이 시야에서 사라지려 할 때, 안금숙이 락구에게 말을 걸어왔다.

"제 이름은 속이지 않았습니다, 락구 군. 다만 계급을 바꿨을 뿐. 제 진짜 계급은 남조선에 없습니다."

"나, 남조선이요?"

"안금숙 소좌. 그게 제 진짜 계급입니다. 다음번에 만나면 그렇게 불러 주세요."

그 말을 끝으로 안금숙 소좌는 오마르의 시체 앞에 무릎을 꿇었다. 락구는 그녀의 등 뒤를 잠시 바라보다가 서버실을 떠났다.

챔피언 하우스의 강당에 생존자들이 모여 서 있었다. 그들의 얼굴에는 비슷한 감정이 떠올라 있었다. 짜증과 두려움. 그리고 그 밑에 묻혀 있지만 가장 강력한 감정인 호기심.

"다들 와 주셨군요. 감사합니다."

단상 위에는 두 명의 남녀가 서 있었다.

이미 챔피언 하우스의 모든 사람들로부터 그 광기를 인정받은 묘한 한 쌍. 전직 유도 그랜드슬래머이자 현직 프로 파이터 겸 경호원인 강두제. 그의 경호 대상이자 국민요정 리듬체조 스타 오로라.

정 피디는 88년식 비디오카메라를 어깨에 얹은 채 그런 그들의 일거수일투족을 촬영하고 있었다. 객석의 한 여자 선수가 불만 섞인 목소리로 말을 꺼냈다. 오로라와 머리채를 붙잡으며 싸웠던 싱크로나이즈드의 양주희였다.

"또 무슨 꿍꿍이인지 몰라도, 미친 짓을 하려면 둘만 해요."

다른 생존자들도 모두 동조하는 의미로 고개를 끄덕였다. 그러자 두제는 모두 이해한다는 듯 인자한 미소를 띠며 말했다.

"저와 오로라 양이 돌발 행동을 일삼아서 여러분을 불안하게 만든 건 인정해요. 당연히 이런 근심도 이해합니다. 하지만 제가 들은 중요한 소식을 꼭 알려 드려야겠기에 이 자리에 선 것이죠."

두제는 정 피디의 카메라가 잘 잡을 수 있도록 최대한 박력 있는 동작으로 락구의 무전기를 높게 들어 올렸다.

"저, 저게 뭐야?"

"무전기 아니야? 어디서 났대?"

웅성웅성 대는 목소리가 점차 커졌다. 그것을 충분히 만끽하던 두제가 노골적으로 무전기를 잡은 손을 단상 위에 쾅 내려놓았다. 물론 무전기가 고장 나서는 안 되므로 주먹 부분으로만 조절해서.

"저는 방금 전, 이 무전기로 항공작전사령부의 장교와 대화를 나눴습니다. 지금 바깥에선 우리나라의 군대가 철수하고 미군이 그 빈자리를 대체하고 있습니다. 즉, 머지않아 태릉선수촌이 청소된다는 거지요."

"청소?"

"그게 무슨 소리야! 그럼 우리는?"

또 한 번 아우성이 터져 나왔다. 오로라는 시끄럽다는 듯 자신의 귀를 틀어막으며 비웃음을 날렸다. 두제는 이번엔 말없이 손바닥을 들어 좌중에게 보여 주었다. 완전한 침묵이 찾아들 때까지 부동의 자세를 유지하며.

더할 나위 없는 연설가의 모습이었다.

"하지만 걱정 마세요, 여러분. 단 한 번의 기회가 남아 있습니다. 제가 이 무전기를 통해 신호하면 우리 모두를 데려갈 구조 헬기가 날아올 겁니다."

"구조라고요?"

"정말요? 언제! 언제 오는데!"

"그들이 출발하면 제가 여러분께 알려 드릴 겁니다. 그러면 이 악몽의 선수촌에서 벗어나는 건 시간문제죠. 다들 몸을 가볍게 하고 옥상에 올라가서 헬기를 맞을 준비를 하십쇼. 저와 로라 양, 그리고 정 피디님이 그걸 도울 겁니다."

"우와아아아! 살았어."

"드디어 집에 간다."

객석의 생존자들은 서로 부둥켜안고 울먹이기까지 했다. 두제는 무전기를 직접 작동시키는 장면을 보여 줄 계획까지 갖고 있었지만 굳이 그럴 필요조차 없다는 걸 깨달았다.

감격에 빠진 좌중 속에서 마냥 기뻐하지 않는 자는 단 두 명이었다.

"재일 오빠, 들었어요? 우리 이제 나갈 수 있다잖아요."

"아, 뭐래. 비켜 봐!"

아이스크림걸즈의 막내 지나를 뿌리치고 하재일이 뚜벅뚜벅 단상 앞으로 걸어왔다. 그는 입모양만으로 오로라를 향해 속삭였다.

'이게 무슨 짓이야. 우리 거래는 어떻게 되는 거야?'

오로라는 어깨를 으쓱이며 대꾸했다.

'거래라니 무슨 얘기를 하는지 모르겠네요? 밖에 나가면 제 캐릭터 티셔츠에 사인은 해 드릴게요, 오빠.'

하재일의 얼굴이 붉으락푸르락해졌다.

'내가 이렇게 당하고만 있을 줄 알아?'

그러자 오로라가 재일을 향해 걸어왔다. 살포시 한쪽 무릎을 꿇어 상대를 내려다보는 그녀의 동작은 고양이과 동물처럼 우아했다.

'아니면 네가 뭘 어쩔 건데? 여기가 좀비 소굴이 아니었다면 너 같은 변태새끼는 빼박 성희롱범이야.'

'그, 그게 무슨…….'

'참 이상한 오빠야, 정말. 구조대가 온다는 소식에 기뻐하지는 못할망정, 뭐가 그리 뿔이 나셨을까.'

까르르 웃으며 오로라가 자리를 떠나자 재일이 볼 살을 부르르 떨며 그녀를 노려보았다.

이때, 두제는 기쁨에 동참하지 않는 또 다른 한 명을 상대하고 있었다.

"그게 무슨 소립니까. 사람이 없어졌다니요?"

"현택이 오빠요. 핸드볼 주장 말예요. 아시잖아요? 오빠가 안 보인단 말예요."

그녀는 옥상에서 락구와 록희를 도와준 포환던지기 선수 곽세령이었다. 세령은 30분 넘게 현택이 보이지 않자 초조해하고 있었다.

두제는 그녀의 단단한 삼각근에 손을 올리며 말했다.

"별일 없을 겁니다. 챔피언 하우스는 튼튼하고 안전해요. 좀비가 잡아갔을 리 없잖습니까."

"그래도 이상해요. 자릴 비우면 어딜 가든 꼭 모두에게 알려주던 오빠였는데."

두제가 씨익 웃었다.

"어디 조용한 곳에서 잠깐 눈이라도 붙이고 있겠죠."

"만약 구조대가 왔는데도 오빠를 못 찾으면요? 그리고 친구를 찾겠다고 양궁장으로 간 두 사람도 아직 안 돌아왔잖아요."

락구와 록희 얘기가 나오자 두제의 얼굴에서 웃음이 사라졌다. 단상을 붙잡고 있는 그의 손아귀에 힘이 들어갔다.

"안타깝지만 그럴 일이 없도록 빌자고요, 투포환 아가씨. 여기까지 날아올 수 있는 처음이자 마지막 구조대라고. 아직 살아 있을지 죽었을지조차 모르는 친구들을 기다리느라고 모두를 위험에 빠트릴 순 없는 거야. 안 그렇습니까, 여러분?"

두제의 말에 반박하려던 세령은 등 뒤에서 느껴지는 싸늘한 눈빛을 느끼고 입을 다물었다. 이미 심신이 황폐해진 스무 명은 모두 침묵으로 세령을 향해 말하고 있었다. 우리는 아무도 기다리지 않고 떠날 거라고.

직접 손을 쓸 필요도 없이 기가 죽은 세령이 떠나가는 것을 보고 두제는 또 한 번의 만족감을 느꼈다.

"자, 그러면 나갈 준비를 합시다. 오늘 저녁은 밖에서 먹는 겁니다."

객석의 모두가 두제를 향해 고개를 끄덕인다. 이제 그 눈빛에 원망과 증오, 공포는 없다. 자신들의 구원자를 향한 선망과 갈증, 애원이 그 자리를 채우고 있다. 두제는 간신히 터져 나오는 웃음을 참으려고 락구의 무전기를 내려다봤다.

'멍청이들. 이거, 기분 최고야. 나를 버린 태릉선수촌이 지금 완전히 내 손아귀에 있잖아?'

카메라의 렌즈는 그런 두제의 얼굴을 계속 잡고 있다. 카메라를 어깨에 이고 있는 정 피디조차도 그 당당한 풍채를 보고 있노라니 아무런 걱정이 없어지는 느낌이었다. 두제의 표정이 마치 전력을 다해 모두를 구하고 말겠다는 전사의 각오처럼 보였기 때문이다.

지금 이 현장의 누구도 대체 알 길이 없었다. 그의 가슴에 장전된 탄피에 어떤 화약이 담겨 있는지.

38화
냉동팩 요새

- 감염 4일째. 오후. 05:07.

“저 언덕만 넘어서면 수영장이야.”

락구는 숨을 헉헉대며 쥐어짜듯이 말을 꺼냈다. 뒤에서 보는 록희는 조금 안쓰러워질 지경이었는데, 축 늘어진 정욱을 업고 달리느라 락구가 꽤 지쳐 있었기 때문이다.

“괜찮겠어요?”

“으, 응. 여기서 팔자 좋게 쉴 수도, 헉헉, 없잖아.”

“나라면 관리동에 냅두고 왔어. 좀비들이 떼거지로 덤벼들면 우린 다 죽는다고요.”

“몸이 마비된 사람을 혼자 거기 두면 큰일 날 게 뻔하잖아.”

“오늘 처음 본 남자가 그 양궁 언니보다 중요해요?”

그러자 락구의 입이 다물어졌다. 생각에 잠긴 얼굴이 된 것이다. 록희가 괜한 말을 꺼냈나 싶어 무안해지려 할 때 대답이 돌아왔다.

"너를 만나려고 다른 사람을 버려두고 왔다고 하면 승미가 내게 실망할 게 뻔하거든. 후욱, 후욱. 그, 그건 좀비한테 물려 죽는 것만큼이나 끔찍한 일이야."

아주 순정남 나셨어, 정말.

록희가 코웃음을 치며 앞서 나가다가, 순간 드는 오싹한 느낌에 발이 굳어 버렸다. 그러자 락구는 그녀의 등에 거의 부딪힐 뻔했다.

"왜 멈춰? 무슨 일이야?"

바짝 긴장한 채 주변을 둘러보는 록희.

"존나 불길한데. 좀 전부터 여기가 왜 이렇게 익숙한가 싶었더니."

"익숙해? 여긴 필승관이랑 한참 떨어져 있잖아."

그들은 감염자들이 배회하는 산책로와 최대한 멀리 떨어져 이동하고 있었다. 불암산 트랙과 관리동 주차장 뒤편으로 난 인적 드문 길이었다.

"여기, 우리 복싱팀이 오후 러닝 하는 코스예요."

록희의 불안한 표정이 곧 락구의 얼굴에도 전염되었다.

"러닝을 하루에 두 번이나 한다고?"

"우린 감량을 빡세게 한단 말예요."

"오후 러닝이 몇 시인데?"

"5시부터 5시 반."

락구의 시선이 자신의 가슴팍에서 대롱거리고 있는 정욱의 왼쪽 손목으로 향했다. 시곗바늘은 숫자 '5'를 살짝 넘어서고 있었다.

부스럭. 부스럭.

풀숲에서 누군가가 뛰쳐나와 자동차 위에 쿵 떨어졌다. 세 남녀로부터 고작 20미터 앞. 전신 땀복을 입은 남자 감염자였다.

"크아아아아!"

록희가 나가서 응전했다. 감염자가 코앞까지 다가오자 익숙한 이목구비를 알아볼 수 있었다. 남자 복싱 대표팀의 2군. 인류 역사상 꽤나 많은 사람들을 잡은 '설마'란 녀석이 다시금 존재감을 드러내는 순간이었다.

"에라이, 썅."

감염자와 맞서 싸울 때 언제나 선공을 퍼붓던 록희가 가드를 바싹 당기고 상대의 움직임을 살폈다.

오른쪽 주먹이 매섭게 날아왔다. 그것을 어깨 뒤로 흘리면서 록희는 크로스카운터를 걸었다. 문제는 상대가 그것을 가볍게 흘리더니 레프트 스트레이트로 그녀의 복부를 가격했다는 점이다.

"아윽."

배를 움켜쥐고 뒤로 물러서는 록희. 상대가 사우스포(왼손잡이) 복서였다는 걸 쓰린 대가를 얻고 나서야 알게 된 것이다. 남자 대표팀과는 스파링을 거의 하지 않았기 때문에 미리 알 방법이 없었다.

비틀대는 록희를 깨물기 위해 감염자가 훌쩍 뛰어올랐을 때 흰 도복을 입은 다리가 허공을 갈랐다. 락구가 뻗은 다리에 걸린 감염자는 공중에서 균형을 잃고 아스팔트에 얼굴을 처박았다.

"크으으으."

감염자가 비틀대며 다시 일어서는 동안 락구가 록희 옆에 서며 물었다.

"복싱팀은 많이 빠져나갔을까? 탈출한 사람 몇인지 혹시 아니?"

대답하는 록희의 표정은 어두웠다.

"이런 말 하긴 싫은데, 나 혼자예요."

두두두두두.

일사불란한 발소리가 들려온다. 숫자는 적어도 두 자릿수. 달려오는 속도도 엄청나다.

"몰려온다."

락구가 말을 마치자마자 수십 개의 인영이 주차장의 담벼락을 뛰어올라 아스팔트 바닥에 내려앉았다. 포식자와 피식자의 거리는 약 80미터. 수십 개의 붉은 눈들이 단 한 방향을 쳐다보고 있다. 그중에서 절반의 감염자들은 머리에 헤드기어를 쓰고 있었다. 다리엔 어김없이 정강이까지 오는 복싱화. 링 위에서 스파링을 하다가 러닝을 하고 돌아온 동료들에게 물린 모양이었다.

"너무 많아. 뛰어!"

락구가 정욱의 허벅지에 끼운 손에 힘을 주며 외쳤다. 록희는 무의식중에 락구의 뒤를 따라 달렸다.

"어디로 가요?"

"어쩔 수 없잖아, 수영장으로!"

하지만 복싱 대표팀은 태릉선수촌에서 육상 종목을 제외하면 달리기가 가장 빠른 자들이었다. 그 사실을 증명하듯 무섭게 좁혀지는 추격 거리.

나흘 전 열린 불암산 경주에서 나란히 1위와 2위를 차지한 록희와 락구였지만 상황은 절망적이었다. 1위는 쭉쭉 앞서 나가며 다시 한 번 그 준족을 자랑했지만, 2위는 55킬로그램의 배낭을 짊어진 상황이었기 때문이다.

록희가 뒤를 돌아보자 마치 표적을 향해 질주하는 승냥이 떼처럼 팀 동료들이 달려오고 있었다.

'아니, 수영장은 무리야.'

이대로 가면 무조건 붙잡히게 될 것이다. 순간, 록희는 정욱을 감염자들에게 먹잇감으로 던져 준다면 도망칠 시간을 벌 수 있지 않을까 하는 생각이 들었다. 그러나 곧 그 생각의 끔찍함에 짓눌려 고개를 가로저었다.

'씨발. 정신 차려, 백록희. 그 정도로 쓰레기는 될 수 없어.'

목숨을 잃을지 모른다는 위기감에 사로잡히면 인간의 두뇌는 주변 환경을 파악하는 탐지력을 극도로 끌어올린다. 2차 대전 당시 밀실에 갇혔던 스파이들에게 섬광같이 방 안의 탈출 방법을 발견하게 해 준 바로 그 힘. 그것이 지금 록희의 머릿속에서 발휘됐다.

"저기로!"

락구의 도복 깃을 잡아끌며 달리는 곳은 대로변 쪽이었다. 수영장으로 향하는 길과는 꽤 차이가 있었다. 30미터 정도를 달렸을 때 락구는 록희가 발견한 것이 무엇인지 볼 수 있었다.

비탈길에 세워진 냉동 트럭이었다. 냉동 탑차가 뒤에 실린 2.5톤형 트럭.

우연히 혈액 보관용 냉장고에 숨어서 살아남게 된 한 병장의 이야기. 그리고 리퍼들이 등에 매고 있던 장치에서 뿜어져 나오던 냉랭한 연기.

'좀비들이 차가운 걸 못 본다고? 제발 그래야 해.'

록희가 힘껏 달려 냉동 트럭의 잠금장치를 잡아당겼다.

끼기기긱.

그때, 락구는 누군가가 자신의 귀를 잡아당기는 것에 소스라치게 놀랐다.

"으으악!"

하지만 뒤를 돌아보니 감염자들은 아직 30미터 정도 거리를 둔 채 쫓아오고 있었다. 락구의 귀를 잡아당긴 것은 정욱이었다.

"……시, 시동을 켜야 돼요."

"정욱 씨! 정신이 들어요? 그런데, 뭐라고요?"

아직 눈꺼풀조차 무거워하는 듯한 정욱이 읊조렸다.

"냉동 트럭의 변온 장치는…… 시동을 켜야 작동돼요."

"알았어요, 이이잇!"

그 말을 들은 유도 선수는 급격히 냉동 트럭의 운전석을 향해 방향을 틀었다.

락구가 운선석의 문을 벌컥 잡아당긴 것과 록희가 닝동 탑차의 잠금장치를 푼 것, 그리고 감염자 무리의 선두가 머리에 쓴 헤드기어로 조수석의 유리창을 깨고 들어온 것은 모두 동시에 일어난 일이었다.

●. •

쐐액, 퍽!

날카롭게 깎아 낸 화살이 달려들던 감염자의 머리를 꿰뚫었다.

"마, 맞혔어요. 언니!"

연두는 고개를 돌려 승미를 바라보았다. 본인은 모르고 있었지만 그녀는 칭찬을 바라는 눈빛을 하고 있었다. 풍향계가 요동치는 상황에서 텐을 쏜 궁사들이 으레 그러하듯.

후배의 눈빛을 읽어 내지 못할 승미가 아니었다.

"잘했어. 그러니까 달려가서 화살 빼 와."

"언니? 진심이에요? 아직 화살 많은데 꼭 재활용을……."

"만약을 대비해야지. 우리 계획이 실패로 돌아가면 화살 한 개가 아쉬워져."

연두가 눈을 질끈 감고 감염자의 머리에 박힌 화살을 뽑는 동안 승미는 수영장 정문에 몰려 있는 일행들을 주시했다. 금속과 금속이 격하게 충돌하는 소리가 울려 퍼진다.

깡! 깡!

데이브 달튼은 결국 너덜너덜하게 긁힌 아이스하키 스틱을 회수하며 고개를 가로저었다.

“안 된다. 역시. 더 힘을 쓰면. 부러진다. 스틱.”

수영장의 철문은 굳건히 잠겨 있었다. 달튼이 자신의 아이스하키 스틱으로 철제 손잡이를 부숴 보려 했지만 결국 무리였던 것이다. 그 과정이 만들어 낸 굉음에 주변의 감염자들이 하나 둘 모여들고 있어서 상황은 더욱 다급해졌다.

문을 따는 것에 집착해야 할지, 감염자들을 피해 달아나야 할지, 승미는 곧 결정을 내려야 했다.

그때, 진검이 달튼의 어깨를 치며 삼층 창문을 가리켰다.

“달튼, 저기로 올려 줄 수 있어요? 그럼 내가 유리창 깨고 들어가 볼게요.”

“아주 높다, 진콤. 될까. 올라가는 거.”

“벽에 배수구가 붙어 있으니까요. 창턱에 손만 닿으면 될 것도 같은데.”

고개를 끄덕인 달튼이 벽면에 등을 댄 채 몸을 숙였다. 곧 라켓을 입에 문 진검이 달튼의 어깨를 밟고 올라섰다.

“으읍!”

달튼의 어깨를 박차고 껑충 뛰어오른 진검이 배수구 기둥을 단단히 붙잡았다. 그 과정을 초조하게 지켜보는 승미와 연두. 둘을 제외한 네 명의 궁사는 수영장 입구에서 주변을 경계하고 있었다.

한참을 낑낑대며 올라간 진검이 결국 수영장의 삼층 객석으로 이어지는 창문 바로 옆에까지 도달했다. 순간 승미는 멀리 등성이 너머를 내다본 진검의 안색이 창백해지는 것을 목격했다.

"읍읍! 읍읍읍!"

라켓을 물고 있어서 소리를 지르지 못하는 터라 눈만 크게 뜬 채로 당황한 기색을 역력히 드러내는 진검.

"진검아! 무슨 일이야?"

그러자 진검이 배수구 기둥에 매달리지 않은 반대쪽 손을 뻗어 한 방향을 가리켰다. 승미는 그것을 '저기에 가 보라'는 신호로 읽었다.

"연두, 넌 잠깐만 여기서 기다려."

말릴 새도 없이 승미는 진검이 가리킨 방향으로 성큼성큼 걸어갔다. 시야에 들어오는 것이 없다.

'저기서는 보일 것 같은데.'

컴파운드 보우를 땅바닥에 내려놓는 승미. 그리고 그녀는 벤치 옆 고무로 만들어진 쓰레기 수거통 위에 올라서서 도로 위를 내다봤다.

"뭐야, 저게?"

승미의 눈에 들어온 것은 썩 기이한 광경이었다. 스무 명은 족히 되어 보이는 감염자 무리가 냉동 트럭의 화물칸을 있는 힘껏 두들기고 있었다.

"크르르르르."

"캬오오오오오!"

바닥에 떨어진 초콜릿에 개미떼가 몰려든다면 저런 느낌일까. 승미는 감염자들이 굳게 잠긴 냉동 트럭에 반응하는 것이 납득되지 않았다.

순간 머리를 스치고 지나가는 생각.

'저 안에 누가 있는 걸까?'

하지만 그것도 쉬이 납득이 되지 않는 가설이었다. 조수석은 유리창이 깨져 있고 운전석은 문이 활짝 열린 채 텅 비어 있다. 저런 큰 트럭이 움직였다면 큰 소리가 났을 터인데, 조금 전까지만 해도 아무런 소리도 들리지 않았다.

'이상하잖아. 어떤 정신 나간 사람이 좀비가 돌아다니는 대로변의 트럭에 스스로 들어가서 갇힌단 말이야?'

아무리 생각해도 그럴 리는 없다.

'가까이 가서 확인을 해 봐야 하나?'

승미는 고개를 돌려 먼발치서 걱정 어린 얼굴로 자신을 바라보는 연두와 동료들을 바라봤다. 트럭에 접근했다가 자칫 동료들까지 위험해질 수도 있었다.

'그래. 과민반응이야. 냉동 트럭에 사람이 들어갈 이유가 없잖아.'

승미는 결국 자신의 가설을 폐기하고 수거통 위에서 내려오려 했다. 그런데 그때, 냉동 트럭에 모여들었던 감염자들이 하나둘 물러나는 게 보였다. 화물칸의 뒷문은 여전히 굳게 잠겨 있었다. 다만 감염자들이 거기에 흥미를 잃고 돌아서기 시작한 것이다. 마치 그것이 초콜릿 향을 풍기는 플라스틱이었다는 걸 뒤늦게 깨달은 개미떼처럼.

쨍그러엉!

때마침, 수영장 쪽에서 유리가 깨지는 소리가 들려왔다. 진검이 철사를 휘감은 배드민턴 라켓으로 창을 박살 내는 데 성공한 것이다. 우수수 떨어지는 유리 조각을 피하기 위해 네 명의 궁사들이 허둥지둥 대고 있었다.

"크으으?"

유리를 깨는 격한 소리에 트럭 주변 감염자들의 고개가 일제히 한곳을 향했다. 그들의 붉은 눈과 승미의 눈이 마주쳤다.

그때, 진검이 창틀에 올라선 다음 자유로워진 입으로 승미에게 다급히 소리쳤다.

"누나! 돌아와요. 빨리요!"

그제야 승미는 진검의 손짓이 '저기로 가 보라'는 뜻이 아니라 '저기에 접근하지 말라'는 뜻이었음을 깨달았다.

"크아아아아!"

새롭게 달콤한 향의 진원지를 찾는 개미떼들처럼 감염자들이 달려온다. 승미는 쓰레기 수거통에서 훌쩍 뛰어내려 땅바닥을 몇 번 구른 다음 자신의 활을 집어 들었다.

"연두야! 달려!"

영문을 모르고 있는 연두에게 소리친 다음 승미는 재빨리 퀴버에서 화살 한 발을 뽑아 들었다. 시위를 당기고 기다리자 정확히 그녀가 겨누고 있던 지점으로 감염자가 뛰어들며 모습을 드러냈다. 그야말로 반사적인 릴리스.

탱!

줄을 벗어난 화살이 직선 궤도를 그리며 날아갔다. 그런데 승미가 노린 감염자가 어깨를 U자로 유연하게 숙이며 화살을 피해 냈다.

"뭐?"

그들이 원래 복싱 대표팀이었다는 걸 모르는 승미로서는 그 회피 기술이 '위빙'이라는 것을 알 리 없었다. 복서들이 위빙을 익히기 위해 안면으로 빠르게 날아오는 테니스공을 피하는 훈련을 한다는 것 또한.

다만 머리에 뭔가를 쓰고 있는 자가 섞여 있는 감염자 무리가 지극히 위험하다는 것은 분명했다. 그렇기에 승미는 몸을 돌려 전력으로 수영장 건물을 향해 달아났다.

달튼이 문을 탕탕 두드렸다.

"서둘러, 진콤! 몰려온다. 좀비!"

다급히 안으로 뛰어내린 진검이 내려선 것은 수영장의 삼층 객석이었다. 만약 풀에 물이라도 차 있었다면 과감히 일층을 향해 뛰어내렸을 텐데 풀장 바닥엔 먼지만 쌓여 있을 뿐이었다. 관중석의 계단을 세 칸씩 달려 내려가던 진검은 다리가 꼬여 구르고 말았다.

"끄악."

플라스틱 의자에 오른쪽 볼이 쓸려 나가며 눈앞에 불똥이 튀었지만 엄살을 부리고 있을 때가 아니었다. 비틀거리며 일어선 진검은 다시 달리기 시작했다.

가까스로 문 앞에 도착했을 때, 바깥에서는 여자의 비명 소리가 들려왔다.

"꺄아아아악! 아파아앗!"

여자 궁사 중 누군가가 물린 것이다. 섬뜩한 예감이 진검의 등골을 타고 올라왔다.

'설마, 승미 누나가? 안 돼!'

이를 악문 진검이 문 위쪽의 잠금장치를 풀기 위해 손을 뻗었다.

● • •

진검이 수영장의 문을 열었던 순간으로부터 정확히 6분 20초 전.

냉동 트럭 화물칸 안의 세 남녀는 지옥도의 배경이 불길의 바다에서 얼음으로 모조리 바뀌어야 한다는 생각을 하고 있었다.

눈썹과 턱에 얼음 조각이 맺히기 시작했다. 락구와 정욱은 이를 딱딱 부딪치며 서로를 껴안고 있었다.

"저, 정욱 씨. 오도돈도를 너너너너무 많이 내린 거 아닐까요?"

"영하 5도랑 20도밖에 없어서 그그그급한 김에 20도를 고고 골랐어요."

두 사내는 창백한 푸른 조명 밑에서 습기, 그리고 차가운 바람과 사투를 벌이고 있었다. 반면 록희는 문가에 서서 여전히 바깥에 귀를 기울이고 있었다.

탕! 탕! 탕!

감염자들이 문을 두드리고 있었다.

"젠장. 아직 우리가 보이나 봐요."

락구가 창백하고 푸른 조명 밑에서 손짓했다.

"그러니까 무무문가에 있지 마, 궈거거건투소녀. 이리 와."

"싫어요. 녹다 만 삼겹살에 파묻힌 남정네들 사이에는 안 낄 거예요."

"가가가운데에 모, 몰려 있어야 해. 그래야 저들이 떠더더더 나지."

곰곰이 생각해 보니 락구의 말이 맞았다. 그리고 후드 점퍼를 입곤 있다지만 록희도 살을 에는 찬바람이 고통스러운 것은 마찬가지였다. 땀에 젖은 옷이 냉동 화물칸 안에서 얼어붙고 있었다.

"드, 등만 댈 거예요."

록희가 락구의 비어 있는 왼쪽 가슴에 등을 붙이며 말했다.

셋은 작은 얼음 요새의 성벽 안에 둘러싸인 형국이었다. 그 성벽의 재료가 돼지고기의 여러 부위를 담은 냉동팩이라는 점이 우스꽝스러울 뿐.

입김이 눈에 보이기 시작한 지 얼마나 지났을까. 서로의 몸에 맞닿은 체온이 제 역할을 하고 있었다. 락구의 탄탄하고 넓은 가슴과 팔뚝이 자꾸만 록희의 등을 통해 존재감을 발휘하고 있었다. 거기에서 신경을 딴 데로 돌리기 위해 록희는 아무 말이나 꺼내기로 했다.

"이게 대체 무슨 고생이야. 언니 옆에 딱 붙어 있을걸."

조금 나아졌는지 이제는 턱을 부딪치지 않는 목소리로 락구가 말했다.

"미안해, 권투소녀."

"됐어요."

다시 잠깐의 침묵.

"그 언니를 구하기 위해 정말 목숨도 걸고 있네요?"

"응. ……내 목숨만큼, 어쩌면 목숨보다 소중하니까."

"어떻게 그럴 수 있어요? 정말 그냥 소꿉친구 맞아요?"

"너도 선생님을 구하기 위해 여기까지 뛰어든 거잖니."

"그치만 언니랑 나는 가족이고. 그쪽은 생판 남남이고."

락구는 말없이 얼굴에 붙은 얼음 조각들을 손바닥으로 쓸어 내렸다. 조심스럽게 정욱이 이야기에 끼어들었다.

"그럼 도락구 선수는 그분과 그냥 친구 사이인 겁니까? 보통 이미 탈출한 상황에서 '그냥 친구'를 구하려고 목숨을 걸지는 않잖아요."

"그러니까요. 나도 사실 그게 의문이라니까요."

정욱의 가세에 록희가 얹어 가듯 말을 이어 붙였다. 말투는 마치 '우리가 꼭 이렇게까지 해야 하냐'는 것처럼 꾸미고 있었지만, 사실은 정말 궁금했다. 가족이 아닌 타인을 구하기 위해 목숨을 내던질 수 있는 이유가.

"어쩌면……."

그런데 락구가 차가운 입김과 함께 전혀 의외의 말을 토해 내기 시작했다.

"어쩌면 그건 내 죄책감 때문일지도 몰라."

39화
너의 목소리

– 감염 4일째. 오후. 05:49.

"죄책감 때문이라고요?"

락구는 자신이 왜 이런 얘기까지 록희에게 털어놓고 있는지 알 수가 없었다. 어쩌면 생사의 경계를 함께 헤쳐 오는 과정에서 동지애 같은 게 생긴 걸까.

"어릴 적 교통사고로 여동생을 잃었어. 그 애 손을 내 손으로 꽉 쥐고 있었는데, 그만 놓쳐 버렸거든. 나 때문에 동생의 목숨을 구하지 못했다는 죄책감. 그 숨 막히는 미안함. 그런 기분을 알겠니."

그 말을 듣자 록희는 자신의 일부가 오래된 내면으로 침잠하는 걸 느꼈다. 해묵은 고통의 기억을 인양하는 스스로를 멈출 수가 없었다. 몰라서 대꾸 안 한 것이 아니라 너무도 잘 알고 있기에, 입을 열어도 목소리가 나오지 않을 것 같아서.

"잘 알죠. 우리 언니 다리, 나 때문에 그렇게 됐는걸."

이번에는 락구가 놀랄 차례였다.

"백 선생님 다리 말이야? 사고로 그렇게 됐다고 들었는데."

"그 사고가 나 때문에 일어난 거예요."

둔탁한 소리와 함께 트럭이 안쪽으로 찌그러지는 소리가 들린다. 아직 감염자들이 냉동 탑차 내부의 셋을 포기하지 않고 있는 것이다.

"어쨌든 그쪽 마음 잘 안다고요. 너무 버거워서 아무한테도 털어놓을 수 없는 죄책감. 질식할 것 같은 마음. 그런 게 있다는 걸."

"응. 그렇구나. 미안해, 그런 기억을 들춰 낼 생각은 없었는데."

"계속해 봐요. 지금 입이 얼어붙지 않으려면 아무 말이나 해야 되니까."

그 뒤로 실어증에 걸린 락구를 아버지는 유도장에 데려갔다. 몸으로 부대끼며 움직이는 활동을 하면 마음 건강에 도움이 될까 싶어서. 그리고 석 달 만에 락구는 입을 열었고, 본래의 밝은 성격을 조금씩 되찾아 나갔다.

"아버지는 많이 좋아하셨어."

그러나 실제 락구의 마음속에서 일어난 작용은 아버지의 뜻과는 조금 달랐다. 락구는 도복의 깃을 잡아당겨 땅바닥에 메치는 어른들의 대련을 보면서 자신의 뽀얗고 가녀린 손을 물끄러미 바라봤던 것이다.

내게 저런 힘이 있었다면 놓치지 않았을 거야.

"여동생을 잃은 뒤로 누군가한테 마음을 열어 본 적이 없었어. 같이 운동을 해 온 친구들한테도 마음에 보호대 같은 걸 끼고 대하는 기분이었어. 그런데 태릉에서 그걸 부숴 버리고 다가오는 애가 있었어."

"그게 그 언니예요?"

"승미가 지금의 나를 만들어 준 거야. 나는 종교가 없지만 사람이 사람을 구원할 수 있다는 걸 믿어. 아마도 그때부터."

벽을 두드리는 죽음의 노크 소리가 조금씩 잦아들어 간다.

하얗게 성에가 낀 락구의 손이 오들오들 떨리고 있었다. 국가대표 유도 선수의 투박한 손. 굳은살이 터지고 알이 박인 채로 그간의 혹독한 시험을 이겨 냈음을 증명하는 손바닥. 이제는 지구상의 그 어떤 사람도 던져 버릴 수 있는 강력한 두 손.

"동생을 잃었을 때보다 지금의 나는 충분히 강해졌다고 생각해. 그런데 이번에도 지켜 내지 못한다면, 그 죄책감은 나를 짓누르고 파괴할 거야."

잠자코 듣고 있던 정욱이 물었다.

"그러면 지키면 되잖아요? 락구 씨는 되게 쎄니까. 그런데 왜 그렇게 불안한 말투로……."

"어쩌면 전 불순한 의도로 승미를 구하려는 게 아닐까요."

락구의 말을 듣던 두 남녀의 눈썹이 치켜 올라가며 싸라기눈 같은 알갱이들을 바닥으로 우수수 떨어뜨렸다.

이건 또 뭔 소리래?

"어떻게 목숨을 걸 수 있냐고? 승미를 구하지 못했을 때의 죄책감을 너무 잘 아니까. 그걸 견딜 자신이 없으니까 난 목숨을 걸 수 있는 거 아닐까. 나도 모르는 사이 죽은 여동생과 승미를 겹쳐 보고 있는 건 아닐까. 승미를 구하는 걸로, 여동생에 대한 속죄를 하려는 건 아닐까."

"그게 왜 문제예요. 스스로에게 물어봐요. 그 언니를 구하고 싶은 게 진심이냐고."

운동선수란 트랙 위에서 땀을 흘리고 쇳덩이를 들어 올리는 사람이다. 그리고 동시에 자기 자신과 가장 오래 대화하는 사람이다. 그 누구보다도 치열하게 자신과 대화해서 서로 싸우기도 하고 화해하기도 하는 존재들. 그래서 록희는 이렇게 물은 것이다.

락구가 주먹을 쥔다.

"응, 진심이야. 그것만은 확실해. 너무 벅찬 진심이라서 더 헷갈리는 거야. 내가 승미를 이토록이나 구하고 싶은 마음의 의미에 대해서."

록희는 속으로 입술을 깨물었다.

'헷갈리기는 뭐가 개뿔. 그냥 사랑이라고 하면 될걸.'

그런데 이상하게도 그 말을 입 밖으로 내 버리고 싶지 않았다.

말의 힘이란 강력해서, 그리고 이 남자는 대책 없이 순수해서 록희가 '그건 사랑'이라고 선언하면 액면 그대로 믿어 버릴 것이 뻔했다. 이상하게 그건 조금 짜증이 나는 일일 것 같았다.

'하여간 이 속 터지는 남자 때문에 이게 뭔 고생이람.'

새파란 조명 아래 세 남녀가 모두 입을 다물자 낯선 침묵이 찾아들었다. 곧 그들은 그 의미를 알아챘다.

정욱이 벌벌 떨리는 손가락으로 벽면을 가리켰다.

"다 떠났나 봐요."

"제가 문 쪽으로 가 볼게요."

벌떡 몸을 일으키려던 락구가 굳어 버린 관절 때문에 비틀거리며 넘어질 뻔했다. 록희가 그의 오른쪽 팔을 붙잡으며 지탱해 줬다.

"조심해요. 냉동 삼겹살이랑 포옹할라."

냉동 탑차의 문이 끼이익 열리고 세 남녀가 도로 위에 내려섰다. 사위는 고요했다. 나뭇잎이 바람에 부대끼는 소리만이 정적을 침범할 뿐.

"저기만 넘으면 수영장이야."

락구가 앞장서고 록희와 정욱은 그 뒤를 따랐다.

실내 수영장의 정문을 발견한 락구가 헛숨을 들이켰다. 좌우로 활짝 열린 수영장의 정문. 그 주변에 감염자 무리가 아무렇게나 널브러져 있었다.

세 남녀의 발걸음이 빨라졌다.

가까이 다가서자 복싱 대표팀 감염자들의 전신에 박혀 있는 화살들이 보였다. 여기저기 튀어 있는 핏자국이 참혹했던 전투의 현장을 더 을씨년스럽게 만들고 있었다.

잔뜩 가라앉은 목소리로 락구가 말했다.

"둘은 여기 입구에서 기다려요. 안쪽을 살펴볼게요."

"괜찮겠어요, 락구 선수?"

"아직 내부 상황을 모르니까 퇴로를 확보해 놔야죠."

락구가 신발장과 정수기가 있는 로비를 지나쳐 초대형 풀이 있는 일층 내부로 들어섰다. 싸움은 안쪽에서 더욱 치열했던 모양이다. 헤드기어를 쓴 감염자들의 목이 잘린 채 굴러다니고 있었다. 양궁 선수들이 할 수 있는 방식이 아니었다. 인간의 뼈를 부술 수 있는 단단한 무기. 그리고 날카로운 칼날이 달린 쇠붙이가 아니면 불가능하다.

'승미와 같이 다닌다는 그 아이스하키 선수와 배드민턴 선수의 솜씨일까.'

그때, 수영장 난간에 엎드려 있는 한 여자의 시체를 발견한 락구의 발걸음이 우뚝 멈췄다.

"허어억."

냉동 탑차 안에 갇혀 있을 때보다 더한 싸늘함이 전신을 엄습했다. 시체는 양궁 선수들의 유니폼과 체스트가드를 메고 있었다. 머리에는 비뚤어진 하얀 벙거지 모자.

CCTV로 목격했던 승미도 그 벙거지 모자를 쓰고 있었다.

락구는 5킬로그램짜리 모래주머니를 다리에 차고 백사장을 달리던 여름 전지훈련 때로 되돌아간 기분이었다. 그만큼 한 발짝 한 발짝 옮기기가 무겁고 두려웠던 것이다.

이렇게 오랫동안 널 찾아 헤맸는데.

설마 여기서…….

"안 돼. 아닐 거야."

락구가 엎드려 있는 양궁 선수의 시체를 향해 손을 뻗었다.

● • •

"명심해라. 이 구출 작전에 뒤는 없다! 지원 병력도 없을 것이다. 각오가 돼 있지 않은 제군들이 있다면 지금 그만두도록!"

항공작전사령부의 최관식 준장의 목소리가 쩌렁쩌렁 울려 퍼졌다. 그의 눈앞에는 공중 사격 훈련까지 마친 정예 저격수들 스물아홉이 차렷 자세로 도열해 있었다.

포기할 기회를 주었지만 그 어떤 병사도 뒤로 물러서지 않았다. 완전군장의 무게를 이기고 손가락 하나, 눈썹 한 올에도 미동이 없는 것으로 그들은 스스로의 다짐을 증명하고 있는 것이다.

까를로스 황 조사관은 옆에서 그것을 지켜보며 벅찬 감동에 빠져 있었다.

'아직 희망은 있어. 이 나라에도 정의로운 군인들이 이만큼이나 남아 있으니.'

최 준장이 다시 한 번 육성으로 소리친다.

"모든 책임은 내가 진다. 그러니 용맹하게 저 안으로 들어가 생존자들을 구출하는 데에만 집중하도록. 출격 준비!"

도열한 저격수들이 그제야 입을 연다.

"출격 준비 실시!"

그들은 일사분란하게 달려가 이미 헬기병들이 탑승해 있는 블랙호크 기동헬기 다섯 대에 나눠 올라탔다. 그 옆에는 포탄 1,200발이 실린 30mm 기관포를 자랑하는 '전차 사냥꾼' 아파치 가디언 공격헬기 두 대가 요란하게 프로펠러를 가동하고 있었다.

그 모습을 확인한 황 조사관이 무전기를 켜고 외쳤다.

"지금입니다! 쌩촌좌들 에브리바디 옥상으로 모아 주세효."

반대편에서 곧 응답이 돌아왔다.

"알겠습니다. 제가 책임지고 스물세 명을 통솔하겠습니다."

"어어, 크런데 지금 말씀하쒸는 분은 누쿠……."

순간 황 조사관의 어깨를 다급히 잡아채는 섬섬옥수가 있었다.

"까를로스, 큰일이야."

나탈리 쿡이 가리키는 방향에서 먼지가 일어났다. 미군의 덤프트럭 다섯 대가 병사들을 잔뜩 싣고 헬기 주차장을 향해 달려오고 있었던 것이다. 그들이 이 구출 계획에 협조적이지 않을 것이라는 건 자명했다.

"오, 디오스 미오."

황 조사관의 표정이 걱정으로 일그러졌다. 최 준장도 그것을 발견하고는 지체 없이 오른쪽 손을 치켜들었다.

"지금!"

그러자 아파치 가디언 공격헬기 한 대와 블랙호크 기동헬기 두 대가 차례대로 날아올랐다.

타타타타타타.

헬기들의 프로펠러가 일으키는 격풍에 황 조사관과 나탈리의 머리카락이 거칠게 날렸다. 그와 함께 미군의 덤프트럭에서 총기를 든 병사들이 뛰어내려 미처 가동되지 못한 헬기들을 포위했다. 당장이라도 발포를 할 듯이 흉흉한 얼굴들이었다.

낭패를 당한 헬기 조종사들이 최 준장 쪽을 바라보았다. 그러나 최 준장은 이미 미군 병사들에게 둘러싸여 그쪽을 바라볼 겨를이 없었다.

가슴팍에 화려한 휘장을 단 중년의 백인 장교가 선글라스를 쓴 채 최 준장 앞에 섰다.

"당장 중지하시오! 현장 통제권을 무시하고 철수 명령에 불복하는 자는 체포하겠소."

황 조사관과 나탈리가 최 준장 뒤편으로 달려가 섰다.

최 준장은 평온한 얼굴로 상대방의 눈빛을 마주 보며 침묵을 지키고 있었다. 먼저 날아오른 세 대의 헬기는 이미 태릉선수촌 방향을 향해 한참을 멀어지고 있었다.

얼굴이 벌게진 미군 장교가 최 준장의 손에 든 무전기를 가리켰다.

"지금 당장 저들을 회군시키시오. 마지막 기회라는 걸 명심하고."

그래도 최 준장이 아무런 대꾸가 없자 황 조사관은 그가 영어를 못 알아듣는 줄 알고 통역을 했다.

"장군님! 지금 주한 미군이 헬기를 껌백시키라고……."

최 준장이 슬며시 손을 들어 황 조사관 앞에 들어 보였다.

"나도 그 정도는 알아들었네. 마지막 기회라고 협박하다니."

누가 봐도 시간을 끄는 동작으로 최 준장이 무전기를 천천히 들어 올렸다.

"그런데 어쩌나. 마지막 기회인 건 이쪽도 마찬가지인걸."

좌중의 시선이 모두 그의 손에 집중된 가운데, 최 준장의 손에서 무전기가 힘없이 빠져나갔다. 바닥에 툭 떨어진 무전기를 최 준장이 있는 힘껏 군홧발로 짓밟아 부숴 버렸다.

콰직!

능청 어린 그의 목소리.

"어이쿠. 나이가 들어 놨더니 이렇게 뭘 자꾸 떨어트리고 그런다니깐."

촤촤촤촥!

주변을 포위한 미군 병사들의 총구가 치켜 올라갔다. 그러자 상황을 지켜보고만 있던 항작사의 보병들도 가만있지 않았다.

철컥철컥!

"지금 대한민국 땅에서 누굴 겨누는 거야!"

그들도 자신들의 지휘관을 지키기 위해 미군 병사들을 겨눈 것이다. 최 준장은 그들 가운데에서 부관 김 중위를 발견하고 입술을 질끈 깨물었다.

'저 멍청이. 도망치라니까는.'

최 준장은 모두에게 보란 듯이 양손을 들었다.
“유혈 사태는 원하지 않소. 나만 체포해 가시오.”
선글라스를 쓴 미군 장교의 턱은 분노로 떨리고 있었다. 반면 최 준장의 얼굴은 철옹성처럼 감정을 드러내지 않고 있었다.
“어디, 저기에 올라타면 되는 건가? 주한 미군 덤프트럭 오랜만에 타 보게 생겼구만.”
그리고 그는 눈빛으로 항작사의 병사들을 진정시켰다.
“자네들도 모두 명령에 따라 철수하도록.”
그가 잠자코 미군 병사들에게 둘러싸여 연행되자 황 조사관은 발을 동동 굴렀다.
“침착해, 까를로스. 지금은 물러날 때야.”
“하지만 나탈리! 약속했던 헬기 중에서 반절도 출동을 못 했어. 모두 구해 내지 못하면 어쩌지?”
표정이 어두운 것은 나탈리도 마찬가지였다.
“빌어야지. 예수에게 빌든, 이 나라의 신에게 빌든.”

여기 신에게 빌던 또 한 명의 청년이 태릉선수촌의 실내 수영장에 있었다.
“오, 감사합니다.”
등을 돌려 양궁 여자 선수의 시체를 확인한 락구는 자신도 모르게 깊은 한숨을 내뱉을 수 있었다.

그녀는 승미가 아니었다. 침착함을 되찾고 살펴보니 여자 선수의 왼쪽 광대뼈가 완전히 함몰돼 있었다. 몸의 다른 쪽을 살펴보니 왼쪽 손목의 살점이 너덜거리고 있다.

'물린 거야. 그래서 변하기 전에 누군가가 머리를 내려쳤어.'

그 풍경이 암시하는 바가 락구에게 희망을 가져다주었다. 승미 일행 중에서 냉철한 판단력을 가진 동료가 있었고, 그들의 시체가 보이지 않는 걸로 봐서는 이 난장판을 무사히 빠져나간 것이다.

양궁 선수의 시체로부터 멀어진 락구는 수영장 전체를 활보하며 승미의 흔적을 찾아내려 했다. 그러나 이미 폐쇄된 지 오래돼 인적이 없었던 실내 수영장 내부는 무척이나 어지러웠다. 핏자국을 따라가 보면 여지없이 화살이 머리에 박힌 감염자의 시체만 나뒹굴고 있다.

혹시나 싶어 실내 수영장의 후문까지 달려가 본 락구는 결국 다시 되돌아와야 했다. 후문 문고리에 얽힌 쇠사슬엔 먼지가 두껍게 쌓여 있었다. 오랫동안 누구도 건드리지 않았던 것이 분명했다.

도대체 어디로 간 걸까. 왜 보이지 않니. 하늘로 솟은 거야?

시체들의 한복판에서 락구는 심장이 옥죄어 오는 것을 느꼈다. 그래서 선수촌에 숨어 들어온 이래 처음으로, 온몸에서 끓어오르는 외침을 내뱉고야 말았다.

"승미야아아아아!"

● • •

락구의 생각과 달리 승미는 하늘로 솟지 않았다.

그들은 땅으로 꺼졌다.

어두운 하수구 속에서 누군가가 불빛을 밝혔다. 연두의 창백한 얼굴이 핸드폰 불빛에 비쳐 둥둥 떠다니고 있다.

"다들 괜찮아요?"

핸드폰 플래시 불빛이 향하는 곳마다 복싱 대표팀 감염자들과의 사투로 잔뜩 피로해진 얼굴들이 얼굴을 찌푸렸다.

남자 대표팀의 주장인 상혁의 팔에서 피가 흐르고 있었다.

"꺄아아악!"

그걸 발견한 연두가 황급히 뒤로 물러나다가 데이브 달튼의 가슴에 부딪히고 말았다.

"오, 오빠, 물렸어요? 그랬어요?"

그러자 상혁은 억울하다는 듯 황급히 손사래를 쳤다.

"아니야, 아니라고! 지숙이가 물려서 발버둥 치는 거 피하다가 어디 걸려서 찢어진 거야."

그럼에도 불구하고 연두의 동공은 흔들리고 있었다.

이진검이 자신의 배드민턴 라켓을 슬며시 들어 올렸다. 상혁의 눈에 혹시나 붉은 핏줄이 올라올까 주시하면서. 그러나 너무 미약한 빛에 의지해야 하는 지금 상황에서 그 붉은 눈빛을 제대로 알아볼 수 있을까?

"다들 그만 해."

그때, 어둠 속에서 승미의 얼굴이 빛의 무리 안으로 걸어 들어왔다. 그녀의 얼굴 역시 격렬한 싸움의 여파로 피로감이 깃들어 있었다.

"내가 봤어. 상혁 오빠 물린 거 아니야."

"마, 맞지. 승미야? 고마워. 고마워."

상혁이 승미에게 열광적으로 고개를 끄덕였지만 승미는 그쪽은 쳐다보지 않았다.

승미는 아직 잊지 않고 있었다. 상혁이 나이트클럽에서 난동을 피운 사건을 덮기 위해 자신의 파파라치 사진이 찍혀 팔려나갔던 것을. 하지만 그 미움 때문에 물리지 않은 사람을 물렸다고 모함할 성격도 아니었다.

그녀가 검지를 세워 자신의 입술에 붙였다.

"아직 위에 좀비들이 남아 있을지 몰라. 다들 큰 소리 내지 말고 움직여요."

여덟에서 일곱으로 줄어든 그들은 지금 실내 수영장의 지하 배수시설에 몸을 숨기고 있었다. 태릉선수촌 전체를 통틀어 가장 커다란 맨홀이 있는 곳. 폐쇄된 지 한참 되어 물이 차 있지 않은 하수도.

승미의 계획은 바로 이곳을 통과해 선수촌 바깥으로 빠져나가는 것이었다. 비록 감염자 떼를 만나 동료 한 명을 잃었지만 아직까지는 순조로웠다.

승미가 이 통로를 알게 된 것은 장용 덕분이었다. 아주 오래전, 지금보다 선수촌의 통금 시스템이 훨씬 엄격했을 때 수영대표팀 선수들이 하수구를 통해 뛰쳐나갔다는 전설 같은 무용담을 장용이 부러워했었던 기억이 떠올랐던 것이다.

— 그래서? 여차하면 그 하수구로 땡땡이를 치겠다고, 김장용?

— 안 될 게 뭐 있어? 무제한급으로 올린 다음부턴 아무래도 담 넘는 게 벅차단 말이야.

— 흐으음. 락구도 알아? 너의 이런 야심찬 계획을?

— 놉! 그 녀석은 안 돼. 껴 줄 수 없어.

— 왜?

— 꽉 막힌 놈이잖아. 오히려 사천왕한테 달려가서 일러바칠 수도 있다구.

— 그런가? 도깨비가 그 정도로 의리 없는 애는 아닐 것 같은데.

— 훗. 내 계획을 알면 엄청 놀릴걸? 날 집어넣을 수 있는 맨홀 뚜껑이 있을 리가 없다며 내 뱃살을 툭툭 때릴 게 뻔하지.

— 그럼 안 되지. 체중을 갖고 놀리는 건 못써. 게다가 넌 지금 종목 때문에 일부러 살을 찌우는 거잖니? 남녀를 떠나서 사람의 체형을 갖고 놀리는 건 비겁해.

— 어억, 그렇게까지 말해 주다니 나 감격 먹어도 되는 부분?

— 응. 놀리려면 너의 낙법 훈련을 싫어하는 게으름이나 정해진 횟수를 속이려는 비겁함, 그리고 시도 때도 없이 탈출 계획만 세우는 의지 박약을 놀려야지.

— ……내 감격 환불해 줘, 현승미. 역시 니가 도깨비보다 훨씬 무섭다니깐.

잠시 회상에 빠져 있던 승미를 일깨우는 손짓이 있었다.

"누나? 괜찮아요?"

진검이었다. 그는 이미 저만치 앞서 나가는 연두의 불빛을 가리키며 말했다.

"우리도 빨리 따라가요. 어디로 이어질진 모르지만, 누나네 막내 폰 배터리가 그렇게 오래가진 못할 거예요."

"응. 알았어."

그렇게 음침한 하수도의 습기 넘치는 길 위로 승미가 발을 떼었다. 하지만 얼마 못 가 다시 우뚝 멈춰 서는 승미. 진검이 의아해하며 승미를 쳐다보는데, 그녀의 시선은 하수도의 천장을 향해 있었다.

"누나?"

마치 그대로 굳어 버린 듯한 승미의 자세. 결국 선두에서 걷던 일행들도 걸음을 멈춰 세웠고, 걱정이 되었는지 달튼이 둘에게 걸어왔다.

"쓔미? 왜 그러지. 문제. 생겼나."

그러자 승미가 시선을 천장에 고정한 채로 답했다.

"……소리를 들었어요. 날 부르는 소리."

고개를 갸웃하는 달튼. 그가 진검을 쳐다보자 어깨를 으쓱할 뿐인 배드민턴 선수였다.

"잘못 들은 거 아닐까요?"

승미가 흐트러진 머리를 쓸어 올렸다. 배수관의 진동을 타고 아스라이 들려왔던 외침. 그러나 그것이 실제였는지 환청이었는지 확신할 수가 없었다.

하긴. 밖에 있을 그 애가 저 위에 있을 리가 없잖아. 잠깐 옛 생각에 사로잡힌 나머지 잘못 들은 걸 거야. 홰홰 고개를 가로 젓는 그녀.

"미안해요. 다들 저 때문에. 별거 아니에요. 그러니……."

그때, 승미의 눈동자가 다시 한 번 흔들렸다.

"현승미이이이이이이!"

이번엔 더욱 분명하게 들려오는 목소리. 그녀가 피로 적셔진 길을 돌파하며 끔찍한 사투를 이겨 낼 수 있도록 해 주는 단 한 명의 부름.

목이 메어 오는 느낌을 간신히 이겨 내며 승미가 혼잣말을 했다.

"도락구? 설마, 너야?"

달튼이 승미의 어깨를 짚었다.

"이번엔, 나도 들었다, 쓘미. 울부짖고 있다, 누가."

하지만 진검은 영문을 모르겠다는 표정이었다.

"달튼도? 저는 아무것도 못 들었는데."

저만치 앞에서 상혁이 다그치는 소리가 들려왔다.

"무슨 소리가 들려온다는 거야? 그래서, 지금 다시 돌아가기라도 하겠다는 거야? 좀비가 따라 들어오면? 시야 확보도 안 되는 여기서, 다 뒈질 거라고."

연두도 거들었다.

"불이 꺼지기 전에 가야 해요, 언니. 구조대가 절대 오지 않을 거라고 우릴 설득한 건 언니잖아요."

승미가 입술을 질끈 깨물었다. 상혁과 연두의 말이 전적으로 옳았기 때문이다. 어쩌면 지금 그녀는 탈출 성공이 눈앞까지 다가온 상황에 긴장이 풀려 감염자의 포효를 '이 순간 가장 그리운 소리'로 잘못 듣고 있는 건지도 몰랐다.

'하지만 잘못 들은 게 아니라면? 정말로 락구가 날 찾고 있는 거라면?'

다시 돌아가 맨홀 뚜껑을 연다면 어떻게 될까. 가장 보고 싶은 그 녀석의 얼굴을 마주하게 될까, 아니면 잔뜩 굶주린 감염자의 이빨에 물리게 될까. 그 어느 때보다 냉철한 판단이 필요한 순간.

무리에서 그 누구보다 승미의 판단을 존중하는 달튼이 입을 떼었다.

"쓩미. 난 널 따르겠다. 그러니까, 쓩미는 마음을 따라라."

한참을 생각하던 승미가 겨우 입을 떼었다.

"나는……."

40화
벼려짐과 부러짐

- 감염 4일째. 오후. 06:02.

"승미야아! 현승미이이!"

실내 수영장의 천장 구조는 아치형으로 훤히 트여 있어 소리가 쩌렁쩌렁 울려 퍼질 수 있는 형태였다. 락구는 이제 아예 손나팔을 만들어 목이 터져라 한 여자의 이름을 불러 댔다.

"대답해. 승미야아아!"

수영장의 로비에서 정문 바깥을 주시하며 긴장하고 있던 록희와 정욱은 서로를 쳐다보며 한숨을 내쉬었다.

"저 남정네가 드디어 돌아 버렸네. 온 동네 좀비들이랑 워터파티라도 벌일 생각인가 봐."

"그 사람들, 이미 수영장을 떠난 모양이에요. 그런데 이상하죠. 방금 전까지 싸운 흔적을 보면 나이밍싱 이딜 갈 수가 없는데."

"그 CCTV로 보면 안 되는 거예요?"

"제 노트북을 검은 옷 입은 놈들이 가져갔다면서요. 다른 방법이 없어요."

록희는 다시 한 번 답답해져 오는 걸 느꼈다. 감염자 무리를 헤치고, 냉동 트럭에 실린 삼겹살 신세가 될 뻔하면서 여기까지 왔는데 또다시 헛수고라니.

"어디 있니이!"

게다가 지금까지 심하다 싶을 정도로 침착하던 남자가 넋을 잃은 채 울부짖고 있다.

'아무래도 저 입은 다물게 해야겠어.'

록희가 락구를 조용히 시킬 요량으로 몸을 돌리려 할 때, 정욱이 그녀의 어깨를 붙잡았다.

"록희 선수. 저기 좀."

정욱이 가리킨 곳은 언덕 밑의 산책로였다. 푸른 피부에 붉은 눈의 감염자들이 산발적으로 모여들고 있었다. 그들을 자극시킨 것이 무엇인지는 뻔하다. 아직까지 방향은 제대로 잡지 못하고 있었지만 더 가까이 다가온다면 실내 수영장을 목표로 잡게 될지도 몰랐다.

"일단 이거 닫아요!"

록희가 정욱과 함께 일단 정문을 통째로 가리는 비상용 철문을 닫으려고 낑낑대고 있을 때, 전혀 기대하지 않았던 일이 벌어졌다.

퍼버버버버벅!

산책로 위의 감염자들이 발작적으로 허공에 내장을 흩뿌리며 튀어 올랐다. 그리고 그들 주변 아스팔트도 돌 파편이 터지며 먼지를 피워 냈다. 마치 보이지 않는 거인이 땅바닥을 거세게 할퀸 듯이. 록희가 철문을 밀던 손을 멈추고 멍하니 그것을 바라보는데 정욱이 그 현상의 진원지를 먼저 발견했다.

"저 위예요!"

하늘을 보던 록희는 그만 혀를 깨물 뻔했다. 각진 몸체에 기관포를 장착한 공격형 헬기가 불을 뿜고 있었던 것이다. 굉음을 내는 헬기의 방향으로 감염자들이 뛰기 시작했다. 록희와 정욱에게는 다행히도 수영장에서 한참 멀어지는 방향이었다. 감염자들이 따라붙자 검은 헬기는 더 높이 날아올랐다.

타타타타타타타타.

그러자 그 뒤로 더 길쭉한 유선형의 기동헬기 두 대가 옆으로 따라붙었다.

"뭐야, 쟤들?"

얼이 빠진 목소리로 묻는 록희의 말에 기계에 통달한 정욱이 대답해 줬다.

"아파치 가디언이랑 블랙호크. 대한민국 육군의 헬기들이에요. 특히 블랙호크는 사람을 태울 수 있도록 적재량도 큰 모델인데. 그렇다면……."

"저 방향이 어느 쪽인데!"

"채, 챔피언 하우스요. 두 분 말로는 생존자들이 거기에 모여 있다면서요? 그런데 선수촌 전체가 통신망 다운인데 어떻게 연락이 닿았을까."

록희는 현택에게 맡기고 온 락구의 무전기를 바로 떠올렸다. 앙다문 턱에 절로 힘이 들어간다.

'웃기지 마. 누구 맘대로 그 무전기를 쓴 거야, 지금?'

록희는 몸을 돌려 풀장 안을 향해 달렸다.

그 순간 락구는 먼지 쌓인 풀장 바닥을 헤매고 있었다. 물이 빠진 지 오래된 대형 풀의 바닥 표면에 발자국이 어지러이 흩어져 있었기 때문이다. 한두 명의 발자국이 아니다. 언제 생긴 걸까. 선명한 것을 보아하니 오래된 것은 아니다.

'여기로 내려왔을 수도 있어. 하지만 왜?'

락구의 시선이 한 방향으로 좁혀졌다. 만약 그 시선이 향하는 대로 놔두었더라면 뚜껑이 굳게 닫힌 원형 맨홀을 발견할 수 있었을 것이다. 하지만 그 직전에 락구의 어깨를 붙잡는 손이 있었다.

"돌아가요, 유도아재!"

"깜짝이야. 왜 그래? 무슨 일이야."

록희의 얼굴은 분노와 다급함이 섞여 잔뜩 상기돼 있었다.

"방금 내가 뭘 봤는지 알아요? 헬기들이 챔피언 하우스 쪽으로 날아갔어요. 누군가 우리가 놔두고 온 무전기를 멋대로 쓴 거라고요!"

"떠나온 지 얼마나 됐다고? 우릴 기다리지 않을 리가 없는

데. 누가 그런 일을?"

결국 빽 하고 소리를 지르고 마는 록희.

"아, 씨발. 그걸 내가 어떻게 알아! 빨리 쫓아가서 다 족쳐버려야 된다고요."

락구가 입술을 질끈 깨물었다. 주변을 재빠르게 훑는 그의 눈빛에 막막함이 담겨 있었다.

"들어 봐. 승미가 분명히 여기로 왔어. 흔적이 남아 있다고. 그 애를 찾기 전엔……."

락구는 자신의 목이 확 아래로 당겨지는 느낌에 기겁하며 정신을 차렸다. 록희가 목깃을 꽉 붙잡아 내린 것이다.

"잊어버려요. 그 사람 여기 없어. 떠난 거라고요! 하지만 저 헬기를 놓치면 그쪽이 그렇게 찾고 싶어 하는 여자나 우리 언니까지도 다 살아날 길이 없어지잖아."

"그치만 승미가 여기로 다시 돌아올 수도 있어."

"약속했잖아요. 내가 먼저 도와줄 테니, 유도아재도 나랑 언니가 여길 빠져나가는 걸 도와주기로. 지금이 그 약속을 지킬 때예요."

'약속'이란 단어에 국가대표 유도 선수는 아무 대꾸를 하지 못했다. 록희는 락구를 한참 노려보더니 그의 멱살을 놓고는 후다닥 뛰어갔다. 자기 혼자서라도 헬기들을 뒤쫓을 각오인 것이다. 락구는 얼굴을 감싸며 몇 초 고민한 뒤에 결국 그녀의 뒤를 쫓았다.

"알았어! 같이 가, 권투소녀!"

락구가 풀장의 사다리를 성큼성큼 올라갔다. 그리고 곧 사다리 꼭대기에서 지상을 향해 몸을 날렸다.

바로 그 순간.

풀장 바닥의 대형 맨홀이 스르릉 소리를 내며 움직였다. 천천히 올라오는 두 개의 손. 길고 섬세하며 중지엔 밴디지가 감겨 있다. 그 다음 쏙 하니 올라오는 작고 아담한 얼굴.

"도락구? 너야?"

마치 잠수함의 잠망경처럼 애타는 얼굴로 주변을 둘러보는 승미. 그러나 노을빛에 부서지는 먼지만이 약 올리듯 그녀를 반겨 주었다.

"혹시 위에 누구 있어요?"

한참을 기다렸으나 돌아오는 대답은 없었다. 승미는 심호흡을 한 번 한 다음 고개를 끄덕였다.

"도락구, 나쁜 놈."

아주 잠시 그녀의 눈에 짙은 그리움과 간절함이 깃들었다.

"……얼마나 보고 싶으면 환청을 다 듣니. 참내."

이윽고 아래쪽에서 그녀를 부르는 동료들의 목소리가 들려왔다. 승미의 머리와 손은 다시 맨홀 아래로 사라졌고, 곧 뚜껑도 다시 닫히고 말았다.

● • •

세 대의 헬기가 시야에서 완전히 사라지는 것을 확인한 까를로스 황 조사관은 고개를 내렸다. 자신의 부탁으로 군복을 벗을 각오까지 한 최관식 준장은 주한 미군 병력에 포위돼 육군사관학교 병영을 떠나가고 있었다. 황 조사관은 감사의 의미로 그쪽에 목례를 했다.

그때, 나탈리 쿡이 다가와서 그의 팔을 붙잡았다.

"까를로스. 나 지금 내 눈을 의심하고 있어."

"뭘 봤길래 그렇게 당황한 얼굴이야?"

그녀가 뻗은 손가락 끝을 따라가자 미군들 사이에 검은 양복을 입은 초로의 사내가 리무진에 타고 있었다. 까를로스에게는 생소한 얼굴이었다.

"칼 메이나드. 군수업체 '미티카스' 소속의 브로커야. 원래 프리랜서 무기상이었다가, 이제는 그룹의 명확한 실세지."

"군수업자? 미군과 함께 다니는 게 이상할 건 없잖아?"

그러자 나탈리는 고개를 가로저었다.

"미티카스는 어떤 산의 봉우리 이름이야. 그 산의 이름을 알면 지금 당신처럼 멍한 질문을 던지진 않을 텐데."

황 조사관의 다음 말은 그녀를 실망시키지 않았다.

"설마 올림푸스야?"

"맞아. 메이나드가 여기에 있다는 건 심상치 않은 일이지. 눈코 뜰 새 없이 바쁜 사내가 그냥 관광 삼아 이 이국땅에 와 있을 리가 없어."

하지만 황 조사관의 다음 반응은 나탈리도 예상치 못한 것이었다.

"몰래 따라가 보사, 나탈리."

"뭐?"

"방금 주한 미군이 합동작전을 펼치는 대한민국 장교를 잡아갔어. 지금이야 비상사태라지만, 지나고 나면 이 건은 분명 외교적으로 껄끄러워질 수 있는 거잖아."

"으흠. 계속해 봐."

"그런데도 그걸 감수하고 제네럴 최를 압박했지. 미군을 그렇게까지 다급하게 만든 배후에 올림푸스와 미티카스가 있다면? 지금은 그걸 육안으로 확인할 수 있는 절호의 찬스야."

곧 태릉선수촌 주변 일대는 오직 주한 미군의 병력만 남게 될 터였다. 황 조사관과 나탈리가 자유롭게 돌아다닐 수 있는 시간에도 한계가 있다.

"까를로스, 다시 생각해 봐. 지금 잔뜩 날이 서 있는 미군 진영에 몰래 숨어들기라도 하겠다는 거야?"

"그러니까 당신이 도와줘야지. FBI가 그런 일 하는 거 아냐?"

"이건 병균을 상대하는 자기 일과 달라. 뒤가 구린 자들은 무엇이든 저지를 수 있어."

그러자 황 조사관은 손에 꽉 쥐고 있는 무전기를 들어 보였다.

"내 친구 도라쿠가 하늘나라로 갔다고 했어. 그의 죽음이 헛되지 않게 하려면 이젠 이 길뿐이야."

그의 눈빛은 진지했다. 나탈리는 리무진이 사라진 쪽을 향해 달리며 물었다.

"나야 이게 임무라지만, 자기는 괜찮겠어? 이럴 이유가 없잖아.”

황 조사관도 셔츠를 휘날리며 따라 뛰었다.

“나탈리, 사람을 구하겠다는 결정에 이유는 붙이는 게 아니야.”

● • •

“여기예요!”

“사람 살려어!”

자그마치 스물세 명의 생존자가 옥상 위에서 펄쩍펄쩍 뛰고 있었다.

처음에는 지상의 감염자들을 자극시키지 않기 위해 숨소리도 내지 않고 모여 있던 그들이었다. 하지만 서쪽으로 뉘엿뉘엿 지는 태양빛을 받아 번쩍이는 헬기 세 대가 시야에 들어오자 나흘을 불안함에 떨던 그들의 빗장이 풀리고 만 것이다.

한편, 그들을 이끌고 옥상까지 올라온 장본인인 강두제의 얼굴은 딱딱하게 굳어 있었다.

‘여덟 대라고 들었는데, 왜 저것뿐이야?’

옥상 끄트머리에 서서 아래를 내려다보는 두제. 그 밑에는 끓어오르는 냄비 방울을 연상케 하는 광경이 펼쳐져 있었다. 프로펠러가 내는 굉음에 반응해 몰려든 감염자들이었다.

“크아아아아아아!”

“캬오오오오오오.”

그 수는 최소 오백. 옆에서 누군가가 다리에 힘이 풀렸는지 주저앉는 것이 느껴졌다. 아이스크림 걸즈의 막내 지나였다.

"너, 너무 많아요."

저격소총을 등에 멘 하재일이 그녀를 거칠게 끌어올렸다.

"멍청아. 밑에 보지 말라니깐. 이제 곧 여길 뜰 판국에."

재일의 말처럼 옥상에 모인 생존자들은 모두 '곧 집에 간다'는 생각에 들떠서 격앙된 상태였다. 정 피디의 카메라 렌즈를 의식하며 홀로 석양빛을 받고 있는 저 오로라만 봐도 그렇다. 하지만 두제는 이유를 알 수 없는 불안감이 스멀스멀 차오르는 걸 느꼈다.

'헬기는 예상보다 적게 왔고, 좀비는 생각보다 훨씬 많이 몰렸어.'

퍼버버버벅.

부글부글 끓던 냄비에서 커다란 방울이 터지듯 피바람이 불었다. 아파치 가디언의 기관포가 불을 뿜은 것이다. 그 포격 영역에 있던 감염자들의 사지가 순식간에 해체되며 날아갔다. 그들은 분노에 찬 듯 포효했지만 허공에 떠 있는 쇳덩어리를 깨물 방법이 있을 리 없다.

투두두두두두두두.

아파치 가디언은 챔피언 하우스 주변을 원을 그리며 땅 위의 감염자들을 공격했다. 하지만 그 가공할 위력에도 불구하고 감염자들은 건물의 외벽을 둘러싼 채 꿈쩍하지 않았다. 그들은 공포를 모르기 때문이다. 오히려 포격 소리 때문에 시야에 닿는 모든 건물 안과 산책로 뒤편에서 감염자들이 끊임없이 쏟아져 나오고 있었다.

"크르르르르르."

"캬아아아아아아!"

아파치 가디언이 챔피언 하우스를 한 바퀴 돌 때쯤, 두 대의 블랙호크 기동헬기 중 한 대가 챔피언 하우스의 옥상 바로 위까지 날아왔다.

파파파파파파파.

격풍이 생존자들의 머리를 덮쳤다. 제자리에서 펄쩍펄쩍 뛰며 소리치던 그들은 주춤하며 자세를 낮출 수밖에 없었다.

블랙호크 기동헬기의 양쪽 옆면에서 두 갈래의 헬기 레펠이 내려왔다. 곧 두 명의 군인이 능숙한 동작으로 다리를 모은 채 뒷손으로 레펠을 조정하며 옥상으로 내려섰다. 먼저 내려선 군인이 프로펠러의 굉음을 이겨 내려 큰 소리로 외쳤다.

"이게 전부입니까?"

"네! 다 모인 거예요."

"빨리 구해 주세요. 제발요!"

그가 생존자들의 아우성을 진정시키는 가운데, 늦게 내려선 군인은 헬기에 사다리를 내려보내라는 손짓을 했다. 또 다른 블랙호크 기동헬기 한 대는 더 높은 곳에 떠서 대기하고 있었다. 헬기의 탑승구에는 길쭉한 저격소총의 총구들이 석양빛을 흡수하고 있었다.

타앙! 탕!

저격수들이 노리는 것은 챔피언 하우스의 벽면을 타고 오르고 있는 감염자들의 머리였다.

이층 높이에서 뇌수를 터트리며 바닥으로 떨어지는 감염자들. 하지만 앞서 올라가는 감염자들을 보고 그것을 따라 하는 감염자들이 점점 늘어나고 있었다.

게다가 원래 계획대로라면 반대편을 견제해야 할 헬기들이 출격하지 못했다. 만약 한 명의 감염자라도 옥상까지 올라오는 걸 허용하게 된다면 그 결과는 상상하기도 싫었다. 정예 저격수 여섯 명을 태운 헬기의 조종사는 응답 없는 무전에 분통을 터트리고 있었다.

"젠장. 저 숫자면 한 대에는 다 못 태워. 대체 본부에선 왜 후속 지시가 없는 거야?"

결국 현장 판단으로 작전을 결행할 수밖에 없는 판국이었다.

이것은 깃발 뽑기와 동일한 싸움이었다. 사다리로 생존자들을 하나씩 태우는 것이 먼저일지, 감염자들이 저격수들의 견제를 뚫고 옥상까지 기어오르는 것이 먼저일지. 어느 쪽이 더 빨리 상대 진영의 깃발을 뽑아 목적을 달성할 것인가.

물론 깃발 뽑기와 차이가 있다면, 두 번째 게임 따윈 없다는 점이었다.

• • •

"언니, 괜찮아요?"

"응. 내가 잘못 들었던 거야. 다행히 사람도 아니었지만 좀비도 아니었어. 아무도 없었거든."

승미와 연두는 퀴퀴한 냄새가 나는 하수도를 걷는 일행의 선두를 맡고 있었다. 연두는 계속 승미에게 말을 붙이고 있었는데, 맨홀 뚜껑을 닫고 내려온 뒤 승미의 얼굴이 계속 굳어 있었기 때문이다. 그 마음을 읽은 승미는 연두에게 손을 내밀었다.

"폰 뜨겁지? 내가 들어 줄까?"

"괜찮아요. 이거 들고 있으니까 덜 무서운 것도 같고."

"그러니……."

그렇게 손을 거두려던 승미가 연두의 목덜미를 보고야 말았다. 스마트폰의 플래시 불빛에 드러난 연두의 목덜미에는 붉은 줄이 그려진 듯 보였다. 목의 피부가 뭔가에 쓸려 부어올라 있는 것이다.

승미가 떨리는 목소리로 물었다.

"연두야."

"네?"

"너, 목에 이거 뭐야?"

하수도 통로를 비추던 원형의 불빛이 격하게 요동쳤다. 연두가 크게 당황했기 때문이다.

"아, 아무것도 아녜요."

"아니긴 뭐가 아냐. 얼마 전에 생긴 상처 같은데."

그러자 바로 뒷줄에서 걷고 있던 상혁이 읊조렸다.

"그만 물어, 현승미. 딱 보면 모르겠냐. 저 자국이 뭔지."

연두는 고개를 푹 숙이고 앞만 보면서 걷고 있었다. 잠깐 드러나 있던 목덜미를 감추기 위해 양궁 유니폼의 칼라를 위로 한껏 추켜올리면서. 승미는 연두의 얼굴에서 눈을 뗄 수가 없었다. 그녀 역시 그 자국이 암시하는 바를 모를 수가 없었다.

잠시 후, 연두가 천천히 입을 열었다.

"어젯밤이었어요. 희망이 없다고 생각했거든요. 좀비한테 물려 죽는 건 너무 아플 것 같고 무서워서."

"……어디였니."

"여자 화장실이요. 근데 밤중에 제가 꽥꽥 지르는 비명 소리를 듣고 언니들이 깨서 말려 줬어요. 결국 저는 죽을 용기도 없었던 거예요."

이 바보야. 왜 죽을 생각을 한 거야. 마지막의 마지막까지 싸워야지!

연두가 승미의 눈빛을 읽었는지 자조 어린 얼굴로 말을 이어 나갔다.

"알아요. 언니가 옆에 있었으면 엄청 혼냈겠죠, 절. 하지만 전 언니와 다르게 그 정도로 강하지 못해요. 독하지도 못하고. 선발전에서도 맨날 3위 안에 못 들잖아요."

연두는 승미와 상혁과는 달리 올림픽 출전이 확정된 정규 선수가 아니었다. 선발전 점수 합산에서 3위 안에 들지 못했기 때문이다. 연두는 정규 선수의 출전이 불발될 때를 대비해 소집된 2군이었다.

승미도 연두의 약점을 알고 있었다. 그것은 결정적일 때 약해지는 불안한 멘탈. 하지만 아직 나이가 어리기 때문에 차차

나아질 거라고 생각해서 늘 엄하게 다그치기만 해 왔다. 왜냐면 그것이 승부욕과 근성이 독보적으로 강한 승미가 자기 자신에게 써 온 독려법이었기 때문에.

내 방법이 잘못되었던 걸까.

“고생이 많았지? 이제 괜찮아.”

승미가 연두의 빈 손을 꽈악 잡아 주었다. 두 여자 양궁 선수의 꼭 닮은 굳은살이 서로의 손바닥 안에서 만져진다.

“같이 올림픽 가야지, 장연두. 이 악몽 같은 순간도 이겨 냈는데 앞으로 뭘 못 이겨 내겠어?”

“언니는 왜 그렇게 강해요? 어떻게 그럴 수 있어요?”

연두가 물기 어린 목소리로 물었다. 승미는 잠시 뜸을 들이다가 평온한 목소리로 말했다.

“나도 너처럼 불안해. 숨이 막히고 죽고 싶을 때도 있어.”

“언니도요? 정말로?”

“강철을 벼리는 과정을 아니? 찬물에 넣었다가, 바로 불길에 집어넣었다가를 반복해. 그렇게 점점 단단하게 벼려지든가, 아니면 부러지든가. 강철의 운명은 둘 중 하나로 정해져.”

고개를 끄덕이는 것은 연두 혼자였지만 사실 후열의 상혁은 물론 진검과 달튼, 다른 양궁 선수들도 모두 승미의 목소리에 집중하고 있었다.

“사람의 마음도 같아. 천당과 지옥을 냉탕과 온탕 오가듯 왔다 갔다 하다 보면 어느덧 단단해질 수 있어. 연두야, 넌 어떻게 생각하니. 벼려지고 싶어, 부러지고 싶어?”

연두의 눈가에 차오르던 눈물 한 방울이 또르르 볼을 타고 흘러내렸다. 승미는 그것을 보았지만 모르는 척해 주었다. 다만 잡고 있던 손을 더 강하게 붙잡아 줄 뿐.

'언니, 난 안 돼요. 아마 죽을 때까지 언니만큼 강해질 순 없을 거예요. 버려지기 전에 부러지고 말 거야.'

연두는 쓰라린 생각을 속으로만 갈무리했다. 승미는 연두가 그런 생각을 하는 줄은 알 방법이 없었다. 그래서 이 순간 한 번 더 다가가 깊은 답을 얻어 내지 못했던 것을, 승미는 뼈저리게 후회하게 된다.

하나 그것은 아직 일어나지 않은 미래의 일. 현재는 승미에게 더 다급한 문제를 안겨 줄 준비를 하고 있었다.

"연두야, 잠깐만 멈춰 봐."

"왜요?"

승미는 연두를 붙잡은 손을 놓고 뒤를 향해 뻗었다. 조용히 하라는 제스처. 둘의 뒤를 따라오던 모두가 발걸음을 멈추고 숨소리마저 죽였다. 그러자 저 멀리 앞쪽에서 들려오는 소리.

첨벙첨벙첨벙.

그것은 물에 젖은 바닥을 튕기며 이쪽으로 다가오는 발걸음 소리였다. 승미가 컴파운드 보우를 들어 올리며 조용히 읊조렸다.

"뭔가가 이쪽으로 오고 있어. 다들 활을 들어."

연두를 제외한 네 명의 궁사들이 시위를 장전하는 소리가 하수도 천장에 부딪혀 사라졌다. 달튼과 진검이 천천히 앞으로 나와 승미의 양옆에 붙었다.

걱정스럽게 묻는 달튼.

“여기, 싸우면 위험하다. 도망치자, 쑨미.”

거기에 회의적인 진검.

“아녜요. 도망치다가 플래시를 떨어트리면 다 끝장이에요. 차라리 이쪽에서 선제공격해야 해요.”

먼저 쏴 버릴까. 그러나 아직 걸어오는 상대가 누구인지는 불명확했다.

승미는 좌우를 둘러보았다. 통로의 폭은 고작 2미터 정도. 자유롭게 운신할 수 있는 크기가 아니다. 모든 선택에 신중해야 했다. 그녀가 숨을 가다듬었다. 일단 냉탕인지 온탕인지부터 밝혀 보자고.

“거기 누군지 몰라도 멈추세요. 대답하지 않으면 쏠 거예요.”

그러나 안타깝게도 대꾸는 없었다.

찰박찰박찰박.

더 가까이 들려오는 발걸음 소리.

연두가 침을 삼킨 뒤 머리 위로 스마트폰 플래시를 힘껏 들어 올렸다. 더 멀리 볼 수 있게 하려고. 하지만 불빛이 닿는 그 거리는 짧았고 소리를 내는 상대의 형태를 드러내진 못했다. 다만 저편에서 플래시 불빛에 반응해 깜빡이는 두 개의 원이 어둠 속에서 드러날 뿐이었다.

붉은 눈이었다.

41화
매뉴얼대로

- 감염 4일째. 오후. 06:15.

"쏴!"

승미가 시위를 놓자 다른 세 명의 궁사들도 모두 릴리스를 했다. 네 개의 화살이 어둠을 살라 먹으며 날았다.

틱. 틱.

하지만 하수도에 들어찬 적막을 깨트리고 들려온 소리는 예상과 완전히 달랐다. 옷자락이나 살점에 푸욱 하고 박히는 피격음이 아니라 돌바닥에 맥없이 부딪히는 소리. 스마트폰 플래시를 들고 있느라 뒤쪽에 서 있던 연두가 숨을 들이켰다.

"한 대도 안 맞았어요? 어떻게?"

두 개의 붉은 눈이 성큼성큼 다가왔다.

타닥. 타닥. 타다닥.

"계속 이쪽으로 오잖아. 젠장."

팔에서 피가 흐르고 있는 상혁이 고통에 얼굴을 찌푸리면서도 황급히 화살을 다시 장전했다. 그런데 승미의 희고 매끈한 팔이 그 앞을 가로막았다.

"오빠, 잠깐만요. 발소리가 이상해요."

승미의 말대로였다. 그들에게 점점 가까이 다가오는 발소리는 사람의 것이라기엔 지나치게 가볍고 발소리의 간격도 아주 짧았다. 그리고 무척 방정맞았다.

타닥. 타닥.

마치 네 발 달린 짐승의 그것처럼.

왈! 왈왈!

어둠 속에서 엉덩이가 토실토실한 개 한 마리가 허겁지겁 달려와 승미의 발 앞에서 펄쩍펄쩍 뛰었다. 보름달처럼 환하게 밝아지는 승미의 얼굴.

"어머나, 소치야."

무릎 꿇은 승미의 볼을 핥는 녀석은 태릉선수촌의 마스코트이자 여섯 살배기 퍼그 소치였다. 붉은 두 눈은 감염자의 표식이 아니라 포유류의 적목 현상이었던 것이다.

끼잉. 끼이잉.

승미의 무릎에 두 앞발을 올리고 파닥파닥 꼬리를 흔드는 녀석의 얼굴에는 눈물이 그렁그렁해 있었다. 소치에게 자주 간식을 줬던 승미는 녀석이 며칠째 제대로 된 식사를 못 했고, 몰골도 꾀죄죄한 상태라는 걸 바로 알아봤다.

"어쩌다 여기에 들어온 거야, 응?"

그때, 유독 하수도의 통로를 비좁아 보이게 만드는 장본인 데이브 달튼이 소치를 덥석 안아 들었다.

멍?

그러고는 소치의 발바닥 냄새를 킁킁 맡았다. 신기하게도 그러는 동안 소치는 다소곳하고 얌전하게 안겨 있었다.

"이거, 흙냄새. 출구. 가까이 있다."

터벅터벅 앞장서서 걸어가는 달튼의 모습에 연두가 황급히 따라붙었다.

"외국인 아저씨. 소치가 은근 까탈스러운데, 엄청 능숙하네요?"

"캐나다에서 퍼피, 오래 키웠다. 이름이 소치? 큐트 하군."

바짝 조여 오던 긴장이 소치가 나타나는 바람에 꽤나 느슨해졌다. 승미는 그것이 조금 걱정되었으나 곧 모퉁이 너머에서 환한 빛이 새어 나오는 것을 마주할 수 있었다. 달튼의 말대로 출구가 가까이 있었던 것이다. 동그란 하수도의 구멍을 빠져나오자 실개천이 흐르는 도랑이 나왔다.

"햇빛이야. 가슴이 뻥 뚫리네."

가슴을 활짝 펴는 진검의 염색 머리가 석양빛에 반짝였다.

일행의 마지막으로 하수도를 빠져나온 승미는 서둘러서 주변을 살펴봤다. 그들은 선수촌의 산책로와 꽤 멀리 떨어진 개천에 있었다. 어떤 이유에선지는 모르지만 주인과 떨어진 소치가 선수촌 주변을 헤매다가 하수도에 몸을 숨기고 있었던 모양이다.

"현승미. 우리가 지금 어디에 있는 거야?"

승미는 상혁의 질문에 한쪽 방향을 가리켰다.

"여기 수풀이 우거진 걸 보니까 능 옆이야. 우리가 동쪽으로 걸어왔으니까 아마도 저쪽 방향이 삼육대학교 쪽일 거야. 우린 강릉(태릉 옆의 능)이랑 캠퍼스 사이에 있는 셈이지."

"좀비들은 없을까?"

"이 정도면 완전히 선수촌 외곽이야. 소치도 여기에 숨어 있었던 걸 보면 좀비는 없을 것 같아."

모두의 입가에 감격스런 웃음이 스며들었다. 하지만 아직 완전히 탈출에 성공하지 못했다는 걸 절감하는 승미는 한마디를 덧붙였다.

"그래도 만약에 대비하자. 한 발씩 후킹Hooking하고 천천히 나를 따라와."

일곱 명의 생존자들은 주변을 경계하며 승미의 뒤를 따라붙었다.

숲길은 조용했다. 입가에 피를 묻힌 포식자도, 총에 맞아 쓰러진 시체들도 전혀 나타나지 않았다. 아직 백 퍼센트 확신할 수는 없었지만 승미는 자신들이 감염 구역 바깥으로 완전히 빠져나왔다고 조심스럽게 생각했다. 조금만 더 가면 자신을 애타게 기다리고 있을 가족과 한 녀석을 만날 수 있다.

'기다려, 도락구.'

순간, 진검이 활짝 웃으며 승미에게 다가왔다.

"누나, 고마워요. 덕분에 우리 모두 살았어."

진검의 손목에 있던 주황색 손목밴드가 찢어진 채 너덜너덜해진 것이 보였다.

"그거 니 부적이지? 그렇게 돼서 어떡하니."

"수영장에서 그렇게 살벌하게 싸웠는데, 이게 절 지켜 준 것 같아요. 이젠 안전하니까 괜찮아요."

"그래. 징크스는 그렇게 깨는 거야."

그들은 결국 잔디밭을 완전히 벗어나 삼육대학교로 이어지는 널찍한 대로변에 접어들었다. 사람들이 수군대는 인기척과 자동차의 엔진 소리가 아스라이 들려온다. 그 소음들이 곧 옳은 방향을 택해서 걸어왔다는 걸 방증해 주었다.

달튼의 얼굴이 활짝 폈다.

"슌미. 저기 봐. 있다. 바리케이드."

그들 앞으로 수십 명의 군인들이 진을 치고 서 있었다. 군인들의 뒤에는 여섯 대의 덤프트럭과 두 대의 전차가 버티고 있었으며 앞엔 모래포를 쌓아 만든 장벽이 포진해 있었다.

바리케이드까지 약 70미터. 승미 일행과 그 사이를 가로막는 건 아무것도 없었다. 뒤를 돌아보아도 정적만이 따라붙고 있을 뿐.

"얘들아. 살았어, 우리."

승미는 불안에 옥죄어 있던 심신이 비로소 풀어진 활줄처럼 느슨해지는 걸 느꼈다.

먼저 이상한 점을 느낀 것은 진검이었다.

"그런데 이상하지 않아요? 군인들이 다 외국인 같은데. 군복도 우리나라 거 아니죠?"

그의 말대로였다. 가까이서 보니 그들은 주한 미군들이나 입는 회색 군복을 입은 서양인들이었다. 국방색의 한국 군복을 입은 병사나 의경들도 보이지 않았다.

"Stop right there(거기 멈추십시오)."

바리케이드 너머에서 미군 중 한 명이 손바닥을 들어 일곱 명의 선수들을 제지시켰다. 덩치가 큰 백인 병사였다. 달튼이 조심스럽게 품에 안은 소치를 땅바닥에 내려놓았다. 그리고 앞으로 나서서 물었다.

"우리들은 선수촌에서 훈련 중이던 선수들입니다. 보호를 요청합니다."

"당신도 한국 국가대표입니까? 그렇게 안 보이는데."

"캐나다에서 귀화를 했습니다."

"음. 곤란하지만 당장은 들여보내 줄 수 없습니다."

승미를 비롯한 선수들은 초조한 심정으로 달튼과 미군 병사의 대화를 지켜보고 있어야만 했다. 좌우를 재빨리 훑어보니 그들 쪽으로 향하는 시커먼 총구만 해도 서른 개가 넘는다. 전차 위에 올라탄 병사들은 묵직한 기관단총에 손을 올리고 있었다.

무엇 때문에 다들 저렇게 딱딱한 표정을 짓고 있지? 극적으로 탈출한 우리들을 반겨 줘야 하는 거 아냐?

"왜입니까?"

"일단 상부에 보고한 다음, 대응 절차 확인이 필요합니다."

선수촌 영어회화 특별강좌를 꾸준히 들어 온 승미가 끼어들었다.

"그건 일단 들여보내고 나서도 할 수 있는 일이잖아요."

하지만 달튼을 상대하던 미군 병사는 승미 쪽은 아예 쳐다보지도 않았다.

"현재 위치에서 기다리십시오."

이 말만을 남기고 그는 트럭 뒤로 사라졌다. 바리케이드 뒤에 포진한 미군들은 저들끼리 계속 수군거렸다.

그때, 달튼이 승미 쪽을 보지 않고 조용히 속삭였다.

"슝미. 조금씩. 천천히. 물러나라."

"뭐요? 왜요? 저기만 넘어가면 우린 선수촌을 벗어나는 건데."

달튼이 눈을 질끈 감았다. 지금 그가 느끼고 있는 예민한 감각은 위험 경보를 끊임없이 내보내고 있었다. 바로 자신들을 두고 서로 시선을 교환하는 미군 병사들의 눈빛을 읽었기 때문이다.

미국보다 덜하긴 하지만, 캐나다에도 총기를 소지한 범법자들이 활개 치는 동네가 있다. 달튼은 밴쿠버의 할렘가라 불리는 헤스팅스 거리에서 청소년기를 보낸 장본인이었다. 마약 거래와 총기 사고가 빈번히 발생하는 정글과도 같은 동네.

총기의 방아쇠에 손가락을 걸고 있는 미군 병사들의 눈에서 달튼은 헤스팅스 거리의 무법자들을 마주친 밤거리로 돌아간 느낌을 받았다. 그들 중 절반 이상이 최소한 한 번 이상의 '살인

경험'이 있다는 것에 달튼은 자신의 트로피들을 전부 걸 수 있었다.

한참의 시간이 흐른 뒤, 다시 그 백인 병사가 걸어와 말했다.

"알겠습니다. 들여보내라고 하는군요."

진검과 연두를 비롯한 선수들이 안도의 한숨을 내쉬었다.

"후아. 살았다!"

"한 명씩, 한 명씩 앞으로 나오십시오. 그리고 가진 무기들을 이리로 던지십시오."

"여, 여기요!"

남자 양궁 선수 한 명이 황급히 나서서 어깨에 걸친 컴파운드 보우를 벗어 바리케이드 너머로 던졌다.

타악.

미군 병사들이 무표정하게 땅바닥에 떨어진 컴파운드 보우를 주워 들었다.

다음은 상혁 차례였다. 그런데 그가 자신의 활을 던졌을 때 그의 팔에 있는 흉건한 핏자국이 만천하에 드러났다. 미군 병사들의 시선이 그에게 집중됐다. 당황한 상혁이 손으로 엑스자를 그리며 흥분했다.

"이, 이거 물린 거 아닙니다! 아임 낫 좀비. 트러스트 미, 플리즈."

의외로 앞장선 미군 병사는 별다른 말 없이 고개를 끄덕이고 연두에게 시선을 옮길 뿐이었다. 그리고 연두가 자신의 활을 풀어내려고 했을 때, 승미가 손을 들어 그걸 막았다.

"언니?"

승미의 표정은 딱딱하게 굳어 있었다.

"달튼. 내 말 전해 줄래요? 좀 복잡해서 영어로 할 자신이 없어."

"아라따, 슌미. 말해라."

달튼이 고개를 끄덕이자 승미가 앞으로 나서서 말했다.

"이봐요! 왜 다들 군복만 입고 있죠? 영화에 보면 둔해 보이는 방역복도 잔뜩 입고 그러던데. 우리가 온 곳은 감염 구역이잖아요."

달튼이 그녀의 말을 전달해 주자 미군 병사는 골치가 아프다는 듯 머리를 긁적였다.

"그런 매뉴얼이 내려온 적은 없습니다. 질의응답은 우리 임무가 아닙니다. 일단 당신들의 무기를 넘겨주는 게 먼저입니다."

그 말에 승미가 더욱 발끈한다.

"왜요? 우리가 이 활로 당신들을 쏠까 봐? 그럴 리가 없잖아요. 만약 지금 당장 좀비로 변한다고 한들, 이 활을 당길 수 있을 리도 없는데."

백인 병사는 승미의 반박에 대꾸할 말을 찾는 듯 입을 다물었다. 그 틈에 연두가 승미를 채근했다.

"언니. 왜 재들한테 대들고 그래요? 안 들여보내 주면 어쩌려고요."

"물러나 있어. 상혁 오빠 상처가 저렇게 큰데도 재넨 지금 신경도 안 쓰잖아. 감염됐을까 봐 질겁해야 정상 아니야? 따로 테스트를 하든지."

선수들과 병사들의 가운데에 껴서 이러지도 저러지도 못하던 상혁이 짜증을 냈다.

"현승미, 너 진짜 이럴래?"

"오빠 가만있어요. 쟤네들 매뉴얼이 뭔진 몰라도 어차피 우릴 안 들여보내 줄 작정인 거야. 달튼도 그렇게 생각하죠?"

승미가 달튼을 돌아본 사이, 백인 병사가 한숨을 내쉬고는 오른손을 번쩍 들었다.

"저 여자가 눈치를 챘다."

그러자 그의 오른쪽에서 대기 중이던 병사가 소총을 들어 방아쇠를 당겼다.

타다다당!

터져 나오는 피의 분수가 승미와 연두의 눈앞을 덮쳤다. 반사적으로 승미가 눈앞을 가린 순간 반대쪽에 서 있던 병사의 총구가 불을 뿜었다.

타다당!

누군가 상혁의 등 뒤에 붉은 물감을 팍 하고 뿌린 것처럼 핏자국이 번졌다.

"어?"

가슴팍에 총알을 관통당한 그는 영문을 모르겠다는 얼굴로 천천히 쓰러졌다. 그가 철퍼덕 쓰러진 곳은 바로 승미의 옆이었다. 바닥에 튕겨진 상혁의 이마 위쪽으로 모래흙이 묻었다.

"상혁 오빠? 이게 무슨……."

"꺄아아악!"

연두의 비명 소리를 신호로 진검이 이를 악물며 몸을 날렸다. 병사들의 총구가 승미를 향해 돌아가는 것이 그의 눈에 포착됐기 때문이다.

"누나! 피해요!"

승미가 입에서 피거품이 일어나는 상혁의 얼굴을 멍하니 바라보고 있을 때, 진검이 오른팔로 그녀의 몸을 감싼 다음 뒤로 굴렀다.

두두두두두!

아스팔트 바닥에 먼지를 일으키며 총격이 그들 옆을 스쳐 지나갔다. 진검 덕분에 승미는 화를 면할 수 있었으나 뒤에 서 있던 여자 양궁 선수의 다리가 총알에 꿰뚫리며 허공에 피를 분산시켰다.

"아아아아악!"

그녀가 바닥을 뒹굴며 내는 비명 소리가 모두의 고막을 찢을 듯 파고들었다. 하지만 통곡은 오래가지 않았다. 병사 중 한 명이 경련하고 있던 여자 양궁 선수의 두개골에 총알을 박아넣었기 때문이다. 퍼어억. 그녀의 비명이 음소거되자 오직 하나의 소리만이 남았다. 꼬리를 가랑이 사이에 집어넣은 채 울부짖는 소치가 그 주인공이었다.

월월! 으르르르.

그 순간 패닉에 휘말리지 않은 것은 달튼 한 명뿐이었다. 그는 상체를 바짝 낮추더니 쓰러진 두 남자 양궁 선수들의 몸을 양팔로 번쩍 들어 승미의 앞을 가로막아 줬다.

"뭐 해, 쏴!"

병사들은 조금의 망설임도 없이 명령을 그대로 이행했다.

두두두두.

이미 즉사한 두 양궁 선수의 시체가 총격의 여파로 덜덜 떨렸다.

"쓘미! 활을 들어라. 어서!"

"사람을 쏘라고? 진심이에요?"

순간 옆에서 무릎을 꿇고 있는 진검이 승미의 눈에 들어왔다. 수려한 이목구비가 잔뜩 찡그려져 있다. 무섭도록 창백해진 안색. 진검이 자신의 왼쪽 옆구리를 꽈악 움켜잡고 있었다. 얇은 배드민턴 유니폼은 이미 피로 흥건히 젖어 있었다. 총에 맞은 것이다.

"진검아, 너?"

"괘, 괜찮아요. 흐으으읍."

진검의 긴 속눈썹에 맺힌 눈물과 공포로 일그러진 입술. 그 장면이 분노와 함께 승미의 현실감각을 거칠게 일깨웠다.

"이 새끼들이!"

승미는 재빨리 달튼의 옆구리에 등을 맞대고 화살을 훅킹한 다음에 심호흡을 한 번 했다.

반사적으로 빠르게 움직이는 손가락. 본능에 가까운 신속한 앵커링Anchoring. 그리고 상체를 회전시키며 벌떡 일어선다. 동시에 가장 가까운 위치에서 명령을 내리고 있는 백인 병사를 노리고 릴리스했다.

쐐애애액.

화살이 날아가 백인 병사의 어깨에 가 박혔다.

"으아아악!"

사격을 하던 병사들이 동요하며 술렁였다.

"지금, 쓔미. 도망치자."

승미와 달튼은 그때를 놓치지 않고 각자 진검과 연두를 이끌고 뒤로 달아났다.

"놓치지 마, 쏴라!"

타다다다다당!

또 한 번 도망치는 승미 일행 뒤로 무자비한 총격이 추격해 왔다. 무리 중 가장 빨리 달리는 것은 소치였다. 길을 벗어나 잔디밭 위 수풀로 앞장서 달리는 소치.

왈! 왈왈!

승미 일행은 그 뒤를 따라 전력으로 달렸고, 곧 미군 병사들의 시야에서 완전히 사라지고 말았다.

● • •

챔피언 하우스 위에 떠 있는 블랙호크 기동헬기에서 튼튼한 와이어 줄사다리가 내려왔다. 옥상에 내려선 항공작전사령부 군인 둘 중 한 명인 박 중사가 줄사다리를 붙잡고 섰다.

"자, 한 명씩 올라타십시오."

박 중사 앞으로 와르르 몰려든 생존자들이 하늘 위를 쳐다봤다. 검은색 기동헬기의 크기를 가늠해 보는 것이다.

너무 작았다.

사다리 끝에서 대기 중인 기동헬기의 정원은 조종사를 제외하고 열두 명이었다. 그러나 옥상에서 구조를 기다리고 있는 생존자들은 모두 스물셋. 이 순간 대부분의 생존자들이 '한 번에 우리가 다 탈 수는 없다'는 것을 깨달았다.

대혼돈이 일어났다.

"저부터 태워 주세요."

"제가 빨리 올라갈 수 있어요. 내가 먼저야!"

서로를 밀치며 사다리에 올라타려는 생존자들의 눈빛에 박 중사는 질릴 것 같았지만 재빨리 냉정을 찾았다.

"침착하세요, 여러분! 원칙대로 제가 순서를 정하겠습니다."

그래도 소란이 잦아들지 않자 그는 저격소총을 한 번 허공에 발사했다.

타앙!

그 소리에 생존자들의 발악이 주춤해지자 그가 다시 목청껏 외쳤다.

"비상사태니만큼 제 말을 듣지 않으시면 발포하겠습니다."

하지만 그도 속으로는 초조해하고 있었다. 원래대로라면 이곳까지 오는 비행 도중에 지휘관인 최관식 준장의 무전이 있었어야 했다. 그러나 구조 계획이 발각당하는 바람에 최 준장의 무전기는 철저히 무응답이었다.

반대쪽 사다리를 붙잡고 있던 군인이 입모양으로 말했다.

'박 중사님. 누구부터 태웁니까?'

현재 헬기 안에서는 생존자를 받아 줄 병사 두 명이 탑승 중이다. 박 중사를 비롯한 군인들이 사다리에 매달려 간다고 해도 한 번에 태워 갈 수 있는 숫자는 아마도 열 명 남짓. 또 다른 열세 명의 생존자는 옥상에 남아 있어야 한다.

박 중사는 고개를 살짝 들어 또 다른 블랙호크 기동헬기 한 대를 쳐다봤다. 그곳엔 여섯 명의 저격수들이 세 쌍을 이뤄 챔피언 하우스 옥상 사수를 위해 엄호 중이었다.

'저기에도 다 태우지는 못해. 젠장.'

머리를 굴리던 박 중사의 표정을 잘못 이해한 생존자 중 한 명이 외쳤다. 덩치가 우람한 남자 선수였다.

"메달리스트부터 태워 줘요!"

박 중사의 눈살이 찌푸려졌다.

"뭐라고요?"

"저 탁구 은메달리스트라고요. 메달 딴 순서로 태우면 다들 불만 없을…… 커억!"

누군가 그의 오른쪽 머리끄덩이를 격하게 잡아당기며 말을 끊었다.

"웃기는 소리 하지 마세요. 메달리스트만 목숨이고 2군은 파리 목숨이냐! 탈출할 권리는 다 똑같아."

"씨발, 너 지금 나 친 거야?"

다시 한 번 소란이 일어나려 하고 있었다.

강두제는 그 무리에서 한 발 떨어진 채로 냉정하게 상황을 주시하고 있었다. 자신의 손에는 무전기가 들려 있다. 그것은 다른 생존자들에 비해 훨씬 우월한 자리였다.

그의 옆에는 오로라가 팔짱을 낀 채 피식피식 웃고 있었다.

"웃겨. 저 지랄을 할 거면서 우릴 그렇게 욕했다고?"

그때 박 중사가 결심한 듯 소리쳤다.

재난시 구조 매뉴얼대로 진행할 뿐이다. 이곳이 국가대표 선수들이 모인 선수촌이라는 것은 잠시 잊는다.

"매뉴얼대로 합니다. 여자 선수 먼저! 나이 어린 선수 먼저 타겠습니다."

몇몇 선수들이 볼멘소리를 냈지만 더 이상의 소란은 없었다. 박 중사가 서슬 퍼런 눈빛을 하고 있기도 했고, 감염자들이 압도적인 수로 건물을 포위한 와중에 시간 낭비는 곧 떼죽음을 불러올 수 있다는 걸 모두 납득했기 때문이다.

"드디어 집에 간다!"

10대의 어린 여자 선수들부터 사다리에 올라탔다.

멀찍이 물러서 있던 오로라가 두제의 굵은 팔뚝을 툭 하고 쳤다. 그녀의 나이는 열일곱. 박 중사가 내세운 기준으로 봐도 다섯 손가락 안에 꼽히는 조건이다.

"저 먼저 가요, 아저씨."

"몸조심하십시오, 로라 양. 밖에서 만나요, 우리."

애틋하리만치 서로를 그윽하게 바라보는 두 남녀. 물론 그들의 표정이 이토록 애달픈 이유는 그 주변을 뱅글뱅글 돌고 있는 정 피디의 카메라 렌즈 때문이었다.

그들의 눈빛은 조금 다른 대화를 하고 있었다.

'대망의 엔딩이네요, 아저씨.'

'우리 계약 관계도 이걸로 끝이겠군요, 로라 양. 썩 괜찮은 파트너십이었습니다.'

웃음을 거둔 로라가 박 중사를 향해 걸어갔다. 그녀를 중심으로 생존자들이 퍼져 나가며 길을 비켜 주었지만 눈빛에는 증오가 가득했다. 하지만 로라는 런웨이를 걷는 모델처럼 위풍당당하게 와이어 줄사다리를 붙잡았다.

리듬체조는 보통 근력으로 시연할 수 있는 종목이 아니다. 사다리를 붙잡고 성큼성큼 올라가는 오로라의 동작은 우아했고, 또 신속했다. 그녀가 헬기에 완전히 올라탈 때까지 줌을 당겨 잡은 정 피디는 뿌듯한 심정으로 뷰파인더에서 눈을 뗐다. 그러자 육안으로 펼쳐지는 주변 풍경이 한눈에 들어왔다. 정 피디는 새삼 오싹한 기분에 사로잡히고 말았다.

'도대체 저게 다 몇 마리야? 육백? 칠백?'

챔피언 하우스 주변으로 몰려드는 감염자들의 수는 어느새 폭발적으로 늘어나 있었다. 노을빛을 받아 번쩍이는 수백 개의 붉은 동그라미들은 숨 막히는 압박감을 선사해 줬다.

저것은 적목 현상이 아니다. 사람의 목숨을 탐하는 괴물들의 눈알들이다. 정 피디는 대규모 엑스트라가 등장하는 대하 사극의 전쟁 신을 촬영해 본 경험도 있었다. 그럼에도 불구하고 파도처럼 몰려드는 감염자들의 위세에 고환이 쪼그라드는 기분으로부터 자유로울 순 없었다.

그가 다시 카메라를 어깨 위로 올렸다. 그리고 난간 가까이 다가갔다.

"쌍, 소름 돋지만 찍어 둬야지. 특수 분장 처바른 엑스트라 수백을 동원해도 저 그림은 못 나온다고."

정 피디는 꿀꺽 침을 삼킨 다음 감염자들을 촬영해 나갔다. 그런데 곧 그의 눈을 의심케 하는 광경이 지상에서 포착됐다.

"저건…… 뭐야?"

마치 거대한 자석에 달라붙는 쇳가루처럼 감염자들이 모여드는 가운데, 하나의 검은 점만이 엉뚱한 방향으로 걸어가고 있었다. 정 피디가 황급히 줌을 당겨 봤다.

덩치가 무척 작은 사내가 시커먼 피부 같은 옷을 입고 있었다. 그리고 등에 뭔가를 짊어지고 있었는데, 거기에서 수증기 같은 하얀 연기가 조금씩 흘러내리고 있었다. 믿을 수 없는 것은 주변의 감염자들이 그를 무시하고 스쳐 지나간다는 것이었다.

'좀비들이 보질 못해?'

정 피디는 몇 번이나 뷰파인더에서 눈을 떼고 확인해 보았다. 헛것이 아니었다. 검은 옷의 사내는 겁도 없이 필승관으로 향하고 있었다.

"미쳤네. 지금 저길 간다고?"

필승관은 레슬링, 복싱 등 투기 종목을 대표하는 팀들이 훈련하는 대형 체육관이었다. 감염 사태가 일어난 이후 모든 생존자들이 입을 모아 '무조건 멀리해야 하는 곳 1순위'가 바로 필승관이었다.

정체불명의 저 검은 옷은 어째서 그 불모지로 향하는 것일까. 정 피디는 신경을 끄려 했지만 이유를 알 수 없는 불안감이 자꾸만 손가락을 'REC' 버튼에 못 박아 두게 했다.

뭔가 불온한 일이 필승관에서 일어날 것만 같은 예감이 강하게 들었기 때문이다.

42화
죽은 영웅의 비디오

- 감염 4일째. 오후. 06:32.

생존자들이 헬기의 줄사다리에 오르는 속도는 더뎠다.

조금씩 흔들리는 기체의 영향도 있었거니와 시야 밑에서 우글거리는 감염자들을 내려다보는 순간 다리가 굳어 버리는 걸 어쩔 수 없었기 때문이다.

싱크로나이즈드 여자 선수 양주희가 질끈 눈을 감고 사다리 중간에서 멈춰 섰다.

"아래는 보지 않습니다! 여기만 보고 올라옵니다."

다시 심호흡을 하고 올라서는 주희.

그녀가 그렇게 힘을 내는 이유에는 헬기에서 생존자들을 끌어올려 주는 병사의 독려 때문도 있었지만, 날다람쥐처럼 올라탄 뒤 자신을 내려다보는 오로라의 잘난 체하는 얼굴을 보고 싶지 않았기 때문이다.

하지만 당사자인 오로라는 사실 주희에게 아무런 신경도 쓰고 있지 않았다. 그녀의 시선은 쉴 새 없이 포효하는 감염자들에게 꽂혀 있었다.

"드디어 살았어요."

"안전한 집으로 가는 거야. 저 괴물들은 우릴 못 죽였어."

로라의 옆에서는 그녀보다 먼저 구조된 어린 선수들이 감격에 울고 있었다. 서로를 부둥켜안고. 싸늘한 얼굴의 로라는 감염자들을 보며 코웃음을 쳤다.

'안전한 집으로 간다? 저 바깥에는 '괴물' 같은 부류들이 없는 줄 아나 보지.'

계속 보다 보니 챔피언 하우스의 벽면을 기어오르다가 떨어지는 감염자들이 우스꽝스럽다. 마치 초콜릿 분수대에서 기괴하게 흘러내리는 초콜릿들 같기도 하다.

'초콜릿 먹은 지 얼마나 됐지? 3년? 4년? 그래. 여기서 나가면 실컷 먹어 주겠어.'

로라의 태평함과는 대조적으로 옥상에 모여 있는 생존자들은 모두 불안에 떨고 있었다. 이미 여덟 명이 블랙호크 기동헬기에 올라탄 상황에서 구조자들이 더 올라탈 공간이 점점 줄어들고 있었기 때문이다. 한 선수가 반대편 상공에 떠 있는 또 다른 기동헬기를 가리키며 외쳤다.

"우리는 저기에 타면 안 돼요? 네?"

그러나 줄사다리를 붙잡고 있는 박 중사는 단호하게 고개를 저었다.

"저기엔 저격수들이 타고 있습니다. 감염자가 옥상에 올라올 경우를 대비해 엄호하지 않으면 안 됩니다."

박 중사의 말마따나 또 다른 기동헬기에 탑승한 저격수들의 총구는 계속 불을 뿜고 있었다. 챔피언 하우스의 형태가 타원형이었다면 다행이었겠지만 건물은 직사각형 사 층 건물이었다. 신체가 날렵하고 악력이 좋은 감염자들이 이층 높이까지 우습게 기어오르는 것을 저격수들이 계속 쏘아 맞히고 있었던 것이다.

바로 그때, 강두제는 아무도 듣지 못할 정도로 떨어진 거리에서 무전기를 붙잡고 있었다.

"여기는 선수촌입니다. 대체 어떻게 된 겁니까?"

"아아, 쿠조대는 도착해씁니카?"

"지금 생존자들이 탑승 중입니다. 그런데 왜 세 대뿐이죠? 여덟 대가 온다고 하지 않았습니까!"

무전기 너머의 어눌한 목소리는 잠시 망설이는 듯하더니 대답했다.

"죄쏭해효. 하지만 그들이 빠이널 레스큐 팀이에요. 무쓴 쑤를 써서든 나오쎠야 합니타."

"마지막 구조대라고요? 그게 무슨 소립니까."

"리더가, 캡틴이 자펴가써요. 헬기 여키로 오면, 그걸로 끝. 다시 선수쫀으로 못 가효."

두제의 얼굴이 자못 심각해졌다.

'이게 무슨 개소리야? 그러니까 저 헬기에 못 타면 구조될 수 없다는 건가.'

빠르게 두뇌를 회전시킨 두제는 특유의 넓은 어깨를 이용해 인파 속을 헤쳐 나갔다. 그리고 막 줄사다리에 첫 발을 올리려는 아이스크림걸즈의 막내 지나의 어깨를 붙잡았다.

"아악!"

우악스러운 두제의 악력에 지나는 다시 발을 땅에 딛고 물러나야 했다.

"무슨 짓이에요, 아저씨!"

두제는 지나 쪽은 보지도 않고 박 중사에게 말했다.

"전 반드시 여기에 타야 합니다. 안 그러면 당신들 후회할 거야."

"안 됩니다. 첫 번째 구조팀을 태우고 선수촌 바깥에 나간 다음 다시 돌아올 테니 차례를 기다리십시오."

용납할 수 없다는 박 중사의 얼굴 앞에 두제가 무전기를 흔들었다.

"당신들 지휘관과 처음으로 연락을 한 게 접니다."

"그, 그렇습니까?"

전혀 생각지 못했던 카드가 나오자 박 중사가 주춤한 사이 두제가 눈빛으로 자신의 의사를 전달했다.

'우리 중에 열 명은 버리고 갈 수밖에 없겠지. 다시 돌아오지 못한다는 건 이 중에서 나만 알고. 그러니까 나를 태워.'

두제가 지금 막 알게 된 사실을 이 타이밍에 폭로한다면 차례를 기다리고 있던 생존자들은 어떤 수를 써서라도 헬기에 올라타려 할 것이다.

집단 패닉이다.

박 중사는 와이어 줄사다리를 붙잡고 있는 왼손에 땀이 흥건히 배어나는 것을 느꼈다.

'이 자식, 시한폭탄이잖아. 어떻게 해야 하는 거지? 태워야 하는 거야, 말아야 하는 거야.'

그 순간, 박 중사의 판단을 도울 조언이 머리 위에서 들려왔다.

"그 아저씨, 태우지 마요!"

헬기 바깥으로 상체를 한껏 내민 오로라였다. 목소리의 주인공이 누구인지 확인한 두제의 얼굴이 싸늘하게 굳어졌다. 그러나 금세 다시 원래의 표정으로 돌아와 외쳤다.

"로라 양! 무슨 말씀을 하시는 겁니까, 지금."

"저 무전기, 힘으로 뺏은 거예요. 원래 주인 기절시키고 혼자 살려고. 되게 위험한 사람이라고요!"

박 중사가 슬그머니 소총의 방아쇠에 손가락을 올리며 두제를 노려봤다.

"사실입니까?"

두제가 여유로운 웃음을 지으며 고개를 저었다.

"그럴 리가요. 저 말이 맞다면 애초에 무전기를 써서 저 혼자 옥상으로 올라왔겠죠. 이 많은 생존자들을 한데 모으려고 왜

애를 썼겠습니까.”

슬그머니 고개를 올려 로라를 바라보는 두제의 턱에 힘줄이 올라왔다.

‘오로라. 감히 네가 내 뒤통수를 쳐? 날 여기 두고 혼자 탈출하겠다고?’

비록 귓속말을 주고받을 순 없었지만 로라 역시 지금 두제가 느낄 분노를 충분히 짐작할 수 있었다.

‘그러게요, 아저씨. 그 백록희란 년 앞에서 내 체면을 구겨선 안 됐던 거야. 끝까지 복종했어야지, 나한테.’

로라의 눈에 열심히 주변을 기록으로 남기고 있는 정 피디의 모습이 들어왔다.

‘그리고 생각해 봐요. 살아남은 영웅의 비디오보다 죽은 영웅의 비디오가 더 잘 팔릴 것 같지 않아요?’

두제가 로라에게 신경 쓰고 있던 사이, 명치에 차가운 쇳덩이가 닿는 것이 느껴졌다. 박 중사가 소총으로 그의 가슴팍을 밀어내고 있었다.

“일단 뒤로 물러나십시오.”

그를 자극하지 않도록 두제는 양손을 들어 올렸다.

“제 말을 못 믿으시는 겁니까, 지금?”

“그 문제는 중요하지 않습니다. 구조인원 탑승을 방해하는 행위기 때문에 조치를 취할 뿐입니다.”

“여러분, 보고만 있을 겁니까.”

두제가 도움을 청하는 눈빛으로 주변을 둘러봤지만 곧 기대를 접어야 했다. 그를 바라보는 생존자들의 눈빛엔 분노와 공포, 거부감만 가득했던 것이다. 이때다 싶었는지 하재일이 꽥 하고 소리를 질렀다.

"군인 아저씨, 조심하세요! 그 사람 이종격투기 선수예요!"

두제가 피식 웃었다.

"저 친구 신났네. 근데 요즘 누가 이종격투기란 말을 써. 종합격투기지."

박 중사의 팔에 힘이 들어갔다. 두제가 보통 괴물이 아니라는 건 양복 셔츠 위로 드러나는 그의 단련된 근육만 봐도 알 수 있었다. 수상한 행동을 보이는 순간 다리에 한 방 먹일 각오를 하고 있었다.

어떻게 이 난관을 타개해 나갈지 궁리하던 두제에게 또 하나의 악재가 찾아왔다. 챔피언 하우스의 옥상이 벌컥 열리고 한 남자가 모습을 드러낸 것이다.

박 중사가 움찔했다.

"생존자가 더 있었습니까? 전부라고 하지 않았나."

문을 박차고 달려 나온 사내가 쉰 목소리로 외쳤다.

"그, 그 사람 보내면 안 됩니다. 제게 폭력을 휘두르고 기절시켜서 뺏어 간 거라고요!"

그는 락구가 무전기를 믿고 맡겼던 핸드볼 대표팀의 주현택이었다. 기절에서 깨어나자마자 화장실 청소도구함의 문을 박살 내고 방금 탈출한 것이다.

현택의 외침은 박 중사에게 명확한 지침을 내려줄 수 있었다. 그런데 박 중사가 두제를 뒤로 물러서게 하려고 그를 쳐다봤을 때, 상황은 이미 늦어 있었다.

소총의 총신이 앞으로 확 하고 당겨졌다. 두제가 그것을 끌어당긴 다음 박 중사의 목젖을 손날로 타격했다.

"꺼억."

그리고 빼앗은 소총의 개머리판으로 박 중사의 코를 박살 내버리는 두제.

빠가악.

당황한 또 한 명의 병사가 황급히 두제를 향해 총을 들었지만 이미 땅에 쓰러진 박 중사의 복부에 총구가 겨누어져 있었다.

"한 발짝만 움직여 봐. 이 친구 창자가 외근 나올 거니까."

눈 깜짝할 사이에 현장을 장악한 두제가 방아쇠에 손가락을 건 채 외쳤다.

"내가 재밌는 사실 알려 줄까? 이 새끼가 헬기 뜨면 다시 돌아온다고 했지? 그거 새빨간 거짓말이야. 지금 바깥은 미군이 완전히 장악했어. 이번에 못 타고 남겨지면 그냥 뒈지는 거라고."

가뜩이나 두제의 손에 총이 들어가서 벌벌 떨던 생존자들의 얼굴에 충격이 번져 갔다. 부러진 코를 붙잡고 고통스러워하던 박 중사가 반박하지 않고 눈을 질끈 감는 것이 두제의 말을 뒷받침해 주는 것 같았다.

두제가 자신을 겨누고 있는 병사의 허리춤을 턱짓으로 가리켰다.

"거기 당신. 허리에 달린 걸로 저 헬기 조종사한테 말해."

"뭐, 뭐라고?"

심호흡을 한 번 한 두제가 말을 끝맺었다.

"지금 당장 내려와서 우리 모두 태워 가라고! 한 명도 남김 없이."

두제는 일부러 '한 명도 남김없이'라는 말을 꺼냈다. 구조될 수 없을지 모른다는 다른 생존자들의 불안감을 자극함과 동시에, 군인들을 압박하기 위해서였다.

박 중사가 신음 소리를 멈추고 말했다.

"저격수는 공중에 있어야 해. 내려서면 대응을 할 수 없어."

"좀비들 쏘는 건 여기 옥상에서 하면 돼."

"2차 진압 작전이 그래서 실패했다고, 이 새끼야! 작전이 다 물거품 될지도 몰라."

박 중사는 순간 숨통이 턱 막혀 오는 걸 느꼈다. 두제가 자신의 체중까지 실어서 소총의 총신을 내리누른 것이다.

"지금 재네 안 내려오면, 네 목숨부터 물거품 될 거야."

군인들에게서 총을 빼앗아 거꾸로 협박하는 두제를 보는 정 피디의 심경은 복잡했다. 원래대로라면 촬영을 해야 마땅한 장면이지만 지금까지 찍어 온 비디오의 컨셉을 심하게 벗어나는 리스크가 있었던 것이다.

'이제 탈출만 남은 판국에 대체 무슨 쌩쇼를 하는 거야.'

그래서 정 피디는 원래 자신의 시선을 붙잡아 두던 피사체로 되돌아갔다.

검고 괴이한 복장을 한 작은 형체. 손에 무슨 장치를 박아 넣었는지 그는 어느 틈에 필승관의 벽면을 타고 올라 옥상까지 도달해 있었다.

정 피디의 뷰파인더가 다시 초점을 잡은 곳은 필승관의 널찍한 옥상. 돔형 유리 천장의 중간 부근에 또 한 번 그의 시선을 끄는 이들이 있었다. 거기엔 검은 형체가 셋이나 더 있었던 것이다.

'한둘이 아니잖아. 도대체 뭐야, 저것들?'

세 명의 리퍼는 필승관의 레슬링장 내부를 탐색하고 있었다. 마치 맹수를 노리는 초원의 사냥꾼들이 멀찍이서 사냥감의 동태를 파악하는 것처럼.

레슬링장은 감염 사태가 지금의 규모로 확산되는 데 결정적인 역할을 한 장소였다. 그만큼 참혹했던 살육의 현장을 증명하듯, 노란 레슬링 매트의 대부분이 검붉은 핏자국으로 덮여 있었다.

스무명의 레슬링 감염자들이 망자의 제단이 된 매트 위를 거닐고 있었다. 그러나 단 한 명의 감염자만은 바벨 벤치 위에 앉아 정면을 응시하고 있었다.

레슬링 대표팀의 주장 왕치순. 태릉선수촌에서 가장 먼저 물린 피해자이자, 현재는 고위험군인 3단계 감염자.

세 명의 리퍼들 중 주세페가 가장 먼저 손을 들어 그를 가리켰다.

"저놈이군. 우리들의 잭팟."

알바레즈도 치순을 알아보고 고개를 끄덕였다.

"영상에서 봤던 것보다 더 무시무시해진 것 같은데. 저 정도의 괴물은 콜롬비아 메데인에서 나온 것들을 모두 통틀어도 드물지 않을까."

거대한 덩치 때문에 유리에 달라붙어 있지 않고 뒤로 물러나 있던 사내, 드미트리가 입을 열었다.

"어떻게 할 건가. 지금 잡을까."

알바레즈가 턱수염을 잡아당기며 고민에 빠졌다. 그리고 무리 중에서 가장 영리한 주세페에게 조언을 구하는 시선을 보냈다.

"어떨까, 주세페. 상대는 엘리트 레슬러들이야. 숫자는 스물. 우리 셋만으로 제압할 수 있겠나."

"회의적이야. 성공 확률은 30퍼센트도 되지 않을걸. 목표가 전원 사살이면 오히려 쉽겠지만 이건 상처 없이 뇌를 담아 가야 하는 조건이잖아."

"쿤린과 오마르, 다치긴 했지만 사브리나까지 참전한다면?"

"역시 그래야겠지. 주어진 시간 안에 저놈을 잡으려면. 그래도 나머지 좀비들의 시선을 끌어 줄 수단은 확실히 준비해야 해."

"그 수단을 떠올리라고 널 데려온 거야. 위치는 확정했으니 아지트로 돌아가자."

알바레즈의 명령에 그들이 돌아서려는데, 눈앞에서 그들의 동료가 씩씩거리며 서 있었다.

"후우. 다들 여기 있었군."

알바레즈의 얼굴이 굳어졌다. 쿤린의 말투에서 심상치 않은 기색을 읽었기 때문이다.

"늦었어, 쿤린. 어떻게 된 거지."

"우릴 뒤쫓는 년과 마주쳤어. 오마르가 죽었고."

주세페가 납득하기 어렵다는 듯 추궁했다.

"둘이서 하나를 못 당해 냈어? 그걸 믿으란 말이야?"

"보통 년이 아니야. 쏙독새의 여자인 모양인데, 그 날고 기던 쏙독새에 버금가거나 더 뛰어나다고 봐야 해."

쿤린의 입에서 관리동에서의 이야기들이 술술 흘러나왔다. 킬러의 자존심 때문에 살짝 각색되었다는 걸 감안해도 흘려 넘길 이야기는 아니었다.

알바레즈가 고개를 끄덕였다.

"그자가 노리는 건 복수라고 봐야겠군. 쏙독새를 처형한 우리에게 증오심을 갖고 있는 걸로 봐선. 순순히 당해 줄 순 없으니 우리도 나름의 대비를 해야겠어."

그때, 쿤린이 이제는 별무리가 떠오르고 있는 동쪽 하늘을 가리키며 물었다.

"그런데 대장, 저건 어떻게 할 거야? 응?"

그곳에는 챔피언 하우스 옥상 위에 떠 있는 세 대의 헬기가 있었다. 감염 구역 안의 모든 감염자들을 뛰쳐나오게 만들 만큼의 굉음을 만들어 내고 있었다. 쿤린은 동료들이 헬기들의 등장에 전혀 감흥이 없는 것을 의아해했다.

"미군이 상황을 통제해야 하는 거잖아. 어떻게 헬기들이 저기까지 들어온 거야?"

드미트리가 대꾸했다.

"누군가 통제령에 불복한 거지. 충분히 시뮬레이션에 들어 있던 상황이야."

알바레즈도 거기에 동감했다.

"그래. 무엇보다 저렇게 더딘 속도라면 탈출에 성공할지도 의문이군. 우리가 손쓸 필요는 없어. 쏙독새의 짝에게 쫓기는 상황에서 불필요한 살생을 할 여유도 없고. 무시한다."

그렇게 옥상에서 내려서려 하는 세 리퍼들의 등을 향해 쿤린이 투덜거렸다.

"이봐, 저 헬기 중에는 아파치가 있어. 기관포로 지상을 막 갈기고 있는데, 저게 느닷없이 날아와서 이곳까지 불바다로 만들면 어떻게 할 테야?"

알바레즈의 발걸음이 멎었다. 그의 눈치를 보던 쿤린이 기세 좋게 말을 이어 나갔다.

"지들끼리 탈출을 하든 파티를 벌이든 상관없지만, 저 기관포가 우리 보물인 3단계 좀비의 머리를 빠작 하고 박살 낼 가능성이 완전히 제로는 아니잖아?"

주세페도 어깨를 으쓱였다.

"쿤린의 말이 맞아. 저 헬기는 좀 거슬릴 수 있어."

알바레즈가 드미트리에게 물었다.

"로켓런처는 두고 왔나?"

"음. 사브리나가 자기 물건에 손대면 질색하니까. 대신 이건 있어."

드미트리가 등 뒤에서 풀어낸 것은 MGL 6연발 유탄발사기였다. 소형 수류탄을 내쏘는 병기라고 할 수 있는 물건이었다. 다만 알바레즈에겐 드미트리가 백병전 전문 용병이라는 점이 걸렸다. 드미트리 본인도 그걸 알고 있기에 유탄발사기를 주세페에게 넘겼다.

"엥? 나보고 쏘라고?"

"사브리나가 이름값 떨치기 전까진 네가 넘버원 스나이퍼였잖아."

"그거야 몇 년 전 얘기지."

주세페는 한숨을 한 번 내쉬고는 유탄발사기를 받아 들어 옥상의 끄트머리에 가서 섰다.

"한 방에 맞혀야 해. 할 수 있겠나?"

알바레즈의 물음에 주세페는 왼손의 엄지를 들어 보일 뿐이었다.

"가능해. 추가 보수가 없다는 게 짜증 나지만."

표적과의 거리는 250여 미터. 게다가 제자리에 있기는커녕 둥근 궤적으로 선회하고 있다. 그래도 주세페의 표정은 자신만만했다. 맞혀야 할 대상의 덩치가 워낙에 컸기 때문이다.

"게다가 누가 유탄발사기로 자길 날려 버릴 거라고는 상상도 못 하고 있겠지. 불쌍한 것들."

호흡을 멈추고 거리와 풍속을 가늠하는 주세페.

"쏜다."

터엉!

세 명의 리퍼가 지켜보는 가운데 주세페의 유탄발사기가 묵직한 포격음을 내뿜었다. 직선에 무척 가까운 포물선을 그리며, 가공할 화력을 갈무리한 유탄이 허공을 날았다.

0.8초의 시간이 흐른 뒤, 아파치 가디언 공격헬기의 측면이 굉음과 함께 폭발했다.

43화
웨딩송

- 감염 4일째. 오후. 06:41.

꾸준히 제자리에서 엄호에만 화력을 집중하던 저격수용 기동헬기가 아래로 내려섰다. 급히 옥상에 사다리를 내리란 무전을 받은 조종사는 그것을 거부할 수 없었다. 박 중사가 챔피언 하우스의 옥상에 드러누운 채 소총에 위협당하고 있는 장면을 본 것이다.

"저 새끼, 뭐야? 지금 박 중사님 쏘려는 거야?"

"이 거리면 쏴 버릴 수 있는데. 어떻게 할까?"

"그건 안 됩니다. 민간인이고, 상황도 모르지 말입니다."

"그리고 다른 생존자가 다칠 수도 있어. 일단 지시에 따른다."

또 하나의 와이어 줄사다리가 챔피언 하우스 옥상의 뒤편에

툭 하고 떨어졌다. 생존자들은 잠시 망설이더니 결국 와르르, 그쪽으로 몰려갔다.

"태워 주세요!"

"우리 좀 살려 줘요."

곧 생존자들이 서로를 밀쳐 대기 시작했다. 줄사다리를 먼저 잡기 위해서. 상황을 통제하던 박 중사가 두제의 총 끝 아래 누워 있었기 때문이다. 부러진 코를 한 손으로 붙잡은 채 박 중사가 으르렁거렸다.

"너 이 새끼. 이런 짓을 하고 살아 나가도 괜찮을 거라 생각지 마."

협박에도 두제는 꿈쩍도 하지 않고 슬며시 웃을 뿐이었다.

"인간은 진실보다 자극을 좋아하게 돼 있어. 일개 군인의 증언보다 현장을 장악해 전원 탈출을 이뤄 낸 전직 국가대표의 이야기가 더 구미에 맞을걸."

박 중사가 대꾸하지 못하자 두제가 소총을 거두고 그를 일으켰다.

"헬기 두 대가 같이 내려온 판국에 우리끼리 투닥거리는 건 자살행위야. 협조하시지."

분하지만 두제의 말이 옳았다. 벌써 생존자들이 저격수들의 헬기에 올라타기 시작한 이상 두제를 공격해 봤자 얻을 것은 혼란뿐이었으니까.

그때, 옥상 한쪽에서 카메라로 뭔가를 잡고 있던 정 피디가 혼비백산해서 그들 쪽으로 달려왔다.

"피해요! 다들 엎드려요!"

그러나 무거운 카메라를 어깨에 이고 있는지라 그의 달리기는 느리기 짝이 없었다. 두제와 박 중사로서는 그가 뭔가를 목격하고 질겁했다는 것만 알 수 있을 뿐이었다.

'일분일초가 아쉬운 상황에서 뭘 엎드리라는 거야.'

두제가 인상을 찡그렸다.

"왜 그래요. 무슨 일입니까!"

콰아아아아앙!

정 피디가 두제의 외침에 대꾸하려는 순간, 머리 위에서 굉음과 함께 열기가 뿜어져 나왔다. 두 대의 기동헬기와 달리 주변을 순회하면서 지상을 포격하던 아파치 가디언 공격헬기의 옆면이 폭발한 것이다.

"으아아아아악!"

헬기에서 내려오는 사다리만 바라보고 있던 생존자들은 모두 그 충격파에 깜짝 놀라며 나뒹굴었다.

검은 연기를 내뿜으면서 제자리에서 격하게 회전하는 아파치 가디언. 완전히 무방비 상태에서 의문의 폭격을 당하는 바람에 조종사는 요동치는 조종간을 통제하기 위해 안간힘을 쓰고 있었다. 문제는 그 헬기에 탑재된 30mm 기관포가 여전히 가동 중이었다는 점이다. 그리고 그 가동 사정권 안에는 챔피언 하우스의 옥상도 있었다.

두두두두두두.

옥상 바닥의 파편이 일직선으로 튀어 오르더니, 엎드린 채 비명을 지르던 지나의 옆구리가 선혈을 뿜으며 반으로 꺾였다. 그 옆에 벌러덩 쓰러져 있던 하재일의 오른쪽 안경알에 뜨거운 피가 확 끼얹어졌다.

"뭐, 뭐야! 와아아앗."

지나가 재일의 바지춤을 붙잡은 채로 쓰러졌다. 황급히 안경을 들어 올리고 아래를 내려다본 재일은 질겁해서 그녀를 홱 하니 밀쳤다.

철푸덕.

맥없이 드러누워 버리는 지나의 얼굴이 원망을 담고 재일을 쳐다보고 있었다.

"히이이익!"

뒷걸음질 치던 재일은 그녀의 눈빛이 자신의 착각이었음을 곧 깨달았다. 쓰러지기 이전에 그녀의 숨은 이미 끊어져 있었던 것이다.

그와는 달리 민첩한 반사신경으로 기관포의 난사 궤도를 피해 낸 남녀도 있었다.

"위험해요!"

포환던지기 국가대표 곽세령이 아직 기절의 충격에서 벗어나지 못하고 있던 현택의 허리를 붙잡아 넘어트렸다.

"오빠, 괜찮아요?"

"으으윽. 고맙다. 너는 안 맞았어?"

세령이 고개를 끄덕였다. 현택을 부축해 일으켜 주는 그녀의 괴력은 여전했다.

챔피언 하우스 옥상 위의 사람들은 물론, 두 대의 기동헬기에 탑승한 조종사와 생존자 등 모두의 시선은 한곳을 향해 있었다. 바로 발작을 일으키는 짐승처럼 제 몸을 가누지 못하는 아파치 가디언의 기관포였다. 그래서 '그 여성 감염자'는 그 누구의 제약도, 감시도 없이 옥상 난간에 올라설 수 있었다.

누군가 그 붉은 눈과 푸른 피부를 보았더라면 그녀가 오래전에 걸어 다니는 시체로 변모했음을 알았을 것이고, 눈썰미가 있었다면 간편해 보이는 그녀의 복장과 기동성에 극대화된 체형, 엘리게이터의 피부처럼 딱딱한 손바닥의 굳은살에서 그녀의 종목을 추측할 수 있었을 것이다.

도쿄 올림픽의 신규 종목인 스포츠 클라이밍.

수십 층의 빌딩도 맨손으로 정복한 뒤 그녀에게 붙여진 별명은 '스파이더걸'. 인간이었을 시절 그녀는 클라이밍이 올림픽 정식 종목이 되길 무척 고대해 왔다. 하나 탐식의 화신이 된 지금은 인간의 싱싱한 고기만을 무척 고대할 뿐이었다. 그 집념이 꾸준한 속도로 챔피언 하우스의 가파른 벽을 맨손으로 올라가도록 만들어 준 것이다.

"캬아아아아아!"

'스파이더걸'이 첫 번째 먹잇감을 정하고 도약했다.

"으으윽!"

현택의 팔을 받치고 있던 세령이 등 뒤를 불로 지지는 것 같은 격통과 함께 쓰러졌다.

"세령아아아!"

숙련된 클라이머의 눈은 본능적으로 다음 '홀드(클라이밍 벽면의 인공물)'를 찾아낸다. 세령을 보고 비명을 지르고 있던 현택을 향해 스파이더걸이 뛰어들었다.

•••

챔피언 하우스의 옥상을 무대로 대혼돈이 벌어지고 있을 때, 초조한 심정으로 상황을 지켜보는 이들이 있었다.

바로 개선관 삼층에 숨어 있던 펜싱 국가대표 3인방이었다. 락구 일행이 체조 감염자들에게 포위되어 고전 중일 때 그들을 도와주었던 세 명의 검객들.

그중 장발과 반삭, 두 남자 검객들은 실로 오랜만에 창문을 활짝 열고 고개를 내밀고 있었다. 주변의 감염자들 대부분이 챔피언 하우스 쪽으로 몰려간 상태였기 때문이다.

"역시 저 헬기들은 구조대였어. 지금 챔피언 하우스 근처에 계속 머물러 있잖아."

"우리도 당장 옥상으로 올라가서 깃발이라도 흔들어야 하는 거 아닐까."

"그러다 걔네가 우리 못 보고 그냥 가 버리면? 차라리 지금 차키가 꽂혀 있는 차를 찾아 가지고 도망치자. 좀비들이 떼로 몰려가서 이 근처는 텅텅 비었다고!"

두 남자의 견해는 좀처럼 좁혀지지 않고 있었다. 그도 그럴 것이 애초에 지금까지 살아남을 수 있었던 데에는 그들 대신 확고하게 결정을 내리고 밀어붙이던 리더가 있었기 때문이다. 그러나 그 리더는 이 순간 지독한 갈등에 사로잡혀 있었다.

장발의 검객이 안쪽 창고를 향해 소리쳤다.

"표유나! 이제 결정을 내려야 해!"

여전히 펜싱복에 마스크까지 갖춰 입고 있던 표유나는 철사로 동여매진 남자 감염자를 독대하고 있었다.

"크르르르르르."

그리고 그 감염자는 이빨을 딱딱거리며 유나를 위협하고 있었다.

'이렇게 마스크를 쓰고 있으면 넌 보지 못하겠지.'

내 눈물을.

이렇게 널 묶어 놓았던 며칠 동안 계속 기도했어. 아침에 눈을 뜨면 네가 '멈춰' 있기를.

그러나 그런 일은 일어나지 않았다. 시혁은 그 무엇도 먹지 못하면서 벌써 60시간 이상 꿈틀대고 있었다.

유나의 상태를 살펴보기 위해 장발 검객이 다가왔다.

"여길 떠나야 해, 유나야. 알잖아."

"그러면 시혁이는?"

펜싱 마스크에서 흘러나오는 차가운 목소리에 입술을 깨무는 남자.

"이제 그만 보내 주자. 너와 시혁이 사이, 진작 알고 있었어. 이번 올림픽이 끝나면…… 결혼하자고 했다며."

"……."

“이제 시혁이는 이 세상에 없어. 제발 유나 너까지 두고 가게 만들지 마.”

장발 검객의 마지막 말에는 간절함이 실려 있었다.

여전히 뒤통수만 보여 준 채 유나가 말을 이었다.

“반지가 없었다, 오빠?”

“뭐?”

“무릎을 꿇지도 않았고, 노래를 불러 주지도 않았어. 그 흔한 장미 한 송이 준비를 안 했더라고, 이 멍청이가.”

“……유나야.”

“훈련 끝나고 기숙사로 가는 길에 대뜸 얘기하드라. 은퇴하면 모은 연금으로 집을 살 거라고. 거기서 꼭 같이 살자고.”

그녀의 목소리가 물기로 젖어든다.

“그게 청혼이었어.”

둘 사이에 침묵이 흐르다가 ‘이제 포기해야 하나’ 싶을 때 유나가 돌아섰다.

다짐의 시간을 끝냈다는 듯한 목소리.

“알았어, 오빠. 나갈게. 그리고 다시는 여길 떠올리지 말자.”

장발 검객이 안도의 한숨을 내쉬며 유나의 어깨를 붙잡았다.

그때, 건물 바깥에서 불길한 폭발음이 들려왔다.

꽈아아아아앙!

두 남녀 검객은 황급히 창고에서 빠져나왔다. 창문에서 상황을 주시하고 있던 반삭 검객이 믿을 수 없는 광경을 봤다는 듯 중얼거렸다.

"폭발했어!"

상황을 두 눈으로 확인해야만 직성이 풀리는 유나가 창가로 달려왔다.

"폭발했다니, 뭐가?"

굳이 대답은 필요 없었다. 마스크의 망사 사이로 보이는 광경에 그녀도 숨을 들이마실 수밖에 없었기 때문이다. 세 대의 헬기 중 가장 날렵하고 위협적으로 보이는 헬기가 검은 연기를 내뿜으며 뱅그르르 돌고 있었다.

장발 검객이 물었다.

"왜 저러는 거야? 봤어?"

"자세히는 못 봤는데. 뭐에 맞은 것 같아. 헬기가 그냥 터질 리가 없잖아."

국방색의 그 헬기는 공중에서 다시 균형을 잡으려는 듯 비틀거렸지만 폭발의 여파가 자못 심각해 보였다.

"다들 칼 챙겨. 헬기는 무시하고, 반대쪽으로 최대한 빨리 도망칠 거야."

유나는 즉각적인 판단을 내렸다. 두 남자 검객이 그토록 기다리고 있던 리더의 모습이었다.

타앙!

총성과 함께 현택에게 달려들던 스파이더걸의 왼쪽 다리가 퍼석 부서지며 날아갔다. 헬기에 탑승한 저격수가 뒤늦게 그 광경을 보고 지체 없이 사격한 것이다.

"끼이이이이이."

바닥에 철퍼덕 쓰러진 스파이더걸이 비틀거리며 다시 일어서고 있었다. 그 틈에 현택은 온몸을 부르르 떨고 있는 세령에게 다가갔다.

"세령아! 괜찮니?"

그러나 현택의 가슴팍은 곧 뒤로 튕겨지듯 밀려났다. 세령이 있는 힘을 다해 자신으로부터 그를 떨어트려 놓은 것이다.

"빠, 빨리 헬기에 타요. 오빠."

그 말을 끝으로 그녀의 발작은 멈췄다. 건전지를 강제로 박탈당한 동작인형처럼 굳어져 버리는 인체. 부릅떠진 동공은 어느덧 붉은 자위에 포위돼 있다.

현택은 천천히 뒷걸음질 칠 수밖에 없었다. 얼핏 보면 사망의 순간처럼 보이는 일련의 과정들이 사실은 '부활'의 조짐이라는 걸 잘 알고 있었기 때문이다.

"크흑. 세령아."

멀리서 그 모습을 지켜본 박 중사가 발악하듯 두제에게 외쳤다.

"봤냐! 저게 네가 저지른 짓이다, 개새끼야!"

그러나 두제는 이미 그에게는 신경도 쓰지 않고 있었다. 다만 아직 빈자리가 남아 있는 저격수들의 헬기를 향해 달려갈 뿐이었다.

"젠장. 비켜!"

그리고 주변에 몰려 있던 생존자들을 물리치기 시작했다. 맨몸으로도 용맹한 괴력을 갖고 있던 그가 소총의 개머리판까지 휘두르자 줄사다리에 몰려 있던 생존자들은 짚단처럼 날아갔다.

두제는 본능적으로 알고 있었다. 한 명의 감염자가 옥상에 출몰한 순간, 감염은 급속도로 퍼질 수밖에 없음을.

'살아남을 수 있는 마지막 기회야.'

두제가 소총을 아무렇게나 내던진 다음 줄사다리를 붙잡았다. 그리고 한 번에 두 칸씩 올라가는 괴력을 보여 주었다. 오직 팔의 힘만으로 중력을 거스르는 몸짓. 현역 유도 국가대표 시절, 그는 악명 높은 밧줄타기 훈련에서 언제나 일등을 놓친 적이 없었다.

두제가 버린 소총은 바닥을 빙그르르 돌아 재일 앞으로 툭 떨어졌다. 그것을 반사적으로 주워 든 재일. 그는 등에 멘 빈 탄창의 소총을 한 번 바라보더니 휙 내팽개쳤다. 그가 장전된 새 소총을 만져 보고 있는 걸 현택이 발견하고 외쳤다.

"하재일 선수! 쏴요!"

움찔하고 놀란 재일은 하마터면 총을 떨어트릴 뻔했다. 현택이 가리키고 있는 것은 재빠른 속도로 줄사다리를 오르고 있는 두제의 등이었다.

"우릴 다 버리고 떠날 생각이야. 빨리 쏴요, 어서!"

그러나 재일은 총을 들지 못했다. 그저 겁먹은 얼굴로 고개를 저을 뿐이었다.

"좀비면 모를까 사, 사람을 어떻게 쏴. 난 못 해."

재일이 두제를 보며 망설이는 사이 스파이더걸이 우왕좌왕하고 있던 한 생존자의 발목을 깨물었다.

"끄아아아악! 이, 이거 놔!"

그가 물리는 장면을 본 생존자들이 혼비백산하며 흩어졌다. 하지만 기관포를 사방팔방에 내쏘고 있는 아파치 가디언의 존재 때문에 멀리 도망칠 수도 없었다. 때문에 두제가 절반 이상 줄사다리를 오르는 동안 아무도 그 줄사다리에 매달리지 못했다.

순간, 박 중사는 코를 한 번 훔쳐 피를 닦아 낸 다음 생존자들을 향해 외쳤다.

"도망치세요! 건물 안으로. 어서!"

헬기에 매달리다간 다 죽는다. 살아남은 사람이라도 건물 안으로 피신해야 한다. 그것이 박 중사가 내린 판단이었다. 온 팔을 휘둘러 그는 활짝 열려 있는 철문을 가리켰다. 극심한 공황 상태에 빠져 있는 사람들에게는 그런 명쾌하고 단순한 몸짓이 효과가 있다.

그 순간 오로라는 조종사를 향해 앙칼진 목소리로 외치고 있었다.

"빨리 떠요, 여기서 뭐 하는 거야!"

몇 미터 밑에서 벌어지는 아비규환에 군인들은 갈등하고 있었다.

"아직 두 명은 더 태울 수 있습니다."

"저 사람들 이미 좀비한테 물리고 있잖아요. 우리라도 도망치자고요!"

오로라가 밉긴 하지만 기동헬기에 함께 탄 양주희도 이 말엔 동조할 수밖에 없었다.

"그래요. 여기 있다가는 큰일 나겠어요. 제발요!"

군인은 입술을 질끈 깨물더니 조종사의 어깨를 두들겼다. 그에게 몇 마디를 지시한 다음, 군인은 돌아다니며 생존자들의 벨트를 단단히 확인했다.

"상승할 겁니다. 뭐든 꽉 잡으세요!"

로라와 주희를 비롯한 어린 생존자들은 그 말에 따라 허리를 고정시키고 있는 벨트를 꽉 붙잡았다. 블랙호크 기동헬기가 수직으로 상승하며 챔피언 하우스로부터 멀어지기 시작했다. 로라는 몸 속의 모든 장기가 아래로 훅 꺼지는 느낌을 버텨 내며 눈을 질끈 감았다.

'지긋지긋한 이 좀비 소굴. 난 살아남았어.'

탈출에 성공했다는 안도감이 육신의 멀미를 이겨 내 준 것이다.

그 순간, 챔피언 하우스에 모여 있던 인간들은 각자의 생존을 위해 동시에 선택을 내렸다. 하지만 문제는 운명이란 거미줄이 기대보다 넓지 않았고, 그 안에 엉킨 인간들에게 구원이 주어지는 방식은 가공할 정도로 폭력적이라는 점이었다.

그 방식의 이름은 무작위.

산 자와 죽은 자를 가를 주사위가 지금 룰렛 위로 던져졌다.

아파치 가디언의 헬기 조종사는 더 이상 헬기를 수습할 수 없다는 것을 인정하고 결국 탈출을 결심했다. 사출좌석을 가동시키는 레버를 힘껏 당기자 사전 단계로 헬기의 로터Rotor(회전날개)가 분리되며 날아갔다. 맹렬히 회전하는 관성이 남아 있는 채로, 로터는 감염자들이 우글우글 몰려 있는 한가운데 떨어지며 시체들의 사지 절단에 기여했다.

카가가가가가각!

“캬아아아아아!”

“크오오오오.”

문제는 조종사가 다급히 탈출 레버를 잡아당기느라 머리 위의 공간을 제대로 살펴보지 못했다는 점이다.

철커덕, 터어엉!

사출좌석의 바닥에서 불길이 뿜어져 나오며 조종사의 좌석이 통째로 발사되었다. 그리고 그 조종사가 맹렬한 속도로 날아오르는 궤도에는 하필 미리 자리를 잡아 놓은 손님이 있었다.

바로 오로라를 태운 블랙호크 기동헬기였다. 인간을 태운 사출좌석이 기동헬기의 꼬리 부분인 테일스키드와 충돌했다.

콰직!

사출좌석에 앉아 있던 조종사는 낙하산을 펴 볼 기회도 부여받지 못한 채 상반신과 하반신이 분리된 상태로 추락했다. 운명이란 거미줄에서 가장 먼저 떨어져 나간 셈이다.

오로라의 정면에 앉아 있던 주희가 새된 비명을 질렀다.

“꺄아아아악!”

기동헬기가 급격히 한쪽으로 기울면서 동체를 제대로 가누지 못했다. 탑승객들의 손이 창백해졌다. 벨트를 쥔 손에 과도한 힘이 들어가고 있었다.

꼬리가 잘려 나간 블랙호크 기동헬기는 대각선으로 기울어진 채 추락하기 시작했다. 그 잘려 나간 테일스키드의 칼날이라 할 수 있는 슬리브가 빙글빙글 회전하며 날아갔다.

그것이 파공음을 내며 날아간 곳은 두제가 매달린 줄사다리였다. 콰라락 하고 줄사다리의 와이어가 슬리브와 엉키며 파쇄되었다.

"뭐야아!"

사각에서의 충격에 두제는 그만 줄사다리를 잡고 있던 손을 모두 놓치고 말았다. 옥상으로부터 3미터 위의 공중에 떠 있던 두제 또한 날개 잘린 독수리처럼 낙하했다.

● • •

표유나를 포함한 펜싱 검객 3인방이 개선관에서 탈출할 준비를 모두 마친 것은 바로 그 순간이었다.

"건물을 빠져나가면 가장 가까운 주차장으로 달리는 거야. 알았지?"

유나가 말하는 주차장은 바로 오전에 락구 일행이 떠나갔던 그 방향이었다. 자신의 입으로 '자살행위'라고 단정 지었던 그 길을 불과 하루도 지나기 전에 따라가게 된 것에 유나는 쓴웃음을 지었다.

그때, 꽤나 먼 곳으로부터 그들을 향해 불길한 소리가 다가오고 있었다.

파라라라라라락!

창공의 숨결을 살해하듯 베어 내는 그 소리의 진원지를 확인하기 위해 반삭의 검객이 창문 바깥으로 고개를 내밀었다.

"뭐야, 이건?"

그리고 아무런 이상을 찾지 못한 그가 고개를 높이 쳐들었을 때, 비틀대며 추락하는 블랙호크 기동헬기를 목격하고야 말았다.

그가 등 뒤의 동료들을 향해 다급히 외쳤다.

"떨어져! 창문에서 떨어……."

그는 말을 마치지 못했다. 개선관의 벽을 통째로 부수며 헬기의 동체가 건물 안으로 난입했기 때문이다. 반삭의 검객은 5톤이 넘는 쇳덩어리에 깔려 그대로 압사당했다.

쿠콰콰콰콰콰콰!

직경 16미터의 헬기 로터가 맹렬히 회전하며 책장을 비롯한 가구를 대각선으로 잘라 냈다.

"위험해, 유나야!"

장발의 검객이 유나의 어깨를 거칠게 밀어냈다. 하지만 자신은 비극의 칼날을 피해 내지 못했다. 회전하는 로터의 칼날이 그의 복부를 강타했다. 방탄복의 소재기도 한 펜싱복의 케블라 섬유가 가까스로 절단은 막아 주었지만, 복부의 장기가 터져

나가는 고통과 함께 몸이 튕겨져 나가는 건 어쩔 수 없었다.

"오빠!"

상공에서 추락해 개선관의 옥상과 삼층 중간에 처박힌 기동 헬기의 꼬리는 응접실에 궤멸적인 타격을 주고 창고의 문을 우그러트린 다음에야 멈췄다.

헬기의 머리는 건물 바깥으로 튀어나와 있고 꼬리는 건물 속에 박혀 있는 형상. 하늘에서 내려다보았다면 마치 종이 박스를 뚫고 나오려는 돌고래처럼 보였을 것이다.

"커헉!"

장발 검객의 얼굴이 붉어지더니 피를 토했다.

"오빠! 정신 차려, 어서!"

유나가 그의 뺨을 때리며 각성을 재촉했다. 하지만 장발 검객은 유나 쪽을 보고 있지 않았다. 그녀의 등 뒤에 시선을 빼앗긴 상태였던 것. 그가 남은 힘을 짜내어 말을 꺼냈다.

"뒤, 뒤돌아서, 유나야."

"돌아서라고? 무슨 소리야, 오빠."

그리고 그는 부들부들 떨리는 손으로 바닥에 떨궈진 유나의 칼을 집어 들었다. 유나의 손에 손등을 완전히 감쌀 수 있는 사브르의 손잡이가 쥐어졌다. 유나가 그걸 쥐어 들자마자 장발 검객은 목에서 그릉그릉 대는 소리를 내더니 숨을 거두고 말았다.

"이걸로 뭘 어쩌란 말이야, 오빠? 응?"

유나는 애처롭게 울부짖었다.

순식간에 그녀는 혼자가 됐다. 선수촌의 고된 삶을 함께 이겨 낸 동료들 중 그 누구도 옆에 남아 있지 않다. 이 망할 재난이 터졌을 때부터 모든 상황에 대비한 다음 철두철미하게 살아남았지만 단 하나의 상황만은 예상하지 못했다. 탈출을 위해 날아온 헬기가 그들의 보금자리를 파괴하며 추락하는 것 말이다.

멍하니 있던 유나의 등 뒤로 익숙한 소리가 들려왔다.

"크르르르르르."

천천히 등을 돌리자 부서진 벽면의 콘크리트가 응접실 내에 온통 자욱한 회색 연기를 만들어 내는 것이 보였다. 부유하는 회색 먼지가 석양빛을 차단하는 가운데, 박살 난 창고의 철문 밑으로 누군가가 기어오고 있었다.

"……시혁아?"

허리 밑이 로터로 인해 잘려 나간 그녀의 약혼자였다. 장발 검객은 해방된 시혁을 보고, 그를 처리하라고 사브르를 쥐어 준 것이다.

시혁은 답답함이 느껴질 속도로 바닥을 기어오고 있었다. 한때 유나에게 있어 삶의 절반이었던 그가, 육체의 절반만 가지고 그녀를 물어뜯기 위해 바닥을 긁고 있다.

어쩌면…….

여기서 사브르를 던지면 사랑하는 남자와 함께 비로소 편해질 수 있다는 생각이 들었다. 그러나 동시에, 죽는 와중에도 자신을 걱정하며 검을 쥐어 준 또 다른 남자의 얼굴도 외면할 수가 없었다.

"끄으으으으으으."

그녀는 부스스 먼지를 털어 내며 몸을 일으켰다.

처음 프로포즈를 받았을 때부터 매일 잠들기 전 생각하던 장면을 떠올렸다. 머릿속의 피아노 건반이 딴딴따단 눌러진다. 둘의 앞날을 따사롭게 비춰 주리라 믿었던 웨딩 송.

"둔탱아."

원래대로라면 피로 물든 펜싱 마스크가 아니라 새하얀 면사포를 쓰고 있어야 했다.

"그때 바로 대답 못 한 건 당황해서였어."

둘의 위치 또한 정반대가 되어 있어야 했다. 유나가 시혁을 기다리는 것이 아니라, 버진 로드를 사뿐사뿐 걸어오는 유나를 시혁이 맞아 줘야 했다.

"결혼하고 싶다고 생각한 건 너보다 내가 먼저였을걸."

평생 칼을 잡아 온 두 쌍의 손으로 앙증맞은 플라스틱 나이프를 잡은 다음 웨딩케이크를 함께 잘라 내야 했다.

그러나 이젠 두 번 다시 그런 삶으로 되돌아갈 수 없다.

"안녕."

유나의 머릿속 피아노 건반이 박살 났다. 현실로 되돌아온 그녀는 어느새 발 앞까지 다가온 피앙세를 향해 칼을 쳐들었다.

44화
죽음을 뿌리치는 법

- 감염 4일째. 오후. 06:50.

"어떻게 된 거예요? 왜 미군들이 우리를 쏴요, 언니?"

연두는 눈물범벅이 된 얼굴로 승미를 붙잡고 묻고 있었다.

"모르겠어. 애초에 우릴 구할 생각이 없었던 거야."

그러나 그 이유는 승미도 알 턱이 없었다. 그들은 미군들의 총격을 피해 뒤도 돌아보지 않고 전력 질주했다. 뒤쪽에서는 피격당한 진검을 업은 달튼이 끝을 알 수 없는 산소탱크를 자랑하며 따라오고 있었다. 숨이 가빠 오는 가운데, 승미는 묵직한 구토감이 식도를 타고 올라오는 것을 간신히 참았다.

'내가 사람을 쐈어.'

진검이 총에 맞은 걸 보고 악에 받쳐 대응사격을 하긴 했지만 난생처음으로 사람에게 활을 겨눴고, 적중시키기까지 했다. 이미 사람이 아니라 '괴물'이라고 최면을 걸어 쓰러트려 왔던 감염자들과는 차원이 다른 거부감이었다. 다시는 되돌아갈 수 없는 트랙에 발을 들여놓았다는 오한. 그리고 죄책감과 한데 얽혀 엄습하는 불안감.

'다시 과녁 앞에 설 수 있을까.'

이윽고 승미는 거칠게 고개를 가로저었다.

'아니야. 그게 무슨 사치스러운 소리람. 여기서 살아 나갈 수 있을지도 알 수 없는데.'

연두와 승미는 달리던 걸 멈추고 달튼을 기다렸다. 주변을 둘러보니 그들은 어느새 선수촌의 한복판으로 다시 되돌아와 있었다. 개선관의 뒤편과 오륜관의 중간 지대였다.

"헥헥헥."

모두의 앞에서 뛰었던 소치 역시 힘든 건 마찬가지였다. 그래도 이 퍼그는 용맹하게도 드러눕지 않고 사주를 경계했다. 이유는 알 수 없었지만 그들의 주변은 깨끗하게 텅 비어 있었다.

"좀비들이 다 어딜 간 거죠, 언니?"

"글쎄. 우리한텐 다행이지. 곧 해가 질 거야. 빨리 몸 숨길 데를 찾아야 돼."

그사이 달튼이 승미를 완전히 따라잡았다. 땀으로 범벅이 된 달튼이 격한 호흡을 내뱉었다.

"내가, 들었다. 슈미."

"들어요? 뭘?"

"말했다. 그 솔저들이. 아무도, 안 남긴다. 여기, 다 청소한다고 했다."

연두가 겁먹은 얼굴로 끼어들었다.

"청소? 선수촌을 어떻게 청소한다는 거예요?"

"나도 모르겠다, 그건. 그게 언제인지도."

"일단 진검이를 저기에 눕히는 건 어때요."

승미가 가리킨 곳은 태릉선수촌 한쪽에 지어진 호수였다. 남북으로 길게 파인 인공호수. 그 호숫가에는 선수들의 휴식을 위해 마련된 다섯 개의 정자가 일렬로 주르륵 늘어서 있었다.

달튼은 고개를 끄덕이고 승미가 시키는 대로 가장 남쪽의 정자까지 걸어가 조심스럽게 진검을 눕혔다.

"떼라, 손. 진콤."

"끄으으윽."

배드민턴 유니폼을 걷어 보니 진검의 오른쪽 복부에서 피가 콸콸 흐르고 있었다. 달튼은 능숙하게 자신의 옷을 찢어 지혈했다.

"으으으윽."

"진콤. 아프지. 참아. 다행히 그냥 지나갔다, 총알."

그러는 동안 승미와 연두는 컴파운드 보우에 화살을 메긴 다음 전방과 후방을 감시하고 있었다. 승미의 머리는 복잡했다.

'이제 어떻게 해야 하지.'

선수촌 바깥엔 묻지도 따지지도 않고 민간인을 쏘는 군인들이 둘러싸고 있다. 그리고 안에는 사람을 물지 못해 안달인 괴물들이 돌아다니고. 그들이 말한 '청소'란 단어도 신경 쓰였다.

'어떻게 해야 살 수 있지?'

한참을 고민하던 승미는 한 명의 얼굴이 떠오르는 걸 막을 수가 없었다.

'락구야.'

마음속으로 이름을 부르는 것만으로도 찌르는 것 같은 아픔이 느껴졌다. 이럴 때 네가 옆에 있었으면. 그 대책 없는 단순함으로 어떻게 해 주지 않았을까.

그러나 곧 그녀는 마음을 접기로 했다. 락구는 무사히 선수촌 밖으로 탈출했다. 살아 나간다면 다시 만날 수 있겠지. 그러니까, 지금은 안 돼.

'약해졌구나. 그 애를 떠올리지 마. 현승미.'

다시 평소대로 돌아온 승미가 입을 열었다.

"의료동은 여기서 너무 멀어. 구급상자가 있는 가장 가까운 체육관은 오륜관이니까, 거기로 가 보자."

"알겠다. 하자, 그렇게."

달튼은 고개를 끄덕인 다음 진검의 상처를 지혈시키는 것에 집중했다. 그런데 잠시 후, 연두가 입을 열었다.

"언니. 저기 좀 봐요."

콰장창창!

연두의 손가락이 가리킨 곳은 개선관이었다. 그곳에서 누군가가 개선관 이층의 창문을 깨고 나와 바닥을 굴렀다. 거리가 꽤나 멀었지만 완전히 방심할 정도는 아니다. 승미는 바짝 긴장해서 연두의 어깨를 붙잡아 덤불 아래로 몸을 숨겼다.

"사, 사람일까요? 아니면 좀비?"

그들이 바라보는 형체는 머리와 온몸에 피 칠갑을 한 것처럼 보였다. 큰 충격은 없었는지 몸을 툭툭 털고 일어나 걷기 시작했다. 그 방향은 하필 진검이 누워 있는 정자 쪽이었다.

승미는 입술을 질끈 깨물었다. 여차하면 쏠 생각으로.

"슌미, 저 사람. 이상한 거 입고 있다."

달튼에게는 그 거리가 너무 멀어 자세한 식별이 가능한 수준이 아니었는데, 승미는 그의 말을 듣고는 고개를 끄덕였다. 실로 무시무시한 시력이었다.

"저거, 펜싱복이네? 왼손에 든 건 칼인 것 같아."

온통 피를 뒤집어쓰고 있어서 처음엔 알아보기 힘들었지만, 펜싱 마스크와 펜싱복이었다. 체형을 보아하니 여자였다.

"언니, 무서워요. 좀비면 어떡해요."

"글쎄. 걔들이 손에 뭘 들고 다니는 건 아직 못 봤어. 물렸으면 옷도 뜯겼어야 하는데 그런 흔적도 없고."

연두가 근처에 문이 열려있는 버스를 보고 손짓했다. 승미와 연두는 버스 안으로 들어갔다.

일단 창가에서 고개를 숙인 뒤 눈만 내밀어 지켜보기로 했다. 그런데 잠시 후 유리창 깨지는 소리에 반응한 건지, 개선관 옆의 골목에서 감염자 셋이 달려와 그 펜싱 선수에게 덤벼들었다.

"앗."

연두가 신음을 흘렸다.

펜싱복을 입은 여자는 능숙한 동작으로 칼을 찔러 가장 먼저 덤벼든 감염자의 목을 꿰뚫었다. 그리고 두 번째로 덤벼든 감염자의 손길을 뒷걸음질로 유려하게 피해 냈다. 숙련자의 재빠른 백스텝.

승미는 여자가 감염되지 않았다는 걸 확신했다.

"사람이야. 연두야, 가자."

"왜요? 도와주게요?"

"그럼 저걸 보고만 있게? 달튼은 여기 있어요. 금방 돌아올게."

결국 두 궁사는 차 밖으로 뛰쳐나가 모습을 드러냈다. 훅킹을 마친 승미가 시위를 당기기 전에 소리쳤다.

"이쪽이에요! 어서요."

펜싱 선수가 승미를 보고 방향을 틀었다. 두 감염자들이 맹렬히 포효하며 그녀를 추격해 왔다.

승미는 '사람을 쏜 것에 대한 기억'을 덮어씌우려는 듯 조금의 망설임도 없이 시위를 놓았고, 연두도 그 호흡에 맞춰 사격했다.

쌕, 쐐액!

두 발의 화살이 펜싱 선수의 오른편을 스치고 날아갔다.

"크르엑!"

거의 동시에 머리를 꿰뚫린 두 감염자들은 서로 엉켜 뒹군 다음 일어나지 않았다. 피에 젖은 펜싱복의 주인공은 승미 쪽을 힐끗 바라보다가 쓰러진 감염자들의 뒤통수를 푹, 푹, 찌르고는 물러섰다. 승미가 손짓을 하자 그녀는 고개를 끄덕이고는 정자 쪽으로 다가왔다.

"괜찮아요? 왜 혼자 다녀요?"

그러자 펜싱 마스크 안에서 피로에 찌든 목소리가 들려왔다.

"두 명의 친구가 있었는데, 방금 한순간에 친구들을 모두 잃었어요."

"펜싱팀이죠? 이름이 뭐예요?"

"표유나. 표유나입니다."

"아! 많이 들어 본 것 같아요. 그분이시구나. 이쪽은 양궁의 장연두, 전 현승미예요."

승미가 이름을 밝히자 표유나의 펜싱 마스크가 물끄러미 그녀의 얼굴을 쳐다봤다. 마스크를 써서 눈빛은 알 수 없었지만 뭔가 할 말이 있다는 건 알 수 있었다.

"저기, 왜 그러시죠?"

"현승미 선수라면…… 혹시 도락구 선수와 친한 사이 아닌가요?"

겨우 진정시킨 승미의 호흡이 또 한 번 흐트러졌다. 방금 머리 한쪽으로 억지를 쓰며 치워 둔 이름이 난데없는 곳에서 들려온 것이다.

"맞아요. 락구를 아세요?"

"사실 저는……."

"끄으으으으읍."

그때, 누워 있던 진검이 또 한 번 비명에 가까운 신음 소리를 냈다. 달튼이 강하게 매듭을 짓는 과정에서 격통이 찾아온 것이다. 진검을 다시 둘러업으며 달튼이 말했다.

"서두르자, 슌미. 진콤, 기절했다."

승미가 달려가 진검을 걱정스럽게 살펴보더니 표유나에게 말했다.

"친구가 부상을 입었어요. 치료를 위해 오륜관으로 가려고 하는데, 도와주실래요?"

잠깐이었지만 승미는 유나가 인상 깊은 솜씨로 감염자의 목을 공격하는 솜씨와 과감함을 보았다. 다친 진검을 달튼이 업고 있는 이 상황은 승미로서는 두 근접 싸움꾼을 동시에 잃은 셈이었다. 그런 상황에서 어쩌면 선수촌에서 가장 강력한 근접 전투력을 가졌을지도 모르는 사람을 만난 것이다.

'방금 친구들을 잃었다니 안됐지만, 한 명의 손이 아쉬워.'

그러자 잠시 생각하던 유나가 입을 열었다.

"다쳤다는 저 친구, 물린 건 아니겠죠?"

연두가 고개를 저었다.

"아녜요. 총에 맞은 거예요. 미군들이 쐈어요!"

옆으로 크게 갸웃하는 펜싱 마스크.

"미군이요? 당신들을 쐈다고요?"

승미가 유나의 오른팔을 붙잡으며 말했다.

"나중에 설명할게요. 일단 우리와 함께 가요. 네?"

유나는 잠깐 한숨을 내쉰 다음 고개를 끄덕였다.

"알겠습니다. 저도 혼자 있는 것보다는 살아남을 확률이 커지겠죠."

●● •

승미 일행이 호숫가를 떠난 뒤, 정확히 1분 뒤에 세 명의 남녀가 북쪽 정자에 도달해 몸을 숨겼다.

"으악, 다들 멈춰."

시야가 완전히 다른 북쪽 끝에서 달리던 락구 일행도 이 순간 전진을 멈춰야만 했던 것이다.

"오는 길이 왜 그렇게 편한가 했더니, 다 여기 모여 있었구나."

락구의 중얼거림대로였다.

챔피언 하우스 주변에는 한눈에 다 담기에도 어려운 수의 감염자들이 아우성을 치고 있었다. 락구와 록희, 정욱은 그들로부터 안전한 거리까지 떨어진 다음 한 봉고차 뒤에 숨어 상황을 살피고 있었다.

머리 위를 쳐다보니 헬기 두 대가 옥상 위에 있었는데, 그중 한 대가 갑자기 수직 상승하며 날아가 버리는 것이 보였다.

"이 개새끼들! 어딜 가! 돌아와."

분통을 못 이겨 씩씩거리고 있는 록희의 입을 정욱이 틀어막았다.

"진정해요, 백록희 선수. 저 좀비들이 다 우리 쪽으로 덤벼들면 어쩌려고 그래요."

"이익! 알았으니까 치워요."

주먹을 꽉 쥔 록희는 락구의 팔뚝을 툭 하고 쳤다.

"어떡해요, 유도아재. 빨리 저 옥상으로 못 올라가면 우리 무전기는 못 찾게 될 거라고요."

답답하기는 락구도 마찬가지였다.

"그러게. 하지만 저 숫자를 돌파할 순 없어. 이빨에 완전히 갈리고 말 거야."

"이 봉고차에 올라타서 일층 문을 박살 내고 들어가면 어때요?"

락구는 질겁하며 록희를 쳐다봤다.

"지, 진심이니?"

"우리 언니는 선수들이랑 달라요. 다리를 절뚝인단 말이야. 헬기가 데려가지 않으면…… 암튼!"

침착하게 고개를 젓는 락구.

"안 돼. 그 작전이 성공한다고 쳐도, 우리 뒤를 따라서 저 괴물들이 건물 안으로 쏟아져 들어올 거야. 그건 너무 위험해."

"걸어서 갈 수도 없잖아요! 저번에 들어갈 때도 안에서 뒷문을 열어 준 건데!"

그때, 잠자코 듣고 있던 정욱이 품에서 카드키를 꺼냈다.

"제가 정문을 열 수 있어요. 선수촌 모든 건물에 통하는 마스터키가 있거든요."

락구와 록희가 동시에 정욱을 쳐다봤다. 선수촌을 관리하는 공익요원으로서 비로소 둘에게 쓸모를 증명할 수 있게 됐다는 생각에 뿌듯함을 숨기지 못하는 정욱의 턱이었다.

"저 좀비들만 없으면 2초 안에 정문을 열 수 있어요."

다만 저 두꺼운 감염자들의 장벽을 어떻게 뚫느냐는 것이 걱정거리였다.

그리고 그 걱정거리는 잠시 후 저절로 해결됐다.

●. •

철문을 연 채로 생존자들을 들여보내던 박 중사가 있는 힘껏 외쳤다.

"임 하사! 빨리 뛰어, 이쪽으로 와."

자신과 함께 생존자들을 헬기에 태우던 병사를 부른 것이다. 그러나 그 병사는 달려오다가 변해 버린 감염자에게 옆구리를 뜯어 먹히며 넘어지고 말았다.

"끄아아악."

"안 돼, 젠장!"

박 중사는 질끈 눈을 감고는 분함을 못 이겨 군홧발로 땅을 때렸다. 박 중사의 등 뒤에는 철문 안으로 뛰어 들어온 생존자들이 맥없이 주저앉아 있었다. 그들 사이에서 정 피디는 꿋꿋하게 옥상의 참극을 촬영하다가 거친 손아귀에 뒤로 밀려났다.

"아얏, 아파요."

그의 팔을 붙잡은 것은 눈물이 그렁그렁 맺힌 현택이었다.

"그만 찍어요. 아직도 정신을 못 차렸습니까!"

그리고 현택은 박 중사에게 다가가 침통하게 말했다.

"문을 잠급시다. 바깥은…… 다 물렸어요."

박 중사가 현택의 얼굴을 한번 보더니 그의 말대로 했다.

철커덩 하고 챔피언 하우스 옥상의 문이 닫혔다.

그 순간, 옥상 물탱크 위로 떨어진 한 사내가 눈을 떴다.

"크윽. 제기랄."

인상을 찌푸리며 아래를 내려다본 강두제는 자신이 상상할 수 있는 최악의 상황에 빠졌다는 걸 군말 없이 인정했다.

붉은 눈으로 변한 아귀들이 옥상을 배회하고 있었다. 수는 여덟. 그가 지면에 내려서는 순간 동시에 덤벼들 것이 뻔했다.

"몹시 재미없는 순간이군."

머리 위에는 마지막 남은 한 대의 기동헬기가 저격수들을 태운 채 유유히 떠 있었다. 목소리를 냈다가는 2미터 아래의 감염자들을 자극할 수 있다. 두제는 양팔을 격하게 휘둘러 마지막 헬기에 자신의 존재감을 드러냈다.

그런데 이때, 죽음에서 깨어난 포환던지기 선수 곽세령이 옥상의 한가운데서 그 헬기를 뚫어져라 쳐다보고 있었다. 붉은 눈이 탐하고 있는 것은 헬기 바깥으로 몸을 드러내고 있는 저격수들. 하나 아무리 높이 뛰어올라도 인간의 몸으론 거기까지 뛰어서 닿는 것은 무리였다.

그때, 세령의 발에 뭔가가 걸렸다. 다리 한쪽이 날아간 채 기어 다니던 스파이더걸 좀비였다.

"크르르르르."

세령이 터질 듯한 근육의 오른팔로 스파이더걸을 휙 하고 들어 올렸다. 어쩌면 그녀의 뇌 속에서는 혹독한 훈련으로 담금질하던 당시를 재현하고 있는지도 모른다.

'포환을 던진다고 생각하지 마! 이 지구를 집어 던진다고 생각해.'

세령의 오른발이 강하게 땅을 박차고 튀어 올랐다. 그리고 왼발은 강력한 운동에너지를 담은 채 투척 방향을 향해 내딛는다. 그렇게 모은 힘을 180도 회전을 통해 극대화시킨다.

"크아아아아아!"

글라이드Glide. 전설적인 포환던지기 선수 윌리엄 패리 오브라이언이 개발한 기술. 세령의 손을 떠난 스파이더걸이 압도적인 비행에너지를 온몸에 품은 채 포물선을 그리며 날았다.

두제를 구해야 하나 말아야 하나 갈등하던 저격수들의 눈에는 경악스러운 장면이었다. 인간 크기의 식인 거미가 자신들을 뜯어 먹으러 날아오는 것이나 다름없었던 것이다. 그리고 그 거미는 '뭔가에 달라붙는 능력'에선 행성 최강을 자랑하고 있었다.

"끄어어어어억!"

스파이더걸 좀비에게 어깨를 뜯어 먹힌 저격수가 뒤로 나동그라졌다. 분수처럼 터지는 핏줄기가 다른 저격수들을 덮쳤다.

잠시 후 기동헬기가 급격하게 요동치기 시작했다. 그 모든 광경을 지켜보고 있던 두제는 속으로 욕설을 삼켰다. 그가 믿고 있던 마지막 동아줄이 방금 끊어져 버린 것이다.

잠시 물탱크 위에 주저앉아 눈을 감는 전직 유도 국가대표이자 현직 프로 파이터.

'여기까지인가……. 악마보다 더 악착같이 굴어서 살아온 대가가 이건가.'

꽈아아아아앙!

10초 뒤에 헬기가 땅바닥에 추락해 폭발하는 굉음이 들려왔다.

두제가 다시 눈을 떴다. 조금씩 해가 내려앉은 선수촌의 어둑어둑한 공기를 태우는 불덩이가 보였다. 지면에 추락해 무서운 불길을 내뿜는 블랙호크 기동헬기는 그 어떤 생존자도 그 안에서 살아남을 수 없었음을 여실히 드러내 주고 있었다.

챔피언 하우스 주변을 완전 포위하고 있던 감염자들에게 실로 오랜만에 격한 움직임이 생겼다. 온도를 보는 그들의 눈에 헬기가 내뿜는 열기는 무척 자극적이었던 것이다.

"크르르르르르."

"캬아아아아아아아!"

보이지 않는 지옥의 선지자가 그들을 인도하는 것처럼 감염자들의 대이동이 시작됐다.

두제가 넥타이를 풀어내 던진 것이 바로 그 순간이었다.

락구가 지상에서 정욱의 카드키를 손에 쥔 채 땅을 박차고 돌입을 결심한 것도 그 순간이었다.

타아악.

챔피언 하우스 옥상에 내려선 두제를 향해 감염자들이 이빨을 드러냈다.

"크르르르르."

두제의 목적지는 옥상의 저 철문. 그의 왼손에는 물탱크의 뚜껑을 고정시키던 강철 막대가 들려 있었다.

"너희는 날 못 죽여. 덤벼."

두제가 휘두른 강철 막대가 무자비한 송곳니처럼 감염자들의 살점을 베어 냈다.

한 손으로 감염자의 가슴 옷깃을 붙잡고 허리를 튕겨 벼락같이 메친다. 공백 없이 허리를 튕겨 한 걸음 또 내딛는다. 이번엔 좌우에서 두 감염자가 동시에 두제의 목을 깨물려 든다.

강철 막대로 왼쪽 감염자의 턱 밑을 움푹 찔러 넣고, 그 감염자의 백포지션을 점유한다. 턱이 뚫려 시체가 된 그 감염자를 방패 삼아 바닥을 박차며 맹렬히 돌진한다.

매트 위에서든 매트 밖에서든 그의 삶이 파괴될 만큼의 고통이 찾아올 때면 다짐해 왔다. 이대로 살 수는 없다.

그 말은 곧, 이대로 죽을 수는 없다는 말과 늘 척추를 같이하고 있었다. 두제는 마치 파도에 정면으로 도전하는 돛단배처럼 어깨에 힘을 줬다.

'그래. 이대로는 못 죽어. 너희들에게 물려 죽으면…….'

매트 위에서 상대에게 깃을 잡히지 않으려면 한 순간도 같은 자리에 멈춰 서선 안 된다. 마찬가지로 죽음의 손아귀를 뿌리치려면 더더욱 발악하고 뛰어야 한다.

'내 무덤에 침을 뱉을 녀석들이 너무 많을 테니까.'

45화
리벤지 매치

- 감염 4일째. 오후. 07:05.

챔피언 하우스 옥상으로 향하는 계단은 마치 넋을 잃은 사람들의 전시장 같았다. 락구와 록희, 정욱은 초점 없는 눈으로 허공을 바라보고 있는 생존자들을 밀치면서 문 앞으로 나아갔다.

"잠시만요. 비켜 줄래요?"

거기에 그들이 무전기를 맡겨 놓았던 장본인이 있었기 때문이다. 철문 앞에 주저앉아 숨을 고르고 있던 현택이었다. 락구와 록희의 그림자가 얼굴에 드리우자 그가 고개를 들었다.

"어어? 너희들, 살아 있었구나!"

반가워하며 주춤주춤 일어서던 현택은, 허리를 반쯤 세웠을 때 멱살을 잡아채는 억센 손아귀에 숨이 막히고 말았다. 당장이라도 그를 갈아 마셔 버릴 것 같은 눈빛의 록희였다.

"컥! 자, 잠깐만. 왜 이러는 거야?"

"야 이 새끼야, 누가 그 무전기 쓰랬어! 왜 그랬냐고."

"나, 나도 그러고 싶었던 게 아니야. 빼앗겨서 그랬어."

"뭐? 빼앗겼다고……요?"

빼앗겼다는 말에 록희의 팔이 느슨해졌다. 그 틈을 타고 락구가 록희의 밴디징 한 주먹에 자신의 손을 올려놓으며 진정하란 눈빛을 보냈다.

락구가 물었다.

"무전기를 누가 빼앗아 갔다는 거예요?"

까아아앙!

현택이 대답하려는 찰나, 옥상 바깥에서 철문을 두드리는 소리가 들려왔다.

"이거 열어! 당장. 나 아직 살아 있다고!"

격앙된 목소리가 철문 바깥에서 들려왔다. 락구는 그 목소리의 주인공이 누군지 바로 눈치챘다.

"강두제 선배?"

문을 잠근 현택과 문 밖에서 들여보내 달라고 요구하는 두제. 데자뷔가 일어나는 순간이었다. 저번에는 락구 역시 두제와 함께 문 밖에 있었다는 점만이 다를 뿐.

현택이 눈을 질끈 감으며 말했다.

"미안하다. 저놈이 다짜고짜 날 기절시키고 무전기를 가져가 버렸어. 정신을 차렸을 땐 이미 되돌리기엔 늦어 있었고."

"지금도 무전기는 두제 선배한테 있고요?"

"응. 그렇다고 봐야겠지?"

철문 너머로 둔탁한 타격음과 함께 감염자의 포효 소리가 들려왔다. 두제가 사력을 다해 감염자들과 싸우고 있다는 뜻이었다.

락구가 문을 향해 다가서는데 박 중사가 그 앞을 가로막았다. 부서진 코에서 흘러내린 코피가 진득하게 굳어서 우스꽝스러운 몰골이었으나 표정만은 단호했다.

"물러서십시오. 저런 새끼는 물려도 쌉니다."

"이 며칠 동안 제가 확신한 게 하나 있다면, 세상에 물려도 싼 사람은 없다는 거예요."

"이 문 뒤의 새끼가 무슨 짓을 했는지 알아? 우릴 다 죽일 뻔했다고!"

"저 무전기가 없으면 정말로 그렇게 될걸요. 저게 선수촌 바깥과 연락할 수 있는 유일한 수단입니다. 되찾아 와야 해요."

락구의 말에 옆에 서 있던 록희도 거들었다.

"열어 줘요, 빨리. 상황을 보니까 그 경호원 아재가 좀비들이랑 바깥에 남겨진 모양인데. 그 사람이 물리기라도 하면 무전기를 돌려받는 건 더 어려워져요."

평범한 인간 상태인 지금도 '전신 흉기'라 부를 수 있는 두제였다. 만약 감염이 되어 고통을 모르는 괴력의 존재로 탈바꿈한다면 왕치순 못지않은 재앙이 될 터였다.

망설이던 박 중사는 결국 락구에게 자리를 비켜 주고야 말았다.

심호흡을 한 번 한 뒤 록희를 바라보는 락구. 그는 언젠가부터 중대한 결정을 내릴 때는 이 소녀의 동의를 먼저 구하고 있었다. 자신도 모르는 사이에.

록희가 고개를 끄덕이자 락구는 철문의 잠금장치를 푼 다음 문을 단번에 잡아당겼다.

"허억!"

락구는 열린 문으로 드러난 광경에 흠칫 물러서고 말았다. 그것은 등 뒤에 서 있던 사람들 모두 마찬가지였다.

감염자 하나가 피 칠갑이 된 채 철문 바로 앞에 서 있었다. 부릅뜬 붉은 시선은 정면의 허공에 못 박혀 있었고 이마에는 강철 막대가 튀어나와 있었다. 마치 영화에서 악마에게 뿔이 솟는 장면을 '되감기' 하듯, 강철 막대가 다시 뒤로 뽑혀 들어갔다.

까드드득.

감염자가 허물어지자 양손에 강철 막대를 들고 서 있는 두제가 모습을 드러냈다. 화이트 셔츠는 피를 양동이로 들이부은 듯 붉게 칠해져 있었고, 얼굴 쪽도 사정은 다르지 않았다. 그가 다시 한 번 강철 막대를 들어 감염자의 뒤통수를 내리쳤다.

퍼석!

박살 난 두개골에서 흘러나온 뇌수가 벽면을 타고 흘러내렸다. 그 모습은 마치 사람 잡아먹는 악귀.

"좀비를 다 죽이고 나니까 문을 열어 주는군."

두제의 두 눈이 정면에 서 있는 락구에게로 향했다.

"살아 돌아왔나, 후배님. 반가워."

"전 별로 반갑다고 하기 어렵네요, 선배님."

두제의 구둣발이 성큼 움직였다. 그가 철문 안으로 들어서자 살아남은 생존자들이 슬금슬금 계단 아래로 도망치기 시작했다. 지금 두제에게서 풍기는 피비린내와 나찰을 방불케 하는 눈빛이 절로 그렇게 만든 것이다. 그건 직접 습격을 당했던 장본인인 현택 또한 마찬가지였다.

물러서지 않는 사람은 총 세 명. 락구와 록희, 그리고 박 중사였다. 그들은 두제가 등으로 철문을 밀어 다시 닫는 걸 확인할 때까지도 꼼짝하지 않고 그와 대치하고 있었다.

두제가 피에 젖은 앞머리를 넘겨 이마를 드러냈다.

"좀 비켜 주지. 이 끈적거리는 피를 좀 씻고 싶은데."

"무전기를 돌려받아야겠습니다."

두제가 등 뒤로 손을 뻗어 허리춤에 꽂아 놓았던 무전기를 꺼내 들었다.

"이거? 못 돌려주겠다면?"

"선배가 그 무전기를 잘못 쓰는 바람에 무고한 분들이 희생됐어요."

"무고한 분들이라니, 당치 않아. 무능한 분들이겠지."

이죽거리는 두제의 말에 분을 내리누르고 있던 박 중사가 뛰쳐나갔다.

"뚫린 입이라고, 개자식이!"

힘껏 당겨진 주먹이 두제의 안면을 향해 직선을 그리며 날았다.

락구는 속으로 혀를 찼다. 두제의 저런 독한 말들이 상대를 먼저 흥분시켜 우위를 점하려는 수법이란 걸 박 중사에게 알려 줄 틈이 없었던 것이다.

박 중사의 발동작을 주시하던 두제는 고개를 슬쩍 젖혀 상대의 주먹을 피해 냈다. 그리고 동시에 강철 막대의 뾰족한 부분을 대각선 위로 찔러 넣었는데, 그것이 박 중사의 왼쪽 어깨에 푹 하고 꽂혔다.

"아아악!"

잔인한 아픔에 무릎을 꿇고 주저앉은 박 중사. 그는 곧 두제의 구둣발에 가슴팍을 걷어차여 락구의 뒤로 굴러가 버렸다.

"방위 격투 훈련 좀 다시 받아야겠어. 뭣하면 내가 싼 값에 해 줄 수도 있는데."

다른 생존자들이 신음하는 박 중사를 부축하고 계단을 내려가는 소리가 들렸다. 그러나 락구는 오직 두제에게만 시선을 고정한 채 양손을 느슨하게 풀고 있었다. 왼발은 천천히 앞으로, 오른발은 대각선 뒤로 넓히며 공간을 확보한다. 유도 그랜드슬래머인 두제가 그런 락구의 몸 선이 뜻하는 바를 모를 순 없었다.

"덤빌 생각인가, 후배님?"

"말로 설득해서 무전기를 되찾아 올 재주도, 시간도 없어서요."

락구의 대꾸에 두제는 입으로만 웃는 반응을 보였다. 서늘한 조소였다.

"참 나 원. 힘으로는 되찾아 갈 수 있다고 들리는데. 맞나?"

"필요하다면요."

"그래. 며칠 전 유도로는 내가 한 번 졌지. 그래도 매트 바깥에서라면 상황이 많이 다를 거야."

"제가 며칠 전과 같은 사람이었다면 그랬겠죠."

락구는 자신을 죽이려 덤벼 오던 쿤린과의 격투를 떠올렸다. 그때 이미 운동선수로서 갖고 있던 빗장을 한번 풀어내 버린 락구였다. 필요하다면 모든 기술을, 어쩌면 기술이 아닌 것조차 사용할 수 있어야만 한다. 매트 위에서 대련했을 때와는 전의의 크기가 다르다는 걸, 두제도 본능적으로 깨달았다.

땡그렁.

두제가 강철 막대를 바닥에 던지고 가드를 올렸다.

"그거, 안 쓰십니까."

"원래 맹금류한텐 무기가 필요 없어."

준비동작 없이 두제의 하이킥이 락구의 왼쪽 턱을 노리고 날아들었다. 락구가 어깨를 틀어 올려 막아 궤도를 빗나가게 만들었다. 상대의 양손뿐 아니라 전신의 움직임을 관찰하고 있었기 때문에 가능한 대응이었다.

'떨어지면 불리해. 달라붙는다.'

유도 경기일 때 락구는 시합 자체를 즐기려는 나쁜(?) 습성 때문에 언제나 상대의 선공을 받아주곤 했다. 그러나 온갖 공격수단을 다 갖춘 자를 상대해야 하는 이 순간엔 그렇게 느긋하게 굴 수 없었다.

급발진하는 레이싱카처럼 튀어 나간 락구가 오른손을 내뻗었다. 무시무시한 속도에 움찔한 두제는 반사적으로 그것을 쳐냈다.

그 동물적인 반격이 락구가 노린 바였다.

두제가 쳐 낸 오른손이 락구의 몸을 축으로 한 바퀴 돌았고, 순간 락구의 등에 아주 잠시 팔의 공격 궤도가 가려졌다. 다시 두제의 레이더망에 잡힌 것은 손날이 아니라 팔꿈치였다.

'뭐? 백스핀 엘보우?'

급조한 시도였으므로 정교한 기술은 아니었지만 두제를 당황시키기엔 충분했다. 락구의 팔꿈치에 가슴팍을 얻어맞은 두제가 뒷걸음질 치다가 철문에 등을 부딪혔다. 구석에 몰린 것이다.

'쉴 틈은 주지 않아.'

락구의 발이 복도 바닥을 강하게 박찼다. 그가 바깥 팔목으로 두제의 목젖을 강하게 눌렀다. 순간 두제의 양팔이 뱀처럼 좌라락 움직여 락구의 뒤통수에서 휘감겼다. 유도식 클린치가 아니었다. 그것은 무에타이의 낙무아이들이 즐겨 쓰는 '빰 클린치'였다.

두제가 속으로 웃었다.

'후배님. 난 근접전에서 더 위험하거든.'

무자비한 니킥이 락구의 복부로 날아들었다.

퍼억!

호흡 곤란과 함께 격통이 찾아왔지만 락구는 이 찬스를 놓치지 않았다. 들어 올려진 두제의 허벅지 아래 왼팔을 넣어 감싸 쥔다. 그런 다음 락구는 자신의 허리를 뒤로 튕기며 두제를 통째로 들어 올렸다.

"뜨아아아아앗!"

첫 대결 때와는 정반대로 락구가 슬램의 기회를 잡은 것이다. 다급해진 두제는 왼 다리를 락구의 허리에 걸고 삼층 복도로 이어지는 난간을 붙잡았다. 하지만 락구는 힘의 방향을 탄력 있게 바꾸며 그쪽으로 두제를 밀어붙였다.

두 사내가 한데 엉킨 채로 빙글 돌아 계단 난간 아래로 추락했다.

"꺄아아아악!"

삼층 복도에 몰려 있던 생존자들이 화들짝 놀라며 흩어졌다.

난간과 복도 사이의 간격은 대략 2.5미터. 낙하하는 자세에 따라 치명적인 부상을 입을 수 있는 높이였다. 서로를 맞잡은 두 사내도 그걸 누구보다 잘 알고 있었다. 결국 누가 먼저랄 것 없이 그들은 붙잡은 손을 놓고 낙하에 대비했다.

하지만 그러는 바람에 공평하게 주어진 공격의 찬스. 두 남자가 동시에 서로를 걷어차 떨어진 다음 유연하게 구르며 충격을 반감시켰다.

두제는 옆으로, 락구는 뒤로 굴러서 벌떡 일어났다.

'계속 날 놀라게 해 주는 친구로군.'

유도의 본질은 상대의 체중 이동을 막고 중심을 빼앗는 무술이다. 훌륭한 선수들은 그 중심이 안정돼 있고, 체중 이동이 신속하면서 또 유연하다. 두제는 매트 위에서도 느꼈던 락구의 힘과 유연성에 다시 한 번 감탄했다.

둘의 싸움을 지켜보던 현택은 자신도 모르는 사이 손에 쥔 주먹에 땀이 차오르는 걸 깨달았다.

'저게 정말 영장류한테 가능한 동작들인가?'

락구와 두제는 상대방에 대한 경계를 늦추지 않으면서 천천히 몸을 풀었다. 두제가 왼쪽 어깨를 돌리며 말을 걸었다.

"진짜로 끝까지 갈 거야? 후배님이 자리를 비운 사이에 내가 얻은 정보들이 궁금하지 않나?"

"궁금합니다."

"오호. 그래?"

"그래서 무전기를 선배님께 빼앗고 나서 들어 볼 생각입니다."

락구가 손바닥을 가슴 앞으로 들어 올려 요격 자세를 취했다. 그것을 본 두제의 얼굴에서 미소가 사라졌다.

"완전히 다른 사람이 됐군. 어디 한 군데는 부러뜨려 줘야겠어."

팽팽한 긴장이 삼층 복도 전체를 지배했다.

이번에는 두제가 먼저 간격을 좁히려 뛰어들었을 때, 누구도 예상치 못한 상황이 벌어졌다.

빠어억!

둔탁한 타격음과 함께 달려들던 두제의 육체가 스르르 허물어진 것이다.

락구는 어안이 벙벙한 얼굴로, 엎드린 채 기절한 두제를 처다봤다. 두제의 몸 위엔 주먹을 쥐었다 폈다 하고 있는 록희가 우뚝 서 있었다.

"권투소녀? 너 지금 뭐 한 거야?"

록희는 락구 쪽은 쳐다도 보지 않고 두제의 뒷주머니에서 무전기를 꺼내 피를 닦아 냈다. 피가 덜 묻은 두제의 등 쪽 셔츠 부분에 문질러서.

"뭐 하긴, 기절시켰죠. 반쯤 죽일 생각으로 쳤으니까 한동안 못 일어날 거예요."

"아니, 아무리 그래도……."

록희는 락구의 손에 무전기를 쥐어 주었다.

"두 수컷의 신성한 리벤지 매치를 방해해서 미안한데, 결투 같은 건 평화로운 때나 하라고요. 네?"

예상치 못한 사태로 소란이 잦아들자 움직이는 사람들이 생겼다.

"선생님. 단단한 밧줄 같은 걸로 저 새끼 묶으세요. 허튼수작 못 하게."

어깨에서 피를 흘리고 있는 박 중사가 현택에게 지시했다. 깨어난 두제가 어떤 발광을 부릴지 상상해 본 현택은 잠자코 그의 지시에 따랐다.

현택이 다른 생존자 한 명과 두제를 옮기는 동안, 록희는 복도의 끄트머리에서 어정쩡하게 서 있는 남자를 발견했다. 록희가 벼락같이 달려가 그의 멱살을 잡아챘다.

"맞다. 너 이 새끼, 일부러 잘못된 길을 알려 줬더라?"

"아, 아니. 저는 그러니까요……."

"너 때문에 염라대왕이랑 티타임 가질 뻔했그든? 이 좀만 한 쉐키."

그녀의 서슬 퍼런 시선에 압도된 재일은 자신보다 여섯 살 어린 여고생에게 극존칭을 썼다.

"사실은 제가 그런 게 아닙니다. 오로라가 그렇게 말하라고 시켰다고요."

"시킨다고 그걸 또 따라 해? 니가 걔 시다바리야?"

"자, 잘못했습니다. 살려만 주세요."

록희는 멱살이 잡힌 채로 싹싹 비는 재일의 모습에 더욱 짜증이 치밀어 오르는 걸 느꼈다. 하지만 락구나 두제에 비하면 야성이라는 게 눈곱만치도 없는 남자를 윽박지르는 것 또한 구미에 당기는 일은 아니었다.

"너도 방금 전까지 옥상에 있었으면 죽을 뻔했겠네?"

"예, 맞아요! 정말 죽다 겨우 살아났습니다. 그러믄요."

"혹여 또 좀비한테 포위되면 말이야. 응?"

"네네, 말씀하십쇼."

멱살을 놔주며 록희는 나지막이 내뱉었다.

"적어도 내 근처엔 있지 마. 여기 착해 빠져선 너 같은 새끼도 구해 줄 사람들이 있겠지만, 적어도 나는 아니거든."

록희가 자리를 떠나자 재일은 벽에 기댄 채 스르르 바닥으로 허물어졌다. 바지에 축축한 뭔가를 지리지 않은 걸 다행이라 생각하면서.

한편 층계참 밑으로 돌아온 록희는 무전기를 이리저리 눌러 보며 한숨을 내쉬는 락구를 마주했다.

"왜 그래요?"

"무전기가 고장 났나 봐. 아무런 반응이 없어. 소리도 안 나고. 좀 전에 떨어지면서 충격을 받은 모양인데."

록희가 입술을 질끈 깨물었다.

"이익. 그러게 왜 일대일로 붙겠다고 나대서 애꿎은 무전기를 망가트려요? 처음부터 다구리 깠으면 될 일을."

"미안해. 나도 이렇게 될 줄 알았겠니."

두제와 짐승처럼 싸웠던 때와는 딴판이었다. 진심으로 미안해하는 락구의 선량한 표정을 마주하니 록희는 화를 낼 기운도 사그라드는 걸 느꼈다.

그때, 정욱이 안경을 고쳐 쓰며 다가왔다.

"제가 한번 볼게요."

"정욱 씨가요? 무전기 같은 것도 고칠 줄 알아요?"

"제 일곱 번째 동아리가 무선통신 동아리였거든요."

정욱의 빛나는 두 눈은 이렇게 말하고 있었다. 제발 그 전의 여섯 개 동아리가 뭐였는지 물어봐 다오. 하지만 락구는 그 정도로 섬세하진 못했고, 다만 부탁한다는 듯 무전기를 정욱에게 넘길 뿐이었다.

"꼭 고쳐 주세요, 정욱 씨. 어떻게든 바깥과 연락이 닿아야 하니까."

● • •

바짝 긴장한 승미 일행이 오륜관에 들어섰다.

그녀의 오른쪽에는 펜싱 마스크의 표유나. 왼쪽에는 불안한지 퀴버를 만지작거리고 있는 장연두. 등 뒤엔 이진검을 업고 있는 데이브 달튼.

"조용하네. 불은 다 켜져 있는데."

천장이 까마득히 높고 기다란 구조로 되어 있는 오륜관은 크게 두 개의 공간으로 나뉘어 있었다. 바로 핸드볼 코트와 배드민턴 코트가 그것이다. 승미의 발에 셔틀콕이 걷어차여 을씨년스럽게 나뒹굴었다.

연두가 주변을 살펴보며 말했다.

"언니. 그래도 배드민턴팀은 다 탈출했나 봐요. 시체도 없고, 핏자국도 없잖아요?"

연이은 감염자들과의 전투, 어두운 지하 수로를 가슴 졸이며 돌파했을 때 생긴 피로감, 예상치 못했던 미군들의 총격까지. 심신이 노곤해져 있던 승미 일행에겐 오륜관의 이 적막이 다행스럽기 그지없었다.

"자, 그럼 나눠서 구급상자를 찾아보자. 분명 어딘가에 멀쩡한 의료키트가 있을 거야."

승미와 연두, 유나가 일층과 이층의 응접실과 사무실로 흩어졌다.

진검을 업은 달튼은 두 개의 코트를 나누고 있는 거대한 차양막을 향해 걸어갔다.

좌르륵.

그것을 걷어 내자 불 꺼진 핸드볼 코트가 시야를 가득 채웠다. 다행히 핸드볼 코트 한쪽에 진검을 눕힐 만한 매트가 포개져 있었다. 선수들이 스트레칭에 사용했던 것으로 보이는 깨끗한 매트였다. 달튼은 조심스럽게 그 위에 진검을 눕혔다.

"진큼. 참아라, 조금만. 살 수 있다."

이미 의식을 잃은 진검은 아무런 말이 없었지만 달튼은 그의 어깨를 부드럽게 쥔 다음 일어섰다.

주변을 둘러보던 달튼의 눈에 반가운 그림이 들어왔다. 얼핏 보면 단순한 나무함으로 생각해 지나칠 수 있었을 관물대가 하나 있었는데, 문짝에 큼지막하게 붉은 십자가 스티커가 붙어 있었던 것이다.

'다행이군. 저 안에 소독약이 있을지 몰라.'

성큼성큼 그쪽으로 다가가던 달튼이 순간 우뚝 하고 걸음을 멈추었다. 적막한 코트 한쪽에 짙은 위화감을 내뿜는 물체들이 한구석을 차지하고 있었기 때문이다.

"저게…… 뭐야?"

누군가가 테이블을 한데 뭉쳐서 여러 대의 랩탑과 케이블들을 올려놓았다. 화면은 벽 쪽을 향해 있어서 이쪽에선 보이지 않았다. 하지만 달튼의 시선을 잡아채는 것은 따로 있었다.

바닥에 놓인 세 개의 검은 원통형 물체. 붉은 케이블들이 빛을 내뿜으며 그것을 휘감고 있었다. 이런 땀내 나는 운동시설이 아니라 최첨단 우주정거장 같은 곳에 있어야 어울릴 것 같은 물건들이었다.

가까이 다가가자 달튼의 팔뚝에서 털들이 스르륵 일어났다. 느닷없이 휘감아 오는 싸늘한 냉기 때문이었다. 그 냉기는 분명 저 검은 '통들'에게서 흘러나오고 있었다.

순간 머릿속에서 경보가 울렸다. 저 물체의 정체가 그들의 안위에 큰 영향을 미치고야 말 것이라는 불길한 예감이 들었다.

작은 얼음 알갱이들이 맺혀 있는 검은 통.

달튼은 단단해 보이는 그것의 뚜껑을 향해 손을 내뻗었다.

46화
살아난 다음에

- 감염 4일째. 오후. 07:22.

보이지 않아도 잔상을 발휘하는 것들이 있다.

태릉선수촌을 감싸고 있는 불암산 끝자락으로 넘어간 태양도 그렇다. 동그란 본체는 이제 완전히 지평선 아래로 가라앉아 보이지 않지만, 별무리가 맨 살갗을 드러내는 저녁 하늘에 몇 개의 빛살을 쏘아 보낼 힘은 있었다. 그 빛살 중 하나가 오로라의 눈썹을 간질였다.

'내가 지금 어디에 있는 거지?'

수직 상승하던 헬기가 갑작스런 충격을 받아 땅으로 곤두박질치던 순간과 어떤 건물을 들이받기 직전 눈을 질끈 감은 게 뇌리에 남은 마지막 장면이었다.

눈을 비비자 뿌연 시야가 조금 회복됐다. 제일 먼저 석회가루가 얇게 뒤덮인 몸이 내려다보였고, 그 다음엔 맞은편에서 고개를 떨군 양주희가 눈에 들어왔다. 가슴이 천천히 오르락내리락하는 걸 보면 그녀 역시 추락의 충격으로 기절한 모양이었다.

주변은 적막했다. 그렇다면 기절한 로라를 깨운 것은 무엇일까.

그녀는 아홉 살 때부터 체조를 시작했다. 리듬체조로 완전히 선회하기 전엔 평균대 종목에도 두각을 드러낸 적이 있었다. 때문에 신체의 좌우 균형을 느끼는 데에는 여전히 날선 감각을 갖고 있었다.

'오른쪽으로 헬기가 기울어져 있어.'

무심코 조종석 쪽을 바라본 로라는 충격적인 광경에 숨을 삼켰다.

"힉."

부서진 벽면에서 튀어나온 철근이 조종사의 가슴을 꿰뚫고 조종석 뒤편으로 튀어나와 있었던 것이다. 즉사한 조종사를 제외하면 헬기 안엔 여덟 명의 생존자들이 양쪽 벽면에 네 명씩 착석하고 있었다. 벨트를 매지 않고 서 있었던 다른 군인들은 추락하는 과정에서 밖으로 튕겨 나간 모양이었다.

"나가야 돼."

미세한 경련이 일어나는 손가락을 움직여 벨트의 버클을 풀었다. 그런데 등을 좌석에서 떼자 헬기의 동체가 범상치 않게 삐걱거렸다.

키이이이잉.

"뭐야. 왜 이래?"

조심스럽게 고개만 창문 쪽으로 움직여 아래쪽을 내려다본 로라는 곧 자신이 처한 상황을 깨달았다. 헬기는 삼층 건물에 꼬리부터 처박혀 있었고 뭉툭한 머리 쪽은 밖으로 7미터 정도 튀어나와 있었다. 생존자들이 자칫 잘못 움직였다간 균형이 흐트러져 10여 미터 아래의 바닥으로 추락하고 말 것이다.

'어쩌지?'

로라는 조종석 바로 옆인 안쪽 좌석에 앉아 있었기 때문에 열린 문과의 거리가 가장 멀었다. 탑승자들 중 꽤 늦게 올라탄 축에 속했던 까닭이다. 그녀가 다시 벨트의 버클을 채워야 하나 고민하고 있을 때, 이 순간 가장 듣고 싶지 않은 소리가 귀에 꽂혔다.

깨진 그릇을 칠판에 대고 긁었을 때 나는 듯한 불쾌한 소리.

"크으으으으으."

"캬아아아아."

감염자들이 헬기의 주변으로 다가오고 있었다. 아직은 꽤 멀리 있지만 곧 먹잇감의 위치를 찾아낼 것이 분명했다.

'이렇게 닭장 속의 닭처럼 죽을 순 없어.'

로라는 초조해져서 주변을 둘러봤지만 무기가 될 만한 것은 보이지 않았다. 최대한 생존자를 많이 태우기 위해 잡다한 비품들을 모두 비워 냈기 때문이다.

'조종사의 몸에는 권총 같은 게 있지 않을까?'

자신이 총을 만져 본 적이 한 번도 없다는 것은 망설일 이유가 되지 못했다. 그녀는 최대한 소리를 내지 않도록 조심스럽게 움직였다. 그러나 한 발짝 한 발짝 뗄 때마다 헬기의 동체가 갸우뚱거리며 아찔한 기분을 들게 했다.

순간 헬기의 기울기에만 신경을 쏟던 로라가 주희의 오른쪽 발을 밟고야 말았다. 그 바람에 주희가 고개를 들고 눈을 떴다.

"아이씨, 뭐야."

좌석에서 엉덩이를 떼었지만 완전히 일어났다고 볼 순 없는 엉거주춤한 자세 그대로 굳어 버린 로라. 주희는 그런 로라를 발견하고 물었다.

"오로라? 너 왜 그러고 있어."

로라는 대꾸를 하지 못한 채 검지를 입술에 가져다대며 조용히 하란 신호를 보냈다. 하지만 그 바람과는 달리 주희는 그만 창문 바깥을 내다봤으며, 자신이 위태로운 각도로 공중에 떠 있다는 걸 인지하고야 말았다.

"꺄아아아아악! 이거 뭐야."

낭패감에 로라는 입술을 질끈 깨물었다. 하이톤의 높은 비명소리에 다른 생존자들이 하나둘 깨어나기 시작했다.

"어어? 우리, 살았어?"

"여긴 어디야?"

로라는 다급히 그들의 주의를 환기시키며 조용히 하란 손짓을 했지만 때는 이미 늦어 있었다.

"크아아아아아!"

어느새 부쩍 가까워진 감염자의 포효 소리가 오른쪽에서 들려왔다. 결국 로라는 굳게 다물었던 입을 떼고 소리를 질렀다.

"문을 닫아! 빨리!"

로라의 지시에도 영문을 몰라 하던 생존자들의 눈에 쇄도해 들어오는 붉은 눈동자들이 보였다.

"으아아아악!"

"엄마아아."

생존자 둘이 힘을 합쳐 문을 어깨로 밀어 닫으려 했다. 그러나 문이 채 잠기기 직전에 건장한 감염자 하나가 팔을 들이밀어 문 사이에 끼고 말았다.

"밀어. 무조건 밀어!"

키기기기기깅.

헬기가 앞뒤로 요동치면서 로라는 다시 자신의 자리로 돌아와 벨트를 꽉악 붙잡았다. 그러는 동안 주희는 다리 사이에 얼굴을 파묻은 채 비명을 고래고래 지르고 있었다.

"살려 주세요! 아아아아아악!"

이제는 어깨까지 헬기 안으로 들이민 감염자가 긴 팔을 허우적댔다. 그러다 문을 밀던 생존자 중 한 소녀가 거기에 목을 붙잡히고 말았다.

"켁! 커억."

발버둥 치던 소녀는 우드득, 하고 목이 꺾여 풀썩 쓰러지고 말았고 그 모습에 문을 밀던 다른 생존자가 질겁해 뒤로 물러나 버렸다. 감염자는 문의 간격을 벌컥 넓힌 다음 포효했다.

"캬아아아아아!"

이제는 일방적인 도륙과 학살만 남았다고 로라는 생각했다. 이대로 물리는 것을 기다릴 것인지, 운에 맡기고 10미터 아래로 뛰어내릴 것인지 결정해야 했다.

그녀의 결정을 뒤로 미뤄 준 것은 바람을 가르고 날아온 동그란 물체였다.

빼어어어억!

뭔가에 뒤통수를 가격당한 감염자는 몸을 부르르 떨더니 앞으로 툭 하고 쓰러졌다. 그의 뒤통수에는 주황색 포켓볼 공이 반 이상을 뚫고 들어가 있었다. 무시무시한 정확도와 힘이 실린 원거리 공격이었다.

헬기 바깥에서 감염자의 포효 소리와 둔탁한 타격음이 섞여 들어왔다.

"크아아아아!"

"캬오오오오오!"

누군가가 감염자들과 맞붙어 싸우고 있었다. 이제 일곱이 된 헬기 안의 생존자들은 모두 한마음이 되어 얼굴도 모르는 '인간의 편'을 응원했다. 그것은 로라도 마찬가지였다.

'누구든 좋으니 제발 살려 줘.'

잠시 후, 묵직한 물체가 박살 나는 소리와 함께 감염자들의 포효가 멈췄다. 저벅저벅 헬기로 다가오는 발걸음 소리. 여러 명이었다. 누군가가 다가오더니 뒤통수에 포켓볼 공이 박힌 감염자를 잡아당겨 끌어냈다. 그리고 헬기 안으로 쑥 들어온 것은 모두에게 익숙한 얼굴이었다.

"다들 괜찮니?"

바로 챔피언 하우스의 생존자 중 최고령인 주현택이었다. 현택의 등에는 숄더백이 메어 있었는데, 가방 표면이 울룩불룩 튀어나와 있었다. 로라는 그가 포켓볼 공을 던져 감염자를 잠재운 장본인이라는 걸 눈치챘다. 그리고 반대쪽 문에서도 누군가가 등장했는데 이번에도 로라에겐 잊을 수 없는 얼굴이었다.

"물린 사람 없죠? 좀비들 더 몰려올지 모르니까 소리 내지 말고."

바로 로라의 뺨을 시원하게 때려 휘청대게 했던 백록희였다. 그녀의 등 뒤에는 주변을 살피고 있는 등이 있었다. 넓은 등판의 그 남자는 유도복을 입고 있었다.

'얘네, 살아 있었어?'

본인이 사지로 밀어 넣었던 남녀가 눈앞에 나타났지만, 상황이 상황인지라 로라는 그래도 반갑기 그지없었다.

현택이 문을 열고 어린 생존자들을 빼내 주기 시작했다.

"자자. 뒤쪽에서부터 조심스럽게 움직여. 헬기가 기울어지면 안 되니까."

헬기에서 빠져나간 생존자들은 긴장이 풀려 땅바닥에 털썩 주저앉고 말았다. 주희마저 현택의 손을 잡고 살아 나가자 헬기 안에는 철근에 꿰뚫린 조종사와 목이 부러진 소녀, 그리고 오로라만 남게 됐다. 현택이 뒤로 빠지고 숨을 몰아쉬는 도락구의 얼굴이 등장했다.

"오로라 선수, 저 보여요?"

로라는 미세하게 고개를 끄덕였다.

"좋습니다. 몸무게가 어떻게 돼요?"

"지, 지금 그딴 거 물을 때예요?"

"중요한 문젭니다. 대답해 주세요."

"………사, 삼십칠 키로."

락구가 등 뒤의 현택과 뭔가를 속닥이며 상의했다. 그걸 잠자코 기다리던 로라는 점점 불안해지는 걸 느꼈다.

"저기요. 왜 전 여기 놔두는 거예요?"

"빼내 줄 겁니다. 하지만 그 전에 부탁할 게 있어요."

"부탁이요?"

"로라 선수 등 뒤에 있는 조종사의 몸을 뒤져서 무전기를 찾아야 해요. 할 수 있겠어요?"

"그, 그래서 저보고 더 내려가라고요? 그러다가 떨어지면요? 그쪽이 들어와서 가져가든가 하면 안 돼요?"

"로라 선수 몸무게의 두 배인 제가 들어가면 너무 위험합니다. 이 중에서 가장 가볍고 유연한 사람이 바로 로라 선수잖습니까."

로라가 망설이고 있자 록희가 반대편에서 승냥이 같은 얼굴로 노려보았다.

"씨발 진짜. 잠자코 시키는 대로 하시지. 여기 헬기랑 같이 널 떨어트리고 싶은 걸 간신히 참고 있는 사람이 한 사람 있거든?"

결국 로라는 자신에게 선택권이 없음을 깨닫고 조종석으로 넘어가기 위해 조심스럽게 몸을 움직였다. 바깥의 락구와 록희, 그리고 현택은 기다리는 것밖에는 할 수 있는 일이 없었다.

조금 전, 정욱은 무전기가 완전히 고장 난 것은 아니지만 수리하기 위해선 잔여 부품이 필요하다고 설명했다. 문제는 격리된 선수촌 안에서 무전기를 구할 수 있는 곳이 있을 리 만무했다는 점이다.

그러다 현택이 추락한 세 헬기 중 폭발하지 않은 헬기가 하나 있다며 그걸 뒤져 보는 게 어떻겠냐는 의견을 냈고, 결국 셋이 함께 챔피언 하우스에서 개선관까지 달려온 것이다.

로라는 피투성이가 된 조종사의 몸을 뒤지기 시작했다. 숨을 내쉬지는 않았지만 아직 그의 육신에는 온기가 남아 있었다. 턱에서 뚝뚝 떨어지는 피가 로라로 하여금 소름을 돋게 만들었지만 도중에 멈출 수는 없는 판국이었다.

"차, 찾았어요!"

조종사의 허리춤에서 결국 무전기를 찾아낸 로라가 그걸 천천히 들어 보였다. 그러자 록희의 목소리가 들려왔다.

"그럼 밖으로 던져. 이쪽에서 받아 줄게. 곤봉 많이 던져 봤으니까 무전기도 잘 던지겠지?"

로라는 손에 든 무전기를 꽉 붙잡았다.

"우, 웃기지 마. 이게 없으면 날 구해 준다는 보장이 없잖아."

그 대답에 록희는 입으로만 웃으며 대꾸했다.

"어머나, 무전기만 받고 떨어트리려는 내 계획 들켜 버렸네. 몸이 삐쩍 곯은 대신에 눈치가 빠른가 보지."

"그 정도 놀리면 됐어, 권투소녀."

락구가 록희를 제지하고 로라에게 팔을 내밀었다. 걷어 올린 도복 아래로 매끈하게 단련된 근육질 손목이 드러났다.

"내 손 잡고 올라와요. 싸움이든 화해든, 살아난 다음에 하죠."

승미는 표유나와 함께 여자 배드민턴 선수들의 라커룸을 뒤지고 있었다. 그러나 잠기지 않은 캐비닛이 드물었고, 열려 있다 하더라도 땀수건이나 악력기 같은 잡동사니들뿐이었다. 진검의 총상 치료에 도움이 될 만한 의약품은 좀처럼 보이지 않았다.

"다른 데를 뒤져 봐야 하나."

승미가 빈 물병 하나를 집어 들었다. 거기에는 매직으로 이렇게 쓰여 있었다.

'한 모금에 푸시업 열 번.'

주인이 누구인지는 모르나 승미는 그 마음을 충분히 이해할 수 있었다. 왜 이리 가슴이 알싸해지는 걸까. 이 정도로 스스로를 채찍질하지 않으면 버틸 수 없는 곳이 태릉선수촌이다. 잠시 애도하듯 물병을 쓰다듬고 있는데, 등 뒤에서 유나가 물끄러미 자신을 지켜보고 있었다.

"저기. 혹시 저한테 할 말 있어요?"

피가 여기저기 튀어 있는 펜싱 마스크 안에서 기다렸다는 듯 질문이 흘러나왔다.

“도락구 선수와 연인 사이인가요?”

전혀 예상치 못한 질문에 승미는 고개를 갸웃했다.

“연인이요? 어, 음. 그러니까. 친구예요. 아주 오래된.”

“겉으로는 친구란 간판을 내걸지만 속으로는 서로를 달리 생각하는 남녀들이 있죠.”

승미의 눈이 미세하게 가늘어졌다. 왜 이런 걸 묻는 걸까.

“저어, 혹시 썸 같은 거라고 오해하고 있는 거라면, 그런 건 아녜요. 아까도 락구 얘기를 하시던데, 둘이 어떻게 아는 사이예요?”

승미의 질문에 답하는 대신 유나가 한층 가라앉은 말투로 다른 말을 이어 나갔다.

“만약 도락구 선수가 좀비한테 물려 죽는다면 현승미 선수는 기분이 어떨 것 같나요? 그때도 ‘오래된 친구’의 죽음 정도로만 슬퍼하실 건가요.”

승미의 눈동자가 차갑게 가라앉았다. 뭐지. 슬슬 불쾌한데.

‘이쯤에서 화를 내야 하나? 근데 지금 이럴 때가 아니잖아. 빨리 진검이 상처에 맬 붕대부터 찾아야 한다고.’

승미가 말을 고르고 있는 사이 유나가 다시 말을 이어 나갔다.

“제게도 두 분처럼 서로를 아끼는 짝이 있었어요.”

“짝이요? 남자친구를 말씀하시는 건가요.”

“남편이라 해야겠죠. 그런데 저만 두고 하늘나라로 먼저 가 버렸어요. 이 저주받을 질병이 그 남자와 저를 갈라놓은 거예요.”

승미가 자신의 입을 틀어막았다.

"앗, 미안해요. 그런 일을 겪으신 줄은 몰랐어요."

갑자기 손을 둘 곳이 마땅치 않다는 느낌에 휩싸인 승미는 천천히 유나에게 다가가 그녀의 손에 자신의 손을 올렸다. 유일하게 펜싱복으로 감춰지지 않아 맨 살갗이 드러난 곳이었다.

얄팍한 위로의 말보다는 그것이 더 효과가 있을 것 같았다. 몸이 가까워진 만큼 마스크 안에서 들려오는 목소리가 더 크게 들려온다.

"사랑하는 남자가 죽으면 여자는 무슨 힘으로 살아가야 하죠? 짝을 잃은 새는 앞으로 무슨 노래를 지저귀어야 할까요."

승미는 신중하게 말을 고르고 골라 답했다.

"그래도 살아서 나가야죠. 이 물병 보여요? 우리는 마음을 스스로 단속하는 데 도가 튼 사람들이잖아요? 유나 씨의 남편분도 그걸 바라실 거예요."

"……."

"살아난 다음에. 추모든 애도든 좌절이든, 그 다음에 해요, 우리."

가만히 있던 유나의 손이 지그시 승미의 손을 잡고 매만졌다. 무기를 다루는 자 특유의 굳은살과 거친 손바닥이 서로에게 온기를 나눠 주었다. 그것이 고마움의 표시인지 미안함의 표시인지는 알 수 없었으나 승미는 그냥 놔두고 있었다.

"승미 선수 마음 어지럽게 해서 미안해요. 옆방으로 가 봐요."

두 여자는 라커룸을 빠져나와 남자 선수들의 라커룸으로 이

동했다. 그런데 그 중간에 있는 여자 화장실 앞에서 둘은 동시에 걸음을 멈추고 서로를 쳐다봤다.

유나는 사브르의 손잡이를 꽉 붙잡았고 승미는 퀴버에서 화살을 꺼내 훅킹할 준비를 했다. 여자 화장실 안에서 지독하고 고약한 냄새가 새어 나오고 있었던 것이다. 속삭이듯 승미가 말했다.

"이 냄새, 단순한 화장실 악취가 아니야. 맞죠?"

"그렇네요."

"좀비들이 안에 있을까요?"

유나가 여자 화장실 입구의 벽에 달라붙었다. 그러고는 고개를 저었다.

"아무런 소리도 들리질 않아요. 놈들이 이 정도로 가까이 있을 때는 그르릉거리는 소리가 나거나 옷이 바스락거리는 거라도 들려야 하는데."

"그래도 혹시 모르니까 확인해 보죠."

펜싱 마스크가 고개를 끄덕인다.

두 여자는 천천히 여자 화장실 안으로 들어갔다. 화장실 불은 꺼져 있었는데, 승미가 벽면의 스위치를 누르자 푸르스름한 형광등 불빛이 내부를 화악 밝혔다.

앞장선 유나가 사브르를 잡지 않은 빈손으로 열려 있는 칸을 가리켰다. 화장실 네 칸의 문이 모두 열려 있었고 그중 세 번째 칸이 그녀들의 시선을 사로잡았다.

왜애애애앵. 틱. 틱.

악취에 꼬여 든 파리들이 형광등에 부딪히며 내는 소리가 귀를 간지럽힌다. 운동화를 신은 가는 다리가 칸 바깥의 바닥으로 튀어나와 있었다. 천천히 벽에 붙어 걸으며 칸의 정면으로 돌아간 승미의 눈에 끔찍한 풍경이 들어왔다.

"도대체 이게……?"

그야말로 구겨 놓았다는 표현 말고는 떠오르지 않았다. 화장실의 변기 칸 세 곳에 각각 한 명의 여자들이 시체가 되어 쓰러져 있었다. 배드민턴복 상의는 모두 붉게 물들어 있었다.

담력이 강한 승미였지만 그녀들의 부릅뜬 눈동자와 창백한 안색에 저절로 뒷걸음질 치게 되었다. 참혹한 광경에 말을 잇지 못하는 승미와 달리 유나는 시체들의 이상한 점을 지적했다.

"물린 흔적이 없어요. 저 피들은 모두 목에서 난 작은 구멍에서 난 거예요."

"구멍이요? 아, 저거구나. 그럼 살해당했다는 거예요?"

"그것도 송곳 같은 날붙이로 망설임 없이 찌른 거예요. 칼을 쓰는 데 익숙하지 않은 보통 사람은 절대 저렇게 할 수 없어요."

대체 누가, 무슨 이유로 배드민턴 여자 선수들을 살해해서 이곳에 던져 둔 것일까. 용기를 내서 시체들을 향해 한 발짝 가까이 다가간 승미는 그중 가운데에 있는 늘씬한 미녀의 얼굴을 알아봤다.

"……박초롱 선수."

그녀는 나흘 전 자신과 함께 '태릉 3대 여신 특집'으로 인터뷰를 했던 여자 배드민턴 국가대표였다.

"모두 탈출해서 오륜관이 텅 빈 건 줄 알았는데."

자신과 달리 인터뷰를 한껏 즐기며 쾌활하게 카메라 앞에서 포즈를 취했던 그녀가, 지금은 싸늘한 주검이 되어 땅바닥을 쳐다보고 있다.

승미는 주변의 벽과 바닥 타일을 둘러보았다. 이곳에서 살해당했다면 피가 온 천지에 튀어 있어야 하는데 그런 것치고 화장실 벽면은 깨끗했다.

'다른 곳에서 죽여서, 여기로 옮긴 거야.'

하지만 왜 굳이 그런 일을 했을까. 몇 명이 저지른 일일까.

유나가 승미의 의심을 확인시켜 주듯 말했다.

"한두 명은 아닐 것 같아요. 그런데 왜 여기일까요."

"음. 시체를 숨기고 싶었다면 다른 장소가 있었을 텐데. 땅에 묻거나, 하다못해 문이라도 잠글 수 있는 곳에. 이건 대충 그냥 안 보이는 곳에 몰아 둔 것 같잖아요."

"제 생각도 그래요. 그렇다면 왜 번거롭게 치워 둬야 했을까요? 죽였던 장소에 그냥 놔두지 않고?"

승미의 머릿속에 하나의 가설이 떠올랐다.

"선수들이 숨어 있었던 장소를 자기들이 쓰려고?"

"승미 선수의 말이 맞을 것 같아요. 문제는 이 살인자들이 아직도 오륜관에 남아 있을 수도……."

타아아아아앙!

유나의 말에 승미가 고개를 끄덕이는 바로 그 순간, 화장실 바깥에서 그야말로 심장을 얼어붙게 하는 총성이 들려왔다. 승미의 가슴이 철렁 내려앉았다.

그쪽은 달튼과 진검이 남아 있기로 한 코트 위였다.

47화
짝 잃은 새의 진혼곡

- 감염 4일째. 오후. 07:35.

수상한 검은 통에 손을 가져가던 달튼.

그런데 통의 표면에 손이 닿으려는 순간, 싸늘한 말투의 영어가 귓가에 꽂혔다.

"움직이지 마Don't Move."

곧 달튼의 등 뒤에 차가운 금속 막대의 느낌이 닿았다. 절대 잊을 수 없는 감촉. 권총의 총구였다. 철컥하고 장전하는 소리는 그것이 장난감이 아니라는 걸 증명하고 있었다.

이런 장소에서 총기 협박이라니.

"손을 들고 천천히 돌아서."

여자의 목소리였다. 달튼은 그녀가 시키는 대로 했다.

달튼을 향해 권총을 겨눈 것은 민소매 티에 몸에 꽉 달라붙는 스판 팬츠를 입은 붉은 머리의 여자였다. 눈빛엔 권태와 짜증이 반반씩 섞여 있었다.

그녀의 이름은 사브리나. 태릉선수촌에 숨어 들어온 일곱 리퍼 중 하나인 총잡이였다. 손에 쥔 것은 독일제 권총인 발터 P99. 달튼의 눈이 절로 그녀의 허리께에 갔다. 어딘가 크게 다쳤는지 옆구리에는 붕대가 감겨 있었다.

"뭐야, 니네."

"뭐긴. 선수들이다. 내 친구가 다쳤어. 그래서……."

"배꼽을 하나 더 뚫어 주기 전에 데리고 꺼져."

그것이 공허한 협박이 아니라는 걸 달튼은 바로 알 수 있었다. 조금의 허세도 없이 진담을 내뱉고 있는 것이다.

'제길. 진검의 응급 처치가 더 늦으면 위험한데.'

달튼은 일단 상대방을 설득해 보기로 했다.

"이봐. 왜 이러는지 모르겠지만, 당신이나 이 검은 통들에 난 아무런 관심도 없어."

"그래서?"

"내 친구가 지혈을 할 때까지만 좀 봐줘. 그런 후에 바로 나가겠어."

"물렸나?"

달튼이 황급히 대답했다.

"아냐. 물린 건 아니야."

"그래? 차라리 물렸으면 살려 뒀을 텐데."

"뭐라고?"

사브리나는 매트 위에서 의식을 잃고 식은땀을 흘리고 있는 진검을 흘깃 내려다보더니 고개를 끄덕였다.

"좋아. 그럼 내가 도와주지 뭐."

타아아아앙!

발터 P99의 총구가 불을 뿜자 진검의 머리가 크게 옆으로 꺾였다. 하얀 매트 위에 붉은 선혈이 부채꼴처럼 순식간에 퍼졌다.

"진코오옴!"

달튼은 그 광경을 보고 질겁했다. 진검의 두개골에 40구경 총탄이 뚫고 들어가는 장면이 망막에 화인처럼 새겨졌다. 희망의 여지를 가질 수 없는 즉사였다.

"이게 무슨 짓이야아!"

진노한 불곰 같은 흑인이 몸을 돌리며 덤벼들려 하자 사브리나는 다시 총을 달튼에게로 겨누었다. 씩씩거리긴 했지만 달튼은 멈춰 설 수밖에 없었다.

"오해하지 마. 널 안 쏘는 건, 저 몸뚱이를 들고 치워 줄 사람이 필요하기 때문이니까."

잔악무도한 년이다. 그녀의 눈동자를 마주하자 달튼은 직감했다. 사람의 목숨을 파리처럼 생각하는 유형의 인간이었다. 될 수 있으면 평생토록 절대 조우하지 않아야 하는 부류의 짐승들.

'대체 왜 이런 녀석이 선수촌에 있는 거지?'

그때, 끼릭 하며 활줄이 당겨지는 소리가 둘의 귀에 들려왔다.

달튼의 표정이 단숨에 밝아졌다. 사브리나의 대각선 뒤쪽에서 승미가 컴파운드 보우의 시위를 당기고 있었다.

"총 내려. 안 그러면 쏠 거야."

달튼이 총을 든 여자에게 승미의 말을 통역해 주자 그녀는 어깨를 으쓱였다.

"이거 활줄이 내는 소리 같은데. 내 총알이 더 빨라."

"그런데 우린 두 명이지. 동시에 두 명을 쏠 수는 없고."

"내 등 뒤의 친구, 사람을 쏴 본 적은 있을까."

"당신한텐 불행하게도 방금 전에 군인을 쏘고 온 친구야. 몸을 기울인 상태에서도 제대로 맞혔어. 혹시 모를까 봐서 말해 주자면, 이 나라의 여자 양궁은 세계 최강이야."

"흠. 어느 쪽이 빠를지 궁금하긴 하지만 태생적으로 도박은 별론데."

"자, 나를 쏠 건가? 아니면 활을 든 저 친구를? 누굴 노릴지 빨리 결정하는 게 좋을걸. 참고로 나한테 붙잡히면 맨손으로 네 눈알을 뽑아 버릴 거다."

여자 역시 달튼의 말에서 진심을 읽었다. 표정으로 드러내진 않았지만 그녀는 조금 난감해하고 있었다.

'젠장. 동료가 흩어져 있을지는 몰랐어.'

다른 리퍼들은 하필 모두 자리를 비운 상황이었다. 세 번째 3단계 좀비를 사냥하던 도중 오직 그녀만 갈비뼈에 금이 간 부상을 입고 말았고, 그 때문에 후방 지원으로 남겨진 것이다. 반쯤은 낙오된 병사나 다름없는 취급. 사브리나의 보수는 다른 리퍼들에 비해 별 볼일 없을 것이 분명했다. 가뜩이나 심술이

나 있는 상황에 불청객이 찾아왔으니 그녀의 불쾌감은 극에 달해 있었다.

'너희들 모두 살아서는 여길 못 나갈 줄 알아.'

사브리나는 여전히 권총을 내리지 않은 채 넓은 시야로 주변을 살폈다. 승미가 활을 겨눈 채로 점점 가까이 다가왔다. 자연스레 사브리나의 시야에 승미가 들어오게 됐다.

'젠장, 진짜 활이네. 뚫리면 엄청 아프겠는걸.'

슈트를 괜히 벗고 있었다는 미약한 후회가 사브리나의 마음을 파고들었다. 현장에서 신속한 퇴각이 요구되는 경우가 많은 저격수에게는 민첩함 또한 필수로 갖춰야 할 덕목이었다. 다만 평소와 달리 갈비뼈가 부러진 상황이라 근거리에서 날아오는 화살을 피할 수 있을 거라는 확신이 들지 않았다.

달튼이 울분을 억누르며 말했다.

"슌미, 조심해. 이 여자, 위험한 여자."

"알았어. 진검이는…… 어머나."

진검의 싸늘한 시체가 승미로 하여금 심장을 멎게 했다. 그녀가 들었던 불길한 총성의 정체를 직면하는 순간이었는데, 진검의 손목밴드가 넝마주이처럼 찢어진 채 참담하게 피를 머금고 있었다.

'이것 때문에 아직 좀비한테 물리지 않은 것 같아요.'

싱그럽게 웃던 진검의 목소리가 승미의 시야에서 수증기처럼 피어오른다.

"왜 죽인 거야. 아무 죄 없는 애를!"

"거기에 답해 줄 거였으면 안 죽였지. 그리고 안타깝지만 이쯤 되면 폐쇄 구역 안에서 그 누구도 살아 나갈 수 없어."

달튼은 사브리나의 말에서 진실을 읽을 수 있었다.

'무차별로 우릴 사격했던 미군들도 그랬어. 우릴 치워야 할 장애물로 생각했지. 다들 대체 무슨 꿍꿍이야…….'

그렇게 대치 상황이 길어지고 있었다. 사브리나는 일단 지금은 총을 내려놓고 방심하게 만든 다음 죽여 버려야겠다고 결정을 내렸다.

"어쩔 수 없네. 너희 말에 따르지."

그녀가 천천히 권총을 바닥에 가까이 가져갔다. 시선은 노골적으로 승미의 눈길에 맞추면서. 사브리나의 상체가 숙여짐에 따라 승미의 컴파운드 보우가 자연스럽게 움직였다.

"그런데 너, 계속 줄을 당기고 있으면 힘들 텐데? 날 쏠 건지 말 건지 결심도 안 선 눈빛이고."

승미에게 대꾸가 없자…….

"그래. 친구를 쏜 원수가 아무리 미워도 사람을 해치는 게 쉬울 리 없지. 자기야, 그건 타고나야 하는 거야."

"시끄러워. 빨리 그거나 내려놔."

달튼이 사브리나를 재촉했다. 승미의 평정심을 흔들려는 시도가 뻔히 보였기 때문이다. 달튼의 직감은 옳았다. 사브리나는 권총을 발아래 두고 승미를 가까이 오게 만든 다음 제압할 계획이었기 때문이다.

그런데 사브리나의 계획에 없던 이가 또 하나 등장했다.

치르릉.

피 묻은 펜싱복과 펜싱 마스크가 승미의 등 뒤에서 걸어 나와선, 사브르의 칼날을 땅바닥에 긁으며 시선을 뺏은 것이다.

"현승미 선수는 그대로 있어요. 저 여자가 뭘 원하는지 난 알 것 같으니까."

"유나 씨? 너무 가까이 가지 말아요."

그러나 승미의 만류에도 불구하고 유나는 성큼성큼 걸어가 칼끝으로 사브리나의 권총을 끌고 온 다음 집어 들었다. 그걸 잠자코 지켜만 봐야 하는 사브리나는 속이 탔지만 내심 비웃음이 들기도 했다. 훈련을 거치지 않은 자의 손에 들린 총기가 위협이 될 리 없다.

'펜싱 선수 따위가 어딜. 허투루 쐈다가 오발 사고나 저지르겠지.'

그런데 곧 사브리나의 두 눈이 놀람으로 크게 뜨였다.

철컥. 촤르륵. 탁.

펜싱복을 입은 여인이 능숙한 손짓으로 발트 P99의 탄창을 꺼내 총탄의 개수를 확인한 다음 다시 끼워 넣은 것이다. 그 일련의 동작들이 마치 호흡처럼 자연스러워서 모두가 잠시 할 말을 잃고 말았다. 달튼과 승미마저도.

유나가 바닥에 사브르 칼을 미련 없이 던졌다.

땡그렁.

매끈한 코트 바닥에 마레이징 강철로 만든 칼날이 튕겨진 다음 굴러갔다. 그리고 그 누구도 예상치 못했던 일이 일어났다.

펜싱복의 그녀가 권총을 들어 승미의 가슴을 겨눈 것이다.

"유나 씨?"

"현승미 선수, 당신의 대답은 틀렸어요."

"틀렸다니, 뭐가요?"

"짝을 잃은 새가 부를 노래는 오직 하나뿐입니다. 바로 진혼곡이지요."

● • •

"진짜로 죽는 줄 알았어."

로라는 차가운 땅바닥에 발이 닿자마자 안도감을 느끼며 한숨을 내쉬었다. 등 뒤에는 여전히 불안한 각도로 튀어나와 있는 기동헬기가 텅 빈 내장을 드러내며 삐걱거리고 있었다. 머리 위에서 당혹스러운 목소리가 들려왔다.

"이제 안전합니다. 그러니 좀 놔주실래요?"

로라는 자신이 락구의 왼쪽 가슴팍에 폭 하고 안겨 있었다는 걸 깨닫고 민망한 듯 뒤로 물러났다.

"별다른 의도는 없었어요. 저 안에 갇혀 있느라 제정신이 아니었다고요."

"압니다. 약속대로 무전기를 넘겨주세요."

로라는 목숨을 걸고 꺼내 온 무전기로 뭔가 더 요구할 순 없을까 궁리했다. 그러나 락구의 등 뒤에서 손가락을 까닥거리고 있는 록희의 두 눈이 레이저를 쏘고 있었기에 자신도 모르게 무전기를 넘기고 말았다.

록희가 락구에게 말했다.

“음. 그런데 무전기 모양이 우리 거랑 다르지 않아요? 크기도 이게 훨씬 큰 거 같은데.”

“정욱 씨가 이걸로 고칠 수 있기를 바라야지.”

“그럼 빨리 돌아가요. 불이 언제 꺼질지 모르잖아요.”

그들은 챔피언 하우스 주변으로 추락한 두 대의 헬기 덕분에 개선관까지 올 수 있었다. 폭발한 헬기가 내뿜는 열기가 감염자들의 시선을 붙잡아 놓고 있었지만 그 시간이 무한하지는 않을 터였다. 락구는 바닥에 주저앉아 벌벌 떨고 있는 어린 생존자들을 돌아보며 혀를 찼다.

“지금 다시 나가도 괜찮을까? 이 애들, 충격을 많이 먹었을 텐데.”

“머뭇대다가 좀비들이 다시 길거리에 우르르 나와서 고립되면요? 여기 뻥 뚫려 있는 거 존나 불안하기만 한데.”

“그럼 딱 5분만. 그 뒤에 움직이자.”

서로를 부둥켜안고 엉엉 울고 있는 생존자들과 역시 의기소침해진 로라를 둘러본 록희도, 결국 동의의 몸짓으로 어깨를 으쓱였다.

그때, 이층을 둘러보겠다며 내려갔던 현택이 다급하게 올라왔다.

“락구야, 내려와 봐. 네가 직접 봐야 할 게 있어.”

록희를 삼층 도서관에 두고 락구가 현택을 따라 내려갔다.

그곳에는 아침에 그냥 지나쳤던 선수용 휴게실이 있었다. 건물의 모든 장소엔 불이 죄다 꺼져 있었는데 유독 그곳에서만 환하게 불빛이 새어 나오고 있었다.

끼이익.

현택이 앞장선 채 휴게실의 문을 열자 괴이한 광경이 눈을 사로잡았다. 목과 하반신이 잘려 나간 시체가 넓은 테이블 위에 올라와 있었다. 방향은 천장을 향해 있고 더러워진 팔이 가슴에 다소곳이 모아져 있었다.

"이게 뭐예요?"

"나도 보고 깜짝 놀랐어. 누군가 이렇게 해 놓은 거야. 짐작이 가?"

락구는 조심스럽게 시체를 향해 걸음을 내딛었다.

가까이 가자 그 시체의 팔목 부근 살점이 짓뭉개져 있는 것이 눈에 들어왔다. 마치 오랫동안 무언가에 묶여 있었던 것처럼. 그러자 락구의 머릿속에 들어오는 하나의 기억. 바로 개선관 삼층 창고에 묶여 있던 남자 펜싱 감염자였다.

"누군지 알 것 같아요. 이름이 뭐였더라?"

대답은 전혀 엉뚱한 곳에서 들려왔다.

"장시혁."

등 뒤에서 갑자기 튀어나온 목소리에 락구와 현택이 화다닥 물러나며 긴장했다.

검은색 래시가드에 트레이닝팬츠를 입은 젊은 여자가 서 있었다. 처음엔 비에 젖은 줄 알았다. 그러나 두 번 정도 숨을 들이마시자 그것이 땀에 젖은 거라는 걸 알 수 있었다. 그녀의 오른손에는 펜싱 칼이 들려 있었다.

"건드리지 마요. 털끝 하나라도 만지면 죽여 버릴 거니까."

조용조용한 말투에 살기가 담겨 있었다. 그러나 표정은 마치 석고로 빚은 듯 일말의 변화가 없었다. 락구와 현택이 벽 쪽으로 물러나자 그녀는 저벅저벅 걸어와 테이블 앞 의자에 앉았다. 마치 그것이 자신의 자리라는 듯. 그리고 시체를 향해 중얼거리기 시작했다.

"……미안해. 내가 해 줬어야 했는데, 손이 떨리고 용기가 안 나더라. 이렇게 된 게 다행인 걸까."

현택이 락구에게 속삭였다.

"어쩔까. 저 여자, 아무래도 제정신이 아닌 것 같은데."

이 순간 락구는 여자의 목소리가 아무래도 귀에 익다는 생각을 떨쳐 버릴 수가 없었다. 분명히 들어 본 적이 있는 목소리다. 그것도 바로 오늘 아침에.

락구가 용기를 내서 입을 떼었다.

"표유나 선수?"

중얼거림이 멎었다. 앉아 있던 그녀가 등을 천천히 돌려 락구를 쳐다보았다. 흐릿한 초점의 두 눈에 곧 미약한 생기가 돈다.

"살아 있었네요. 소꿉친구는 찾으셨나요."

"아뇨, 아직. 표유나 선수 맞으시죠? 펜싱복이랑 마스크를 벗고 있어서 못 알아볼 뻔했어요."

"모두 죽었어요. 저와 같이 있던 오빠들. 그리고 물려 버린 시혁이도.”

표유나의 시선이 다시 테이블 위의 시체로 돌아갔다.

“펜싱복이랑 마스크는 어디로 갔어요?”

유나의 입에서 기계적으로 답이 튀어나왔다.

“마녀. 마녀가 시혁이의 목을 잘라 주고, 그 대가로 내 옷을 받아 갔어요.”

● • •

“대체 무슨 소리예요, 유나 씨?”

“미안해요. 제 이름은 그게 아닙니다.”

달튼은 이를 악물었다.

‘뭐야, 한패였나.’

그런데 사브리나의 표정을 보아하니 그런 것 같지는 않았다. 사브리나 역시 이 상황에 의아해하고 있었다.

펜싱 마스크 안에서 목소리가 흘러나왔다.

“자. 이 순간의 키는 내가 쥔 것 같군요. 활을 내려놔요, 현승미 선수. 당신이 실수로라도 저 여자를 쏘는 걸 원하지 않거든.”

승미는 잠시 갈등했다. 그러나 이미 자신이 겨누고 있는 여자는 비무장이었고, 전혀 생각지 못했던 사람이 총을 들어 자신을 협박하고 있다.

“알았어요.”

컴파운드 보우의 활줄이 느슨해졌다. 승미가 활을 아래로 내린 것이다. 마스크의 여인은 이제 총구를 사브리나에게로 향했다. 그리고 유창한 영어로 표적에게 말을 걸었다.

"너, 올림푸스의 사냥개. 앰풀을 내놔."

"……앰풀이라니. 그게 뭔데."

"시치미 떼도 소용없어. 물렸을 때를 대비한 프로토타입 백신. 당연히 나눠 줬겠지."

"도통 무슨 소린지 모르겠군."

"그래? 이 권총에 여섯 발이 남아 있더군. 너에겐 불행하게도, 난 인체의 어딜 쏴야 의식을 잃지 않으면서도 지독한 고통만 느끼게 될지 숙지하고 있어. 한번 시험해 볼 테야?"

어금니를 꽉 깨문 사브리나는 손가락을 들어 랩탑이 놓인 테이블 밑의 은색 케이스를 가리켰다.

"저 안에 있어."

"직접 가져와. 나한테."

사브리나는 지시대로 움직였다. 은색 케이스에서 녹색 액체가 찰랑이는 주사용 앰풀을 꺼내 던져 준 것이다. 앰풀을 낚아챈 뒤 물끄러미 그것을 바라보던 펜싱 마스크의 여인은 사브리나에게 저벅저벅 걸어갔다. 그리고 붕대가 감겨 있는 그녀의 옆구리를 권총의 총신으로 휘갈겼다.

"꺄아아아아악!"

부러진 갈비뼈를 노린 공격에 고통스러워하는 사브리나. 그러나 상대는 다시 한 번 같은 요구를 해 올 뿐이었다.

"이건 마비독이잖아. 다음번엔 귀를 날려 줄 테니 제대로 가져와.”

사브리나는 아픔에 부들부들 떨며 이번에는 은색 케이스 옆의 검은 케이스 앞으로 갔다. 지문을 대자 푸슈슈 열린 케이스에서 그녀가 꺼낸 것은 작은 핸드건처럼 보이는 주사기였다. 거기엔 두 개의 앰풀이 달려 있었는데 하나는 파란색, 하나는 주황색이었다. 피부에 꽂으면 내용물의 액체가 바로 주입되는 식이었다.

펜싱 마스크를 쓴 여자는 그것을 받아 들고는 만족스러운 듯 고개를 끄덕였다.

“들은 대로군. 파란색이 먼저고 그 다음이 주황색이겠지?”

그 모습을 마주한 사브리나가 이를 북북 갈았다. 어떻게 투약 순서까지 알고 있는 거야?

“그거, 한 번도 성공한 적 없어. 그걸 쓰면 바이러스도 죽지만 숙주도 뒈져 버린다고.”

“그래서 네놈들이 지니고 다니지 않는 건가. 하지만 이걸로 뭘 할진 내가 알아서 할 일이야. 우리 조국에는 실험에 뛰어들 자들이 넘치고 넘쳐. 아, 이것도 가짜면 재미없을 줄 알아.”

“제기랄. 가짜를 준비할 시간 따윈 없었어. 너…… 마스크나 쓰고 다니고. 정체가 대체 뭐야?”

“하긴. 이제 이걸 쓰고 다닐 필요가 없겠군.”

그녀는 그동안 답답했다는 듯 펜싱 마스크를 벗었다. 승미와 달튼의 시선도 그녀에게 모아졌다.

곧 승미와 달튼의 시선이 교차했다. 둘 모두 난감하다는 표정.

승미가 사진에서 봤던 표유나의 얼굴이 아니다. 생전 처음 보는 사람이다. 그러나 사브리나의 동공은 맹렬히 요동쳤다. 그녀의 경계 리스트에 있었던 익숙한 얼굴이기 때문에.

"우릴 심판하겠다며 쫓아다니는 그년이군!"

마스크를 벗은 안금숙 소좌는 신선한 공기를 느끼려는 듯 눈을 지그시 감은 다음 입을 열었다.

"그런 건 못 해 줘."

"뭐?"

"난 그냥 죽이기만 할 거야. 심판을 해 줄 사람은 딴 데 가서 찾아."

담담하게 자신의 죽음을 선언하는 상대의 말투에 사브리나는 오랫동안 잊고 있었던 감정을 다시 느끼는 자신을 발견했다.

그건 공포였다.

천천히 뜨인 안금숙 소좌의 눈동자엔 차가운 분노만이 증류되어 남아 있었다.

"내 남자를 죽인 순간부터, 너흰 이미 관짝에 한 발을 들여놓은 거야."

48화
얽혀 드는 암살자들

- 감염 4일째. 오후. 07:49.

"쏙독새의 복수인가?"

"너무 억울해하지 마. 네 친구들 모두 차근차근 곁으로 보내줄 테니까."

"전장에서 만났다면 넌 내게 접근도 못 하고 죽었을걸."

"잘 알아. 그래서 이곳까지 오려고 갑갑한 펜싱복을 빌려 입기까지 했으니까."

오마르와 쿤린이 자신의 얼굴을 알고 있다는 점을 깨달은 뒤, 안금숙 소좌는 새로운 위장 수단을 구하고 있었다. 다행히도 그녀는 그 위장 수단을 어디서 구해야 할지 정확히 알고 있었다.

물려 버린 약혼자의 목을 자르지 못해 망설이고 있는 표유나에게서 펜싱복을 건네받고 승미 일행을 발견해 숨어들기까지. 쉬운 길은 아니었지만 제법 운이 따라 주었다. 사브리나에겐 그것이 불운이었겠지만.

안 소좌가 사브리나의 가슴을 향해 권총을 겨누며 읊조렸다.

“남길 말은 없겠지? 뭐, 들어 줄 생각도 없지만.”

이제부터 한 마디 한 마디를 잘 골라야 한다. 차오르는 굴욕감을 억누르며 리퍼 저격수가 더듬더듬 애원했다.

“살려 줘. 쏙독새를 죽인 건 내가 아냐.”

안 소좌는 필사적인 사브리나의 말에 냉소로 화답했다.

“그래. 결정적인 사인은 목에 난 자상刺傷이었지. 하지만 등과 왼쪽 다리에 박힌 총알들이 아니었다면 그깟 칼에 당할 남자는 아니었어.”

사브리나와 안 소좌가 대화를 나누는 동안 달튼이 승미의 바로 옆까지 다가왔다.

“괜찮아요, 달튼?”

“응. 상황 봐서, 도망치자.”

승미가 고개를 끄덕였다. 안 소좌의 시선이 자신들에게서 벗어나 있는 사이 둘은 천천히 뒷걸음질을 치기 시작했다.

사브리나는 안 소좌의 눈을 마주 봤다. 상대가 자신들을 향한 복수를 오랫동안 준비해 왔다는 걸 직감할 수 있었다.

“애초에 살려 줄 생각 따윈 없군.”

“맞아. 지금 네가 동료들이 도착하길 기다리며 시간을 끌고 있는 것도 알고 있지."

사브리나가 움찔하며 변명을 꺼내려 했다. 하지만 상대는 그럴 시간을 주지 않았다.

타아아아앙!

심장을 꿰뚫린 사브리나의 몸이 뒤로 풀썩하고 쓰러졌다. 두 여인의 대치 상황을 주시하며 거리를 벌리고 있던 승미와 달튼의 발걸음이 우뚝 멈췄다. 안 소좌는 저벅저벅 걸어가 사브리나의 숨이 끊어진 것을 확인하고는 다시 승미 앞으로 돌아왔다.

"방해꾼이 없어졌으니 우리 얘기를 해 볼까요, 현승미 선수."

"당신과 나눌 얘기 같은 거 없어요. 목적은 충분히 이룬 것처럼 보이는데요."

"제 쪽에서 승미 선수에게 용건이 있습니다. 일단, 무력을 쓰고 싶지 않다는 점을 분명히 하고 싶어요."

권총을 든 오른손은 느슨하게 내려와 있었다. 그러나 언제든 그것이 불을 내뿜을 수 있다는 걸 셋 모두 알고 있었다.

"그리고 어떻게 보면 저는 방금 여러분의 친구인 배드민턴 선수의 복수를 해 준 셈입니다. 고맙다는 말을 들어도 될 상황 같은데."

달튼이 자신의 육중한 몸으로 승미의 앞을 막아섰다.

"허튼소리, 그만. 너 살인자. 슌미, 건드리지 마라."

이때 달튼은 자신이 안 소좌에게 덤벼들었을 경우 승미가 도망칠 시간을 벌 수 있을지를 가늠하고 있었다. 사브리나에게

총을 겨눴을 때와는 상황이 달랐다. 안 소좌는 지금 달튼의 양팔로 붙잡을 수 있는 거리에 서 있었다. 안 소좌의 눈이 193센티미터에 달하는 달튼의 상반신을 차갑게 훑었다.

"이 선수촌 안에는 승미 선수를 지켜 주겠다는 기사들이 정말 많군요. 그들 중에서 가장 간절한 남자가 가까이 와 있는 걸, 정작 승미 선수 본인이 모른다는 게 희극적이지만."

승미의 눈썹이 홱 하니 치켜 올라갔다.

"지금 뭐라고 했어요?"

"당신을 구하겠다는 일념 하나로 식인 괴물이 우글대는 이곳에 뛰어든 한 유도 선수를 말하고 있는 겁니다."

"……아니야. 그럴 리 없어."

"제가 직접 그 친구를 선수촌으로 데리고 들어왔죠. 서로 목숨도 몇 번 구해 줬고. 어때요. 이 얘길 들은 지금도, 제게만 용건이 있는 것처럼 느껴지나요?"

● • ·

무전기를 건네받는 록희의 얼굴은 불만으로 가득 차 있었다.

"자살행위예요. 혼자 거길 가겠다니."

반면 락구의 얼굴은 확고한 결심을 드러내고 있었다.

"오륜관 쪽 상황이 어떤지 장담할 수 없잖아. 넌 현택이 형을 도와서 챔피언 하우스로 돌아가. 반드시 승미를 데리고 따라갈 테니까."

개선관의 이층. 주현택과 오로라, 그리고 다른 여섯 명의 생존자가 록희의 등 뒤에 서 있었다. 락구의 시선이 마지막으로 향한 곳은 표유나였다. 유나는 더 이상 펜싱복을 입고 있지 않았지만 손에는 여전히 사브르 칼이 들려 있었다.

"부탁합니다, 표유나 선수."

"서둘러요. 그 여자는 펜싱복을 넘겨주지 않으면 거리낌 없이 날 죽일 눈빛이었어요. 무슨 짓을 저지를지 알 수 없는 사람입니다."

고개를 끄덕인 락구는 뒤도 돌아보지 않고 이층 창문에서 일층을 향해 뛰어내렸다. 안금숙 소좌가 유나의 펜싱복을 뺏어 입은 뒤 몸을 날린 바로 그 창문이었다.

승미가 오륜관으로 갔다. 그리고 정체도, 목적도 불분명한 안금숙이 그 옆에 붙어 있다.

선수촌에 들어선 이후로 락구는 계속 승미와 한 발짝씩 어긋나기만 했다. 보이지 않는 장벽이 가로막기라도 하듯.

락구의 발바닥이 일층 잔디밭에 닿는 것과 동시에 앞으로 굴러 충격을 상쇄시킨다. 풀더미를 날리며 몸을 일으키는 락구의 머릿속에는 오직 한 가지 생각뿐이었다.

'이번엔 절대로 놓치지 않아.'

● • •

"락구가 선수촌에 와 있다고요?"

달튼은 승미를 알고 함께 다닌 이래로 그녀가 이토록 큰 동요를 드러내는 걸 본 적이 없었다. 그것이 묘한 불안감을 일으켰다. 안금숙 소좌가 뱀 같은 혓바닥으로 승미를 현혹시키려는 것 같았기 때문이다.

"듣지 마, 슌미. 거짓말일 거다."

안 소좌는 달튼의 가시 돋친 말에도 당황하지 않았다.

"승미 선수는 멍청한 여자가 아닙니다. 지어낸 얘기가 아니라는 걸 이미 깨닫고 있을걸요."

그 말은 정확했다. 오늘까지 단 한 번의 일면식도 없는 여자가 락구에 대해 충분히 많은 걸 알고 있었다. 이틀 동안 동행했다는 것이 사실이 아니라면 불가능한 일이었다.

무엇보다 지하 수로에서 승미의 귓가를 파고들었던 외침. 애타게 그녀의 이름을 불러 댔던 '녀석'의 목소리.

'그게 환청이 아니었단 말이야?'

승미가 구박하면 언제나 허허 웃던 녀석의 눈웃음이 생각난다. 바이러스가 무작위로 퍼지던 순간 자신을 구하러 한달음에 달려와 손을 잡고 복도를 앞서가던 넓은 등도 떠오른다.

그날. 옥상에서 바닥으로 떨어지기 직전, 고소공포증에 벌벌 떨던 몸을 진정시키려 꼬옥 안아 줬던 그 순간. 가슴과 가슴이 맞닿으며 서로의 심장 박동을 맞추던 감촉이 아직도 생생하게 남아 있다.

'락구야.'

다리에 힘이 풀리려는 순간 손에 들린 컴파운드 보우의 차가운 감촉이 그것을 막아 줬다. 락구와 함께 다녔다는 이 수상한 여자의 말이 사실이라 해도 아직 자신에게 바라는 것이 무엇인지는 모른다.

'정신 바짝 차려, 현승미.'

다시 눈에 총기가 돌아온 승미가 안 소좌에게 물었다.

"그래서요. 제게 뭘 원하는 거죠?"

"저는 도락구 선수의 도움이 필요합니다. 하지만 좀처럼 설득이 되질 않았어요. 그런데 지금 제 눈앞엔 그 친구에게 가장 절대적인 영향력을 끼칠 수 있는 여자가 서 있군요. 그냥 보내줄 순 없지 않겠습니까."

"저를 통해 락구에게 뭘 시키려고 하는지는 모르겠지만, 그 뜻대로 따르진 않을 거예요. 절대로."

대한민국 여자 양궁의 에이스는 단호한 말투로 선포했다. 안 소좌는 그 마음을 이해한다는 듯 고개를 끄덕였다. 그리고 물 흐르듯 자연스러운 동작으로 권총을 들어 달튼을 겨눴다.

"선택하세요. 두 명의 호위기사 중 벌써 한 명을 잃었잖아요? 나머지 한 명마저 죽길 바라나요?"

친구의 목숨을 저울대에 강제로 올려놓은 안 소좌의 협박은 효과가 있었다. 승미가 대꾸를 못 하고 입술만 질끈 깨문 것이다.

하지만 달튼은 바로 이 순간만을 숨죽이며 기다리고 있었다. 안 소좌가 내민 팔이 자신의 공격 사정거리 안에 들어오는 찰나의 순간. 그의 머릿속으로 몇 개의 동작들이 빠르게 넘겨지는 책장처럼 떠올랐다. 왼쪽 손등을 바깥으로 휘둘러 안 소좌의 권총을 쳐 내고 오른손으로는 펜싱복 위로 솟은 목을 붙잡아 당긴다. 그리고 자신의 무릎을 상대의 복부에 강하게 꽂아넣어…….

터억.

승미가 달튼의 꿈틀대는 손목을 강하게 붙잡았다.

"슌미. 왜?"

그리고 승미는 의아해하는 달튼을 향해 고개를 천천히 가로저었다.

안 소좌가 입을 열었다.

"잘 말린 겁니다. 그대로 절 공격하게 놔뒀더라면 장담하건대 아름답지 못한 기억으로 남았을 거예요."

별달리 으스대는 것 같지 않은 말투로 달튼의 자존심을 긁어 대는 안 소좌였다. 엘리트 아이스하키 플레이어로서 달튼이 발끈하려는 순간, 해맑은 목소리의 주인공이 침묵을 깨며 코트 안으로 뛰어 들어왔다.

"언니! 구급 키트를 찾았어요. 내가 너무 멀리 갔었……죠?"

핸드볼 코트 위의 상황이 한눈에 들어왔지만 그게 무슨 의미인지는 도무지 받아들여지지가 않았다. 매트 위에 머리가 박살 난 채 숨져 있는 진겸. 그 반대쪽 바닥에 피 웅덩이를 만든 채 미동도 하지 않는 붉은 머리의 여자. 그리고 달튼에게 총을 겨누고 있는 펜싱복의 표유나.

'잠깐. 표유나 선수가 맞나?'

결국 달려오던 연두는 그 자리에서 우뚝 멈춰 서고 말았다. 왼손에 들고 있던 구급 키트가 바닥에 툭 하고 떨어졌다. 애써 체육관을 뒤져 그것을 찾아낸 의미가 없어지고 만 것이다.

연두 옆에 딱 붙은 채 소치가 맹렬히 짖어 댔다.

월월! 월!

그러자 안 소좌가 권총을 손에 든 채로 두 발짝 물러섰다. 승미는 그 행동에 담긴 의미를 바로 읽어 냈다. 연두와 자신들을 잇는 직선 궤도의 가운데에 선 것이다.

하지만 그걸 읽지 못한 달튼은 목청껏 소리쳤다.

"욘뚜! 들어라, 활. 이 여자, 쏴 버려!"

"네?"

때로는 말의 내용보다 그 태도가 순간을 지배할 때가 있다. 연두는 달튼의 단호한 태도에 이끌려 일단 활을 풀어 화살을 메겼다. 다만 쏘지는 못했다.

"자, 잘못하면 두 분이 다쳐요."

안 소좌가 뒤를 쳐다보지도 않은 채 말했다.

"저 꼬마가 잘 알고 있군. 여기서 내가 피하면 승미 선수가 화살에 맞게 돼 있거든."

네 명의 인간이 서로의 눈치만 보며 움직이지 못하고 있을 때 단 한 마리의 견공만이 계속 짖어 대고 있었다.

월! 월월!

그런데 어느 순간 소치가 짖어 대는 걸 멈췄다. 그러고는 짜리몽땅한 목을 곧게 쳐들어 오륜관의 아치형 천장을 지그시 노려보았다.

으르르르.

마치 그곳에 뭔가 불온한 것이 있다는 것처럼 꼬리를 바짝 내린 채 경계하는 소치. 이 포유류가 가장 먼저 감지한 것을 두 번째로 깨달은 것은 안 소좌였다.

그녀가 혀를 차며 자세를 낮추며 말했다.

"생각보다 일찍 왔군."

그리고 영문을 몰라 하는 승미와 달튼을 향해 소리쳤다.

"숙여!"

꽈아아아앙!

마치 폭탄이 터진 것처럼 체육관 천장의 한복판이 무참하게 터져 나갔다. 철골로 만들어진 지지대와 부서진 석면 슬레이트 조각들이 우수수 떨어졌다.

안 소좌는 관통당할 경우 사지가 찢어질 수 있는 잔해들을 춤추듯이 가뿐하게 피해 냈다. 승미와 달튼은 안 소좌의 반대 쪽으로 몸을 날리며 코트 바닥에 주르륵 미끄러졌다.

엎드려 있던 승미의 정수리로부터 1미터도 떨어지지 않은 곳에 날카로운 강철 막대가 콱 처박힌 뒤 부르르 떨렸다.

"갑자기 천장이 왜?"

우수수 떨어지는 돌 조각들을 털어 내며 고개를 들자 직경이 꽤 넓은 구멍이 천장에 생긴 것이 보였다. 그리고 그 구멍이 잠깐 동안 훅하고 어두워지나 싶더니 거대한 덩치의 소유자가 바닥으로 떨어졌다.

꾸우우우우웅.

낙하의 충격으로 쩌적쩌적 갈라지는 핸드볼 코트. 그 센터라

인에서 정녕 인간의 체격인지 의심스러운 거한이 검은 슈트를 장착한 몸을 일으키고 있었다.

"뭐냐. 너희들은."

무감정한 로봇 같은 눈빛이 달튼과 승미, 안 소좌와 연두를 차례로 훑었다. 그러다 그의 시선이 한곳에 고정됐다. 바로 안 소좌였다.

"당신은?"

리퍼 중 일인인 드미트리는 자신들을 미행하는 사냥꾼의 얼굴을 바로 알아봤다. 안 소좌는 망설임 없이 권총을 들어 드미트리의 머리를 조준했다. 냉기를 내뿜는 무거운 밥통을 등에 메고 있었기에 드미트리는 그 총격을 받아 낼 수밖에 없다는 걸 직감했다. 그가 양손을 엑스 자로 교차해 안면을 방어하며 몸을 숙였다.

타당! 탕! 탕!

네 발의 총격이 모두 적중했지만 드미트리는 뒤로 몇 발 물러섰을 뿐 쓰러지지 않았다.

"크으으음."

그가 양팔을 천천히 내리자 찌그러진 총알들이 맥없이 코트 바닥으로 떨어졌다. 장갑을 쥐락펴락해 보는 드미트리. 저릿저릿한 충격을 입긴 했지만 뼈가 부러지진 않은 듯했다.

"역시 그 검은 옷엔 안 통하나."

안 소좌는 예상한 결과라는 듯 미련 없이 권총을 바닥으로 던졌다. 그리고 가까운 곳에 떨어져 있던 사브르 칼을 집어 들었다.

그사이 승미는 어쩔 줄 몰라 하던 연두에게 황급히 손짓했다.

"이리 와, 연두야! 어서!"

잠깐 망설이던 연두는 드미트리가 자신 쪽엔 신경도 쓰지 않는 걸 확인하고는 승미와 달튼을 향해 뛰었다.

월월!

소치 또한 짧은 귀를 펄럭이며 뒤뚱뒤뚱 연두의 뒤를 쫓았다.

그런데 절반쯤 코트를 가로질렀을 때, 이번엔 세 개나 되는 검은 인영이 슈슈슉, 땅에 떨어졌다.

쾅! 쾅! 쾅!

알바레즈와 쿤린, 그리고 주세페가 드미트리의 뒤를 따라온 것이다.

"어어어어어."

벌벌 떠는 연두 앞에서 몸을 일으키는 것은 쿤린이었다. 그의 광기 어린 눈빛이 연두의 몸을 꿰뚫어 버릴 듯이 발산되고 있었다.

"너 말이야, 되게 씹어 죽이고 싶게 생겼구나?"

이를 딱딱 부딪치며 연두는 살모사 앞에 선 햄스터의 심정을 완벽하게 대리 체험하고 있었다.

그때, 알바레즈가 쩌렁쩌렁 울리는 목소리로 좌중을 휘어잡았다.

"다들 밥통부터 챙겨. 어서!"

엄격한 호령이 떨어지자 세 리퍼가 철컹철컹 소리를 내며 한

쪽으로 달려갔다. 그곳엔 그들의 전리품을 보관하고 있는 세 개의 밥통들이 도열해 있었다.

알바레즈의 시선이 재빨리 주변을 파악했다. 매트 위 젊은 청년의 주검. 물린 건 아니다. 바닥에 널브러진 사브리나의 시체. 급소에 명중. 생존 가능성 희박.

그리고 눈앞에 있는 펜싱복과 사브르 칼의 동양인 여자.

'드디어 만났군.'

알바레즈에게서 시선을 떼지 않고 있는 안금숙 소좌 역시 상대와 비슷한 심정을 느끼고 있었다.

'이놈이 머리다.'

두 살인기계들이 서로를 향해 천천히 걸음을 뗐다. 그러다 3미터 정도로 간격이 좁혀진 순간 마치 약속이나 한 듯 발을 멈춘 채 마주 섰다. 먼저 침묵을 깬 쪽은 알바레즈였다.

"네 목적을 이미 알고 있다, 여자."

"알아도 못 막을 거다, 쓰레기."

"우린 넷인데. 지금 덤벼 볼 텐가."

"별로 구미가 당기지 않는군. 물러났다가 다시 오지."

서로 일말의 감정도 드러내지 않는 차가운 말의 교환이었다. 말투와 뉘앙스만 봤더라면 마치 자동차 사고 현장의 보험 조사원과 차량 소유자의 대화처럼 보였을 것이다.

알바레즈의 입장에선 당장 상대를 공격하고 싶었지만 장소가 좋지 않았다. 싸움의 여파가 닿는 거리에 무려 세 개의 밥통이 놓여 있는 달갑지 않은 상황. 안 소좌를 붙잡아 사살에 성공한다 한들, 본래 목적인 3단계 감염자의 머리가 훼손된다면 어리석은 일이다. 그래서 안 소좌에게 이를 북북 갈고 있는 쿤린을 먼저 뒤로 물린 것이다.

안 소좌의 입장도 비슷했다. 이미 일곱에서 넷으로 상대 무리의 숫자를 꽤 줄여 놓은 참. 게다가 무거운 밥통을 이고 이곳까지 달려와 높은 곳에서 뛰어내렸으니 네 명의 체력과 컨디션 또한 온전치는 않을 것이다. 본래 그녀의 습성대로라면 한 명에서 두 명 정도에게 치명상을 입히고 이탈하려 했을지 모른다.

하지만 펜싱복을 입고 표유나로 위장하기 위해 본래의 무기인 군용 제식 나이프와 정글도를 두고 왔다. 오늘 처음 잡아 본 사브르 칼로 승부를 걸기엔 상대들의 위험도가 높다.

그래서 두 남녀의 대치는 3미터에서 더 가까워지지 않았던 것이다.

안 소좌가 시야 한쪽에서 서로를 다독이는 승미 일행에게 말을 걸었다.

"어서 도망치세요. 저들은 프로페셔널 킬러입니다. 좀비보다 열 배는 위험한 자들이죠."

달튼과 연두는 그렇지 않아도 어느 쪽 출구로 달아날지만 살피고 있었다. 다만 승미의 머릿속은 여전히 복잡했다.

'아직 락구가 어디에 있는지 듣질 못했어.'

안 소좌의 말처럼 락구가 자신을 구하기 위해 선수촌에 들어온 게 사실이라면 그것을 확인해야만 했다. 하지만 안 소좌와 함께 도망치는 것과, 따로 떨어져 스스로의 힘으로 락구를 찾아내는 것 중 어느 것이 옳은 길일지 판단이 서질 않았다. 게다가 자신이 어떤 선택을 내리느냐에 따라 달튼과 연두의 목숨이 걸려 있다.

'어떡해야 하지, 나?'

승미가 머리에 김을 내며 고민에 몰두하고 있을 때, 안 소좌는 알바레즈와 마주 선 채 여전히 대치 중이었다. 그녀는 승미 일행이 오륜관을 빠져나가기를 기다리고 있는 참이었다. 넷이나 되는 리퍼들과 같은 공간에 있어도 혼자라면 얼마든지 몸을 빼낼 자신이 있었다. 다만 승미가 달아난 방향을 알아 둬야 뒤에 그녀를 추적할 수 있기 때문에 두고 보는 상황이었다.

그런데 알바레즈와 안 소좌 사이의 균형을 깨는 한마디가 주세페의 입에서 터져 나왔다.

"제기랄, 대장! 앰풀 한 개가 사라졌어."

알바레즈의 턱에 난 수염이 꿈틀댔다. 이윽고 그가 가슴에 위치한 버튼을 눌러 밥통과 냉각 장치를 벗었다. 일순간 가벼워진 몸이 된 알바레즈가 한 발짝 앞으로 다가섰다.

"그건 가져가게 놔둘 수 없겠는걸."

반면 안 소좌는 한 걸음 뒤로 물러섰다.

"애초에 안전한 곳에 뒀어야지. 갈비뼈가 부러진 친구한테 맡겨서야 쓰나."

알바레즈는 리퍼들 중 첫 번째로 희생된 잭의 헤드캠이 남긴 영상을 다시 떠올렸다. 그 영상에서 안 소좌가 보여 준 몸놀림은 굉장한 수준이었다. 작정하고 도망치는 걸 붙잡기는 까다로울 듯했다. 덤벼들도록 만들어야 한다.

"목적이 복수인 줄 알았는데 도둑질이었군. 난 또 업계에서 보기 드문 순정파라고 오해할 뻔했지 뭐야."

안 소좌의 얼굴은 무덤덤했다.

알바레즈가 등 뒤에서 만곡도를 스르릉 하고 꺼냈다. 숱한 상대들의 피를 머금어 왔으며 최근엔 3단계 감염자들의 목을 베어 낸 물건이었다.

"앰풀을 노릴 줄은 몰랐다. 남편과 똑같은 이유로 죽게 생겼군, 그래."

이번엔 반응이 있었다. 뒤로 물러나던 안 소좌의 발걸음이 멈춘 것이다.

"뭐라?"

알바레즈가 한 손으로 자신의 만곡도를 바닥에 거꾸로 세운 다음 다른 한 손을 까닥거렸다. 분하면 덤벼 보라는 원시적인 동작.

"쏙독새의 목을 찌른 게 뭔지 궁금했을 거야. 네 눈앞의 이 칼이 바로 그 무기다."

안 소좌가 쥐고 있는 사브르 칼이 미약하게 진동했다. 손잡이를 쥔 손이 창백해지고 있었다. 그녀의 머리는 차가워지라고 명령하고 있었다. 여기서 덤벼선 곤란하다. 상대는 넷이나 되며, 자신의 손엔 익숙하지 않은 무기가 들려 있다.

반면, 알바레즈는 자신의 도발이 성공할 것임을 확신했다.

"궁금하지 않아? 여기에 목이 꿰뚫리면서 그놈이 어떤 단말마를 내질렀는지?”

안금숙 소좌의 발이 땅을 박찼다. 그 방향은 뒤가 아닌 앞이었다.

“간나새끼!”

무서운 속도로 거리를 좁힌 안 소좌가 섬광 같은 일격을 뿌렸다. 알바레즈의 만곡도가 묵직하게 영격했다.

두 칼잡이의 무기가 격돌하면서 생긴 불꽃이, 이를 지켜보던 승미의 눈동자에 화인처럼 각인됐다.

49화
계약 성립

- 감염 4일째. 오후. 08:00.

안 소좌의 사브르가 맹렬한 속도로 허공을 돌파했다.

원래 사브르의 칼날은 탄성력이 세며 가늘다. 그러나 지금 안 소좌의 공격은 감염자를 상대하기 위해 철사를 세 겹으로 감아 묵직함이 더해진 찌르기였다. 그녀의 상대인 알바레즈는 만곡도를 똑바로 세워 검격을 튕겨 내며 적의 움직임을 파악하는 데 주력했다.

쐐애액, 챙!

찌르기뿐 아니라 베기도 가능한 형태의 사브르로 안 소좌는 오직 직선적인 찌르기만 구사했다. 일격에 급소를 노리기 위해서기도 했지만, 이미 쿤린과 오마르를 상대하면서 그들의 슈트가 가진 방어력을 절감했기 때문이다.

시종일관 찌르기를 튕겨 내기만 했던 알바레즈의 오른팔이 올라갔다. 거목도 자를 수 있을 것 같은 박력으로 만곡도를 내려찍는 알바레즈. 찌르기를 회수하고 있던 안 소좌는 본능적으로 몸을 빼냈지만 만곡도의 공격 범위에서 완전히 벗어나진 못했다.

쿠드드득.

"끄으읍."

안 소좌 왼쪽 어깨의 펜싱복 섬유들이 일그러지며 격통이 찾아왔다. 알바레즈의 무기는 보통의 총탄도 관통하지 못하는 케블라 섬유에 손상을 줄 수 있는 강도를 갖고 있었던 것이다. 그뿐 아니라 알바레즈는 공격 범위를 간파당하지 않기 위해 그동안 선공을 아끼고 있었다.

'치밀하고 냉정하군.'

이제는 알바레즈가 반대로 압박을 걸어오기 시작했다. 상식을 벗어난 손목 힘으로 손잡이를 지탱하고 있는 알바레즈가 둥그런 궤적을 넓게 그리며 만곡도를 휘둘렀다. 민첩하게 검격을 피해 내던 안 소좌의 머리카락이 풍압에 휘날렸다.

최선의 방어는 곧 공격. 이 격언에 담긴 여러 의미 중 하나는 바로 '상대가 기세를 타도록 놔둬선 안 된다'는 것이다. 몸을 낮춰 아슬아슬하게 상대의 베기를 흘려 낸 안 소좌가 공중포격 같은 오블리킥으로 알바레즈의 무릎 옆쪽을 찍었다.

"으음."

반응이 왔다. 풀썩하고 왼 다리의 무릎을 바닥에 대는 알바레즈. 안 소좌는 한 점에 힘을 폭발시켜 그의 목젖을 향해 사브르를 찔렀다. 그러나 칼날이 슈트에 닿기 직전 알바레즈가 시야 바깥에서 오른쪽 팔꿈치를 뒤로 휘둘렀다.

퍼어억!

만곡도의 손잡이가 안 소좌의 턱을 강타했다.

"커헉."

비틀거리며 물러서는 안 소좌. 용수철처럼 튕겨 올라오는 알바레즈의 모습이 흐릿하게 보였다. 다급하게 뒤로 텀블링하듯 구르자 안 소좌가 있던 자리에 만곡도가 코트의 바닥을 뚫고 박혔다.

"감이 좋군."

알바레즈는 멈추지 않고 비틀대는 안 소좌에게 덤벼들었다. 팽팽했던 형세가 한쪽으로 급격하게 기울었다.

선수촌에서 가장 위험한 두 킬러가 생사를 건 싸움을 펼치고 있는 동안 승미는 달튼과 연두를 추스르고 있었다.

"어, 언니. 저 사람들 뭐예요?"

안 소좌와 알바레즈의 살벌한 칼싸움을 본 연두가 움츠러든 채 물었다. 물론 그들이 왜 싸우는 것인지, 무엇을 위해 상대의 목숨을 노리는지 그녀도 영문을 알 리 없었다.

"쟤들이 뭔지 관심 없어. 치고 박게 놔두고 우린 빠져나가자."

달튼도 승미의 말에 동의했다.

"알았다, 슌미. 어디가 좋나, 출구."

현재 그녀들로부터 가장 가까운 탈출구는 오륜관의 정문이었다. 하지만 그 방향은 감염자들이 활개 치고 다니는 곳이었고, 무엇보다 안 소좌와 알바레즈가 닿는 것은 모조리 썰어 낼 듯이 맞붙고 있는 싸움터기도 했다. 그곳으로 달려갔다간 세 명 중 누군가는 크게 다칠 수도 있었다.

"따라와."

상대적으로 더 멀지만 안전해 보이는 후문으로 방향을 잡은 승미가 달려 나갔다. 달튼과 연두는 군말 없이 그 뒤를 따랐다. 부서진 오륜관 천장의 잔해들 때문에 마음처럼 빨리 뛸 순 없었고, 충격으로 조명들이 꺼진 구역도 많아 그들의 발걸음은 조심스러웠다. 그렇게 후문이 코앞에 다가온 순간 두 명의 검은 그림자가 앞을 막아섰다.

"어딜 가시나. 우린 보내 준 기억이 없는데."

읊조리는 쿤린의 전신에서는 농밀한 살기가 흘러나오고 있었다. 우뚝 멈춘 승미는 반사적으로 컴파운드 보우를 튕기듯 들어 쿤린을 조준했다. 표정은 싸늘했고 후킹에서 에이밍으로 이어지는 동작에는 거침이 없었다.

"아이고, 무서워라. 이년은 별로 무서워하지도 않네?"

쿤린은 날카롭게 깎인 화살 앞에서 고개를 좌우로 까닥거리며 승미를 살폈다. 마치 쌍둥이처럼, 옆에서 주저하던 연두도 함께 컴파운드 보우를 들었다. 그리고 달튼은 두 궁사 가운데에서 꼭짓점을 이루며 피로 물든 아이스하키 스틱을 내밀었다.

"비켜서라."

순간, 쿤린 옆에서 상황을 살피던 주세페가 앞으로 나섰다. 달튼을 보고 말이 통하겠다 판단한 것이다.

"우리도 너희들한테 볼일 따위 없어. 하지만 앰풀을 가진 채로 튀게 놔둘 순 없거든."

"주사기에 담긴 앰풀 말인가? 두 가지 색깔?"

달튼의 입에서 앰풀에 대한 정확한 인상이 나오자 두 리퍼의 얼굴이 진지해졌다.

"그래. 미안하지만 돌려줘야겠어."

달튼이 분명하게 고개를 가로저었다.

"그건 우리에게 없다. 너희 편과 싸우고 있는 저 여자가 갖고 있어. 붉은 머리의 총잡이를 겁박해 빼앗았지."

주세페의 시선이 승미 일행의 등 뒤쪽을 향했다. 그곳에선 리퍼들의 우두머리인 알바레즈가 기세를 올려 상대를 몰아붙이고 있었다.

"나도 그 말을 믿고 싶어. 하지만 만에 하나라는 게 있잖아? 그러니 저 싸움이 마무리될 때까지 너흰 아무 데도 못 가."

주세페의 말을 흘려 넘기지 말라는 듯 육중한 덩치의 리퍼 드미트리가 후문 출구로 향하는 길을 막아섰다. 드미트리의 등에는 세 개의 밥통이 함께 매달려 있어 가뜩이나 반인반수 같은 체구를 더욱 거대해 보이도록 만들었다.

승미의 오른손에는 컴파운드 보우의 활줄을 튕겨 내는 격발기가 감겨 있었는데, 그 격발기가 땀으로 젖어 가는 게 느껴졌다. 눈앞의 세 남자들이 가진 목적은 아마도 하나가 아닐 것이다. 앰풀을 갖고 있을지도 모르는 승미 일행의 감시가 첫 번째 목적. 그러나 그들의 우두머리가 안 소좌에게 패배했을 때에는 자신들을 인질로 삼으려 할지도 모른다.

'그럼 펜싱복을 입은 저 여자가 지기를 바라야 하나.'

결판이 그렇게 날 경우 안 소좌의 시체에서 앰풀을 발견한 이들이 자신들을 무사히 보내 줄지도 모르니까.

문제는 그렇게 보내 주지 않을 가능성도 충분하거니와, 안 소좌가 싸움에서 져 목숨을 잃을 경우 '락구의 행방'을 영영 알 수 없게 된다는 점이었다.

화장실에서 봤던 참혹한 시체들. 승미는 이들이 죄 없는 배드민턴 선수들을 해충 박멸하듯 살해했다는 점을 상기했다.

찰나의 순간이었지만 거기까지 상황을 정리한 다음 승미는 한 걸음 뒤로 물러섰다. 그녀가 가진 컴파운드 보우의 사정거리는 오륜관의 끝에서 끝까지 장악이 가능했다. 하지만 상대에게 돌격 거리를 줄 필요는 없으니 한 걸음 물러선 것이다. 그러나 쿤린과 주세페는 승미가 겁을 먹어 한 걸음 물러선다고만 생각했다.

'잘 생각해, 현승미. 여기서 누굴 쏴야 최적의 결과를 낼 수 있을지.'

승미가 머리를 차갑게 식히는 동안 안 소좌의 사브르는 점점 뜨겁게 달아오르고 있었다. 알바레즈의 만곡도를 튕겨 내는 사브르가 파르르 진동했다. 연이은 충격으로 인해서 칼날과 엮은 철사가 조금씩 벌어지고 있는 것이다.

사브르를 회수한 안 소좌가 궤적이 높은 돌려차기를 시도했다. 알바레즈는 왼팔을 들어 발차기를 막아 낸 다음 다시 자세를 고쳐 잡았다. 두 발짝 거리로 떨어진 두 킬러.

남편의 죽음을 언급하는 바람에 격분하여 달려들었던 순간의 열기는 이미 꽤 가라앉았다. 그러자 안 소좌의 이성이 빠른 속도로 돌아왔다.

'실수라는 걸 인정해야 해. 지금은 이 남자를 꺾을 수 없다.'

잠시의 소강상태가 만들어지자 알바레즈가 먼저 입을 열었다.

"몇 가지만 물어도 될까."

"뭐지."

"우리는 극비리에 움직이는 팀이었는데, 어떻게 알고 우릴 따라잡은 걸까."

쉬는 시간이 필요했던 안 소좌는 천천히 그 말에 대꾸해 주기로 했다.

"조국은 내 남편의 임무를 대신 이어받을 자를 필요로 했고, 내가 거기에 자원했다. 올림푸스가 사들인 병원을 다 뒤져서 너희들의 뒤를 쫓았지."

"흐음. 쏙독새는 프리랜서 암살자가 아니었단 말이지? 더더욱 그 앰풀을 내줄 수 없겠군. 부부의 목숨을 모두 이 칼로 거둬 가게 될 줄은 몰랐지만."

"비겁하게 협공을 해 놓고, 뻔뻔하군."

알바레즈의 입가가 뒤틀렸다.

"어쩌겠나. 쏙독새가 앰풀을 빼돌리는 과정에서 우리 중 두 명의 숨통을 끊어 버렸거든. 본의 아니게 그 뒤를 습격하는 그림이 됐던 건 유감이야. 하지만 나 혼자 단독으로 싸웠어도 죽는 쪽은 내가 아니었을 거라고 생각하는데?"

알바레즈의 말을 완전히 부인할 순 없는 안 소좌였다. 알바레즈의 대인 격투술 수준이 경이롭다는 걸 직접 확인한 참이니까.

슬금슬금 뒤로 물러서며 주변을 둘러보는 안 소좌.

오륜관의 대형 창문으로 어느덧 휘영청 떠오른 달빛이 출렁였다. 그러나 부서진 천장 때문에 코트의 몇 군데는 어둠에 휩싸여 있었고, 알바레즈는 영리하게 그런 곳으로만 안 소좌를 몰아붙였다.

한쪽의 슈트는 검은색. 다른 한쪽의 펜싱복은 하얀색. 어둠 속에서의 검투가 누구에게 유리할지는 자명하다.

'머리도 쓸 줄 아는 남자다. 일단 여기선 물러선다.'

안 소좌가 몸을 빼낼 낌새를 보이자 알바레즈가 다시 만곡도를 고쳐 잡았다.

"도망칠 생각인가? 순순히 보내 줄 생각은 없다."

가공할 속도로 육박해 들어오는 알바레즈. 그가 만곡도를 뿌리는 것에 반응하며 안 소좌는 틈을 보았다. 하지만 슈트와 같은 검은색으로 코팅된 만곡도의 궤적을 모두 읽기란 불가능했다. 민첩성에서는 안 소좌가 알바레즈를 살짝 앞서고 있었지만 들고 있는 무기의 내구성에서 치명적인 차이가 났다.

콰지직.

결국 휘둘러진 만곡도와 충돌한 사브르 칼이 철사와 함께 잘려 나가고 말았다. 두 뼘도 채 되지 않는 길이로 줄어들어 버린 사브르.

'치명상을 입으면 복수든 임무든 끝이야.'

안 소좌는 이 순간 패배를 인정하고 반격을 포기했다. 그리고 알바레즈의 동료들이 어디에 있는지를 파악하기 위해 시야를 넓혔다.

바짝 긴장해 있는 승미와 연두, 달튼을 향해 쿤린이 이죽거렸다.

"너무 쫄지 마, 아가씨들. 정 뭣하면 여기서 실오라기 하나 남기지 않고 옷을 벗으면 무사히 보내 주지. 어때?"

뭐가 즐거운지 킥킥 웃어 대던 쿤린이 달튼의 격분한 표정을 보고 정색했다.

"아니. 껌둥이 넌 말고. 네 알몸은 하나도 안 궁금하니까."

쿤린의 악취미에 질겁하는 건 동료인 주세페도 마찬가지였다.

"진정해, 쿤린. 지금 시시덕댈 때가 아니……."

말을 잇던 주세페의 얼굴이 호기심으로 물들었다. 그의 시선이 고정된 곳은 여전히 컴파운드 보우를 겨누고 있는 승미의 얼굴이었다. 경멸과 증오를 드러내지 않기 위해 안간힘을 쓰는 고운 이목구비.

"이 여자, 낯이 익은데? 어디서 봤지?"

쿤린의 눈썹이 치켜 올라갔다.

"희한한 얘기를 하는군. 우린 이 나라에 온 지 며칠밖에 되지 않았어. 어떻게 익숙한 얼굴일 수가 있나."

"글쎄. 분명히 기억에 있어. 가까이서 보면 알 수 있지 않을까."

주세페가 승미를 향해 저벅저벅 걸어왔다.

"다가오지 마라."

달튼이 승미의 앞을 가로막아 서던 그 순간!

퍼억!

걷어차인 안 소좌가 그들 쪽으로 데굴데굴 굴러왔다. 부러진 사브르를 지탱하며 몸을 일으키는 안 소좌의 입에서 피가 주르륵 흘러나왔다. 펜싱복의 복부 부근이 우그러져 있었다. 강하게 얻어맞은 충격으로 날아온 것이다. 안 소좌가 궁지에 몰린 걸 확인하자 쿤린이 휘파람을 불었다.

"대단하군, 알바레즈. 저 잽싼 년을 이렇게 만들다니."

알바레즈는 방심하지 않고 만곡도를 중단 자세로 놓고 접근해 왔다.

"퉤!"

오륜관 핸드볼 코트의 페널티 라인에 안 소좌가 내뱉은 핏덩이가 철벅 하고 달라붙었다. 그리고 터져 나온 다음 대사는 장내의 모두를 당혹하게 했다.

"도락구를 만나고 싶으면 저 남자가 멘 검은 통을 쏴요, 어서!"

알바레즈는 물론 쿤린과 주세페의 안색이 돌변했다. 그녀가 뭔가 반격의 시도를 꾀하고 있다는 게 느껴졌기 때문이다. 그러나 한국어를 알아들을 수 있는 리퍼는 없었고, 멀뚱히 서 있는 세 명의 선수들 중 누구를 향하는 지시인지 파악하려 애썼다. 오직 출구를 막고 서 있던 드미트리의 눈매만이 매섭게 변했다. 쿤린을 겨누고 있던 승미의 컴파운드 보우가 자신을 향하는 걸 봤기 때문이다.

티잉!

컴파운드 보우의 도르래 힘으로 격발된 화살이 쿤린과 주세페 사이의 허공을 가로지르며 날았다. 드미트리는 바닥에 넙죽 엎드리며 화살을 피해 냈다. 그리고 짧고 굵게 동료들에게 외쳤다.

"밥통을 노리고 있다!"

쿤린이 드미트리의 등에 매달린 세 개의 밥통에 시선을 빼앗기자 달튼이 숨을 크게 들이마신 뒤 행동에 나섰다.

"이야아아압!"

그가 아이스하키 스틱을 아래에서 위로 강하게 쳐 올렸다. 쿤린은 황급히 팔을 교차시켜 막으려 했지만 달튼의 괴력에 튕겨 날아가고 말았다.

"크하악!"

그와 동시에 안 소좌가 주세페를 향해 돌진했다. 그녀가 비축해 놓은 마지막 힘을 자신에게 쓰려 한다는 걸 깨달은 주세페의 입맛은 썼다.

"내가 제일 만만하다 이건가?"

달려오던 안 소좌는 미련 없이 부러진 사브르를 투척 단검처럼 집어 던졌다. 그걸 피해 내느라 흐트러진 주세페의 자세.

둘의 거리는 금세 좁혀졌고 상대가 안 소좌의 안면을 향해 펀치를 날렸다. 그러자 안 소좌는 주세페의 오른팔을 붙잡더니 후욱 뛰어올라 그의 이마를 무릎으로 가격했다.

빽!

강한 충격을 입었지만 주세페는 정신을 잃지 않고 안 소좌의 왼쪽 허벅지를 덥석 붙잡았다. 그리고 바닥을 향해 강하게 던졌다. 하지만 경쾌하게 낙법을 쳐 일어서는 안 소좌를 목격하고 기분이 불쾌해졌다. 게다가 안 소좌의 손에 들린 유탄발사기를 보았을 땐 가슴이 철렁 내려앉았다.

주세페의 등에 메여 있던 무기였다. 그녀가 주세페를 향해 덤벼들었던 진짜 이유였다. 일단 주세페는 대범한 척 허세를 부려 보기로 했다.

"한번 쏴 보시지. 그거 격발 방식이 복잡해서 아무나 다룰 수 없는…… 젠장. 피해, 알바레즈!"

안 소좌가 능숙하게 유탄발사기의 방아쇠에 손가락을 건 다음 조준한 곳은 그녀를 향해 달려오던 알바레즈의 정면이었다.

터엉!

알바레즈는 뒤로 훌쩍 날았지만, 안 소좌가 노린 곳은 그가 서 있던 자리의 코트 지면이었다.

꽈아아아앙!

지면이 폭발하면서 생긴 충격파가 알바레즈를 멀찍이 날려 보냈다.

쿤린과 주세페는 민첩하게 드미트리 쪽으로 달려와 안 소좌가 손에 든 유탄발사기를 주시했다. 분한 듯 쿤린이 으르렁거렸다.

"주세페! 무길 빼앗기다니, 멍청한 자식."

"허를 찔렸잖아. 숨통을 못 끊은 건 너도 마찬가지면서."

"젠장. 저거에 맞으면 슈트가 어떻게 되려나."

"뭐, 재수가 있다면 죽진 않겠지만……."

주세페는 드미트리를 쳐다봤다.

"이 밥통들이 고장 나면 다 도루묵 되는 거야. 일단 안전한 곳으로 피하자."

철컥. 철컥.

재빨리 재장전을 마친 안 소좌가 다음으로 노린 곳은 멀리 날아가 버린 알바레즈도, 함께 뭉쳐 있는 세 리퍼도 아니었다. 바로 오륜관의 부서지지 않은 반대쪽 천장이었다.

텅! 터엉!

연달아 발사된 유탄들이 열기를 내뿜으며 날아갔고, 천장의 구조물에 닿아 굉음을 내며 폭발했다.

콰아아아아앙!

그녀가 노린 곳은 정확히 천장의 형태를 지탱하고 있는 두 개의 기둥과 같은 구조물이었다. 그것들이 불타오르며 잔해들과 함께 바닥으로 추락했다.

날카롭고 기다란 강철 파이프가 시계추처럼 낙하했다. 불타는 천막이 철골에 엉겨 붙은 그것은 마치 화염의 철퇴처럼 보였다. 그 진자운동의 끄트머리엔 충격에 주저앉은 연두가 있었다.

"꺄아아아악!"

비명을 지르던 연두를 달튼이 감싸 안으며 몸을 굴렸다.

쿠드드득.

기다란 철골이 바닥에 처박혔다. 화르르륵 타오르는 불길이 코트의 합성 레이어들을 녹이며 매캐한 냄새를 내뿜었다.

"연두야!"

걱정이 돼 달려가는 승미의 어깨를 누군가가 붙잡아 세웠다. 탄약이 바닥난 유탄발사기를 바닥에 던져 버리는 안 소좌였다.

"이제 우리뿐이군요."

의아해하는 승미를 향해 안 소좌가 한쪽을 가리켰다. 저 멀리 드미트리가 철문을 걷어차 그를 통해 리퍼들이 탈출하는 것이 보였다. 알바레즈 쪽은 보이지 않았지만 방금 전의 충격으로 죽을 남자는 아니었다. 분명 살아남아서 탈출에 성공할 것이다.

"선택하세요. 동료들의 곁으로 돌아가든지, 도락구를 만나기 위해 나와 함께하든지."

이미 연두와 달튼은 천장까지 차오르는 불길 덕분에 보이질 않았다. 몇 초 간 그곳을 쳐다본 승미는 마음을 정한 듯 안 소좌를 쳐다봤다.

"정말로 당신을 따라가면 락구를 만날 수 있어요?"

"내가 이 선수촌 전체를 꿰뚫고 있지 못했다면 어떻게 현승미 선수 일행에 숨어들 수 있었겠어요?"

승미는 원래 누군가의 거짓말을 잘 간파하는 여자였다. 하지만 눈앞의 여자에서 느껴지는 것은 거대한 공허뿐이었다. 그래서 승미는 직감을 따르는 모험을 해 보기로 했다.

다만 그 모험에 달튼과 연두를 함께 끌어들일 순 없었다. 불길 너머를 향해 승미가 소리쳤다.

"연두야, 달튼이랑 같이 도망쳐! 어떻게든 내가 찾아갈게!"

그러곤 뒤돌아선 승미는 컴파운드 보우를 꽉 붙잡으며 선언했다.

"앞장서요. 하지만 만약 당신이 안내하는 곳에 락구가 없으면 용서치 않을 거예요."

"그건 저도 바라는 바군요. 계약 성립인가요."

서로를 마주 보며 고개를 끄덕이는 승미와 안 소좌.

우르르르릉.

또 한 번 굉음과 함께 오륜관의 천장이 불길과 함께 무너진다. 머뭇거릴 시간이 없다. 두 여자는 곧 화염이 장막을 만들어 내는 코트 저편으로 사라졌다.

50화
찾았다

- 감염 4일째. 오후. 08:12.

오륜관을 향해 내달리는 락구의 심장은 강하게 박동하고 있었다.

"헉헉. 허억."

자그마치 26시간이 넘도록 깨어 있었다.

만 하루가 넘는 시간 동안 락구는 군인들을 때려눕히고, 솜털이 곤두서는 긴장 속에서 잠행을 했으며, 헐크좀비와 가라데카 좀비를 비롯해 무수한 감염자들을 쓰러트린 뒤, 정체불명의 외국인 암살자들과도 맞붙었다.

타박상과 찰과상의 숫자는 셀 수도 없다. 근육의 섬유 사이에 쌓인 젖산들이 몸의 주인에게 '지금은 쉬어야 할 때'라는 걸 알려 주듯 통증을 발산하고 있었다. 락구의 몸 어딘가에 배터리 잔량 표시기라도 달려 있었다면 지금쯤 그것은 붉은 빛을 위태롭게 깜빡이고 있을 것이다.

'안 돼. 지금은 뛰어야 돼.'

일반인이라면 벌써 서너 번은 기절했거나 탈진했어야 마땅한 지옥과도 같은 강행군. 하지만 락구는 육체를 강철과도 같이 제련하는 태릉선수촌에서 8년을 이겨 낸 국가대표였다. 그리고 지금 머릿속엔 오직 단 하나의 목표만이 명징하게 떠올라 있었다.

바로 오륜관에 있을 승미.

펜싱 국가대표인 표유나가 해 준 한마디가 락구의 머릿속에 팝업창처럼 떠올라 사라지지 않고 있었다.

— 그 마녀가 도락구를 만나면 대신 전하라 했어요. 서두르지 않으면 살아 있는 현승미를 보지 못할 거라고.

안금숙 소좌의 목적이 무엇인지는 알 수 없었다. 다만 락구가 마지막으로 확인한 그녀의 얼굴은 복수를 위해서라면 물불을 가리지 않는 악귀의 형상을 하고 있었다.

'승미를 휘말리게 둘 순 없어.'

어느덧 오륜관의 납작하고 기다란 외양이 시야에 들어왔다.

하지만 한 가지 생각에만 골몰한 것이 문제였다. 락구의 등 뒤와 옆으로, 마주쳐선 안 될 자들이 따라붙었다.

"캬아아아아!"

"크르르르르."

꽤 긴 시간 동안 감염자들과 숨바꼭질을 해 온 락구에게는 그들이 살아 있는 인간의 존재를 알아채는 '안전거리'가 몸에 배어 있었다. 때문에 그 '안전거리' 바깥의 감염자들은 자연히 염두에서 지워 버리고 있었는데, 지금 그들이 락구를 알아보고 달려오고 있다. '안전거리'가 훨씬 넓어져 있는 것이다.

락구는 철렁 내려앉는 가슴을 추스르며 하늘을 흘낏 쳐다봤다. 완전히 어둠이 드리워진 초여름의 밤하늘이 망막을 가득 채운다. 그리고 땀에 젖은 유도복을 스치고 지나가는 서늘한 바람까지.

'어둡고 차가워지는 밤이라서 내가 더 잘 보이는 거야.'

락구의 꽁무니까지 따라붙은 감염자 하나가 이빨을 드러내며 점프했다.

"캬아아아악!"

달리는 속도를 늦출 수 없었던 락구는 감염자의 앞섶을 잡아챈 다음 지면을 향해 내리꽂았다.

퍼석!

감염자의 머리가 부서지는 것을 확인도 하지 않고 락구는 앞으로 구른 다음 방향을 바꿔 포위되는 것을 피했다.

"키에엑!"

오직 열을 발산하고 있는 락구만을 따라붙는 감염자들이 가로수에 부딪혀 튕겨 나가기도 했다. 그러나 그들은 곧 기이한 각도로 꺾인 목과 어깨를 삐걱이며 다시 달려오기 시작했다.

이토록 탁 트인 공간에서 붙잡히면 아무리 락구라도 빠져나갈 방법이 없다. 구해 줄 사람도, 옆에서 같이 싸워 줄 동료도 없다.

그때, 락구의 눈으로 믿을 수 없는 광경이 들어왔다.

퍼어어어엉!

오륜관의 천장이 폭발하며 거대한 불길이 솟아오른 것이다. 멀리서 봐도 그것은 단순한 실수로 일어나는 화재의 규모가 아니었다. 불길하기 짝이 없는 신호.

'조금만 버텨 줘라, 내 다리야.'

락구는 비명을 지르는 근육들을 애써 무시하며 다시 한 번 가열하게 땅을 박찼다.

●. •

오륜관의 천장은 이제 거대한 화염더미의 일부가 되어 내려앉고 있었다.

화르르르르르륵!

시야에 들어오는 모든 풍경이 고열로 일그러진다. 불이 붙기 쉬운 천막과 매트뿐만 아니라 배드민턴의 셔틀콕까지 화마에 집어삼켜지고 있었다. 핸드볼 골대의 그물망이 타닥타닥 녹아내리며 매캐한 냄새를 내뿜고 있었다.

안 소좌와 승미는 마치 운석의 투하를 피해 내는 심정으로 불꽃 소나기의 중심을 가로지르며 달렸다. 순간 앙상하게 남아 있던 천장의 구조물이 뚝 부러지며 바닥을 향해 떨어졌다.

꽈아아앙!

속도를 늦췄기에 망정이지 하마터면 둘은 그 구조물과 함께 바닥에 구겨질 뻔했다. 어서 빠져나가지 않으면 질식할 거라고 승미는 생각했다.

'점점 숨 쉬는 게 힘들어.'

안 소좌가 승미를 한쪽으로 이끌었다. 그녀들이 배드민턴 선수들의 참혹한 시체를 발견했던 여자 화장실 쪽이었다.

"저기로 갑시다. 빠져나갈 창문이 있을 거예요."

승미가 안 소좌의 뒤를 따랐다. 화재의 중심인 코트에서 벗어나자 비교적 신선한 공기가 기도를 타고 들어왔다.

"커허어억."

승미가 엎드린 채 주저앉아 기침을 하고 있는데, 안 소좌가 다시 돌아와 그녀를 일으켜 주었다.

"괜찮나요?"

"네. 잠깐 발을 헛디딘 거예요."

승미의 입장에선 지독한 열기와 유독 가스에도 눈 한 번 깜빡이지 않는 안 소좌의 신체가 경이로울 정도였다.

"이런 상황에 익숙하신 것 같네요?"

"훈련받은 인민전사가 이겨 내지 못할 건 없습니다."

"이, 인민전사요? 우리나라 사람 아니었어요?"

안 소좌는 뭔가 대꾸하려다가 여자 화장실로 향하는 복도 천장에 열기가 일렁이며 급속도로 모여드는 것을 발견했다. 가연 가스가 천장에 축적되었다가 일시에 발화하는 현상, 플래시오

버Flashover의 전조였다.

“안으로 달려요, 빨리!”

안 소좌가 승미의 등을 밀며 소리쳤다.

영문도 모른 채 승미는 좁은 복도를 냅다 달렸다. 그리고 여자 화장실의 문을 벌컥 밀어낸 순간, 팽팽한 균형을 유지하고 있던 복도의 공기가 격렬하게 요동쳤다.

형광등이 박살 나며 천장에 쩌저저적 금이 갔다. 우르르릉 무너져 내리는 콘크리트 잔해가 복도의 입구에 쿵쿵 하고 떨어졌다. 화마가 찾고 있던 먹음직스러운 구멍이 탄생한 순간이었다. 그 빈 틈으로 코트에서 넘어온 불길이 축적된 발화 가스를 집어삼키며 맹렬한 폭발을 만들어 냈다.

퍼어어어어엉!

용의 입에서 터져 나오는 입김처럼 통로를 가득 채운 불길이 안 소좌의 등을 덮쳤다. 안 소좌는 다급히 승미를 여자 화장실 안쪽으로 밀어냈고 자신은 머리를 숙이고 웅크렸다.

화르르르르륵!

불길에 휩싸인 안 소좌가 충격파와 함께 벽으로 날아갔다. 쿵 소리와 함께 대형 화분을 쓰러트리며 처박힌 안 소좌. 그녀의 펜싱복은 내열성이 강한 케블라 섬유로 짜여 있었다. 때문에 막대한 불길로부터 그녀를 지켜 주었지만 표유나가 신고 있던 평범한 신발이 화르륵 타올랐다.

“크윽.”

발을 타고 올라오는 불길을 꺼트리기 위해 안 소좌가 발을 굴렀으나 대형 화분에서 흐트러진 나뭇가지가 몸에 엉켜 거동을 방해했다.

승미는 지체 없이 화장실 비품 칸의 문을 걷어찼다.

"우읍!"

비품 칸 안엔 이틀 동안 썩어 가고 있던 배드민턴 남자 선수가 대걸레 세면대에 엉덩이째로 처박혀 있었다. 승미는 그의 다리 밑에 엉켜 있던 기다란 녹색 호스를 꺼내 들었다. 그 다음엔 심호흡을 할 차례였다.

"후우우. 미안해요."

승미는 목에서 흘러내린 피가 딱딱하게 굳어 버린 배드민턴 선수의 머리카락을 붙잡아 옆으로 비켜서게 했다. 그리고 수도꼭지에 호스를 꽂은 다음 최대한도로 틀었다. 그러고는 어떻게 해서든 불을 끄기 위해 바닥을 구르고 있던 안 소좌를 향해 호수의 끄트머리를 겨냥했다.

좌아아아악!

그리고 호수의 사출구를 눌러 분사해 안 소좌의 다리를 집어삼키던 불길을 꺼트렸다. 안 소좌는 승미의 의도를 파악하자마자 구르던 발을 멈추고 침착하게 불길이 잦아드는 것을 지켜봤다.

샤아아.

여전히 물이 콸콸 나오는 호스를 바닥에 집어 던지는 승미. 그러자 녹색 호스는 스스로의 의지를 가진 구렁이처럼 화장실 타일 위를 무대로 춤을 추기 시작했다.

두 여자의 시선이 한참 동안 교차됐다. 안 소좌의 얼굴은 여전히 돌처럼 무감정해 보였다. 승미의 머리는 어지러웠다. 들이마신 유독 가스 때문만은 아닐 것이다.

'불과 몇 십 분 전에 나한테 총구를 들이밀었던 여자야. 근데 방금 전엔 내 대신 불길을 뒤집어썼지.'

대체 뭐가 이 여자의 진심일까.

"발은 괜찮아요?"

"네. 축축한 거 말곤 무사한 것 같군요."

순간 계면쩍어진 승미는 안 소좌의 왼쪽 어깨를 붙잡아 일으켜 주었다. 여자 화장실 안으로 들어선 안 소좌는 등 뒤에 달린 지퍼를 내리며 검게 그을린 펜싱복을 벗어 냈다. 그리고 등 쪽에 넣어 놓았던 두 개의 서로 다른 앰풀들을 점검했다. 다행히 내구성이 강한 소재로 만들었는지 양쪽 다 무사했다. 그동안 승미는 여자 화장실 창문의 잠금장치를 풀어내고 있었다.

드르륵!

까치발을 들어 문을 열자 바깥에서 신선한 공기가 유입됐다.

"됐어요! 여기서 서로 밀어 올려 주면……."

안 소좌를 돌아보던 승미의 말문이 막혔다. 펜싱복을 벗은 안 소좌는 검은 민소매 티셔츠와 몸에 착 달라붙는 스판 팬츠만 입고 있었는데, 훤히 드러난 어깨와 복부에는 끔찍한 흉터들이 난무하고 있었다. 생긴 지 오래된 상처들이 대부분이었다. 대체 몇 번의 재난을 통과해야 인간의 몸이 하나의 폐허처럼 느껴지도록 만들 수 있는 건지 짐작조차 하기 힘들었다.

"그거, 괜찮아요?"

승미의 시선이 고정된 곳이 어딘지를 알아챈 안 소좌가 고개를 끄덕였다.

"육신의 상처는 저를 괴롭게 할 수 없게 된 지 오랩니다."

"그러면 마음의 상처 때문에…… 사람들을 죽이려는 건가요? 살인이 상처를 아물게 할 순 없을 텐데요."

승미가 안 소좌의 맨얼굴을 마주한 이래 처음으로 표정이라는 것이 그녀의 얼굴에 떠올랐다. 메마른 조소였다.

"현승미 선수는 꼭 도락구 선수처럼 말하는군요. 누가 누구를 닮게 된 건지는 모르겠지만."

그리고 안 소좌는 한마디를 속으로 갈무리했다.

'그래서 설득하기 힘든 것도 똑 닮은 건가.'

호숫가를 막 통과했을 때 락구는 주변이 갑자기 어두워졌다는 걸 느꼈다. 무언가가 호수의 정자 천장에 숨어 있다가 락구의 머리 위로 뛰어내리며 달빛을 가린 것이다.

"이런!"

어깨가 잡아채어지는 느낌에 돌아보니 쩍 벌어진 입이 락구의 목을 노리고 있었다.

한계까지 벌어진 포식자의 턱. 누런색과 붉은색이 합쳐져 변색된 이빨이 락구의 턱 밑에 박히려는 그 순간, 락구의 넓은 손바닥이 감염자의 코 위를 덮으며 돌진을 막아 냈다.

"크으으윽!"

그러나 감염자의 낙하하던 관성이 락구의 균형을 잃게 만들었고, 결국 바닥에 나동그라지게 됐다. 락구는 등이 쓸리는 것은 아랑곳하지 않고 일단 감염자의 얼굴을 정면으로 올려다보며 밀어내 보려 했다. 그러나 한 팔만으로는 무리였고 서둘러 다른 손으로 감염자의 아래턱을 휘감은 다음 힘을 짜내 비틀어야 했다.

감염자의 2번 경추가 격하게 뒤틀리며 우드드득 소리를 냈다. 그럼에도 불구하고 신경이 완전히 끊어지지 않았는지 거의 180도 뒤로 꺾인 채로도 감염자의 머리는 여전히 딱딱거리는 신음을 발했다.

"크ㅇㅇㅇㅇ."

첨벙첨벙 물을 헤치는 소리가 들려 오른쪽을 돌아보니 다수의 감염자가 락구를 발견하고 호수를 건너오고 있었다. 다급해진 유도 국가대표는 양발을 구부려 감염자의 아랫배에 신발바닥을 대었다. 그리고 있는 힘껏 호수 쪽으로 밀어냈다.

"이야아압!"

목이 꺾인 채 날아간 감염자가 물보라를 일으키며 호수 바닥에 가라앉았다. 그러나 다른 감염자들은 아랑곳없이 그 감염자를 지나치며 물가를 거의 건너왔다. 땅 위에 올라선 그들이 육박해 오며 포효를 내질렀다.

"크아아아아!"

정면에서 세 명의 감염자들이 락구에게 모여들고 있었다.

'지금 몸 상태론 달려서 뿌리칠 순 없겠어.'

원래 락구가 달려드는 감염자들을 집어 던지거나 메쳐서 운동에너지를 제로로 만들면, 메탈 너클로 감염자의 두개골을 부수는 것은 록희의 몫이었다. 맨손인 락구의 한계가 적나라하게 드러나고 있었다.

그때, 직선 궤적을 그리며 감염자의 두개골을 부수는 무기가 있었다.

콰자악!

그 무기의 단단한 밀도와 별개로, 그것을 휘두르는 자의 몸집 또한 박력이 넘쳤다. 그가 아이스하키 스틱을 벼락처럼 휘둘러 감염자 둘의 머리를 박살 내고는 락구에게 다가왔다. 락구는 그를 처음 봤지만 누구인지 바로 알 것 같았다.

"데이브 달튼?"

"그거, 내 이름. 괜찮나, 보이?"

락구가 고개를 끄덕이자 이번에는 화살이 쐐액 날아와 등 뒤 감염자의 이마에 박혔다. 고개를 돌리자 키 작은 궁사의 모습이 그림자 속에서 드러났다. 자신이 보고 있는 광경을 믿을 수 없다는 눈빛의 연두였다.

"락구 오빠? 오빠가 어떻게 여길?"

설명하자면 길었지만 락구는 시간을 낭비할 수 없었다.

"미안한데, 승미는 어디 있어? 같이 있지 않았니."

승미의 이름이 나오자 달튼과 연두의 얼굴이 동시에 어두워졌다. 달튼이 한 손으로 락구의 어깨를 짚고는 아이스하키 스틱을 들어 한쪽을 가리켰다.

"슌미. 저기 있다. 우리 보내고, 남았다. 혼자."

"승미가 저 안에 있다고요?"

연두가 울먹이듯 설명했다.

"갑자기 검은 옷을 입은 사람들이 총을 쏘고……, 진검 오빠 머리가 터지고 그랬어요. 그 사람들 무서워요. 아무렇지도 않게 사람을 죽여요. 그래서 승미 언니는……."

연두의 말은 횡설수설이었다. 방금 전까지 자신이 겪은 일을 객관적으로 해독하지 못한 채 가벼운 패닉 증상을 보이고 있었던 것이다. 그래서 락구는 상대적으로 침착해 보이는 달튼을 쳐다봤다.

"우리, 기다린다, 슌미."

"여기서 승미를 기다린다고요? 저 안에 있을지도 모르는데?"

오륜관이 내뿜는 불길의 열기가 가공할 정도로 넓게 퍼지고 있었다. 달튼도 침통한 듯이 한숨을 내쉬었다.

"나는 슌미 말, 따른다. 저기는 못 들어간다. 죽는다."

이미 건물을 통째로 집어삼키고 있는 불길은 안에 있는 생명체가 무엇이든 살아남을 수 없다는 걸 웅변하는 듯했다.

쿠오오오오오.

무너진 체육관의 천장 사이로 또 한 번의 불길이 용솟음쳤다. 주먹을 꽉 쥔 락구는 갑자기 호수를 향해 다이빙하듯 뛰어들었다.

첨벙!

"뭐 하는 거냐, 보이?"

전신을 흠뻑 젖게 만든 다음 락구는 다시 물가 바깥으로 기어 올라왔다. 물을 잔뜩 먹은 유도복이 아래로 추욱 처졌다.

"제가 들어갑니다."

연두의 얼굴이 사색이 됐다.

"락구 오빠, 안 돼요! 지금 안이 어떤지 몰라서 그래요."

그러나 락구는 그녀의 말이 들리지도 않는지 거침없이 오륜관의 정문을 향해 뛰어들었다. 풀어헤친 유도복이 바람을 받아 펄럭이며 락구의 등 뒤로 물방울을 후두둑 떨어트렸다.

일말의 망설임도 없이 그가 불타오르는 오륜관 정문으로 뛰어들었다.

불길을 넘어 체육관으로 들어선 락구는 허리의 검은 띠를 풀어내 오른손에 칭칭 감았다.

"후우읍!"

그리고 그것으로 입 주변을 틀어막은 다음 눈으로는 재빨리 주변을 훑어보았다. 시선 닿는 곳 어디든 멀쩡한 데가 없었다. 락구는 배드민턴 코트를 거쳐 핸드볼 코트로 휘적대며 넘어갔다. 바깥으로 나갈 수 있는 반대편 출구인 후문 쪽은 철골 구조물이 기괴하게 처박혀 있었다.

'저쪽은 무리야. 승미가 살아 있었다면 다른 출구를 찾으려 했을 텐데.'

문제는 이 드넓은 체육관 안에서 승미가 남긴 흔적을 찾아낼 여지가 없다는 점이었다.

축축한 검은 띠를 입에서 뗀 락구가 소리쳤다.

"승미야아아아!"

쩌렁쩌렁 소리를 지른 락구는 청각에 온 신경을 집중시켰다. 만약 응답이 돌아온다면 그 방향을 절대 놓쳐서는 안 되므로.

● • •

"제가 밀어 올려 줄 테니 승미 선수 먼저 나가요."

안 소좌가 창문 아래 벽면에 등을 댄 다음 손깍지를 껴 느슨하게 내렸다. 승미는 컴파운드 보우를 가슴에 끼운 다음 안 소좌의 어깨를 양손으로 붙잡았다. 그리고 발돋움을 하려는 순간!

"승미야아아아!"

그 외침이 메아리가 되어 두 여자의 귀를 동시에 뒤흔들었다.

안 소좌의 눈빛이 날카로워졌다.

"도락구 선수가 왔군요. 승미 선수를 만나러."

승미의 두 발바닥이 다시 화장실 타일 위를 밟았다.

"맞죠? 제가 잘못 들은 거 아니죠?"

안 소좌는 확인시켜 주듯 고개를 끄덕였다.

"제가 약속했지 않습니까. 둘을 만나게 해 주겠다고."

승미가 안 소좌의 어깨에서 손을 뗀 다음 돌아섰다. 그리고 여자 화장실 문을 벌컥 열며 복도로 뛰쳐나갔다.

"저 불길 속에 락구가 있다고?"

거대한 돌기둥이 코트와 화장실을 이어 주는 통로를 완전히 막아서고 있었다. 매캐한 연기는 계속해서 통로를 잠식하고 있었다. 헛기침을 몇 번 내뱉던 승미는 숨을 한 번 크게 들이마셨다. 그리고 자신을 찾고 있을 락구에게 들리도록 있는 힘껏 외쳤다.

"나 여기…… 허억!"

승미의 입에서 바람 빠진 풍선이 내는 소리가 새어 나왔다. 전신의 힘이 빠져나가며 팔다리가 빳빳하게 굳어진다. 먼저 무릎이 풀썩 꺾이고, 그 다음은 양 어깨가 갸우뚱 등 쪽으로 기운다.

맥이 풀린 채 완전히 뒤로 널브러지는 승미의 몸.

'몸에 힘이 안 들어가. 말도…… 안 나와?'

뒤늦게 목덜미에 따끔거리는 통증이 느껴졌다. 있는 힘껏 눈동자를 굴려 옆을 쳐다보니 안 소좌가 싸늘한 시선으로 승미를 내려다보고 있었다. 그녀의 손에는 녹색 액체가 담겨 있던 주사기가 들려 있었다. 앰풀은 비어 있는 상태.

'대체…… 왜?'

온갖 의문을 잔뜩 담은 승미의 눈동자를 향해 안 소좌가 읊조렸다.

"둘을 만나게 해 주겠다고 약속했죠. 하지만 승미 선수가 살아 있는 채로는 곤란합니다."

천천히 한쪽 무릎을 꿇고 승미의 앞머리를 가지런히 정돈해 주는 안 소좌의 손길.

"한 여자를 구하기 위해 온갖 어려움을 헤치고 여기까지 온 남자가 있습니다. 그가 이 길의 끝에서……."

승미는 안 소좌의 손바닥이 자신의 얼굴에 묻은 검댕을 닦아 내 주고 있다는 것에 소름이 끼쳤다. 하지만 실제로 소름이 돋았는지는 확인할 방법이 없다.

"새카맣게 탄 시체를 마주하게 되면 어떤 기분이 들까요."

승미의 얼굴에 묻은 검댕을 깨끗이 닦아 내 준 안 소좌는 텅 빈 앰플 주사기를 바닥에 살포시 내려놓았다.

"다른 사람은 몰라도 저는 그 기분을 잘 알지요."

락구는 리퍼 중 한 명이 이 독극물을 써서 싸우는 장면을 직접 목격했다. 살아서 탈출한 두 녀석도 증언해 줄 것이다. 검은 옷을 입은 암살자들이 이곳에 있었다는 걸.

"하나의 '복수'가 이토록 간절하게 부르짖으니, 그의 '복수'가 내게 응답해 주길 바랍니다."

안 소좌는 그 말을 남기고 뒷걸음질로 사라졌다. 승미의 시야 바깥으로.

'웃기지 마. 내가 그딴 개수작에 죽어 줄 것 같아?'

승미는 있는 힘을 다 짜내 몸을 움직여 보려 했지만 무리였다. 손가락의 마디마디는커녕 눈꺼풀조차 의지대로 깜빡일 수 없었다. 마치 거대한 가위에 눌린 것처럼 누운 채로 죽음이 찾아오기만을 기다리는 처지가 된 것이다.

무척 가까운 곳에서 녀석의 외침이 또 한 번 들려온다.

"들리면 대답해, 승미야! 어디 있어?"

"쿨럭쿨럭."

두 눈은 따끔거리며 목은 바늘로 찌르는 듯 아파 온다. 소리를 내지른 다음 락구는 그 어떤 소리도 놓치지 않겠다는 듯 귀를 쫑긋 세웠지만 야속하게도 대답은 없었다.

화르르르륵.

체육관 벽면의 커튼을 담쟁이 넝쿨처럼 타고 오르는 불길의 숨소리만이 들려올 뿐이었다. 계속 멍하니 서 있을 수만은 없다. 곧 체육관이 전소하게 될 것은 자명했으니. 이렇게 된 이상 직관을 믿고 도박이라도 걸어야 했다. 방향을 정하고 움직여야 한다.

'어디로 가야 하지?'

코트 한쪽에 깔린 고무 재질의 바닥이 부글부글 끓어오르며 흔적들을 지워 내고 있었다. 발자국이라도 찾아낼 수 있었다면 쫓아갈 수라도 있었을 텐데.

'제발. 아주 작은 힌트라도 좋아. 누군가 내게 승미가 있는 곳을 알려 줘.'

락구가 자신도 모르게 눈을 질끈 감고 기도하고 있었을 때, 오른쪽 다리의 도복이 팽팽하게 당겨지는 것을 느꼈다.

"어어?"

무언가가 락구의 바지를 잡아당기고 있었다. 눈을 뜨자 무척이나 익숙한, 하지만 이곳에서 마주하리라곤 전혀 생각지 못했던 작은 퍼그가 들어왔다.

으르르르, 끼이잉.

바닥을 긁으며 귀를 흔드는 맹렬한 몸짓. 승미가 사 준 감자튀김을 놓고 늘 서로 으르렁대던 사이였지만, 락구는 이 순간 소치가 전하고자 하는 바를 정확히 알아들을 수 있었다.

"너, 아는 거지?"

소치가 락구의 바지를 놓아주곤 한 번 짖었다.

월!

"승미가 어디 있는지 아는 거야. 맞지?"

이 거대한 불길 속에서 녀석도 고생을 한 모양인지 짜리몽땅한 꼬리가 불에 그을려 있었다.

소치는 그 꼬리를 파르르 흔들더니 한쪽을 향해 질주하기 시작했다. 마치 락구가 그 뒤를 따라올 것이라는 걸 의심조차 하지 않는다는 듯.

그리고 녀석의 믿음은 보답받았다. 락구는 소치의 뒤를 바짝 붙어 따라갔고, 곧 녀석이 한 복도의 앞에 쌓인 돌무더기를 서성이고 있는 걸 발견했다.

"여기야? 이 뒤에 승미가 있어?"

그러자 여지없이 돌아오는 울부짖음.

월월! 월!

"알았어. 비켜 줄래?"

락구가 옆으로 물러나란 손짓을 하자 소치는 재빨리 후다닥 옆으로 물러섰다. 그리고 초조한지 제자리에서 뱅글뱅글 돌기 시작했다. 거대한 돌기둥이 통로를 가로막고 서 있었다. 한 번에 들어내지 못한다면 그 밑에 깔려 버릴 위험도 있었다.

'망설일 때가 아니야.'

락구가 거추장스러운 유도복 상의를 벗어던졌다. 극도로 단련된 근육들이 해방되었다. 그는 돌기둥 밑으로 손을 집어넣은 다음 이를 악물었다. 달궈진 돌이 손바닥과 마찰하며 치이익 소리를 내지만 아랑곳하지 않고 허리를 튕겨 올린다.

어째서인지 해묵은 기억들이 아지랑이처럼 떠올랐다.

— 으아악! 감독님, 이건 못 굴려요. 300킬로를 어떻게 들어요?

— 마! 이 타이어를 운동장 끝까지 굴려야만 국대가 되는 거야. 못 하겠으면 태릉에 남을 자격이 없다!

— 들다가 깔릴 것 같아요. 장가도 못 갔는데, 제 허리는요!

— 이 자식아! 생각해 봐. 필승관이 무너졌어! 그래서 이 스승님이 그 돌무더기에 깔려 있다. 안 들어 올리면 스승님이 꼴까닥하는 상황이야!

— 명복을 빕니다, 스승님.

— 아 놔, 이 새끼. 그럼 깔린 게 내가 아니고 너다! 도락구, 그냥 돌에 깔린 채 죽을래, 인마!

— 전 술 안 마시니까 제 무덤엔 쿨피스를 놔 주세요, 크윽.

— 이이익! 김장용, 이리 텨 와 봐. 이 쉐키를 어찌해야 쓰까?

— 으히히히, 감독님. 개는 그 방법 쓰면 안 돼요. 저걸 들 수 있게 만드는 이름은 따로 있다고요.

— 그래? 대체 그 이름이 뭔데?

●●　•

그 순간 해묵은 기억 속에 있는 건 락구만이 아니었다.

온몸이 마비된 채 쓰러져 있는 승미는 지금 불길이 일렁이는 천장을 보고 있지 않았다.

8년 전 그날.

열여덟 소녀가 짜증이 잔뜩 난 채로 수풀을 헤치고 있었다. 향하는 곳은 자신밖에 모르는 아지트. 얄미울 정도로 화살이 내 말을 들어주지 않는 날. 그날이 오늘이었다. 워낙 자존심이 세서 그 누구도 자신이 울먹이는 모습을 보게 놔둘 수가 없었다. 그래서 아늑한 풀숲 사이로 숨어 실컷 울려고 하는데…….

어디선가 소녀보다 먼저 훌쩍이는 울음소리가 들려왔다. 왈칵 짜증이 났다.

'언놈이야! 여긴 나밖에 모르는데.'

어떤 놈인지 몰라도 붙잡아서 혼구녕을 내 주리라. 훌쩍훌쩍대는 울음소리를 찾아서 귀를 기울인다.

"흐윽. 흐으윽."

가녀린 양 팔뚝으로 수풀을 마구 헤치다 보니 결국 발견할 수 있었다. 해진 유도복을 입곤 풀숲더미에서 질질 짜고 있는 한 까까머리 남자애를. 체스트가드를 한 소녀는 사악하게 씨익 웃었다.

"찾았다."

녀석은 눈물을 닦더니 코까지 팽 풀었다.

"야. 너 딱 서 봐."

"왜요?"

본인이 뭘 잘못했는지도 모르는 저 순진한 얼굴.

'어쭈, 이 뻔뻔한 놈 보소. 여기가 어디라고?'

본인의 첫 입촌 시절을 떠올리게 하는 울음소리가 무척이나 거슬렸다. 소중한 아지트에서 훌쩍이고 있는 녀석을 실컷 골려 주기로 했다. 앞뒤가 꽉 막혀서 답답한 구석이 있었지만 제법 놀려 먹는 맛은 있었다.

그런데 언제부터였을까. 그 까까머리가 눈앞에 보이지 않으면 심심해지기 시작했던 게. 부르면 달려올 수 있는 곳에 녀석이 없으면 불안해지곤 했던 게.

'미안, 도깨비. 너한테 진짜로 하고 싶은 말은 한 마디도 못한 것 같은데.'

우스스스스.

그 순간 승미의 귀를 잡아채는 미약한 소리가 있었다. 그녀의 발아래 쓰러져 있는 거대한 돌기둥이 들어 올려지고 있었다. 조금씩, 조금씩 먼지를 일으키며. 느리지만 분명하고 안정적인 움직임을 보여 주면서.

환각이 아니었다. 아지랑이도 아니었다.

밴디지를 한 익숙한 손가락이 먼저 보였다. 그 다음엔 튼실한 팔뚝과 가슴, 잔뜩 팽창한 채 힘을 주고 있는 울룩불룩한 복근까지. 마지막으로 바닥을 향해 꺾여 있던 고개가 부들부들 떨리며 앞을 향한다.

"승미야."

그때의 까까머리 녀석이 훌쩍 커서는…… 그때와 똑같은 눈빛으로 울먹이면서…… 누워 있는 승미를 바라보고 있었다.

'얼굴에 숯검댕은 잔뜩 묻혀 갖고, 저 꼴이 뭐람.'

잔뜩 놀려 주고 싶었는데 승미는 그럴 수가 없었다. 입술은 커녕 온몸을 꼼짝할 수가 없었기 때문이다. 무엇보다 승미의 양 볼을 타고 흐르는 게 뭔질 모르겠다. 가렵기만 하다.

이제는 머리 위로 돌기둥을 완전히 밀어 올리며 녀석이 입을 열었다.

"찾았다."

51화
어떤 해후

- 감염 4일째. 오후. 08:24.

‘어떻게 양궁을 시작하게 되었나요?’

스포츠 선수가 유명해지면 지겹도록 듣게 되는 질문 중에 하나. 누군가 이렇게 물어 올 때면 승미는 늘 대충 대답하곤 했다. 어차피 듣고자 하는 대답이 정해져 있었기 때문에.

“양궁이 좋아서 취미로 시작했다가 재능을 발견하고 몰두하게 됐어요.”

교과서적인 대답. 하지만 사실과 정반대의 이야기였다. 승미의 마음속에 있는 진짜 이유를 입 밖으로 냈다면 이런 말이 흘러나왔을 것이다.

“오직 양궁만이 절 열 받게 했거든요.”

승미는 못하는 게 없는 아이였다. 수학이든, 음악이든, 미술이든 늘 또래 아이들보다 압도적인 성적만 거두곤 했다. 운동에서도 마찬가지였다. 신체를 마음먹은 대로 다루지 못하는 친구들이 의아하게 느껴질 정도였다.

승미는 뛰어난 '핸드 아이 코디네이션Hand-Eye Coordination(눈과 손동작의 일치도)'을 천부적으로 갖고 태어난 아이였다. 초등학교 시절부터 소프트볼부의 에이스였다.

하지만 팀 스포츠는 승미 혼자 잘한다고 이길 수 있는 게 아니었다. 승미의 활약에도 불구하고 팀 동료들의 연이은 실책으로 패배하는 일이 잦았다. 다음에 더 잘하면 된다고 다독이는 코치의 말에 모두가 기분을 풀었지만, 오직 승미만은 글러브를 마운드 위에 집어 던지며 괴로워했다.

그녀에게 승리는 당연한 것이어서, 이긴다 한들 기분이 붕 뜨는 일은 없었다. 하지만 패배는 바닥이 없는 구덩이 밑으로 가라앉게 만드는 지독한 것이었다.

'경기에 지고서도 왜 실실거리는 거야?'

중학생이 됐을 때 부모님은 그렇게 팀 스포츠가 싫다면 골프를 시작해 보는 게 어떻겠냐고 제안했다. 하지만 정작 승미의 인생을 바꾼 것은 '홀'이 아니라 '과녁'이었다.

별 생각 없이 끌려간 양궁장에서 승미가 처음으로 기록한 최고 점수는 '3점'이었다. 양궁부 코치마저 소녀의 앙증맞은 손에서 활을 받아 가며 위로해 줬다.

"양궁엔 재능이 없구나. 기죽지 마렴. 세상엔 뜻대로 되지 않는 것도 있으니까."

그것이 승미의 투지에 거대한 불을 지폈다.

양궁 영재들이 처음 활을 잡는 나이는 평균 초등학교 4학년이다. 3년이나 뒤처진 승미는 그 갭을 따라잡기 위해 이를 악물고 노력했다. 필드 위에서 고독하게 자신과의 싸움을 이겨 내는 궁사. 독립적이면서도 승부욕이 대단했던 승미에게 가장 잘 맞는 종목이었던 것이다.

그런데 태릉선수촌에서 신경을 거슬리게 하는 녀석을 만났다.

"양궁이 안 좋다고? 너 국대잖아!"

다만 유도가 좋아서 선수촌에 들어왔다는 그 해맑은 얼굴이 얄미워서 견딜 수 없었다.

'그래. 처음엔 다들 그렇게 말하지. 태릉의 혹독한 겨울을 몇 번 겪고서도 유도를 사랑한다느니 할 수 있나 보자.'

그래서 녀석을 곁에 두고 지켜보기로 했다. 하지만 도무지 유도 사랑이 꺾일 줄 모르는 놈이었다.

"양궁은 혼자 하니까 외롭겠다."

"뭐래니. 우린 단체전이란 게 있거든? 유도도 개인 스포츠면서 어딜 까불어."

"그래도 과녁 앞에 서는 건 혼자잖아. 유도는 안 그래."

"안 그렇다고? 내가 모르는 사이 2인 3각 유도가 새로 생겼나 보지?"

"아니, 아니. 유도는 시합 '상대'가 있잖아. 서로 깃을 잡고 엎치락뒤치락하다 보면 말을 나누지 않아도 오래 사귄 친구처럼 느껴지곤 해. 그럼 경기가 끝날 때쯤엔 외롭지 않아져."

"흥. 됐어. 외로움 따위 약자들이나 느끼는 시시한 감정이야. 나와는 상관없어."

"그래? 그럼 왜 맨날 여기로 날 부르는 거야? 심심해서냐."

"……너랑 소치가 서로 으르렁대는 게 재밌어서 그래."

"엑. 고작 그런 이유에서라고?"

"강아지들한텐 서열이 있는 거 알지? 소치한텐 내가 1위고, 지가 2위, 넌 3위야."

"내가 왜 3위야?"

"바지 오른쪽이나 살펴보시지. 빨래왕."

"악! 또 오줌 쌌어? 이 노무 쉐키. 언제 날 잡아서 기를 팍 죽여 놓고 말겠어!"

으르르르르. 월!

●. •

끼잉. 끼잉.

소치는 기가 팍 죽은 채 의식을 잃은 승미 곁을 좀처럼 떠나지 않았다. 가만히 앉아서 가죽 소파에 누운 그녀를 올려다보고 있었다. 승미는 배 위에 손을 가지런히 모은 채 눈을 뜨지 못하고 있었다. 그 옆에는 소치와 똑같은 자세로 나란히 앉아 있는 숯검댕 청년이 있었다.

"너무 울적해하지 마, 인마. 탈진한 거니까 곧 깨어날 거야."

락구가 소치에게 건넨 위로의 절반은 자기 자신을 향한 것이기도 했다.

끼이잉.

웬일로 소치는 락구가 등을 쓰다듬는데도 가만히 있었다. 평소였다면 절대 건들지 못하게 발광을 했을 텐데. 아마도 승미를 불덩이에서 구해 낸 락구의 공로를 인정해 주는 모양이었다.

'드디어 서열 2위로 올라선 건가.'

이곳은 챔피언 하우스의 VIP 응접실이었다. 아늑한 조명에 드넓은 가죽 소파가 있어서, 잘 꾸며진 모델 하우스의 거실에 들어온 느낌을 줬다.

그러나 곧 락구의 표정은 어두워졌다. 여기는 모델 하우스가 아니라 태릉선수촌이었고, 지금은 정체불명 바이러스에 감염된 시체들의 소굴이자 외부와 완전히 단절된 격리 폐쇄 구역이었다.

"이번에는 정말 아찔했어."

돌기둥을 들어내고 쓰러진 승미를 발견한 락구는 지체 없이 그녀를 업었다. 축 늘어진 몸이었지만 170킬로그램 데드 리프트를 소화하는 락구에겐 아무런 문제가 되질 않았다.

불타는 오륜관에서 어떻게 빠져나왔는지 모르겠다. 다행인 것은 데이브 달튼과 연두가 발을 동동 구르며 락구와 승미를 기다려 줬다는 것이었다.

"꺄악, 락구 오빠."

"슌미! 대단하다, 보이!"

달튼과 연두는 뜨거운 불길을 보고 모여들기 시작하는 감염자들을 맞아 사투를 벌이고 있었다. 네 명의 국가대표 선수와 한 마리의 선수촌 마스코트는 피난처인 챔피언 하우스까지 전력으로 달려왔다. 창문으로 상황을 보고 있던 주현택이 때마침 문을 열어 주어 외부에 고립되는 상황은 면할 수 있었다.

정욱이 다가와 어찌 된 영문인지 물었다.

"세상에나! 락구 선수, 대체 어떻게 된 거예요?"

"오륜관에 불이 났고, 승미가 쓰러져 있었어요."

일단 기절한 승미를 눕힐 곳이 필요했다. 그런데 전혀 예상치 못했던 인물이 쭈뼛쭈뼛 다가와 락구에게 말을 걸었다. 오로라였다.

"괘, 괜찮은 데를 알고 있어요. 절 따라와요."

오로라가 안내해 준 곳이 바로 이 VIP 응접실. 승미를 소파 위에 조심스럽게 눕혀 놓고 안절부절못하는 락구를 진정시킨 건 현택이었다.

"걱정 마. 외상은 없고, 호흡도 맥박도 정상이야. 가스도 많이 안 마신 모양이고."

"정말이죠? 우리 승미, 괜찮은 거죠?"

"그렇다니깐. 가벼운 쇼크 정도일 거야. 네가 옆에서 지켜봐줘."

하지만 락구는 완전히 불안을 잠재울 수가 없었다. 선수촌을 돌아다니며 애타게 찾았던 승미를 드디어 만나게 돼서 경황이 없었지만, 락구는 분명히 보았다. 쓰러진 승미의 눈은 분명 락구를 보고 있었다. 그리고 초점도 흐릿하지 않고 또렷했다.

'하지만 말을 하지 못했어. 몸은 축 늘어져 있었고.'

그 얘기를 들은 정욱이 어떤 가설을 내놓았다. 그건 락구의 가슴을 철렁 내려앉게 만드는 이야기였다.

"락구 선수와 같이 온 두 분이 얘기해 줬어요. 오륜관에서 검은 슈트를 입은 괴한들과 마주쳤다고. 어쩌면 제가 당한 마비독에 승미 선수도 당한 건지 몰라요."

마비독.

락구와 록희의 목숨을 노리고 덤벼들었던 두 명의 리퍼들이 떠올랐다. 승미가 그들과 마주치고서도 목숨을 부지한 걸 다행으로 여겨야만 했다. 조금이라도 늦었더라면 승미는 오륜관에서 목숨을 잃어야만 했을 것이다.

월!

깜빡 졸았던 락구가 흠칫하며 깨어난 것은 소치 때문이었다.

"뭐, 뭐야? 왜 그래?"

당황하며 주변을 두리번거리는 락구의 시선에 승미의 얼굴이 들어왔다. 그녀는 천천히 눈을 떠 천장을 쳐다보고 있었다.

"승미야! 정신이 들어?"

게으른 오르골 장인이 손잡이를 회전시키듯 천천히 옆으로 돌아가는 승미의 고개. 그 흐릿한 시선이 락구를 향한다.

"여기가…… 어디야?"

승미가 깨어나서 말을 했다는 사실에, 락구는 신이 나서 그

동안의 여정을 모두 설명해 주었다.

나흘 전 승미와 락구가 선수촌을 탈출하려다 감염된 왕치순의 습격을 받은 뒤로 락구가 승미를 구하기 위해 감행했던 이틀 동안의 사투를. 그야말로 목숨을 내놓은 선혈의 퍼레이드를.

승미는 눈동자를 깜빡이며 잠자코 락구의 이야기를 듣고 있었다. '그랬니', '어머나'와 같은 추임새도 없었다. 락구의 설명이 끝나자 승미는 지그시 눈을 감았다. 유도 국가대표 청년은 그녀가 다시 깊은 잠으로 빠져들까 봐 몹시 불안했다.

"어어, 승미야?"

승미의 감은 두 눈 끄트머리에서 눈물 한 방울이 맺혀 또르르 흘러내렸다.

8년을 알아 왔지만 처음 마주하는 승미의 눈물이었다. 그리고 이런 상황이면 남자들이 늘 그러하듯, 락구 또한 승미의 눈물이 자기 탓인 것만 같아서 영문도 모르고 죄책감을 느꼈다.

잠시 후, 승미가 다시 눈을 떴다.

"나 좀 일으켜 줄래? 몸에 힘이 안 들어가."

"어어, 알았어!"

락구는 승미의 등 뒤로 손을 넣어 그녀를 일으켜 세워 줬다. 그러는 과정에서 락구는 자신이 윗도리를 헐벗은 채 유도복 바지만 입은 차림이라는 걸 뒤늦게 깨달았다.

'으악. 정신이 없어서 뭘 걸치지도 못했네.'

승미가 소파 등받이에 기대 심호흡을 내쉬자 락구는 여기저기 검댕이 묻어 있는 상반신을 슬그머니 가렸다. 하지만 워낙 근육이 울룩불룩하고 튼실해 가릴 수 있는 면적이 무척 작았다. 이런 상황에서 승미는 의미심장한 말을 했다.

"락구야. 얼굴 좀 가까이 대 봐."

"응? 이, 이렇게?"

락구가 바닥에 무릎을 꿇고 승미에게 가까이 다가섰다. 그러나 승미는 천천히 고개를 가로저었다.

"더 가까이 와. 어서."

콩닥콩닥 뛰는 가슴을 갖고 락구가 상반신을 더욱 기울였다. 그러자 승미 또한 등받이에서 몸을 떼 앞으로 다가왔다.

두 남녀의 얼굴은 이제 한 뼘 거리도 되지 않았다. 서로의 숨결이 여과 없이 닿을 수 있는 초근접 상태. 락구의 맥박이 불암산 트랙 다섯 바퀴를 돌 때처럼 거칠게 요동쳤다.

'얘가 왜 이래? 내가 너무 반가워서 그런가? 아무리 그래도 이건 좀 빠른 감이 있는…….'

락구가 자신도 모르게 지그시 눈을 감은 그 순간 승미의 이마가 벼락같이 움직여 락구의 콧잔등을 내리찍었다.

"아악!"

예상치 못한 습격에 코를 부여잡으며 바닥을 뒹구는 유도 국가대표. 소치가 갑자기 흥분해 락구의 주변을 뛰어다니며 짖기 시작했다.

월월! 월!

차오르는 눈물을 닦으며 락구가 몸을 일으켰다. 승미는 벌게진 이마를 의식도 못하는지 매서운 눈초리로 자신을 쏘아보고 있었다.

"혀, 현승미. 왜 그러는 거야?"

승미는 방금까지 기절해 있던 사람이라고 생각할 수 없는 톤으로 외쳤다.

"이 멍충아! 하늘이 도와줘서 겨우 탈출했는데, 여자 하나 구하겠답시고 선수촌에 도로 들어왔다고? 제정신이니!"

"아니, 난 그냥 네가 걱정돼서……."

"그래서 날 만나면 뭐! 내가 얼씨구나 하면서 반겨 줄 줄 알았어? 이렇게 위험한 곳에 뛰어들어 놓고? 좀비한테 물려 죽기라도 하면 어쩌려고 그랬어."

"좀비들이 무서운 건 나도 알지. 그래서 더 그랬던 건데……. 전화는 끊겼다고 하고, 유튜브에서 분홍색 깃을 봤는데, 너는 생존 불명이라고 포스트잇이 붙어 있고, 경찰들이 테이저 건을……."

너무 당황한 나머지 앞뒤가 맞지 않는 말을 횡설수설하기 시작하는 락구를 향해 승미가 소리를 빽 내질렀다.

"뭐라는 거야! 하나도 못 알아듣겠어."

결국 꺼내려던 말을 꿀꺽 도로 삼킨 락구는 승미의 시선을 피하며 눈을 내리깔 수밖에 없었다.

"미, 미안해."

사과를 하고 있지만 '뭐가 미안한지'에 대해선 전혀 모르고 있다는 걸 두 남녀가 모두 알고 있었다. 인간의 말을 못 알아듣는 소치만이 동그란 눈을 끔뻑끔뻑 뜨고 있을 뿐.

멍?

승미가 눈물을 흘리는 것도, 이렇게 진심으로 화를 내는 것도 난생처음 보는 락구로서는 그저 아찔할 뿐이었다. 이 융단 폭격이 어서 지나가길 기도할 뿐.

반면, 승미는 이를 꽉 물고 주먹 쥔 손을 바르르 떨며 이런 생각을 하고 있었다.

'이 답답이. 여길 살아 나가서 무사히 널 만나겠다고 다짐했는데. 그 일념 하나로 이 지옥을 버텨 왔는데.'

락구의 벗은 상체에는 크고 작은 상처들이 무수했다. 자신을 만나기 위해 얼마나 많은 위기를 헤쳐 왔는지 여실히 알 수 있었다.

'그런데 니가 여깄으면 어쩌잔 거야. 난 이제 뭘로 견뎌야 하는 거냐고.'

승미가 푸욱 한숨을 내쉬었다.

"얼굴 보기 싫어. 나가."

"응. 알았어."

풀이 죽은 락구는 슬그머니 일어나 문가로 다가섰다.

한편, VIP 응접실 문 바깥에서 귀를 대고 있던 두 남녀는 상황이 요상하게 돌아감을 의아해하고 있었다.

연두의 미간이 찡그려졌다.

"상황이 이상하게 돌아가고 있는데요?"

현택이 머리를 긁적이며 동의했다.

"네가 듣기에도 그러니? 꿈에 그리던 커플이 만났는데, 왜 소리 지르고 싸우고 난리래냐. 거참."

소치가 짖는 소리에 달려온 둘은 VIP 응접실 앞에서 마주쳤다. 그러나 문을 열고 들어갈 배짱은 둘 모두에게 없었고, 결국 문 밖에서 첩자처럼 엿듣는 행위에 공범이 된 것이다.

그때, 연두가 화들짝 놀라며 문 뒤로 물러섰다.

"헐퀴! 이쪽으로 오고 있어요."

"억, 진짜? 어, 어떡하지. 우리?"

연두와 현택이 어디로 몸을 숨겨야 하나 복도에서 우왕좌왕하고 있는데, 손잡이가 왼쪽으로 덜거덕 돌아가기만 할 뿐, 한참 동안 문이 열리지 않았다.

"거기 서."

등 뒤에서 들려오는 승미의 명령에 락구는 기동이 정지된 로봇처럼 문고리를 잡은 채 섰다.

"왜?"

쭈뼛쭈뼛 서 있던 락구를 승미가 돌려세웠다.

"가란다고 진짜 가니. 이리 돌아와."

락구는 이상한 옆걸음으로 한 발짝 두 발짝 옮기더니 다시 소파 옆에 쭈그려 앉았다. 다시 폭격이 날아올까 봐 차마 승미의 얼굴을 마주 볼 수가 없었다. 그런데 승미는 천천히 자신의 손바닥을 무릎 위에 올려놓고 말했다.

"손."

락구가 용기를 내 승미의 얼굴을 다시 마주 봤다. 그녀의 얼굴에서 분노는 완전히 사라져 있었다. 그런데 '손'이란 말에 소치가 뒷발에 힘을 주고 일어서더니 승미의 손바닥에 앞발을 올려놓았다.

낑?

락구는 어이가 없어 소치의 파르르 떨리는 꼬리만 보고 있는데, 비로소 승미의 입가에 픽 하고 웃음이 지어졌다.

"너 말고. 서열 3위 손."

소치가 앞발을 내리자 락구는 조심스럽게 승미의 손을 붙잡았다. 뭔가를 꼬옥 붙잡고 놓지 않는 건 마침 이 남자가 가장 자신 있어 하는 것이었다. 그렇게 한참 동안 침묵이 내려앉았고 별다른 일이 없자 소치는 바닥에 깔린 러그에 배를 깔고 주저앉았다.

락구가 먼저 입을 열었다.

"승미야. 나 궁금한 게 있어. 물어도 돼?"

"뭔데?"

"지난 아시안게임 준결승전 기억해?"

"……."

"내가 관중석에서 난동 피워서 결승전 땐 양궁장 출입 금지 먹었었잖아."

락구는 승미의 경기를 방해하는 중국 응원단의 부부젤라를 부러트리고, 중국 역도 대표팀과 육탄전을 벌이는 소란을 피웠었다. 그 사건으로 인해 락구는 올림픽이 끝날 때까지 양궁장에 전면 출입 금지가 됐고, 가장 중요한 결승전 경기를 구경할 수 없게 되었다.

"응. 기억나. 그때나 지금이나 뒷감당은 생각도 않고 저지르고 보니, 넌."

그렇게 결승전 시각이 찾아왔다. 그런데 어이없게도 락구는 대회의 마스코트인 인형탈을 쓴 채로 경기장에 들어와 응원을 하고 있었다. 게다가 승미의 금메달이 확정된 순간엔 관중석에서 펄쩍펄쩍 뛰며 춤까지 추었다. 승미는 웬 털뭉치가 모든 관중의 시선을 강탈하며 팔다리를 뒤흔들던 순간을 절대로 잊지 못했다.

"그때, 나인 걸 어떻게 알아봤어?"

"너 좋아하는 그 쌍쌍바 춤 췄잖아. 온 선수촌에서 그 춤을 그렇게 못 추는 건 너밖에 없으니까. 완전 신기해. 전신을 다 쓰는 유도 선수면서 어쩜 그렇게 몸치야?"

"헤헤. 그러게."

둘은 잠시 메마른 웃음을 짓다가 서로를 바라봤다.

승미가 묻는다.

"바보야. 죽으려고 여기 온 거야?"

"아니. 살려고 온 거야. 너랑 같이."

"……밖으로 나갈 방법이 없어. 좀비들뿐이 아니야. 선수촌을 둘러싼 미군들은 내보내 줄 생각이 없고, 이상한 살인마들도 돌아다녀."

"궁리해 보자. 어떻게 해야 좋을지."

회상에서 돌아와 현실적인 걱정이 뇌리를 채우자 승미는 머리가 핑 하고 어지러움을 느꼈다.

“왜 그래? 아직 후유증이 있는 거야?”

“어지러워. 나 팔베개해 줘.”

“파, 팔베개?”

서로 무릎베개를 해 준 적은 있어도 팔베개는 8년 동안 해 준 적이 없었다.

‘난 아무것도 안 걸쳤는데 팔베개를?’

락구의 얼굴이 벌겋게 달아올랐다. 반면 승미는 태연한 얼굴로 소파에 누워 락구의 공간을 만들어 주기까지 했다.

“너랑 헤딩하느라 띵한 거잖아. 책임져. 얼른.”

문 바깥에서 현택과 연두는 고개를 끄덕이고 있었다.

“다행히 극적 화해를 이뤄 낸 모양이에요, 그죠?”

“음. 모두 모여서 대책을 궁리해 봐야 할 때이긴 한데. 몇 분 정도는 괜찮겠지? 저대로 놔둬도.”

“폭발에서 살아 돌아온 거잖아요. 둘만의 시간을 좀 줘야…….”

그때, 복도를 가로지르며 누군가가 헐레벌떡 달려오고 있었다. 현택과 연두는 괜히 찔끔해서 양옆으로 후다닥 떨어졌다. 다급한 얼굴로 외치는 주인공은 록희였다.

“유도아재는요! 어디 있어요? 네?”

록희는 락구를 찾고 있었다. 현택은 그녀의 얼굴에 떠올라 있는 절망과 두려움을 읽고는 자못 진지해져서 물었다.

"왜 그러는 거야? 락구라면 이 안에 있는데. 왜?"

"큰일 났어요. 그 사람이 꼭 필요하다고요."

록희는 성큼성큼 다가와 문을 벌컥 열었다. 연두가 막아 보려 했지만 워낙 행동이 재빨라 어쩔 수가 없었다. 록희가 다급히 안을 향해 소리쳤다.

"유도아재! 지금 들었어요? 아무래도 우리 언니가……."

주황색 스탠드 하나만 켜져 있는 응접실 안의 풍경이 록희의 시야에 스며들 듯 펼쳐졌다. 그래서 권투소녀는 하려던 말을 끝맺지 못했다.

널찍한 소파에 락구와 승미가 앞뒤로 껴안은 채 잠들어 있었다. 두 피조물은 원래 이런 모양으로 세상에 태어난 듯 자연스러운 모습이었다. 그 누구도 감히 방해할 수 없을 만큼의 숭고함마저 감도는 풍경. 록희의 등 뒤에서 갸웃거리던 현택과 연두도 그 모습을 보고 할 말을 잃었다.

락구와 승미의 얼굴을 일직선으로 비추던 빛줄기가 점점 얇아지더니, 곧 완전히 사라졌다. 록희가 다시 문을 닫고 뒤로 물러선 것이다.

"그래. 혼자 가면 돼. 젠장."

그리고 그녀는 이를 악물더니 뒤돌아 달려갔다.

52화
인간다운 얼굴

- 감염 4일째. 오후. 08:41.

그 찌르레기에게 이름은 없었다.

하지만 녀석은 3년 동안이나 이곳 태릉선수촌을 제 집 안마당 삼아 날아다닌 터줏대감이었다. 여름 철새들의 풍요로운 서식지인 불암산에서 종종 내려와 선수들의 구슬땀을 구경하는 소소한 재미를 아는. 회색 깃털에 흰 점이 있는 이 찌르레기를 볼 때마다 어린 선수들은 함박웃음을 터트리며 귀여워해 주었다.

그런데 요 며칠 동안 그런 재미가 완전히 사라졌다. 어째서인지 인간들이 지성을 잃은 채 붉은 눈의 살인귀가 되어 선수촌을 배회하기 시작한 것이다. 때문에 이 찌르레기는 자신도 모르는 사이 괴물이 되지 않은 멀쩡한 인간들을 찾아 날아다니고 있었다.

쪼르르 활공하던 찌르레기가 내려선 곳은 검은 잿더미가 되어 버린 오륜관이었다. 그 잿더미 사이에 한 명의 인간이 우뚝 서 있었던 것이다.

"이건 기대 밖이로군."

그녀의 이름은 안금숙. 리퍼의 우두머리인 알바레즈와의 대결에서 패퇴한 뒤, 승미에게 마비독 주사를 놓고 사라졌던 북한군 소좌였다.

그러나 다시 현장을 찾았을 때 그녀를 맞이한 것은 당혹감이었다. 화마는 탐욕스럽게 제 몸을 불살랐고, 고열에 녹아내린 자재들이 을씨년스럽게 널브러져 있었다. 안 소좌의 양손에 들린 군용 나이프와 정글도에서는 점성이 강한 피가 뚝뚝 떨어졌다.

그녀의 군홧발이 지나온 길 위엔 목이 잘린 감염자들의 시체가 흩어져 있었다. 불길이 잦아들자 목적을 잃고 뿔뿔이 흩어지던 감염자들이 안 소좌를 발견하고 덤벼들었던 것이다.

안 소좌의 시선을 빼앗은 것은 들어 올려진 돌기둥이었다. 누군가가 괴력을 발휘해 그것을 치워 낸 다음 현승미를 데려갔다. 잿더미에 남겨진 발자국은 익숙한 모양이었다.

"도락구. 그 불구덩이에서 현승미를 구해 낸 건가."

미약하게 한숨을 내쉬는 안 소좌.

"대단하구만, 기래. 담번에 만나문 내를 적이라 삼고 반기디 아이하갔서."

돌아서는 안 소좌의 눈에 흥미로운 것이 띄었다. 마치 검은 아나콘다가 허물처럼 구석에 벗어 놓고 간 듯한 상황. 안 소좌가 재를 털고 집어 든 것은 화재에도 전혀 손상을 입지 않은 리퍼들의 슈트였다.

"그 총잡이의 것인가."

잭과 오마르. 그녀의 손에 목숨을 잃은 두 리퍼들은 안 소좌와 너무 큰 체격 차이로 인해 슈트를 뺏어 입는다는 발상이 불가능했다. 하지만 사브리나의 슈트는 여성형이었다. 안 소좌가 슈트를 왼손에 들고 나이프로 긁어 보았다. 어떤 섬유로 만들었는지는 알 수 없으나 무척 탄성이 강하고 강도도 훌륭했다.

"쓸모가 있겠어."

순간 그녀가 창틀에 앉아서 자신을 내려다보는 찌르레기를 발견했다. 냉엄한 그 눈빛이 자신을 주시하자 철새는 붉은 눈의 괴물 못지않은 압박감을 느끼고는 날아올랐다.

파라락.

아직 후끈한 열기가 남아 있는 화재 현장에서 날아오른 찌르레기는 시원한 곳에서 몸을 식히고 싶었다.

한여름에도 쉬지 않고 냉기를 뿜으며 돌아가는 곳.

선수촌을 제 집 드나들 듯하는 녀석이 한참을 날아 다시 내려선 것은 태릉 빙상장의 환풍기 근처. 바로 컬링장과 아이스하키 필드, 쇼트트랙 훈련장이 모여 있는 대형 체육관이었다.

굉음을 내며 돌아가는 대형 쿨러들이 찌르레기의 몸을 식혀 줬다.

순간 찌르레기는 아이스링크의 한복판에 모여 있는 인간들을 보고 고개를 갸웃했다. 꼭 커다란 까마귀 같다고 녀석은 생각했다. 검은 옷에서 내뿜어지는 사신의 불길함. 가까이 가면 안 될 것 같은 부류의 인간들이 이곳에도 있었다. 그들의 얼굴은 모두 딱딱하게 굳어 있었다.

"일곱이었던 우리가 지금은 넷으로 준 건가."

알바레즈가 중얼거렸다. 이것이 전혀 달갑지 않은 상황이라는 걸 다른 리퍼들도 모두 공감하고 있었다.

드미트리는 차분하게 밥통들을 점검하고 있었다.

"지금 우리가 모은 머리는 세 개. 빈 밥통은 두 개다. 사브리나의 빈 밥통은 챙겼지만 오마르의 것을 잃어버렸어."

리퍼들의 시선이 쿤린에게 모여들자 최단신의 암살자는 억울하다는 듯 투덜거렸다.

"왜 그런 눈으로 보는 거야. 그 녀석의 밥통까지 챙길 여력은 없었다고."

쿤린은 오히려 자신들의 리더를 째려보았다.

"그러게 그 망할 년의 숨통을 끊어 놨어야지, 알바레즈. 설렁설렁 하다가 놓쳐 버리고, 이 꼴이 뭐야."

"대충 상대할 만큼 만만한 자가 아니었어. 분명 우릴 다시 찾아올 거다. 그때 놓치지 않으면 돼."

알바레즈는 만곡도를 거꾸로 세워 놓고 있었는데, 칼날의 끄트머리가 아이스링크의 얼음을 파고 들어갔다. 무표정한 얼굴과는 달리 안금숙 소좌를 떠올리자 그의 주먹은 숨길 수 없는 호승심을 드러내고 있는 것이다.

칼을 거둔 알바레즈는 조금 떨어진 곳에서 뭔가에 몰두하고 있는 주세페에게 다가갔다. 주세페는 쿤린이 정욱에게서 뺏어온 랩탑을 쳐다보고 있었다.

"어떻게 생각해, 주세페?"

주세페는 랩탑의 화면에서 눈을 떼더니 알바레즈를 향해 어깨를 으쓱였다.

"우리가 원래 협동작전을 펼치는 스타일은 아니지. 그래도 셋이나 줄어든 건 예상 밖이었어. 목표치를 달성하는 건 무리일 수도."

"우리가 좀비들의 머리를 담는 저 용기를 가리켜 왜 '밥통'이라고 부르고 있는지를 떠올려. 이대로 물러날 수는 없는 노릇이야."

"알아. 2천만 불짜리 슈퍼레슬러는 아직 멀쩡히 돌아다니고 있지. 그저 이대로 복귀한다는 선택지도 있다는 걸 말하고 싶었어."

알바레즈가 만곡도를 치켜 올리더니 자신의 어깨에 걸쳤다.

"기각한다. 그 레슬러는 단순히 가장 비싼 전리품을 넘어서서 우리가 이곳에 와 있는 목적이기도 해."

그가 다른 리퍼들을 주욱 돌아보며 선포했다.

"인원은 줄어들었지만 위험도가 커진 만큼 나눠 가질 몫은 올라갈 거야. 올림푸스와의 협상은 내가 할 테니, 너희들은 사냥에만 집중해."

주세페는 그다지 놀랍지 않은 반응인지, 준비한 다음 말을 읊었다.

"좋아. 말이 나와서 말인데, 퇴각이 아니라 사냥을 감행하겠다면 써먹을 만한 작전을 세워야 하지 않겠어."

"생각해 둔 바가 있나?"

"사냥감의 수가 너무 많으면 정공법으로 돌파하는 건 손해야. 시선을 돌릴 먹음직스러운 미끼를 준비해야 하는 법이라고."

그들이 상대해야 하는 사냥감은 식인 괴물이다. 그들을 유인할 수 있는 '미끼'에 담긴 의미는 단 하나.

살아 있는 인간.

"이곳은 격리 폐쇄 구역이야. 어디서 미끼를 공수한다는 거지?"

"자, 이걸 봐 줘."

랩탑의 화면엔 어떤 실내 풍경을 녹화한 CCTV 화면이 떠 있었다. 네 쌍의 침대들과 의료기구들이 도열한 널찍한 실내에 부상자들이 가지런히 누워 있었다. 그리고 가운을 입은 여성 한 명이 부상자들을 돌보며 분주히 돌아다니고 있었고, 키가 큰 사내와 군장을 갖춘 병사도 보였다.

"이게 뭐지?"

"여기서 좀 떨어진 건물의 실황 필름이랄까. 딱 적당한 인원에, 거동이 불편한 부상자도 있지. 쉽게 요리할 수 있어."

쿤린이 호기심을 갖고 다가왔다.

"이것 참. 용케 살아남은 것들이 이렇게나 모여 있었네?"

알바레즈 또한 이채롭다는 듯 눈을 빛냈다.

"그러니까 이 녀석들을 미끼로 삼아서 그 2천만 불짜리를 끌어내 보자는 거로군. 괜찮은 작전이야."

주세페가 랩탑을 탁 하고 덮었다.

"그럼 가 보실까."

그들의 모든 대화를 엿듣던 찌르레기가 순간 몸을 푸드덕 하고 떨었다. 차갑고 서늘한 곳에 너무 오래 있었던 탓인지, 아니면 저 까마귀 같은 사내들의 흉흉함 때문인지는 알 수 없지만 괜스레 오한이 든 것이다.

결국 다시 날아오른 찌르레기는 지금의 선수촌에서 완전히 관심을 꺼야겠다고 생각했다. 가까이 다가가면 봉변을 당할 거라고 친구들에게 알려 주는 것도 좋겠지. 그런데 불암산을 향해 날아가던 도중 찌르레기의 시선을 잡아채는 존재가 있었다.

한 가닥 남은 호기심을 붙잡아 녀석이 활공 궤도를 바꿨다.

불이 켜진 챔피언 하우스의 창문 앞에서 찌르레기의 시선을 잡아챈 것은 단발머리를 한 인간 소녀였다. 붕대를 칭칭 감은 양손으로 턱을 받친 채 하염없이 창밖을 내다보고 있었다. 그 소녀의 얼굴에 떠오른 단 하나의 표정. 그것은 바로 애처롭게 누군가를 걱정하는 시름에 잠긴 표정이었다.

이는 찌르레기가 실로 오랜만에 보는 '인간다운 얼굴'이었다. 그래서 한 마리의 새가 한 인간 소녀를 애달프게 여겨 위로해 주려 짹짹거리는데…….

소녀가 붕대를 감은 손을 휘휘 내저었다.

"뭐야, 넌. 저리 꺼져, 새새끼야."

인간은 뭔가에 무척 쉽게 전염되는 동물이다.

이는 병균뿐 아니라 감정에도 적용될 수 있는 이야기다. 타인의 얼굴 근육과 표정을 마주하면 어느새 자신의 감정 또한 요동치게 되는 걸 느끼게 된다.

태초의 어버이가 모닥불 아래 모여 서로의 외로움을 다독인 이래 인류는 타인의 감정을 거울처럼 반사해 증폭시키는 능력을 키워 온 것이다.

"우리 살 수 있을까요?"

"몰라. 나한테 묻지 마."

그러나 이곳 챔피언 하우스의 이층 로비에 모여 있는 열 명 남짓의 생존자들은 모두 서로의 얼굴을 외면하고 있었다. 절망과 무기력이 동공을 타고 전파돼 더욱 커지는 것이 두렵기 때문이었다. 그렇다고 혼자 동떨어져 있을 배짱이 있는 생존자도 없었다. 모닥불을 등지고 떠나면 맹수의 이빨이 기다리고 있다는 걸 직감적으로 알고 있는 것이다.

마지막이라 생각했던 헬기 탈출 계획이 무참하게 실패했다. 세 대의 헬기가 모두 난리통에 폭발해 버린 것이다. 생존자들은 더 이상 자신들을 구하러 올 사람이 없다는 사실을 잔인한 방식으로 목격했다.

연두와 달튼이 전해 준 이야기는 더 절망적이었다. 바깥으로 내보내 줄 생각이 없는 미군들이 무차별적인 발포를 하며 바리케이드를 치고 있다고 한다.

구조의 희망도, 탈출의 기회도 없는 완벽한 고립. 선수촌의 생존자들은 버려진 것이다.

'존나 맘에 안 들어.'

로비 창문에 기대어 서 있던 록희는 생기 없는 얼굴로 쪼그려 앉아 있는 생존자들이 마음에 들지 않았다.

'무슨 수를 써서든 밖으로 나갈 생각을 해야지.'

하지만 그런 록희에게도 살아 나갈 수 있는 마땅한 방법은 떠오르지 않았다. 자신이 손에 감긴 밴디지의 끝을 물어뜯고 있다는 걸 깨닫지도 못하고 있는 록희였다. 걱정스런 표정으로 록희는 몇 번이나 살펴봤던 창문 너머를 다시 살펴봤다.

어둠이 내려앉은 챔피언 하우스의 주변으로 막대한 수의 감염자들이 배회하고 있었다. 지금은 느릿느릿 움직이고 있지만 먹잇감을 발견하면 광폭한 짐승이 돼 무서운 속도로 덤벼들 것이다.

록희가 바라보는 방향 너머엔 의료동이 있을 것이다.

"그만둬. 다시 한 번 말하지만 밤중에 나가는 건 자살행위야."

어느새 다가온 펜싱 국가대표 표유나가 록희의 생각을 읽은 듯 만류했다.

"의료동에는 우리 언니뿐 아니라 생존자가 꽤 돼요. 서로 떨어져 있는 것보다 뭉쳐 있는 게 낫잖아요. 빨리 여기로 데려와

야죠."

"알아. 다만 지금은 때가 아니라는 거야. 밤이 되면 좀비들은 우리를 멀리서도 볼 수 있어. 반대로 우린 어둠 속에서 놈들이 접근하는 걸 파악할 방법이 없고."

"……."

"게다가 거긴 부상자들이 많다면서. 국대들이 전력 질주로 달려야 겨우겨우 좀비들을 뿌리치는 판국에. 너무 위험해."

"그럼 어쩌란 말예요? 이대로 여기서 멍하니 기다리란 말예요?"

"내일 새벽에 해가 뜨면 어떻게 할지 생각해 보자. 다행히 네 옆엔 '그 남자'가 있잖아. 모두가 안 될 거라고 말린 상황에서 그가 해낸 걸 봐."

록희는 그 말에 대꾸하지 못했다.

락구가 기절한 승미를 업고 챔피언 하우스로 돌아왔을 때 록희는 그 주변에서 맴돌기만 할 뿐 가까이 갈 수가 없었다. 그 두 남녀에게 몹쓸 방해 공작만 했던 오로라도, 하재일도 입을 쩍 벌리며 지켜보기만 할 뿐이었다.

구하겠다는 사람을 실제로 구해 낸 남자가, 그리고 그 남자가 가까이 있는 줄도 모른 채 사투를 벌여 왔던 여자가 거기에 있었다. 하지만 그 자리에 록희가 설 곳은 없는 것 같았다.

'뭐, 어때. 유도아재가 목적을 이뤘으니 다 잘된 거지.'

록희는 원래 그 누구에게도 자신을 의지한 적 없는 소녀였다. 언니가 끔찍한 사고로 한쪽 다리에 영구 장애를 입게 된 날부터는 더욱 그러했다. 그런데 선수촌에서 감염자들과 싸워 나가면서 어느덧 유도 선수 도락구에게 등을 빌려 주고 있었던 자신을 발견한 것이다.

'다시 혼자로 돌아온 거야, 백록희. 아무것도 아니라고.'

그렇게 마음을 다잡고 한숨을 내쉬며 창밖을 내다보는데 덩치가 작은 찌르레기 한 마리가 날아와 눈앞을 어지럽혔다. 그것이 마치 록희를 약 올리는 것처럼 느껴져서 그만…… "뭐야, 넌. 저리 꺼져, 새새끼야!" 하며 일갈하고 말았다.

찌르레기가 기겁해 날아간 다음 괜스레 민망해진 록희가 창문 커튼을 닫으려던 그 순간이었다.

타아아아아앙!

이층 로비에 목각인형처럼 앉아 있던 생존자들의 어깨가 흠칫하고 떨렸다. 유나와 록희가 서로를 쳐다보면서 벌린 입을 다물 줄 몰랐다.

"들었어요?"

"응. 이거, 총소리 아니니?"

생존자들이 웅성대고 있을 때 다시금 울려 퍼지는 총성.

타아앙! 타아아아아아앙!

챔피언 하우스의 근처에서 벌어지는 일은 아니었다. 꽤 멀리 떨어진 건물에서 일어나는 일. 하지만 미군들이 포위망을 펼친 바리케이드만큼 멀리 떨어지진 않았다. 총성의 발원지는 분명 선수촌 안이었다.

문제는 거리보다 방향.

세 번째 총성이 울리고 나서야 록희는 완전히 확신할 수 있었다. 그 불길하기 짝이 없는 총성이 의료동 쪽에서 나고 있다는 걸.

"의료동이야. 언니가 있는 곳이라고요!"

록희가 흥분하며 외치자 유나는 그녀의 어깨를 붙잡아 진정시켰다.

"잠깐만. 거기에서 왜 총소리가 난다는 거야."

"총을 가진 사람이 있었으니까."

섬광처럼 록희의 뇌리를 스치고 지나가는 얼굴이 있었다. 바로 특공대원이라고 자신을 소개했던 한재희 병장이었다. 다만 그는 총성을 일으켜 감염자들을 끌어모으는 것에 병적으로 진저리를 치던 사내였다. 그런 그가 누군가를 향해 방아쇠를 당긴 것이라면 상황은 보통 심각한 것이 아닐 것이다.

다급해진 록희는 유나의 손을 뿌리치며 락구와 승미가 있는 VIP 응접실로 달려갔다.

'의료동으로 가 봐야 해. 그 사람이 도와준다면…….'

분명히 약속을 했었다. 록희가 승미를 찾는 걸 도와줄 테니 그 일이 끝나면 수희와 록희를 이곳에서 빠져나가게 도와준다고.

록희는 문 앞에서 말리는 현택과 연두를 밀치고 문을 열었다.

"유도아재! 지금 들었어요? 아무래도 우리 언니가……."

하지만 거기서 마주한 것은 도저히 떼어 놓을 수 없는 두 남녀의 잠든 모습이었다. 기습적으로 보디블로를 맞은 것처럼 숨통이 조여 오고 다리에 힘이 풀렸다.

천천히 문을 닫고 돌아서는 록희의 표정은 차가웠다.

일층으로 내려온 록희는 조심스럽게 움직이며 바깥 상황을 내다보았다. 하지만 위에서 내려다본 것보다 더욱 살벌한 풍경이 머리카락을 곤두서게 만들 뿐이었다.

"크으으으으으."

"캬아아아아."

영문을 모르는 사람이 봤다면 붉은 반딧불 수백 마리가 허공을 떠다니는 것처럼 보일 것이다. 하지만 그 붉은 빛들에게 붙잡히면 다시는 인간으로 돌아올 수 없게 된다.

정문도, 쪽문도 상황은 마찬가지였다. 뒤편 주차장에도 감염자들이 무수히 몰려 있었다. 선수촌을 혼잡하게 했던 연이은 소란이 감염자들을 잔뜩 끌어모은 것이 화근이었다.

'도저히 무리야. 지상으로 뚫고 나갈 순 없겠어.'

결국 록희가 다음으로 향한 곳은 챔피언 하우스의 옥상이었다.

덜커덩.

옥상 문을 열고 나서자 밤바람이 록희의 앞머리를 후욱 날려 보냈다. 즉시 코에는 피비린내와 시체 썩는 냄새가 매달려 떨어질 줄 몰랐다.

"으윽. 이게 다 뭐야."

강두제의 솜씨로 인해 두개골이 박살 나거나 구멍이 뚫린 채 옥상에 널브러져 있는 시체들은 을씨년스러움을 더해 주고 있었다.

'지상이 무리라면 옥상에서 다른 건물로 날아갈 순 없을까.'

록희는 자신이 방금 전 손을 휘둘러 내쫓았던 찌르레기처럼 이 순간 '날개'가 있다면 얼마나 좋을까 생각했다. 그러나 허황된 희망을 붙잡고 낭비할 시간은 없었다.

"뭔가 있을 거야, 방법이."

록희는 챔피언 하우스 옥상의 난간을 빙글빙글 돌기 시작했다. 사층 높이의 옥상에서 내려다볼 때 전망은 탁 트여 있었다. 하지만 의료동으로 향하는 길은 멀게만 느껴진다.

'저기로 가면 어떨까.'

그때 록희의 시선을 잡아채는 것이 있었다. 네 개의 건물이 사각형을 이루며 지어져 있는 단지였다. 그곳이 어디인지 태릉 초년생인 록희는 몰랐지만, 그 건물은 바로 선수촌의 부속 건물 중 하나인 체육지도자 연수원이었다. 챔피언 하우스에서 내려다봤을 때 이층 높이를 살짝 웃도는 납작한 건물이었다.

'저기 옥상으로 뛰어내린다면?'

연수원 건물엔 모든 불이 꺼져 있었다. 감염자가 숨어 있을 수도 있지만 지금으로서는 버려진 건물처럼 보였다. 그 건물까지만 도달할 수 있다면 붉은 눈들이 우글대는 대로변에서 벗어나 인적이 드문 샛길을 찾아낼 가능성이 비약적으로 높아진다.

'닿을 수 있을까.'

신중하게 옥상 난간에 올라선 록희는 바람의 방향을 파악한 다음 눈대중으로 조심스럽게 거리를 가늠해 보았다. 그러나 곧 입술을 질끈 깨물 수밖에 없었다.

"씨발. 존나 멀잖아."

12미터. 챔피언 하우스의 옥상과 연수원의 옥상은 높이차가 있다 해도 지나치게 먼 거리였다. 낙하에 대한 공포를 가까스로 이겨 냈다고 쳐도 복싱 선수일 뿐인 록희의 두 다리로는 결코 닿을 수 없는 까마득한 거리.

"언니. 언니야."

난간 위에 선 다리가 오들오들 떨리는 것도 모른 채 낙담하고 있을 때, 록희의 등 뒤에서 무수한 인기척이 느껴졌다. 총성을 듣자마자 부산스럽게 뛰어다니는 록희에 대한 걱정, 혹은 불안함 때문에 옥상까지 올라와 본 생존자들이었다.

그 무리 앞에 선 현택이 록희에게 다가왔다.

"록희야, 네 마음은 잘 알겠다. 하지만……."

"알긴 뭘 알아! 당신들은 우리 언니랑 아무 상관 없잖아."

"그래. 그렇게 화내는 것도 이해해. 그렇다고 극단적인 선택을 하는 걸 두고 볼 순 없잖니!"

현택이 차분하게 말을 걸어올수록 록희의 얼굴은 표독스러워질 뿐이었다.

"웃기지 마. 이제 누구의 도움도 필요 없어. 아무도 안 믿을 거라고."

조금씩 이성을 잃어 가고 있다. 현택은 더 이상 록희에게 접근하는 건 위험하다고 판단하고 뒤로 물러섰다. 그런데 어리고 앳된 소녀가 현택을 지나치며 앞으로 걸어 나왔다.

"저기요, 언니. 뛰어내릴 생각이에요?"

록희에게 묻는 말투는 청량하기까지 하다.

"그, 그래! 뛰어서 저기 건물까지 가면 돼."

"안 돼요. 절반도 못 가서 떨어질 거예요. 다리나 팔은 무조건 부러지고, 운 없게 머리부터 떨어지면 바로 죽어요."

"뭐어?"

"아니다. 머리부터 떨어지는 게 차라리 운 좋은 거겠네요. 골절된 채 목숨 붙어 있으면 뭘 해. 좀비들이 몰려들어서 언니 몸을 뜯어 먹을 텐데."

"듣자듣자 하니까. 너, 중딩이지? 지금 나 놀리려고 이 옥상까지 온 거야?"

록희의 눈빛이 더 매서워졌다. 하지만 소녀는 조금도 겁먹지 않고 난간까지 다가와 록희의 옆으로 올라섰다.

그때, 록희는 소녀가 누구인지 알아봤다. 개선관에 처박힌 다음 기울어져 있던 기동헬기에서 가까스로 건져 냈던 생존자들 중 한 아이였다. 록희와 현택이 챔피언 하우스까지 데리고 왔던 무리에 섞여 있었다. 당시엔 오로라가 허튼짓 못 하도록 감시하느라 신경을 못 쓰고 있었지만, 분명 그 아이들 중 한 명이었다.

"언니는 못 해요."

"야, 너 지금 상황 판단 못 하고 자꾸 까부는데. 내가 사실……."

소녀가 록희의 시선을 마주하며 올려다봤다. 그 맑은 눈에 담긴 건 분명 적의가 아니었다. 조롱도 아니었다.

다만 선량하고 따뜻한 마음.
"그런데 나는 할 수 있어요."

53화
우리에겐 쓸모가 있어

- 감염 4일째. 오후. 08:55.

"나라면 저기 건너갈 수 있거든요."

호언장담하는 소녀의 이름은 정다인. 멀리뛰기 청소년 국가대표 상비군이었다.

록희는 다인의 날렵한 체구와 단단한 하체를 보고 그 자신감에 근거가 전혀 없진 않다고 생각했다. 록희보다 훨씬 먼 거리를 도약할 수 있는 아이이다. 하지만 실패할 경우 감염자의 야식거리가 된다는 것은 마찬가지였다. 록희는 단호하게 고개를 저었다.

"안 돼. 저길 건너가야 하는 건 내 사정이야. 아무 상관 없는 너한테 목숨을 걸라고 할 순 없어."

그러자 다인은 두 소녀의 등 뒤에서 안절부절못하고 있는 생존자 무리를 가리켰다.

"저 언니오빠들 좀 봐 줄래요. 구조대도 오지 않고, 탈출하려고 해도 총을 맞는다는 소리에 모두 울적해하고 있잖아요?"

"그런데?"

"우리한텐 뭔가 매달릴 게 필요해요, 언니. 작은 것이라도 좋아요. 혼자선 못 해도 함께 달라붙으면 할 수 있을지도 모르잖아요."

담담하게 읊조리는 다인의 말에 옥상에 우르르 몰려나온 생존자들의 얼굴이 달아올랐다. 그들은 현택의 설명을 통해 무전기의 원래 주인이 락구와 록희였으며, 둘이 목숨을 걸고 선수촌 바깥에서 가져온 무전기를 두제가 멋대로 강탈해 써먹은 것이라는 걸 알고 있었다. 그들에게는 어쩔 수 없이 락구와 록희에게 일종의 부채감이 있었다.

현택이 뭔가를 다짐한 듯 주먹을 불끈 쥐었다.

"그래. 한번 해 보자. 우리가 널 저기로 건너가게 해 줄게."

록희의 귓가에는 아직도 좀 전의 다급한 총성이 메아리치고 있었다. 일분일초가 아까운 상황. 누군가 먼저 나서서 자신을 도와준다는 사실에 가슴이 먹먹해졌다.

"고, 고맙습니다."

그렇게 챔피언 하우스의 옥상이 분주해졌다.

위험에 처한 가족을 구하려는 한 명의 권투 선수를 건물 너머로 보내 주기 위해서.

달튼이 셔츠 단추를 몇 개 풀자 우람한 대흉근이 밤공기에 노출됐다.

"비켜라, 모두. 부순다, 이거."

달튼이 손짓하자 주변의 생존자들이 다들 몇 발짝씩 물러났다. 아이스하키 국가대표 특급 용병의 오른손엔 스틱이 아니라 묵직한 슬레지해머가 들려 있었다.

"흐으읍!"

그의 허리가 맹렬히 회전하자 해머의 머리가 1.5미터인 옥상 난간을 때려 부숴다.

꽈르르릉.

손잡이를 통해 격렬한 진동이 느껴졌지만 달튼은 바로 다음 동작을 실행했다.

꽝! 꽈앙!

사람의 머리보다 더 큰 돌 조각 하나가 낙하 에너지를 듬뿍 머금은 채 추락했다. 그리고 그것은 챔피언 하우스 주변에 몰려 있던 감염자 하나의 배를 꿰뚫었다.

"쿠에에엑!"

난간이 조각조각 부서져 나갈 때마다 옥상의 모든 사람들이 어깨를 움찔했다. 다만 자신이 뛰어내릴 코스를 눈으로 확인하고 있는 다인의 얼굴만은 침착했다. 개선관의 유일한 생존자 표유나는 그런 다인의 허리에 녹색 등산용 로프를 튼튼하게 묶어 주면서 신신당부를 했다.

"명심해, 너. 못 할 것 같거나 너무 무서우면 언제든 그만두겠다고 이 언니한테 얘기해야 해. 알겠지?"

다인은 침착하게 고개를 끄덕였다.

"그럴게요."

"누구도 너한테 억지로 뛰라고 강요하지 않을 거야. 만약 그런 놈이 나타난다면 내가 가만 안 둘 거고."

"그래요? 언니, 쎄요?"

"응. 엄청 쎄. 칼잡이거든. 나한테 덤비려면 몸에 구멍 한두 개는 뚫릴 각오를 해야 할걸?"

유나는 자신의 허리에 묶인 사브르 칼을 툭툭 치며 말했다.

"멋있다."

다인이 배시시 웃자 유나는 가슴이 시큰해지는 느낌에 괜스레 고개를 숙였다.

약혼자인 시혁이 목 잘린 주검이 되어 눈앞에 놓였을 때, 그녀는 오직 죽음만을 생각하고 있었다. 그런 상황에서 락구와 록희가 달려와 헬기 속에서 어린 생존자를 구하려 고군분투하는 것을 보았다. 유나는 조금 더 살아 보기로 결심했다.

'어쩌면 아직 내가 누군가에게 쓸모가 있을지도 몰라.'

달튼이 사람 한 명이 충분히 들어갈 정도로 난간을 뚫어 버리고 나자, 연두가 컴파운드 보우를 들어 그를 물러서게 했다.

"욘뚜. 뭐 하려고."

허벅지의 퀴버에서 화살 하나를 뽑아 훅킹하는 연두.

"거리도 먼데 높이 차이도 나잖아요. 그냥 떨어지면 다쳐요."

연두는 연수원 옥상 근처에 나무들이 흔들리는 양상을 살폈다. 풍향과 풍속 체크 완료. 그녀가 노리는 것은 연수원 옥상 빨랫줄에 널린 큼직한 이불이었다. 다인이 착지할 곳에 쿠션을 만들어 줄 생각이었던 것이다.

끼리릭. 팅!

연두의 컴파운드 보우를 벗어난 화살이 두 건물 사이에서 팽팽한 궤적을 그리며 날았다. 화살은 정확히 한쪽 빨래집게를 맞혀 박살 냈다. 미약한 감탄 소리가 들려왔다. 이윽고 연두가 두 번째 빨래집게를 적중시켜 이불을 바닥에 풀썩 떨구는 데 성공하자 더 큰 박수가 터져 나왔다.

"우와, 짱이다!"

"역시 대한민국 양궁. 백발백중이야."

릴리즈에 집중하고 있던 연두에겐 그 상황이 무척 낯설었다. 양궁 과녁 거리인 70미터보다 훨씬 가까워서 수월했지만 지켜보는 이에게 묘기처럼 느껴지는 건 당연했다.

"벼, 별거 아녜요."

연두는 부끄러워하며 후다닥 난간으로부터 물러났다. 그녀의 등 뒤로 경탄 섞인 시선이 따라붙었다. 민망하지만 기분 좋은 시선 집중. 연두가 오랫동안 잊고 있던 감정이었다. 국가대표 양궁팀의 무한경쟁 사이클에 편입된 후로 '찬사'는 늘 승미의 몫이었기 때문이다.

메말라 버린 줄 알았던 부분이 되살아나는 느낌이었다.

'승미 언니가 없으니 원래 받던 대접을 받아 보는구나.'

연두는 자신도 모르게 컴파운드 보우를 꽉 쥐고 부르르 떨었다. 승미가 락구와 함께 잠들어 있는 상황이 참 다행이라는 생각이 들었다. 그래서는 안 되는 것 같았지만, 승미가 계속 기절해 있으면 좋겠다는 소망마저 일었다.

한쪽에서 로프를 완전히 허리에 고정시킨 다인이 난간 앞으로 걸어 나왔다. 불안한 얼굴의 록희가 따라붙었다.

"저기 이불 보이지? 저기로 착지할 수 있겠어?"

"해 볼게요. 건너간 다음 이 밧줄을 풀고 저 기둥에 묶으면 되는 거잖아요."

다인이 난간으로부터 멀찍이 물러나서 다리를 풀기 시작했다. 생존자들은 멀리뛰기 소녀와 난간 구멍 사이에 아무것도 가로막는 것이 없도록 비켜 주었다.

가장 멀찍이 떨어져 있는 두 구경꾼은 하재일과 오로라였다. 저격소총을 품에 꼭 안고 고개를 가로젓는 하재일.

"실패할 거야. 저렇게 먼 거리를 어떻게 뛰어."

오로라는 그런 재일에게 환멸감을 드러내며 대꾸했다.

"왜, 더 크게 말해 보지 그래요? 얻어터지기 딱 좋은 멘트인데."

"뭐야, 넌 꼭 나랑 다른 부류인 것처럼 말한다?"

"닥쳐요. 지금은 납작 엎드려 지내야 되는 거 몰라요? 경호원 아저씨가 갇혀 있어서 망정이지, 그 사람 풀려나면 우린 둘 다 죽어."

"끄응. 누가 그걸 모른대."

재일은 결국 입을 꾹 다물었다. 그와 동시에 준비운동을 마친 다인이 오른손을 번쩍 들었다. 뛰겠다는 신호였다.

옥상 위의 생존자들은 약속이나 한 듯이 숨을 멈추고 소녀가 땅을 박차고 달리는 것을 지켜봤다.

타악!

다인의 두 다리가 빠르게 지면을 박차며 움직였다. 속도가 붙자 상체가 꼿꼿이 세워지고 양팔은 절도 있게 왕복하며 가속을 부추긴다. 조금의 두려움과 망설임도 없이 다인이 난간 끄트머리를 박차고 뛰어올랐다. 순식간에 지면이 발아래서 휙 하고 사라진다.

상승궤도의 끝까지 닿는 동안 허공을 젓듯이 움직이던 양발이 곧 가지런히 앞으로 모아지며 전신이 포탄이 된 듯 공기를 매끄럽게 타고 넘는다. 목표 지점인 연수원 옥상이 무서운 속도로 가까워진다. 그러나 공중에서 다인의 표정이 어두워졌다.

록희도 그 순간 깨달았다.

"짧아."

다인의 점프 거리는 1미터 정도 모자랐다. 소녀가 연수원 옥상 난간을 붙잡으려 팔을 허우적댔으나 아깝게 닿지 못하고 아래로 떨어졌다. 이대로라면 연수원 벽에 부딪히고 말 상황, 로프를 붙잡고 있던 달튼의 이두근이 격하게 팽창했다.

"당긴다, 지금!"

실패할 경우를 대비해 달튼과 함께 로프를 붙잡고 있던 남자 생존자들이 땅을 뒤로 박차며 몸을 뉘었다.

"야아아아압!"

상공 16미터에서 격하게 뒤로 당겨진 다인은 로프의 압박에 숨을 들이마셨다.

휘이이이익.

로프에 묶인 소녀는 마치 정점에 달했던 시계추가 내려오듯 포물선을 그리며 날았다. 바람이 세차게 다인의 얼굴을 때렸지만 그녀는 두 눈을 부릅뜨고 다가올 충격에 대비했다. 공처럼 몸을 만 다음 눈을 질끈 감는 소녀.

퍼어어억!

챔피언 하우스의 벽에 부딪히며 다인이 튕겨 올랐다.

"커흑."

정신이 아찔해지고 온몸의 뼈가 찌르르 울린다.

지면으로부터 살짝 떠 있는 다인은 현재, 악어농장에 맨몸으로 던져진 한 마리 사슴이나 다름없었다.

"크르르르악!"

물살을 첨벙대며 미끼를 낚아채려는 크로커다일처럼 붉은 눈의 감염자들이 한 점으로 몰려들었다. 아래를 내려다보던 록희가 뒤를 향해 소리쳤다.

"당겨요, 어서!"

달튼은 손바닥이 타 들어가는 통증을 참아 내며 로프를 잡아 당겼다. 마치 보이지 않는 거인이 집어 올리듯 위로 올라가는 다인. 그녀가 있던 자리를 한 감염자가 스쳐 지나가며 텁 하고 이빨로 허공을 깨물었다.

다인은 오른손으로 로프를 꽉 붙잡고 이를 악물었다. 며칠간

선수촌에서 살아남은 이 소녀는, 어떤 감염자들은 벽을 타고 뛰어들 수 있다는 걸 알고 있었기 때문이다.

다인의 예감은 빗나가지 않았다.

"캬아아아아!"

벽을 타고 오른 다음 자신을 향해 뛰어드는 감염자를 피해 다인이 창틀을 밟고 뒤로 도약했다. 오른손으로 로프를 감아쥐고 왼손으로 벽면을 짚어 원래 위치로 돌아오는 속도를 늦추려 했지만, 무리였다.

"니네 지긋지긋해!"

다인의 두 눈동자에 노기가 감돌았다. 이를 꽉 문 소녀가 정면으로 덤벼드는 감염자의 콧잔등을 콰직, 밟은 다음 허공을 향해 뛰어올랐다.

사슴은 악어의 얼굴을 걷어찬 다음 물가 바깥으로 우아하게 빠져나왔다. 무사히 옥상 난간까지 끌려 올라온 다인을 록희가 붙잡아 끌어올려 줬다.

"세상에나, 다친 데 없니?"

다인은 가쁘게 숨을 몰아쉬면서도 고개를 끄덕였다.

"헉헉. 네. 멀쩡해요. 허억."

"미안해, 정말 미안해. 이런 거 그만두자."

그런데 다인이 허리춤의 매듭을 풀어내려는 록희의 손을 붙잡았다. 여린 손아귀였지만 힘이 가득 실려 있었다.

"한 번만 더 해 볼게요, 언니."

"뭐어? 안 돼! 무슨 소리 하는 거야?"

방금 전까지 감염자의 이빨을 피해 황급히 달아나던 다인이었다. 그 공포가 뇌리에 각인되었을 두 번째 점프가 첫 번째 점프와 같을 리 없다. 신체에 쌓인 충격도 단시간에 회복될 성질의 것이 아니다. 하지만 다인은 고개를 가로저었다.

"원래 육상 선수한테 1차 시도는 워밍업이에요."

"워밍업하다 너 죽을 뻔했다고!"

"어차피 나, 언니 아니었으면 그 헬기에서 죽었을 거예요. 감이 왔어요. 다음 시도에는 성공할 수 있다고."

● • •

챔피언 하우스의 옥상에서 일대 소란이 벌어지고 있을 때, 이층의 다용도실에서 한 남자가 감은 눈을 떴다.

"끄응, 여기는 어디야."

뒤통수에서 느껴지는 격한 통증에 얼굴을 찡그리는 주인공은 강두제였다. 흐릿한 시야가 회복되자 잡동사니가 진열돼 있는 선반들이 눈에 들어왔다. 불길하게 깜빡이는 형광등 아래 낯익은 사내가 두제의 맞은편에 앉아 있었다.

"이제 깨어났나, 개 같은 새끼."

코에 큼지막한 붕대를 대고 있는 군인이 으르렁댔다. 헬기 탈출 작전을 지휘했던 박 중사였다.

"아아, 당신인가."

두제는 어깨를 으쓱하려 했으나 그것이 뜻대로 되지 않는다는 걸 깨달았다. 자신의 가슴 아래를 내려다보니 팔걸이가 없는 의자에 양팔이 뒤로 젖혀진 다음 은색 테이프로 단단히 묶여 있었다. 두 다리의 발목도 상황은 같았다.

"치밀하게도 해 놨군. 당신 솜씨야?"

박 중사가 고개를 끄덕였다.

"널 풀어 놓으면 어떤 일이 벌어질지에 대해서 이 건물 안의 모두가 한마음이 됐거든."

"눈빛을 보아하니 날 당장이라도 때려죽이고 싶은 모양인데. 몸도 불편하면서 굳이 날 감시하겠다고 나선 것도 그렇고."

"정답이다. 네가 벌인 짓으로 수십 명이 목숨을 잃었어. 마음 같아선 당장 널 좀비 밥으로 던져 버리고 싶다."

"하지만 안 그랬잖아. 마지막까지 포기할 수 없는 군인 정신인가."

"아니. 인간으로서 참고 있는 거다. 아직 나한텐 이성이라는 게 있으니까."

박 중사의 말에 코웃음을 치면서 두제는 등 뒤로 묶인 양 손목에 힘을 줘 보았다. 몇 겹으로 비닐테이프가 묶여 있긴 했지만 전력을 다한다면 조금 느슨해질 수 있을 것도 같았다. 문제는 두 눈을 부릅뜬 채 자신의 일거수일투족을 감시할 태세인 박 중사였다.

'어떻게든 여기서 빠져나가야 되는데.'

그때, 두 남자의 머리 위에서 꽝꽝 울리는 소리가 들려왔다. 달튼이 슬레지해머로 난간을 부수는 소리였다.

"이게 무슨 소리지? 왜 저리 시끄러운 거야."

두제의 질문에 박 중사는 고개를 가로저었다.

"넌 몰라도 돼. 그리고 나 역시 몰라도 상관없어. 내 유일한 관심거리는 여기서 널 어떻게 요리해 줄까 하는 것뿐이거든."

"그러셔? 관심거리가 나랑 똑 닮아 있고만, 그래. 요리하고 싶은 상대가 서로라서 좀 그렇지."

"이 개새끼가!"

두제의 도발에 박 중사가 벌떡 일어났으나 곧 찾아오는 통증에 다시 의자에 앉아야 했다. 어깨에 맨 붕대에 피가 번져 나오고 있었다. 미안하다는 듯 두제가 유감을 표시했다.

"그 상처는 사과하지. 그때 내가 좀비들 머리 박살 내느라 제정신이 아니었거든."

"흥. 뭐든 지껄여 봐. 빌미만 생기면 이 총으로 널 쏴 버릴 거니까."

박 중사의 왼손에는 K5 자동권총이 들려 있었다. 두제의 입장에선 가장 신경 쓰일 수밖에 없는 물건이다. 그는 몸의 긴장을 풀고 호흡을 내쉬었다. 상황 파악은 끝났으니 지금 필요한 건 회복이라 판단한 것이다.

그때, 두제를 노려보던 박 중사가 입을 틀어막고 기침을 하기 시작했다.

"쿨럭. 쿨럭. 크하악."

기침이 길어지자 두제가 눈살을 찌푸렸다.

"당신 말이야, 몸 상태가 편해 보이진 않는데. 한숨 자고 오는 게 어때?"

"닥쳐."

"정말 걱정돼서 하는 말이야. 난 여기 조신하게 묶여 있을게."

"여기 빈 페트병 보여? 내 오줌통이야. 화장실도 안 갈 작정이니까, 허튼수작 단념해라."

두제는 정 그렇다면 어쩔 수 없다는 듯 고개를 끄덕였다. 그러나 그는 박 중사가 입을 막았던 손을 슬그머니 등 뒤로 숨기는 것을 놓치지 않았다.

박 중사의 손은 검붉은 피로 젖어 있었다.

● • •

챔피언 하우스의 옥상으로 현택이 뛰어 올라왔다.

"내가 이걸 찾았어! 어때?"

그의 손에 들려 있는 것은 두 개의 판자 사이에 굵은 스프링이 달려 있는 뜀틀용 구름판이었다.

록희가 반색하며 다가왔다.

"어디서 구했어요?"

현택은 한쪽 눈을 찡긋했다.

"여기에 박물관이 있다는 걸 잊지 말라고. 좀 낡긴 했는데, 이거 밟고 뛰면 성공 확률을 높일 수 있지 않을까?"

다인 역시 호기심을 보였다.

"우리 경기에서 쓰진 않지만, 이게 있으면 훨씬 멀리 갈 수 있을 것 같아요."

"그렇지? 하하, 다행이다."

현택이 크게 기뻐하는 것을 보고 록희는 옥상 위의 생존자들이 지금 이 '미션'에 전력으로 성공을 기원하고 있다는 걸 실감했다.

재일과 로라는 그 무리로부터 벗어나 있었지만 초조한 것은 마찬가지였다.

"이, 이번엔 될 것 같은데? 그치?"

"오빠가 무슨 상관이에요? 자기 자신이랑 총밖에 관심 없다고 하지 않았어요?"

"칫. 그래도, 죽는 것보단 사는 게 낫잖아."

다인의 어깨를 붙잡고 록희가 걱정스럽게 물었다.

"몸은 어때?"

"괜찮아요. 구름판 봐 주세요."

비장한 얼굴의 다인이 출발지점으로 돌아가서 섰다. 달튼과 현택을 비롯한 남자 생존자들이 그 뒤에서 로프를 붙잡고 실패에 대비했다.

옆으로 비켜나 있던 연두는 머리카락이 날리는 방향을 보고 미약한 안도감을 느꼈다. 바람이 다인의 등 뒤에서 불고 있었다.

"하늘이 돕고 있어. 바람을 탈 수 있을 거야."

멀리뛰기 소녀가 다시 한 번 땅을 박차고 질주했다. 마치 실재하지 않는 붉은 트랙이 눈앞에 그려지는 것처럼 느껴질 정도의 깔끔한 질주. 그리고 스프링이 달린 구름판을 박차고 다인은 뛰어올랐다.

유리 계단을 밟아 올라가는 것처럼 날아오르는 소녀. 이전보다 훨씬 탄력적인 궤도를 그리던 다인은 정점에서 떨어질 때 다리를 앞으로 뻗고 가속도를 유지했다.

털써어어억!

이윽고 소녀가 연수원 옥상에 깔린 이불에 무사히 착지하며 앞으로 몇 바퀴나 굴러갔다.

챔피언 하우스 옥상의 모두가 환호했다.

"끼얏호오!"

"해냈어!"

심지어 재일마저 소총을 등 뒤에 세워 놓고 손뼉을 칠 정도였다.

"좋았어!"

로라가 지그시 쳐다보자 곧 헛기침을 하면서 시선을 외면했지만 말이다.

하지만 록희는 아직 안심할 수가 없었다. 이불 바깥까지 데구루루 굴러간 다인이 아직 일어나지 않았기 때문이다.

"일어나, 꼬마야. 어서."

록희의 간절한 부름이 닿은 걸까. 천천히 몸을 일으킨 다인이 챔피언 하우스 쪽을 향해 펄쩍펄쩍 뛰면서 손을 흔들었다. 그러자 비로소 록희는 주먹을 불끈 쥐고 안도할 수 있었다.

록희의 등 뒤로 모든 생존자들이 우르르 몰려와 뻥 뚫린 난간 너머를 주시했다. 다인은 작전대로 허리에 묶인 로프를 낑낑거리며 풀어내기 시작했다.

"아, 잘 안 풀리네."

하지만 중학교 2학년생의 가녀린 손가락으로 단번에 풀어내긴 어려울 만큼 단단한 매듭이었다. 록희를 비롯해서 지켜보던 이들에게는 영겁과도 같은 긴 시간이 흐르고 나서 결국 풀어내는 데 성공한 매듭을 머리 위로 들어 올린 다인이었다.

"해냈어요! 풀었어요."

그리고 다인은 풍향계가 달린 강철 기둥을 향해 달려갔다. 그리고 로프를 칭칭 감아 갔다.

그때, 유나가 록희의 바로 옆에서 다급하게 소리쳤다.

"저기, 뭐가 꿈틀대는데?"

"뭐가요? 난 안 보이는데요?"

그러자 생존자들 중 가장 시력이 좋은 연두가 황급히 주변을 둘리며 외쳤다.

"저기 옥상까지 올라왔어요. 두 마리예요."

다인이 로프를 묶고 있는 기둥의 반대쪽 난간 위에서 네 개의 붉은 점이 어둠 속에서 빛나고 있었다.

"크르르르르."

맨발의 두 감염자가 연수원 옥상 지면에 내려섰다. 로프에 첫 매듭을 만들어 내려던 다인의 손이 우뚝 멈췄다. 소녀는 천천히 마른침을 삼키며 고개를 돌렸다.

"크아아아악!"

두 명의 포식자가 다인을 뜯어 먹기 위해 달려오기 시작했다.

연두는 퀴버에서 화살을 꺼내 장전했고, 그를 방해하지 않기 위해 옆으로 물러나면서 록희는 있는 힘껏 소리를 질렀다.

"꼬마야, 뛰어어!"

54화
젖산과 절망

- 감염 4일째. 오후. 09:07.

"꺄아아아아!"

다인은 기둥에 묶던 로프를 집어 던지고 내달렸다. 연수원 옥상까지 기어 올라온 두 감염자들이 소녀의 싱그러운 육체를 뜯어 먹기 위해 덤벼들었다.

"크르르르!"

두 감염자와 다인의 술래잡기가 시작됐다.

다인이 작은 체구에 비해 메뚜기처럼 각력이 뛰어나지 않았더라면 금방 붙잡혔을 것이다. 그러나 소녀는 훌쩍훌쩍 도약하며 감염자들의 손아귀를 아슬아슬하게 피해 냈다.

두 감염자 중 하나가 늘어서 있던 화분 중 하나를 밟아 다리가 끼었다. 그러자 쉼 없이 다인을 쫓던 동작에 미세한 경직이 생겼고, 건너편 옥상의 궁사는 그 틈을 놓치지 않고 시위를 놓았다.

쉬이이익!

"키엑!"

연두가 쏜 화살이 감염자의 뒤통수에 박혔다. 왼쪽 안구가 있던 자리에 화살촉이 튀어나온 감염자는 동작을 멈추고 화분 위에 널브러졌다.

하나의 감염자만이 옥상 위에 남게 되었지만 다인 또한 급격히 지치기 시작했다. 두 번이나 목숨을 건 고공 점프를 시도했고, 뒤이어 곧장 감염자들의 손아귀를 피해 달아나야 했다. 연이은 긴장 상태가 체력을 급격히 소진시킨 것이다. 빨래건조대를 밀어내며 달아나는 다인은 금방이라도 붙잡힐 것처럼 보였다.

"안 돼."

초조함 때문에 화살을 장전한 연두의 에이밍이 미세하게 흔들리고 말았다. 허공을 가르며 날아간 화살은 감염자의 두개골이 아니라 오른쪽 무릎 뒤편을 꿰뚫는 데 그쳤다.

"크으으으으."

인간이었다면 극심한 통증에 바닥을 굴렀겠지만 감염자는 다만 절뚝일 뿐이었다. 따라붙는 속도만이 조금 느려진 상황. 세 번째 화살을 장전하기 위해 허벅지를 더듬던 연두의 안색이 창백해졌다.

"설마?"

퀴버는 텅 비어 있었다. 좀 전에 감염자의 무릎에 박힌 화살이 마지막이었던 것이다. 난간 앞에서 연두가 허둥지둥하자 록희는 연수원 옥상까지 건너갈 각오로 달리기 시작했다.

"비켜요!"

하지만 중간도 채 가지 못해서 옆에서 달려든 여자와 엉켜 넘어지고 말았다. 굳은 표정의 유나였다.

"이거 안 놔요?"

"정신 차려. 네가 저 거릴 뛸 수 있을 것 같아?"

"그럼 어쩌라고! 재 물려 죽는 거 구경이나 하란 말이야악!"

록희가 씩씩대며 유나를 밀쳐 냈다. 그렇게 넘어진 몸을 일으키는 순간, 소총을 앞에 세워 둔 채 초조해하는 재일의 모습이 보였다. 냉큼 달려가 그의 멱살을 붙잡는 권투소녀.

"너! 사격 선수라며. 제발 저 애 좀 구해 줘."

"내, 내가? 하지만 이거 한 번도 안 쏴 봤는데."

"총알도 생겼잖아. 여기 너 말고 누가 있다고. 어서!"

재일은 록희의 무시무시한 악력에 당황하며 난간 앞까지 끌려갔다. 달튼과 현택, 오로라를 비롯한 모든 생존자들의 시선이 오직 재일과 그의 저격소총에 집중됐다.

"어, 어어. 그러니까, 이게."

식은땀을 흘리며 재일은 부서진 옥상 난간 앞에 한쪽 무릎을 꿇고 앉아 저격소총을 들었다. 하지만 달튼은 분명 보았다. 방아쇠에 걸리는 재일의 손가락이 부들부들 떨리고 있음을.

이 순간, 연수원 옥상에서 분주히 도망치던 다인은 기둥 옆에 널브러진 로프를 다시 집어 들었다. 이대로 도망치다간 승산이 없다는 걸 절감했기 때문이다.

"난 안 죽을 거야."

로프를 한 손에 휘감은 다인은 챔피언 하우스 쪽 끄트머리까지 달려갔다. 로프에 매달려 뛰어내리면 감염자를 일층 지면까지 떨궈 낼 수 있을 거라 생각한 것이다.

하지만 연수원 옥상 난간에 서자마자 그 생각은 잘못됐음이 드러났다. 로프가 지나치게 길고 느슨하다. 달튼이라는 거한이 길이를 조절해 주었던 아까와는 상황이 달랐다. 이 상태로 뛰어내리면 다리가 부러지고 말 것이다.

"캬아아아아!"

난간에서 망설이는 동안 감염자가 다인의 지척으로 따라붙었다. 소녀는 뛰어내리는 걸 포기하고 다시 옥상 지면으로 내려선 다음 옆으로 몸을 굴렸다. 난간에 부딪혀서 튕겨져 나온 감염자가 비틀대다가 다인이 쥔 로프에 허리를 찰싹 하고 얻어맞았다.

순간 소녀의 머릿속에 식인 괴물의 움직임을 늦출 방도가 떠올랐다. 무동력으로 뱅글뱅글 돌아가는 은색 벤츄레이터를 향해 뛰어든 다인은 그것을 중심으로 뱅글뱅글 돌았다.

"이리 와! 따라오라고."

덜커덕.

감염자는 오직 다인을 물기 위해 쫓아오다가 결국 로프에 휘감겨 멈춰 서고 말았다.

"크르르르르."

로프가 감염자의 갈비뼈 안으로 조여지듯 파고들었다. 로프를 놓지 않기 위해 꽉 쥐고 있는 다인의 손바닥도 쓸려 나가며 피가 배어났다.

타아아앙!

순간 다인과 감염자로부터 멀찍이 떨어진 덕트가 총격에 우그러졌다.

그로부터 몇 초 후.

타아아아아앙!

이번엔 다인의 등 뒤 바닥이 조각났다. 놀란 그녀는 하마터면 로프를 놓칠 뻔했다. 두 발의 사격이 연이어 턱없이 비껴 나가자 챔피언 하우스의 옥상에선 록희의 일갈이 터져 나왔다.

"장난해? 지금 애가 맞을 뻔했잖아. 뭐 하는 거야!"

재일은 스코프에서 눈을 떼며 바닥을 쳐다봤다.

"모, 못 하겠어."

며칠 동안 챔피언 하우스에서 "나한테 총알만 있었으면!" 하고 으스대던 그의 모습을 지켜본 생존자들은 모두 의아해할 수밖에 없었다. 그것은 현택 또한 마찬가지였다. 그가 나서서 물었다.

"왜 그러는 거야? 어?"

"조, 좀비도 사람처럼 생겼잖아요. 머리를 쐈다가 트라우마가 생기면 어떡해요. 그건 누가 책임져 줄 건데요."

"이 이기적인 새끼……."

한 손에 컴파운드 보우를 든 채 듣고 있던 연두 역시도 기가 차다는 얼굴이었다. 그때, 현택을 밀쳐 낸 록희가 상체를 숙여 재일의 귓가에 입을 바싹 가져다댔다.

"제대로 안 쏘면 훨씬 더 끔찍한 트라우마를 지금 만들어 줄 거야. 알겠어?"

록희의 살벌한 협박에 부들부들 떨던 재일이 갑자기 저격소총을 바닥에 내던진 다음 엎드렸다.

"미, 미안해! 그래도 못 쏴."

"대체 왜!"

"나 사실 사격 선수 아니란 말이야. 그, 그냥 일반인이에요. 총은 한 번도 잡아 본 적 없고요."

록희는 온몸의 장기가 발바닥을 향해 곤두박질치는 아찔함을 느꼈다. 이 새끼가 지금 뭐라고 떠벌리는 거야?

"구, 국대라고 하면 아무도 안 믿어 줄 거니까. 그냥 뚱뚱해도 할 수 있는 사격 선수라고 둘러댄 거예요. 저, 정말 죄송합니다!"

달튼이 재일의 뒷덜미를 잡아채 뒤로 끌어냈다. 그의 뚱뚱한 팔다리가 공중에서 허우적댔다.

"그럼 너, 뭐 하는 놈?"

재일의 입에서 흘러나온 대답은 모두를 아연실색하게 만들었다.

"오로라의…… 팬인데요."

멀찍이서 듣고 있던 로라의 얼굴이 혐오감으로 일그러졌다. 태릉선수촌까지 로라를 따라다니며 집요하게 굴던 몇 명의 스토커들이 떠올랐다. 재일은 그들 중에서 선수촌에 숨어든 유일한 팬이었던 것이다.

"뭐 이런 새끼가 다 있어."

맘 같아선 흠씬 두들겨 패서 눈, 코, 입을 재배치해 주고 싶었지만 록희는 그럴 수 없었다. 연수원 옥상에서 버티고 있는 다인의 상황이 일촉즉발이었기 때문에.

록희가 재일이 던져 둔 저격소총을 집어 들었다. 싸늘하고 묵직했다.

"누, 누구 총 다룰 수 있는 사람 없어요?"

권투소녀가 달튼을 쳐다보자 그가 고개를 가로저었다. 가장 나이가 많은 현택도 난색을 표했다.

"아저씨도요? 군대 갔다 왔잖아요!"

"나 시드니에서 은메달 따서…… 면제거든."

록희가 입술을 질끈 깨물며 어쩔 줄 몰라 하고 있을 때, 한 청년이 조용히 걸어 나왔다.

"줘 보세요."

그리고 록희의 손에서 저격소총을 받아 간 다음 바닥에 납작 엎드려 복사 자세를 취했다. 생존자 중 누군가가 중얼거렸다.

"저 오빠 왜 나서지? 스키 선수랬는데."

왼팔의 팔꿈치를 지면에 대고 왼손으론 총신을 안정적으로 떠받친다. 그리고 오른쪽 어깨에 개머리판을 맞닿게 해 반동에 대비했다. 어설프기 짝이 없던 재일의 그것과는 정반대의 익숙함. 경건함이 느껴지기까지 하는 그 모습에 모든 생존자가 숨을 죽이고 그의 동작을 지켜봤다.

표적에 시선을 집중하고, 들이마신 호흡을 멈추는 청년.

권일중이란 이름을 가진 그의 종목은 동계 스포츠인 '바이애슬론Biathlon'이었다. 스키 선수인 것은 맞다. 하지만 이 종목은 등에 소총을 메고 스키 코스를 질주한 다음 멈춰 서면 방아쇠를 당겨 과녁을 적중시키는 혼합 종목.

그가 망설임 없이 방아쇠를 당기자 총구가 불을 뿜었다.

타아아앙!

로프를 끊어 낼 듯이 용을 쓰던 감염자의 머리가 폭탄이 터지는 것처럼 날아갔다. 두개골 일부분이 뒤로 날아가 벤츄레이터의 칼날 사이에 끼어 버리고 말았다.

스르륵 허물어지는 감염자의 육체.

느슨해진 로프를 아무렇게나 집어 던진 다인은 얼굴에 묻은 핏덩이를 소매로 닦아 냈다. 그리고 뒤를 돌아보자 챔피언 하우스 옥상에서 팔이 떨어질세라 흔들고 있는 록희가 보였다. 다인은 록희를 향해 손을 마주 흔들어 주었다.

"끙차."

기운을 차린 다인이 기둥에 로프를 단단히 묶었다.

잠시 후 록희가 강철 막대를 양손에 붙잡아 로프에 건 채 내려왔다. 비록 자세는 어정쩡했지만 로프의 재질이 튼튼했고, 양손에 밴디지를 단단히 감고 있었기에 무사히 목적지까지 도착할 수 있었다.

"얘! 괜찮니?"

록희는 바닥을 데굴데굴 구르다가 벌떡 일어나 다인에게 다가왔다. 죽음의 문턱까지 몇 번이나 갔다가 돌아온 소녀는 활짝 웃으며 대꾸했다.

"네. 저 잘했어요?"

"그래. 잘했어, 바보야. 다신 그러지 마. 알았지?"

다인이 록희의 배에 얼굴을 포옥 기대며 끌어안았다. 갑작스런 포옹에 당황했지만 이윽고 록희는 천천히 소녀의 등을 다독여 줬다. 늘 무턱대고 다른 사람을 구하겠다고 설치는 한 유도 선수의 얼굴이 떠올랐다.

그 남자도 이런 마음이었던 걸까.

"이제 돌아가. 오빠들이 안전하게 받아 줄 거야."

●. •

록희가 멀리뛰기 소녀 다인의 도움을 받아 챔피언 하우스를 벗어난 시각으로부터 20분 전.

의료동 건물에서 유일하게 불이 켜져 있는 입원 치료실에는 남자 필드하키 선수 황재국이 침대 위에서 구슬땀을 흘리고 있었다.

"크읏. 후우우우."

재국의 왼쪽 팔꿈치에는 부목이 대여 있었다. 그는 몸이 굳지 않게 어깨를 풀어 주는 재활 훈련을 하고 있었다.

"서른넷, 서른다섯."

침대 머리맡에서 그가 어깨를 돌릴 때마다 횟수를 재 주고 있는 주인공은 태권도 코치인 차인준이었다.

"서, 선생님. 못 하겠어요."

재국이 고개를 내젓자 인준은 단호하게 설득했다.

"두 세트만 더 하자, 재국아. 안 그러면 팔꿈치 상황이 더 나빠질 수 있어."

"조금 더 있으면 닷새째예요. 구조대는 안 올 거라고요. 여기서 버려진 채 다 죽을 텐데, 이깟 재활이 무슨 소용이에요."

재국은 원래 의료동에서 꾸준히 치료를 받던 선수가 아니었다. 감염 사태가 일어났던 나흘 전, 감염자의 이빨을 피해 삼층 건물에서 뛰어내렸다가 팔에 큰 부상을 입은 불운의 환자였다.

인준이 잠시 주춤하자 하얀 가운을 펄럭이며 누군가가 다가왔다. 이런 상황에서도 얼굴 한 번 찡그린 적 없는 재활 트레이너 백수희였다.

"희망을 잃지 마. 우린 나갈 수 있고, 너는 나을 수 있다는 걸."

"골절을 너무 오래 방치했어요, 선생님. 다시 하키 스틱을 잡을 자신이 없다고요."

"그렇다고 모든 걸 놔 버릴 순 없잖니. 이런 말 잔인하겠지만, 패럴림픽이란 것도 있어."

그러자 재국이 눈을 질끈 감고 발악하듯 외쳤다.

"무의미한 짓 따윈 관둬요! 더 비참해지고 싶지 않아요. 이럴 거면 날 왜 살렸어요!"

인준의 눈에서 불똥이 튀었다. 그가 당장이라도 재국의 뺨을 때릴 듯이 팔을 들어 올리자 수희가 그를 향해 고개를 저었다. 울먹임을 간신히 참고 있는 재국의 어깨에 수희가 손을 올렸다.

"재국아, 내 다리를 봐. 원래 국가대표였던 내가 다시 태릉 선수촌으로 들어온 이유를 아니?"

재국이 축축한 눈으로 수희를 바라봤다.

"운동선수가 얼마나 한길에만 올인하는지 난 알아. 우리한테 있어서 신체가 고장 난다는 건 그 어떤 상실과도 비교할 수 없지."

보통 사람들은 전 재산을 잃어도 재기를 꿈꿀 수 있지만 운동선수들에게 심각한 부상은 모든 재기의 기회마저 날려 버린다. 보통 사람의 부상이 고층 빌딩에서 땅바닥으로 추락하는 아픔이라면, 엘리트 운동선수에게 장애에 가까운 부상이란 땅을 뚫고 지하 십층짜리 구덩이까지 파고 들어가는 처지와 같다.

"앞으로도 분명 누군가는 불운한 사고로 운동 생명을 끝내야 할 테지. 그 친구는 나처럼 한 치 앞도 보이지 않는 캄캄한 지하 구덩이 속에서 헤매게 될 거고. 그래서 결심한 거야."

"……선생님."

"그때, 누군가는 올라올 길이 있다며 랜턴을 비춰 줘야 하지 않겠니."

수희는 자신의 다리에 붙어 있는 강철 의족을 가리키며 웃었다.

"자, 그럼 한 세트만 더 하자. 너는 태릉인이야. 근육에 쌓인 젖산이 고통을 만들어 내는 이유는 더 강한 근육을 만들기 위해서잖니. 젖산도 절망도 언젠가는 사라져."

잠자코 듣고 있던 재국은 고개를 끄덕이고 수희가 도와주는 대로 다시 재활 운동을 시작했다.

"서른여섯. 서른일곱."

인준 역시 다시 제자리로 돌아가서 횟수를 세 주었다. 입원 치료실의 시계만이 째깍째깍 초침 소리를 내며 돌아간다.

한편, 의료동 삼층의 복도에는 두 명의 군인이 보초를 서고 있었다. 낮에 비해 밤이 되면 감염자들이 접근할 가능성이 더욱 높아지기 때문이다.

"한재희 병장님. 헐크좀비가 하루 종일 안 보이지 말입니다."

어깨에 붕대를 칭칭 감은 박 일병이 한 병장을 향해 말했다.

"그러게. 녀석이 그대로 밖에서 뒈져 준 거면 참 고맙겠는데."

"헬기들도 다 불타 없어졌는데 말입니다. 우린 버려진 게 맞는 겁니까?"

한 병장의 얼굴이 어두워졌다.

"젠장. 담배 한 개비가 간절하네."

"저, 아래층에 뒤져 보면 있을 것 같은데 말입니다."

"아니야. 좀비들은 온도를 본다니깐. 담뱃불 켜기도 무섭다, 난."

의료동 주변에는 무수한 감염자들이 우글대며 돌아다니고 있었다. 매일매일 점점 숫자가 늘어나는 기분이다. 감염자들이 지금껏 루틴대로 움직이는 것은 확인했지만, 내일의 해가 뜰 때에도 그럴 것이란 보장은 없다. 한 병장이 박 일병의 어깨를 툭 쳤다.

"이만 돌아가자. 사람들 기다리겠다."

그런데 응접실 문을 열고 안으로 들어간 순간 박 일병이 어깨를 부르르 떨었다.

"왜 그래?"

"갑자기 으슬으슬하지 말입니다. 꼭 냉장고 속으로 들어온 것처럼."

"뭐어?"

고개를 갸웃하는 한 병장에게도 곧 느껴졌다. 미약하게 소름을 돋게 하는 냉기가 응접실 바닥 쪽에서부터 스멀스멀 올라오고 있었다. 난장판이나 다름없는 응접실 한복판에 있는 뭔가가 냉기를 뿜어내고 있었다.

몇 개의 검은 통들에서 흘러나오는 차가운 냉기.

한 병장의 소총 잠금쇠가 끼릭 하고 풀리는 소리가 들렸다. 그가 바짝 긴장한 채 검은 통을 향해 총을 겨눴다.

"뭐야, 저건. 어디서 튀어나왔어?"

그때, 널브러진 특공대원들의 시체 사이에서 뭔가가 슉 하고 날아올랐다. 시야 바깥에서 벽을 타고 날렵하게 움직이는 것이 느껴진 순간!

때는 이미 늦어 있었다.

박 일병은 순간 목 위가 느닷없이 무거워졌다고 느꼈다. 한 병장은 그를 쳐다본 순간 기묘한 광경을 마주해야 했다. 검은 옷을 입은 단신의 사내가 박 일병의 어깨에 올라탄 채 양팔을 매섭게 아래로 휘둘렀다.

"커허어억!"

쿤린의 두 송곳에 양쪽 귀의 달팽이관을 찔린 박 일병이 피를 뿜어내며 쓰러졌다.

"뭐야, 이 개새끼가!"

한 병장이 재빨리 그 남자를 조준하고 소총의 방아쇠를 당겼다.

타아앙!

그러나 쿤린은 이미 총구가 자신 쪽을 향했을 때부터 민첩하게 점프해 피해 내더니 한 병장의 턱을 걷어찼다.

"크으으윽!"

바닥을 구르던 한 병장이 목 잘린 특공대원의 사타구니와 부딪혀 멈췄다.

"누구냐아아!"

한 병장이 응접실의 허공을 향해 소총을 난사했다.

타앙! 타아아앙!

그러나 벌떡 몸을 일으켰을 때 등 뒤에 누군가 서 있다는 본능적인 육감이 그를 사로잡았다.

"크윽!"

그가 뒤로 물러나며 소총을 휘둘렀는데 기다란 금속에 카각하고 가로막혔다. 만곡도를 든 은발의 외국인이 조용히 읊조렸다.

"처리해, 주세페."

그러자 문가에 서 있던 보라색 머리의 사내가 슬그머니 움직였다.

피슈욱!

그의 손에서 바람 새는 소리가 들리자 한 병장은 옆구리의 뼈가 바스라지는 괴로움에 허물어지고 말았다.

"끄아아아악."

소음기를 부착한 권총을 든 주세페가 다가와 한 병장의 코에 총구를 들이밀었다.

"나머지는 어디 모여 있나."

우지끈!

입원 치료실의 문짝이 부서지며 피투성이가 된 한 병장이 그와 함께 병실 안으로 날아들었다. 배를 부여잡은 그가 쥐어 짜내듯 외쳤다.

"다들 도망쳐요!"

침상 위에 누워 있던 부상자들의 눈이 휘둥그레졌다.

그사이 불청객들이 문가에 모습을 드러냈다. 입원 치료실 안에 먼저 들어선 것은 리퍼들의 우두머리 알바레즈. 그가 저벅저벅 걸어와 병실의 상황을 살폈다. 그는 금세 이상한 점을 눈치 챘다.

"둘이 모자란데?"

휘이이익!

알바레즈의 중얼거림이 끝나기도 전에 문 옆의 사각지대에서 묵직한 캐비닛이 그를 향해 날아들었다.

"흐으읍!"

알바레즈 옆에 서 있던 근육질의 거한 드미트리가 캐비닛을 찌그러트리며 바닥으로 떨궈 냈다.

콰당!

캐비닛은 미끼였다는 것이 금방 드러났다. 벽을 박차고 날아오른 장신의 사내 인준이 드미트리의 관자놀이를 걷어차는 데 성공한 것이다.

퍼어어억!

다른 리퍼들의 밥통을 모두 메고 있어 동작이 굼떴던 드미트리의 거구가 뒤로 훌쩍 날아 의료집기 선반을 와장창 부수며 나가떨어졌다. 알바레즈의 눈썹이 치켜 올라갔다.

'아무리 기습이었다고 해도, 드미트리를 날려 보내?'

하지만 그 역시 안심만 하고 있을 수는 없었다. 인준의 등 뒤에 숨어 있던 흰색 가운의 수희가 자신을 향해 덤벼든 것이다. 그녀의 한쪽 다리에 부착된 전자 외골격 장치가 덜그럭 소리를 냈다.

알바레즈는 냉정하게 수희가 접근해 오길 기다렸다가 그녀의 안구를 파낼 작정으로 왼손을 앞으로 뿌렸다. 하지만 감탄이 나올 정도의 순발력으로 그것을 피해 낸 수희는 곧장 팔을 수평으로 휘둘렀다. 고개만 슬쩍 움직여 그것을 피해 내려던 알바레즈는, 직감적으로 상대의 리치가 예상보다 조금 길다는 걸 느끼고 뒤로 뛰었다.

썩두욱.

알바레즈의 잘려 나간 앞머리가 바닥에 떨어졌다. 상대의 손에서 의료용 가위가 날카로운 빛을 발하고 있었다.

인준이 물 흐르듯 자연스러운 동작으로 그녀 옆에 섰다. 수희가 싸늘한 목소리로 물었다.

"뭐죠, 당신들은?"

병실에 가장 늦게 들어선 쿤린이 키득키득 웃었다.

"하여간 이 동네는 재밌다니깐."

드미트리가 벽을 짚고 일어난 뒤 등에 짊어진 밥통을 벗었다. 그리고 알바레즈는 침착하게 등 뒤에서 만곡도를 꺼내 양손으로 쥐었다.

"너희들이 우릴 좀 도와줘야겠다. 부질없이 저항하고 싶어하는 의지는 이해하나, 항복과 복종을 권장한다."

그의 만곡도가 수희와 인준의 가운데를 정확히 겨누었다.

"전원이 여기서 학살당하길 원치 않는다면."

55화
천국으로부터의 무전

- 감염 4일째. 오후. 09:25.

락구는 번쩍 눈을 떴다.

'여기가 어디야?'

자신이 어디에서 일어났는지 순간 파악이 되질 않아 당황스러웠다. 그러나 자신의 가슴에 등을 대고 쌔근쌔근 잠들어 있는 익숙한 뒤통수가 락구를 안정시켰다.

"승미야?"

무척이나 깊게 잠이 든 모양인지 승미는 락구의 왼팔을 베개 삼아 누운 채 일어나질 않았다. 승미의 어깨를 붙잡고 흔들던 락구의 눈에 곰돌이 머리끈이 들어왔다. 손때 묻은 그 머리끈을 보니 잠들기 전에 일어났던 많은 일들이 현실이었다는 것이

실감난다.

'꿈이 아니었어. 승미를 찾아낸 거야.'

문득 얼마나 시간이 흐른 것인지 불안해졌다. 락구는 오른팔로 조심스럽게 승미의 머리를 받친 뒤에 감각이 없이 저린 왼팔을 빼냈다. 그러자 승미가 뒤척이다 몸을 틀어 락구를 정면으로 바라보며 안았다.

"으으으으음."

그대로 석고상처럼 굳어 버린 락구. 승미의 나직한 숨결이 락구의 목덜미 맨 살갗에 닿자 온몸에 찌르르한 전류가 흘렀다. 얼굴과 얼굴이, 입술과 입술의 거리가 지나치게 가까웠다. 기진맥진해 있을 때는 몰랐지만 잠깐의 휴식으로 원기가 충전된 젊은 남성에겐 몹시 과한 자극.

'으악, 이런 초밀착은 너무 위험해.'

매트 위에서라면 락구는 그 누구에게도 붙잡히지 않고 떼어낼 수 있는 절정의 유도 기술이 있었다. 하지만 수십 개에 달하는 그 기술들 중 지금 떠오르는 것이 단 하나도 없었다. 어떻게 하면 승미를 깨우지 않고 일어날 수 있을까 궁리하던 차에 누군가 VIP 응접실의 문을 쾅쾅 두드렸다.

"락구 선수! 안에 있습니까?"

공익요원 박정욱의 목소리였다.

"나, 나갑니다!"

벌떡 튕겨지듯 일어난 락구가 황급히 바닥으로 내려섰다. 뒤를 돌아보자 승미는 락구 대신 소파의 등 쿠션을 끌어안고 여전히 잠들어 있었다.

"으으음."

안도의 한숨을 내쉬고 밖으로 나온 락구에게 정욱이 물었다.

"깨워서 미안합니다. 드디어 무전기가 고쳐졌거든요."

정욱의 손엔 파손 부위를 테이프로 칭칭 감은 무전기가 들려 있었다. 외부와의 통신 수단이 우여곡절 끝에 다시 살아난 것이다.

"정말 대단해요, 정욱 씨."

"벼, 별거 아녜요. 하핫."

"작동은 해 보셨어요?"

"아뇨, 아직. 락구 선수한테 직접 드려야 한다고 생각했거든요."

정욱이 이렇게 조심하는 데는 다 이유가 있었다. 무전기를 빼앗기는 바람에 어떤 파국이 일어났는지 잊을 수 없었기 때문에.

"두제 선배는요?"

"저기 끝에 있는 다용도실에 아직 가둬 놨어요. 유일하게 살아남은 군인이 감시하고 있다고 들었습니다."

정욱이 가리킨 곳은 삼층 복도 끝에 있는 작은 철문이었다. 락구는 고개를 끄덕이고는 무전기를 움켜쥐었다.

"그럼 조용한 곳에 가서 이걸 작동시켜 볼까요?"

"네. 그런데 락구 선수, 몸은 괜찮아요? 난리도 아니었다면서요."

"많이 좋아졌어요. 원래 운동선수의 쪽잠은 효과가 장난 아니거든요.”

“그런데 얼굴이 왜 이렇게 빨개요? 마치 불덩이처럼 달아오른 느낌…….”

“읔. 그건 말 못 할 이유가 있어요. 암튼 빨리 갑시다.”

●. •

태릉선수촌 정문으로부터 꽤 멀리 떨어진 미군 진지는 대낮처럼 환한 빛을 내뿜고 있었다. 현재 선수촌과 불암산 일대를 포위하고 있는 병력의 수는 1만 7천. 한반도의 미군 병력의 절반을 웃도는 어마어마한 병력이었다.

그러나 클레이튼 머독 주한 미군 사령관의 표정은 어두웠다.

그는 40년 만의 대규모 작전이 서울에서 펼쳐진다는 것에 대한 부담을 익히 알고 있었다. 한국군의 준장을 무력으로 억류한 것은 불가피한 일이었지만, 좀비에 대한 공포가 소멸되고 나면 민감한 분쟁으로 이어질 수 있다.

‘이 사태가 길어지는 것만은 절대로 피하고 싶다.’

그것이 사령관의 본심이었다. 대치 상황이 길어지면 ‘변수’가 생겨나기 마련이다. 그리고 상대가 인간이 아니라 가공할 치사율을 가진 병원균이라면 더더욱 그렇다. 지금 머독 사령관의 눈앞에서 펼쳐지고 있는 풍경도 그런 위험한 ‘변수’의 일종이다.

“난 물리지 않았습니다. 믿어 주십시오!”

현장에서 부상을 입은 병사가 수갑이 채워진 채 사령관 막사 앞에 무릎을 꿇고 있었다. 그가 입은 군복의 왼쪽 어깨 부근이 붉게 물들어 있었다.

"좀비와의 접촉은 없었습니다. 화살에 맞은 겁니다!"

얼굴엔 푸른빛이 돌고 있었고, 붉게 팽창한 혈관이 목을 타고 턱까지 잠식해 있었다. 무엇보다 붉게 충혈된 두 눈이 주변에 도열한 병사들에게 공포심을 심어 주고 있었다.

사령관이 보고받은 바에 따르면 명확한 '변이'의 전조 증상이다.

"스완슨 상사."

병사의 오른쪽 가슴에 붙은 명찰을 읽은 사령관이 입을 열었다.

"예외는 없다. 순직 장병으로 최대한의 예우를 해 주겠네. 유감이군."

사령관이 고개를 끄덕이자 스완슨을 제압하고 있던 병사 중 한 명이 권총을 꺼내어 스완슨의 관자놀이에 겨눴다.

"빌어먹을, 웃기지 마!"

붉은 눈을 부릅뜬 스완슨이 용을 쓰자 그의 양팔을 단단히 붙잡고 있던 병사 둘이 허수아비처럼 맥없이 날아가 버렸다.

철컥, 철컥, 철컥.

그 모습에 일대를 에워싸고 있던 병사들의 총구가 일제히 올라갔다. 스완슨의 목소리는 더욱 절박해졌다.

"전 아직 멀쩡합니다! 제발 검사를 받게 해 주십시오."

그러나 사령관의 얼굴은 요지부동이었다. 그는 스완슨의 부풀어 오른 양팔이 곧 수갑을 끊어 버릴 것처럼 파르르 떨리는 것에서 시선을 떼지 않고 있었던 것이다.

그때, 사령관 옆으로 검은 양복을 입은 사내가 바짝 다가왔다.

"잠깐만요, 사령관님. 상사에게 한번 기회를 줘 보는 건 어떻습니까."

그의 이름은 칼 메이나드. 미국 본토로부터 긴밀히 협조하란 명령이 내려온 군수업체 미티카스의 간부였다. 사성장군을 마치 비즈니스 파트너처럼 대하는 메이나드의 태도가 고까웠지만 사령관은 일단 들어 보기로 했다.

"이미 감염이 진행됐는데, 달리 방법이 있겠소?"

"어차피 사살시킬 거라면……."

사령관이 메이나드의 말을 뚝 끊었다.

"순직이오. 어휘를 신중하게 고르시오."

"어차피 순직시킬 거라면 그에게 이것을 사용해 보고 싶습니다. 본인도 동의할 거라고 확신합니다만."

메이나드가 검은 케이스를 열어 파란색과 주황색 앰풀이 담긴 주사기를 꺼내었다. 스완슨의 눈빛이 흔들렸다.

"뭡니까, 그게?"

메이나드가 그에게 뚜벅뚜벅 걸어와 주사기를 보여 줬다.

"물린 환자가 아직 변이하기 전일 때에만 효과를 발휘하는 시험용 백신입니다. 이론적으로, 강력한 신체를 가진 숙주라면 바이러스를 몰아낼 수 있죠."

"이론적으로? 서, 성공 확률은 얼마인데요?"
메이나드가 어깨를 으쓱였다.
"제로입니다. 아직까지는."
"꺼져, 이 개자식아! 나한테 필요한 건 안락사 약물이 아니라…… 커헉!"
스완슨의 입에서 붉은 선혈 덩어리가 분출됐다. 메이나드는 자신의 구두에 피가 묻을까 한 발짝 뒤로 물러나며 인상을 찌푸렸다.
"상사에게 선택권은 없는 것 같습니다. 각혈은 변이의 마지막 단계거든요."
"어, 어서 놔 줘! 빨리."
메이나드가 주사기를 스완슨의 팔에 겨눈 뒤 사령관의 얼굴을 쳐다봤다. 머독 사령관은 별수 없다는 듯 고개를 끄덕였다.
푸슉.
파란색 액체가 스완슨의 팔뚝 안으로 주입됐다. 그러자 그는 바닥에 철푸덕 쓰러지며 몸을 부들부들 떨기 시작했다.
"끄아아아아악!"
메이나드는 냉정한 얼굴로 스완슨의 안면을 살피며, 주사기의 레버를 돌려 두 번째 앰풀인 주황색 약물을 준비했다.
"극심한 고통이 찾아들 겁니다. 약물이 혈관 속에서 바이러스를 몰아내는 과정을 견뎌야 하니까."
"꺼으으으으으."
잠시 후 입에서 거품을 물며 발작하던 스완슨의 동작이 완전히 멈추었다. 넝쿨처럼 그의 온몸을 감싸던 혈관들도, 붉게 충혈된 눈빛도 모두 정상으로 돌아왔다. 다만 숨을 쉬지 않을 뿐이었다.

손목시계를 확인해 시간을 재던 메이나드가 스완슨의 목에 손가락을 가져다 댔다. 완전히 멈춘 호흡. 메이나드가 주황색 앰플을 스완슨의 심장에 직접 꽂아 주사했다. 하지만 한참 동안 시간이 흘러도 그의 육체에는 아무런 반응이 없었다.

"안 되는 건가."

결국 고개를 가로젓고는 그가 다시 사령관에게 돌아왔다.

"실패했군요. 상사의 훌륭한 체격과 의지를 보고 희망을 걸어 봤는데."

"사망한 건가."

"사령관님 표현에 따르면 '순직'한 거죠. 바이러스를 없애는 데는 성공했지만, 숙주가 도통 그 과정을 견뎌 내질 못하는군요."

침통한 얼굴을 한 병사들이 스완슨의 시신을 들쳐 메고 어디론가 사라졌다.

"다시 말하지만 난 당신들이 탐탁지 않소. 그 꺼림칙한 실험 때문에 우리 병사들이 죽어 나가는 건 결단코 사양이야."

"그럴 일은 없을 겁니다, 사령관님."

"벌써 한 명 생겼지. 아무래도 폭격 시간을 하루 앞당겨야겠소."

메이나드의 안면 근육이 꿈틀댔다. 그가 사령관에게 더욱 얼굴을 밀착하며 소곤댔다.

"그렇게 독단적으로 결정하시면 곤란합니다. 아직 우리 피고용인들이 빠져나오지 못했습니다. 애초에 이 난리를 피우고 있는 의미가……."

"내일 오전 9시요. 엔터프라이즈호에 그렇게 전달할 테니 알아서들 하시오. 그 소름 끼치는 시체 도굴꾼들이 안에서 뭘 하는지 모르겠지만, 엉덩이를 부지런히 놀리라 전해 주는 게 좋을 거요."

그 말만 남기고 사령관은 막사 안으로 들어가 버렸다.

메이나드는 한숨을 내쉰 다음 걸음을 재게 놀려 자신의 막사 쪽으로 서둘렀다. 그가 사라지자 멀찍이 떨어진 풀숲더미가 부스럭대며 움직였다.

잠시 후 그 풀숲에서 빠져나온 두 명의 남녀가 미군 트럭 뒤에 몸을 숨기며 호흡을 헐떡댔다.

"봤어, 나탈리? 그 감염된 병사에, 시험용 백신까지. 당신 짐작이 맞았던 거야!"

"예상이 적중하면 기뻐야 하는데, 하나도 그렇지 못하군."

"왜 그렇게 표정이 어두워? 현장을 직접 목격했으니 당신이 원하던 시나리오 아니야?"

두 눈을 꿈뻑대는 까를로스 황 조사관에게 나탈리는 고개를 가로저었다.

"머독 장군은 본토에서도 무시할 수 없는 거물이야. 그런 자도 어쩔 수 없이 메이나드에게 협조하고 있잖아. FBI라고 다르겠어? 어설프게 건드렸다간 내 윗선에서 막혀 버릴 거야."

"그럼 어떡하지? 이대로 구경만 하고 있어야 하나. 내일 오전 9시라잖아. 미군 항공모함이 폭격기를 띄울 모양이라고."

잠시 고민하던 나탈리가 손가락을 들어 한쪽을 가리켰다. 그곳은 메이나드가 들어간 임시 막사였다.

"저기에 숨어들 수 있다면 어떨까."

"위험하기 짝이 없겠지만, 확실한 증거를 포착할 수 있겠지."

메이나드의 막사는 자그마치 여덟 명의 무장한 미군 병사가 엄중한 경계를 펼치고 있었다. 사방이 노출된 진지에서 저 막사 안에 숨어든다는 것은 요원해 보였다.

황 조사관은 최관식 준장이 도박을 걸며 띄워 올린 세 대의 헬기가 모두 돌아오지 못했다는 점을 떠올렸다. 이유는 알 수 없지만 마지막 구조작전이 명백한 실패로 돌아간 것이다.

"무전기는 아까부터 전혀 응답이 없고. 라쿠와 로키는 아마도 분명…… 후우우."

그야말로 상상할 수 있는 최악의 상황이었다.

바로 그 순간 황 조사관의 품에서 '뚜뚜뚜뚜!' 하는 알림음이 터져 나왔다. 전혀 생각지 못했던 터라, 무전기를 꺼내던 황 조사관은 하마터면 그걸 놓칠 뻔했다.

"여보쎄효? 누쿠십니카?"

돌아오는 목소리는 전혀 예상 밖의 인물이었다. 놀랍게도 그것은 천국으로부터의 무전이었던 것이다.

"까를로스 아저씨, 저예요. 도락굽니다!"

"흐어어어어! 저는 라쿠 군과 로키 양이 주근 줄로만 아라써요. 어허어엉."

무전기 너머 들려오는 황 조사관의 울부짖음에 락구와 정욱은 당황할 수밖에 없었다.

"흥분하지 마시고 천천히 말씀하세요, 아저씨. 여긴 챔피언하우스고, 아직 생존자들이 반절 이상 살아남아 있습니다."

황 조사관이 침착함을 되찾는 데까지는 시간이 걸렸지만 결국 안정을 찾았고, 격리 폐쇄 구역 안팎의 두 남자는 서로의 이야기를 길게 나눌 수 있었다.

헬기를 통한 마지막 구조 시도가 처참한 실패로 돌아간 것. 검은 슈트를 입은 리퍼들이 감염자들의 머리를 수집하는 것과 동시에 생존자들의 목숨 또한 아무렇지 않게 가져간다는 것. 그 리퍼들과 앙숙으로 보이는 안금숙 소좌는 신출귀몰하며 단독 행동을 벌인다는 것. 그리고 선수촌의 운명은 돌아오는 아침 9시에 결정 난다는 것.

거의 동시에 두 남자는 같은 결론에 이르렀다. 락구가 중얼거리듯이 내뱉었다.

"결국 우리가 살아 나갈 수 있는 유일한 방법은 '탈출'뿐이란 말이네요?"

"아임 쏘리, 라쿠 군. 저와 나탈리도 먼가 해 보게찌만 실패할 수도 이쒀여."

락구는 더욱 침착해진 얼굴로 무전기에 대고 말했다.

"너무 걱정 말아요, 아저씨. 저와 권투소녀는 무사하고, 승미와 그 친구들까지 만났어요. 아직 12시간 정도 시간이 있으니까 어떻게든 방법을 찾아볼게요."

"행우늘 빌어효, 라쿠 군. 콕 싸라서 만납씨다!"

그렇게 무전은 끊겼다.

그런데 옆에서 잠자코 무전을 지켜본 정욱이 뭔가 어려운 말을 꺼내려는 듯 우물쭈물했다. 락구가 묻는 듯한 시선을 보내자 정욱이 한숨과 함께 털어놓았다.

"락구 선수가 자고 있는 동안 록희 선수에게 일이 있었어요."

"일이요? 어디 다쳤대요?"

그러고 보니 생존자들은 큰일을 치른 듯 어딘가 피로에 찌들어 보였고, 어디에 있어도 존재감을 내뿜는 백록희는 도통 보이질 않았다. 락구는 무전기에만 정신이 팔려 록희가 어딘가에서 쉬고 있다고만 생각했던 것이다.

정욱의 안내를 받아 옥상으로 올라간 락구. 둘을 보자 현택이 이마를 짚으며 설명했다.

"미안. 말릴 수가 없었다. 의료동 쪽에서 난 총소리를 듣고 난 뒤로 록희는 제정신이 아니었거든."

현택과 달튼을 비롯한 남자 생존자들 몇몇이 옥상에 널브러진 시체들을 한쪽으로 밀어 놓고 있었다. 락구는 챔피언 하우스 옥상에서 연수원까지 이어지는 녹색 로프를 보고 가슴이 철렁 내려앉는 기분을 느꼈다.

"그 위험한 데를 정말 혼자 갔다고요? 날 깨우지 않고, 왜!"

흥분하는 락구 앞에서 현택은 쩔쩔매며 말을 이어 나갔다.

"사실 걔는 그러려고 했어. 그런데…… 너와 승미가 잠든 모습을 보고 뭔가 딴생각을 했던 모양이야."

유도 국가대표는 말문이 막힌 듯 입을 다물었다. VIP 응접실에서 자신과 승미가 어떻게 잠들어 있었는지, 그 모습이 어떻게 보였을지 짐작하는 건 어려운 일이 아니었으니까.

"그래도 그렇지, 이 바보가! 거기가 어디라고."

씩씩대던 락구가 뻥 뚫린 옥상 난간을 향해 성큼성큼 걸어갔다. 아직 연수원 옥상과 연결된 로프는 건재해 보였다. 그러나 지상에 잔뜩 몰려 있는 감염자들에 시선을 빼앗긴 순간 락구의 다리에 힘이 풀리고 말았다.

"으윽."

락구의 이상을 느낀 현택이 황급히 달려와 그를 부축했다.

"왜 그래, 락구야? 괜찮은 거냐. 얼굴이 창백한데."

누군가 턱을 강제로 벌리고 주먹을 집어넣은 것처럼 숨이 턱 막히고 머릿속이 하얘진다. 락구는 엉거주춤한 자세로 뒤로 기어가듯 난간으로부터 물러났다.

"죄, 죄송해요. 제가 높은 곳을 잘 못 견뎌서."

어릴 적의 사고 이후 락구를 평생 동안 괴롭혔던 고소공포증이 이런 상황에서도 여지없이 존재감을 드러낸 것이다. 락구의 손바닥이 옥상의 지면을 꽝 하고 내리쳤다.

'제기랄. 이 밤중에 혼자서 의료동까지 가겠다고? 자살행위야, 권투소녀!'

잠들지 말았어야 했다. 그토록 애타게 찾아 돌아다닌 승미를 만났다는 안도감에 긴장을 완전히 풀어 버린 자신이 너무나 원망스러웠다.

록희가 없었더라면…….

그 애가 등을 지켜 주고 대신 감염자의 머리를 박살 내 주지 못했더라면…….

위험에 빠졌을 때 그 악바리 같은 근성으로 어수룩한 자신을 다잡아 주지 않았더라면…….

지금 락구는 살아 있지 못했을 것이다.

게다가 둘은 분명히 약속까지 했었다.

— 그 양궁 언니를 만날 때까지 도와줄게요. 대신 그러고 나면 다음 차례는 유도아재가 그 무전기로 언니와 날 도와주는 거예요. 그게 조건이야. 콜?

앙다문 턱이 부들부들 떨린다. 하지만 도락구라는 남자는 무력하게 자책만 하고 주저앉아 있는 타입은 아니었다. 락구가 몸을 일으키며 말했다.

"쫓아가야겠어요. 걜 혼자 놔둘 순 없어."

현택은 고개를 가로저었다.

"이 친구 말로는 내일 아침 9시에 미군들이 태릉을 쓸어버린다며. 너마저 여길 떠나면 어떡하겠다는 거야."

"탈출을 위해서라도 같이 뭉쳐 있어야죠. 권투소녀를 쫓아가서 의료동의 생존자들도 모두 같이 이곳으로 데려와야 해요."

잠자코 듣고 있던 사내가 끼어들었다. 데이브 달튼이었다.

"슌미, 너놈 필요하다. 너놈 떠나면, 슌미, 슬퍼한다."

달튼의 말은 기습적인 급소 공격처럼 아팠다. 승미를 다시 만난 순간부터 절대로 떨어지지 않겠다고 다짐한 락구였다. 완전한 무방비로 자신의 품 안에서 잠든 승미를 이제는 두 번 다시 놓치지 않겠다고 결심했던 게 불과 몇 십 분 전이다.

하지만 그때는 이런 상황이 기다리고 있을 줄 전혀 몰랐다.

"달튼이라고 했죠? 미안합니다. 승미가 깨어나면 잘 전해 주세요. 꾸중은 돌아와서 듣겠다고."

그러면서 락구는 옥상의 문을 벌컥 열고 계단을 달려 내려갔다. 그가 향하는 곳은 이층 복도였다.

이 순간 락구에게 간절히 필요한 것은 동료였다. 자신과 필적할 만큼 강인한 육체와 격투 기술, 그리고 아무리 절망적인 상황에서도 굴하지 않는 악마 같은 집념. 그런 조건을 갖춘 동반자가 있어야 했다. 이 챔피언 하우스에서 그 까다로운 조건을 충족시키는 단 한 명의 남자가, 지금 락구의 눈앞에 있는 철문 안에 감금돼 있었다.

그를 감시하기 위해 나선 군인 한 명과 함께.

'어쩔 수 없어. 그를 설득해 보는 수밖엔.'

그렇게 락구는 강두제가 포박당한 채 갇혀 있는 다용도실의 문손잡이를 움켜쥐었다. 그런데 안쪽에서 투닥거리는 소란이 느껴졌다. 자못 심각해진 락구가 철문에 귀를 가져다 대었을 때 그것은 분명히 들려왔다.

"캬아아아아아아!"

절대로 오해할 수 없는, 감염자의 울부짖음이었다.

56화
뜻밖의 좀비

- 감염 4일째. 오후. 09:39.

"어이, 괜찮은 거야? 고개 좀 들어 보라고."

박 중사에게 말을 건네는 두제의 목소리는 동요하고 있었다. 맞은편 의자에 앉아 있는 박 중사의 안색이 대략 10분 전부터 극도로 창백해졌기 때문이다.

"허으으으으."

붉게 충혈된 눈이 다용도실 허공 언저리를 맴돈다. 바로 코앞에 꽁꽁 묶여 있는 두제는 안중에도 없어 보였다.

"젠장. 뭐가 어떻게 된 거야. 정신 차려, 이 새끼야!"

두제가 바락바락 소리를 질러도 전혀 듣지 못하는 것처럼 보였다. 박 중사가 쥐고 있던 권총이 힘없이 바닥으로 떨어졌다.

그리고 그의 목울대가 꿀렁이더니 곧 큼직한 핏덩이를 바닥에 쏟아 내고야 말았다.

"쿠웨에에에엑."

두 남자 사이의 바닥이 핏물을 담은 물풍선이 투하된 듯 더러워졌다.

명백하다.

'저건 좀비가 되려는 워밍업이잖아.'

두제는 양팔에 힘을 가득 주며 두 손목을 칭칭 감은 테이프를 끊어 내 보려 했다.

"끄으으으읍!"

하지만 도대체 몇 겹으로 감아 놓은 건지, 테이프는 조금 늘어날 뿐 끊어질 기미가 없었다. 두제는 뭔가 도움이 될 것을 찾아 급히 주위를 살폈다. 그의 오른쪽 등 뒤 선반에 유리병이 진열돼 있었다.

'저걸 깨트릴 수 있다면.'

양팔과 마찬가지로 테이프가 칭칭 감긴 두 발로 바닥을 밀어내면서 두제가 조금씩 뒤로 움직였다.

끼이익. 끼이이익.

그렇게 그가 자신을 묶은 의자째로 박 중사에게서 멀어지고 있던 차에 각혈을 내뱉은 뒤 고개를 숙이고 있던 박 중사가 힘없이 앞으로 고꾸라졌다. 자신이 내뱉은 핏덩이에 얼굴을 처박는 박 중사. 어깨의 움직임이 전무하다. 호흡이 멈춘 것이다.

'그리고 좀비가 돼서 깨어나겠지, 망할.'

마음이 더욱 급해진 두제는 속도를 높여 결국 목적지에 도달했다. 의자 등받이가 선반과 충돌하자 커피포트와 가습기 같은 물건들이 덜컥거렸다. 두제는 유리병이 있는 위치를 정확히 가늠한 다음 두 눈을 질끈 감고 헤딩하듯 머리를 내던졌다.

쨍그랑!

유리병이 산산조각 나면서 파편들이 두제의 등 뒤로 쏟아져 내렸다. 그중 하나를 덥석 잡는 데 성공한 그는 망설임 없이 테이프를 잘라 내기 시작했다. 그러는 와중에도 두 눈은 엎어진 박 중사에게 꽂혀 있었다.

"대체 어디서 물린 거야, 미친 새끼."

그러나 아무리 생각해도 박 중사가 감염자에게 공격당하는 걸 본 기억이 없었다. 게다가 물렸더라면 이렇게나 느리게 변이가 일어날 리도 없다.

두제의 머리를 스치고 지나가는 장면.

'내가 녀석의 어깨를 막대로 찔러서?'

그렇다면 감염자의 피가 묻은 무기가 인간의 몸을 파고들어 상처를 낼 경우에도 재앙이 된다는 뜻이었다. 직관적으로 제법 말이 되는 것 같다.

'그렇다면 저 자식이 이 사실을 몰랐을까?'

박 중사는 헬기 구조작전을 실패로 만들고 동료들과 생존자들을 죽음으로 몰고 간 두제를 극도로 증오하고 있었다. 어쩌면 그는 몸에 이상을 느끼고 두제와의 동귀어진을 택한 것일 수도 있었다. 그렇게 생각하자 두제의 팔에 더욱 힘이 들어갔다.

"네 저승길 동무가 될 생각은 없다."

하지만 그의 손에 들린 유리 파편이 엄지손가락보다 작은 것이었기에 쉬이 진도가 나가질 않았다. 테이프의 반절 정도가 부욱 찢겨졌을 때 박 중사의 어깨가 꿈틀댔다.

"끄으으으으."

그리고 그가 핏덩이에서 얼굴을 쳐들어 정면의 두제를 노려보았다. 잔뜩 일그러진 얼굴이 원망 때문인지 식욕 때문인지 분간할 수가 없다.

"캬아아아아아아!"

푸른 피부의 박 중사가 양팔을 쩍 벌려 두제를 덮쳤다. 다급해진 두제는 묶여 있는 두 다리의 무릎을 굽혔다가 타이밍을 맞춰 박 중사의 복부를 강하게 걷어찼다.

퍼어억!

뒤로 멀찍이 날아간 박 중사는 바닥을 데굴데굴 굴렀으나 곧 아무런 충격이 없다는 듯 일어났다. 엎친 데 덮친 격으로 두제는 몸을 격하게 움직이느라 쥐고 있던 유리 파편을 놓치고 말았다.

이대로 가면 사자 우리에 던져진 염소나 다를 바 없는 처지가 된다. 두제는 도박을 걸기로 하고 이를 악물었다. 테이프를 조금 잘라 틈이 생겼으니 이번엔 뜯어낼 수 있을지도 모른다.

"크르아아악!"

박 중사가 다시 땅을 박차고 뛰어올랐다. 크게 턱을 벌린 그의 입이 두제의 목에 닿기 직전, 테이프가 우두두둑 하고 뜯어져 나갔다.

"크으으윽!"

아슬아슬하게 박 중사의 습격을 피한 두제가 땅바닥을 굴렀다. 벌떡 일어나고 싶었지만 아직 두 다리가 묶여 있어 균형을 잡기 어려웠다. 그런 두제의 눈에 멀찍이 떨어진 박 중사의 권총이 눈에 들어왔다. 황급히 양팔로 바닥을 기어가 권총을 붙잡은 그는 비틀거리는 박 중사의 등을 겨눴다.

틱. 틱.

그러나 권총은 묵묵부답이었다. 애초에 총알이 장전돼 있지 않았던 것이다.

"이 개새끼가 설마."

박 중사와 나눴던 마지막 대화가 두제의 뇌리를 파고들었다.

— 마음 같아선 당장 널 좀비 밥으로 던져 버리고 싶다.

— 하지만 안 그랬잖아. 마지막까지 포기할 수 없는 군인 정신인가.

— 아니. 인간으로서 참고 있는 거다. 아직 나한텐 이성이라는 게 있으니까.

두제를 죽이기 위해 박 중사는 빈 권총을 든 채 자신이 '인간'을 벗어나기만 기다렸던 것이다.

"젠장. 함정에 빠진 거였어."

박 중사가 마치 탑 포지션을 노리는 격투기 선수처럼 두제의 몸 위에 올라탔다. 그리고 매의 발톱처럼 수직 낙하하는 이빨들.

콰드드드득.

두제는 박 중사의 입에 권총을 처박은 다음 반대편 손으로 그의 이마를 밀어내려 했다. 그러자 박 중사가 무지막지한 괴력으로 두제의 목을 졸랐다.

"커헉."

강철처럼 단련된 목 근육을 가진 두제였지만 박 중사의 양손은 마치 포크레인 같았다. 경동맥이 압박되자 의식이 흐려진다. 두제의 몸에서 점점 힘이 빠져나가기 시작했다.

"크으으으으."

박 중사의 입이 권총의 총구를 뱉어 냈다. 그리고 그가 두제의 가슴팍에 얼굴을 파묻으려는 찰나!

벼락처럼 나타난 락구가 파이프렌치를 휘둘러 박 중사의 옆통수를 후려갈겼다.

빼어억!

맥없이 허물어지는 박 중사의 육체. 락구는 파이프렌치를 바닥에 아무렇게나 던진 다음 두제의 몸을 일으켜 주었다.

"괜찮으십니까, 선배님."

숨을 헐떡이던 두제가 락구의 얼굴을 알아보고 고개를 끄덕였다. 이 건물의 모든 생존자에게 미움을 받고 있던 터라 누군가 달려와 줄 거라고는 미처 생각지 못했다.

"쿨럭. 덕분에 살았군. 내 고함 소리를 듣고 문을 연 모양이지?"

"기대를 저버려 죄송하지만, 그건 아닙니다."

두제가 묻는 듯한 시선을 보내자 락구가 망설이며 답을 했다.

"저와 함께 어딜 좀 가 주셔야겠어요."

"여기 박물관에 돌멩이는 진열돼 있지 않아서 다행이야. 모두 나한테 돌을 던지고 싶어 하는 얼굴이잖아."

박물관 입구에서 현택과 달튼을 비롯한 생존자들이 두제를 쏘아보고 있었다.

"그걸 보통 업보라고 해요, 선배님."

"이런 상황에서 잘도 내 힘을 빌리겠다고 나선 건가."

"말씀드렸죠. 지금은 우리끼리 다툴 때가 아닙니다. 열두 시간도 남지 않았으니까."

락구는 두제의 말에 대충 대꾸해 주면서 박물관에 주르륵 늘어선 마네킹들을 살펴보고 있었다. 곧 락구가 원하는 사이즈의 긴팔 티셔츠가 눈에 들어왔다. 회색 면 재질에 88올림픽 마스코트인 호돌이가 싱긋 웃고 있는 기념 티셔츠였다. 상체에 아무것도 걸치지 않고 있던 터라 락구에겐 그런 옷이라도 필요했던 것이다.

입어 보니 락구에겐 조금 타이트해서 마치 래시가드를 입은 것처럼 보였다. 불에 그을린 유도복 하의 대신엔 현택이 건네준 검은 레깅스와 반바지를 입고 있는 락구였다.

문득 궁금했다는 듯 두제가 물었다.

"후배님. 밖에 나갔다가 돌아왔으면서 굳이 왜 유도복을 입고 있었던 거지? 좀비한테 붙잡히기 딱 좋은 옷이잖아."

"그게 마음이 편한 길이라 생각했습니다. 유도복을 입고 매트 위에 오를 때처럼 스위치가 바로 켜질 거라고 믿었거든요."

"흐음. 그래? 하지만 지금은 생각이 달라진 모양이지."

"네. 좀비들은 저와 유도 시합을 하려는 게 아니었으니까요. 제 생각이 짧았어요."

몸을 움직이면서 점검해 보고 있는 락구를 바라보는 두제의 시선이 깊어졌다.

"이건 순수하게 궁금해서 물어보는 건데, 다시 유도복을 입을 수 있다고 생각하나?"

주먹을 쥐었다 폈다 해 보던 락구의 움직임이 멎었다. 잠시 생각에 잠기는 듯했던 그가 고개를 가로저었다.

"그건 생각하지 않을 겁니다. 오직 선수촌을 탈출하는 것에만 집중할 거니까요."

그때, 정욱이 양손에 뭔가를 들고 둘에게 다가왔다.

"락구 선수. 이것 좀 차 보실래요?"

락구와 두제의 눈이 동시에 크게 뜨였다.

"이게 뭐예요, 정욱 씨?"

"한번 장착해 보시면 알 거예요."

정욱이 락구에게 내민 것은 하얀색 알루미늄과 은색 강철로 이뤄진 쇠막대였다. 곡선으로 이뤄져 끄트머리엔 원형 배출구가 있는 구조. 물론 이 쇠막대에는 무척 장엄한 명칭이 붙어 있다.

"올림픽 성화봉이잖아요?"

어안이 벙벙한 락구에게 정욱은 평창 동계올림픽 성화봉을 빙글 돌리며 설명해 주었다.

"락구 선수가 쓰실 수 있게 제가 개조를 좀 했어요. 여기 장갑을 끼고 손목에 벨트를 채우시면 돼요. 제가 해 드릴게요."

정욱이 성화봉 옆에 달아 놓은 세 개의 벨트를 모두 단단히 채우자 마치 팔목에 작은 대포를 달아 놓은 모양이 됐다.

"지금까지 락구 선수가 맨손으로 싸워 온 건 일종의 기적이에요. 하지만 앞으로도 그럴 거라는 보장은 없잖아요."

그래서 정욱은 오직 락구만을 위한 무기를 만들어 보기로 결심했던 것이다. 온갖 기념품들이 즐비한 이 박물관에서.

락구가 오른팔을 휘둘러 보았다. 길이 70센티미터, 무게 1.3킬로그램의 성화봉은 그에게 있어 큰 부담이 되지 않았고, 팔의 가동 범위도 해치지 않았다.

"더 단단하게 덧대어 놨군요?"

"좀비 머리를 한 방에 부숴야 하니까요. 그러면서 락구 선수의 유도 기술에 방해되지 않도록 조정했어요."

마찰에 강한 봅슬레이 장갑의 손가락 부분을 뜯어서 만든 손바닥 부분에는 엄지와 중지에 강철 케이블이 연결돼 있었다.

"이건 뭐죠?"

그러자 정욱이 그 질문만을 기다리고 있었다는 듯 자랑스러워하며 말했다.

"위급시에 그걸 당기면 화약이 터지면서 폭발해요. 연료가 많이 없으니 여러 번 쓸 수는 없겠지만, 도움이 될 겁니다."

"우우와아!"

폭발하는 성화봉이라니. 장갑 밑에 손목을 보호할 수 있는 에폭시 소재의 천을 덧대어 놓은 것이 이해가 됐다.

물끄러미 지켜보고 있던 두제가 입맛을 다셨다.

"이봐. 내 것은 없어?"

"그, 그쪽 건 없어요. 만들 시간도, 재료도 부족했어 가지고."

무엇보다 가장 중요한 '의지'가 없었지만 소심한 정욱은 차마 그건 입 밖에 꺼낼 수가 없었다.

락구가 정욱의 손을 꽈악 붙잡고 흔들었다.

"정말 고마워요, 정욱 씨. 저는 정말 생각지도 못했는데."

"저한텐 다른 분들처럼 대단한 싸움 능력 같은 건 없으니까요. 가진 거라곤 이런 재주뿐이어서. 아마 탈출에 성공할 가능성도 가장 낮겠죠?"

"왜 그런 말을 해요, 정욱 씨."

"하지만 락구 선수라면 꼭 살아 나갈 수 있을 거예요. 그러면 사람들이 어떻게 그 지옥 같은 곳을 빠져나올 수 있었냐고 물을 거고, 그날이 오면 꼭 세상에 알려 주세요."

정욱이 파르르 떨리는 손바닥을 들어 락구의 오른팔에 감겨 있는 성화봉을 쓸어내렸다.

"선수촌에 선수만 있었던 건 아니라는 사실을."

"다시 한 번 말해 두지만, 후배님, 난 이 짓이 달갑지 않아."

두제는 자신이 내뱉은 말과 무척이나 잘 어울리는 얼굴을 하고 있었다. 그도 그럴 것이, 챔피언 하우스 옥상 난간에서 자신 못지않은 근육질 청년을 등에 업은 채 뛰어내려야 하는 처지가 됐기 때문이다.

두제의 목 뒷덜미에 얼굴을 파묻은 락구는 입술을 덜덜 떨며 말했다.

"바, 방법이 없습니다, 선배님. 서, 서, 서둘러 주세요."

"젠장. 알았으니까 그만 떨어."

두제가 강철 막대를 로프에 걸고는 뒤를 향해 소리쳤다.

"이거 정말 안전한 거야? 말라깽이 여자애들만 왔다 갔다 했다며."

아직 두제에게 앙금이 남아 있는 현택이 으르렁거렸다.

"내 마음 같아선 중간에 뚝 끊어져 버렸으면 좋겠다."

하지만 그렇게 되면 두제뿐 아니라 락구도 감염자의 이빨에 분쇄되고 말 것이다. 그래서 마음껏 저주를 퍼부을 수가 없는 현택이었다.

대답을 해 준 것은 오히려 위압적인 덩치를 가진 달튼이었다.

"그거, 계속 당겨 봤다, 내가. 안전하다, 로프."

미덥지는 않았지만 시간이 없었기에 두제는 다시 정면을 보고 어깨를 으쓱였다. 이런 작은 동작에도 락구는 온몸을 긴장시키며 흠칫흠칫 놀랐다.

"자, 뛴다. 후배님. 여기 계속 서 있다간 자네가 내 목을 부러뜨리는 게 더 빠를 것 같거든."

심호흡을 한 두제가 강철 막대를 붙잡은 다음 옥상 난간 밖으로 뛰어내렸다.

지이이이이이익.

강철 막대가 로프와 마찰하면서 굉음을 냈다. 어지간한 담력을 가진 두제마저도 까마득한 발아래에서 감염자들이 아우성을 치며 자신들이 떨어지길 바라고 있는 광경을 보자 오싹해졌다. 손바닥에서 느껴지는 진동을 굳건하게 버텨 내자 곧 안전한 착지 장소가 다가왔다.

"후우우욱!"

락구를 업은 두제가 연수원 옥상 매트 위에 나뒹굴었다. 두제의 등에서 튕겨져 나간 락구가 데굴데굴 구르다가 가까스로 눈을 떴다.

"휴우우우우."

숨을 계속 참고 있었던 모양인지 격한 호흡을 내뱉는 도락구. 락구의 등 뒤로 두제가 다가와 그림자를 슥 만들어 냈다.

"불세출의 유도 천재가 고소공포증이라."

혀를 차는 두제의 조롱에는 반절 정도 진심 어린 안타까움이 섞여 있었다.

날 두 번이나 골치 아프게 만들었던 적수가 이렇게 오들오들 떨고 있는 꼴이라니.

"지금이라면 가볍게 후배님을 때려잡고 좀비 밥으로 던져 버릴 수 있겠는데 말이야."

"허억허억. 하지만 그러실 이유가 없죠."

"무전기를 빼앗아서 나 혼자 달아나겠다면?"

"그럴까 봐 무전기를 저만 아는 곳에 숨겨 놨습니다. 현택이 형에게도, 정욱 씨한테도 말하지 않았고요. 제가 약속한 시간에 무전기가 울릴 테지만, 그건 선배님이 아실 수 없을 거고요."
"흠. 제법 머리를 굴렸구만."
"게다가 이젠 무전기도 큰 도움이 안 될 겁니다. 구조대는 없어요. 힘을 합쳐……."
두제가 지긋지긋하다는 얼굴로 락구의 어깨를 붙잡아 일으켰다.
"힘을 합쳐 탈출을 이뤄 내자는 거지? 젠장."
두 남자가 연수원 옥상의 반대쪽 난간에 가서 섰다. 록희가 달려갔을 것으로 추정되는 방향이었다.
"정신 똑바로 차려, 후배님. 조금이라도 걸리적거리면 버리고 갈 거니까."
제법 정신을 차린 락구는 이미 각오했다는 듯 고개를 끄덕였다.
"알고 있습니다. 짐이 되진 않을 테니 걱정 마세요."
두 사내는 훌쩍 뛰어내려 연수원 뒤편 잔디밭에 떨어졌다. 그러자 가까이서 배회하던 감염자들이 락구와 두제를 발견하고 돌아섰다. 락구는 성화봉 건틀릿을 철컥대며 앞으로 튀어나갔고, 두제는 강철 막대를 오른손에 든 채 후배의 등 뒤를 보좌했다.
"캬아아아아아!"
락구가 오른팔을 바깥으로 휘둘러 성화봉을 무기 삼아 감염자의 안면을 우그러뜨렸다.
"하아앗."

그리고 다음 차례로 덤벼드는 감염자를 왼손으로 붙잡아 뒤축 후리기로 넘어뜨린다. 마치 오랫동안 연습해 온 것처럼, 뒤를 따르던 두제가 넘어진 감염자의 관자놀이를 강철 막대로 꿰뚫었다.

"이거나 먹어."

퍼서억!

"크아아아!"

감염자들은 공포를 모르고 둘에게 덤벼들었지만 곧 단단한 지면에 나가떨어지거나 선 채로 두개골이 박살 나는 참변을 당해야만 했다.

안타깝다. 그들에게 지성이 남아 있었더라면 본능적으로 알아챌 수 있었을 텐데.

태릉선수촌에서 만들어질 수 있는 가장 강력한 콤비가 지금 막 결성됐음을.

57화
얼음을 태우는 불

- 감염 4일째. 오후. 09:51.

불과 하루도 지나지 않았다.

의료동 입원 치료실 문 앞에 도착한 록희는 지독하고도 낯선 느낌에 진저리를 쳤다. 언니의 집이나 다름없던 이곳이 이처럼 살풍경하게 느껴지는 이유는 단 하나!

코를 찌르는 피비린내 때문이었다.

"언니?"

록희가 천천히 문을 열고 입원 치료실 안으로 들어섰다. 하나 몇 발짝 떼지도 못한 채 숨을 들이켜며 멈춰 서야 했다. 머리에 구멍이 난 여자의 시체가 침대 위에 방치돼 있었던 것이다.

"……."

외면하고 싶었지만 록희는 두 눈을 부릅뜨고 시체에 가까이 다가가서 살펴봤다. 혹시나 그 시체가 입고 있는 옷이 하얀 의사용 가운일까 싶어서. 그러나 그것은 환자복이었다. 다리에 붕대가 감겨 있는 걸로 보아 입원 치료실에 오랫동안 묵고 있었던 선수 중 한 명인 것 같았다.

'언니는 어디에?'

차양막을 치워 가며 주변을 살펴보던 록희의 눈에 또 하나의 인영이 포착됐다.

검은색 군복을 입은 채 벽에 주저앉아 있는 외양이 무척이나 익숙했다. 널브러져 있는 그의 두 다리 주변으로 엄청난 양의 피가 웅덩이를 만들고 있었다.

"특공아재, 일어나 봐요! 네?"

누군가 자신의 어깨를 붙잡고 흔들기 전까지 한재희 병장의 의식은 깊은 수렁 속으로 침잠하고 있었다.

"……누구?"

흐릿한 시야가 돌아오는 게 느껴졌다. 단발머리를 한 소녀가 계속 병장의 뺨을 때렸기 때문이다.

"그만 하세요, 록희 선수."

록희는 한 발짝 물러서서 어쩔 줄 몰라 하다가 한 병장의 복부에서 꿀렁꿀렁 새어 나오는 핏물을 보고야 말았다.

"물린 거예요?"

"아닙니다. 총상이지 말입니다."

어지러운 바닥을 뒤져 압박 붕대 한 롤을 집어 든 록희는 한 병장을 조심스럽게 부축해 벽에서 조금 떼어 놓았다. 그리고 붕대를 감아 주며 물었다.

"무슨 일이 일어난 거예요? 언니랑 환자들, 다 어디로 갔어요?"

한 병장의 얼굴색은 모든 생기가 다 빠져나가 버린 듯 하얗고 창백했다. 그가 힘겹게 입술을 달싹이며 록희를 쳐다봤다.

"검은 옷. 이상한 검은 옷을 입은 외국인들이 쳐들어왔습니다."

● • •

"항복과 복종을 권장한다. 전원이 여기서 학살당하길 원치 않는다면."

리퍼들의 우두머리 알바레즈가 만곡도를 내밀었다. 그러자 수희가 여전히 매서운 눈초리로 물었다.

"뭘 원하는 거야?"

짧은 영어였지만 알바레즈가 보기에 의사소통은 가능해 보였다.

"당신 등 뒤에 숨어 있는 환자들에게 볼일이 있다. 우리와 함께 가 줘야겠어."

"안 돼. 우리가 따라갈 유일한 사람들은 구조대야."

단호하게 거절하는 수희의 눈동자가 리퍼들의 살벌한 면면을 훑었다.

"아무리 좋게 봐 줘도 당신들은 구조대로 안 보이고."

수없이 많은 전장에서 살아남은 알바레즈의 안목은 눈앞의 수희와 인준이 보통 담력을 가진 인간이 아니라는 걸 알아챘다.

'특히 이 녀석은 비범해.'

알바레즈의 시선이 인준의 체격을 훑었다. 엄격하게 단련된 체형, 상식을 넘어서는 긴 팔다리, 무엇보다 호수처럼 깊은 두 눈에 담긴 평정심. 그건 오랜 시간 동안 한 종류의 무술만을 갈고닦아 온 달인들만 보여 줄 수 있는 기운이었다.

'일격에 제압하긴 까다롭겠어.'

어차피 알바레즈에겐 싸울 생각은 없었다. 지금 당면한 리퍼들의 목적은 살육이 아니었으니까.

"주세페."

알바레즈가 고개를 까딱이자 주세페가 차분히 총을 들어 수희의 등 뒤에 서 있는 환자들을 겨눴다.

"재가 좋겠군. 다친 부위를 보니까 어차피 쓸모가 없겠어."

피슉!

그중 다리를 다쳐 침상에서 움직이지 못하고 있던 여자 선수의 머리가 터져 나갔다. 수희와 인준은 움찔할 수밖에 없었다. 인준이 분노에 차서 일갈했다.

"이 지독한 새끼들!"

당장이라도 앞으로 뛰쳐나가려는 인준의 팔을 수희가 강하게 붙잡았다. 그들이 상황을 이해했다는 걸 확인한 알바레즈가 말을 이어 나갔다.

"잠자코 나머지 환자들을 우리한테 넘겨라. 당신들에게 선택권은 없어."

태연히 사람의 목숨을 빼앗는 리퍼들의 행태에 질겁해 버린 환자들이 천천히 앞으로 걸어 나왔다. 그러다 방금 전까지 수희의 격려를 받으며 어깨 재활 훈련을 하고 있던 재국이 울음을 터트렸다.

"서, 선생님. 저 죽고 싶지 않아요."

수희의 앙다문 입술이 이제는 파르르 떨리고 있었다. 쿤린이 따분하다는 듯 귀를 후비며 소리쳤다.

"빨리빨리 움직여, 미끼들아! 갈 길이 멀다고!"

미끼라고?

차마 발을 떼지 못하는 재국의 앞을 막아서며 수희가 말했다.

"나도 함께 가겠어."

리퍼들의 목적이 무엇인지는 모르겠으나 수희는 환자들을 이대로 떠나보내게 할 수는 없다는 집념에 사로잡혀 있었다.

'어떻게 해서든 같이 있어야 구할 수 있는 기회도 생긴다.'

그것이 수희의 결심이었다.

"제 발로 따라 나서겠다?"

수희의 예상치 못한 제안에 알바레즈가 흥미를 보였다. 그러나 곧 그녀의 왼쪽 다리에 붙어 있는 전자 외골격 장치를 보고 혀를 찰 수밖에 없었다.

"미안한데 당신은 안 돼. 탈락이야."

"어째서! 원하는 게 미끼라면 한 명이라도 더 많은 게……."

수희는 도중에 말을 멈춰야만 했다. 자신의 왼쪽 관자놀이에서 싸늘한 총구의 감촉이 느껴졌기 때문이다. 주세페가 수희의 머리를 겨눈 채 설명했다.

"우린 달릴 수 있는 미끼가 필요해. 당신 다리로는 불가능하고. 자꾸 성가시게 굴지 마. 난 그다지 총알을 아끼는 타입이 아니거든."

순간 수희 옆에 서 있던 인준이 주세페의 총구를 덥석 붙잡았다. 그리고 그것을 자신의 가슴팍에 가져다 놓더니 으르렁거렸다.

"내가 이 여자를 업고 뛰겠다. 그러면 어때?"

주세페가 피식 웃은 다음 알바레즈를 쳐다봤다. 잠시 골몰하던 알바레즈는 결국 만곡도를 거두며 고개를 끄덕였다.

"좋아. 모두 따라오도록."

곧 리퍼들과 수희를 업은 인준, 여섯 명의 환자들까지 모두 병실 바깥으로 사라졌다. 리퍼들은 총상을 입은 채 쓰러진 한 병장에게는 전혀 관심을 갖지 않았다. 그것이 미묘한 안도감과 굴욕감을 동시에 주었으나, 복부에서 올라오는 격렬한 통증이 모든 걸 날려 버리고 있었다.

● • ·

언니가 살아서 병실을 걸어 나갔다는 건 희소식이었지만, 리퍼들이 언니를 데려간 이유에 대해서는 도무지 감이 오질 않았다.

"미끼라니, 도대체 그게 무슨 뜻이에요?"

"그건 저도 모릅니다. 후우, 후우."

록희가 붕대를 잡아당길 때마다 눈을 질끈 감던 한 병장은 결국 록희의 손을 밀쳐 냈다.

"소용없을 것 같습니다. 피를 너무 많이 흘렸지 말입니다."

한 병장의 상처에서 나온 피가 번진 록희의 밴디지엔 붉은색이 선명했다. 자신이 두 손을 벌벌 떨고 있다는 걸 권투소녀는 뒤늦게 깨달았다.

"미안해요, 아저씨. 언니였다면 뭔가 해 줬을 텐데."

그러나 눈을 스르르 감은 한 병장은 이제 록희의 말도 들리지 않는 듯 보였다.

"다 좋아질 거라 믿었습니다."

"뭐라고요?"

"……제대만 하면 다 좋아질 거라고. 겨우 열흘. 열흘 남았는데……."

말을 맺지 못한 한 병장의 고개가 아래로 풀썩 떨궈졌다. 록희가 눈을 질끈 감고 한 병장의 코에 손가락을 가져다 대 보았다.

아무것도 느껴지지 않는다.

"이게 다 뭐야. 씨발, 진짜."

록희의 손에서 빠져나온 압박 붕대 롤이 바닥에 내동댕이쳐졌다. 아무렇게나 던져진 붕대는 피 웅덩이를 벗어나려는 양탄자처럼 풀려 나갔다.

고대 올림픽은 원래 신들을 위한 제전祭典이었다.

그 제전의 현장에는 언제나 거대한 불을 피워 올려놓았는데, 이는 신들의 불을 훔쳐 인간들에게 나눠 주었던 프로메테우스를 기리는 의미였다. 현대 올림픽에 와서 그것은 '성화聖火'가 되었고, 전 세계의 성화를 이어 주는 '성화봉'은 그야말로 꺼지지 않는 평화의 상징이었다. 하지만 지금 이곳 태릉선수촌에서는 그 성화봉이 오직 파괴와 살육의 도구로 쓰이고 있었다.

"야아아압!"

달려드는 감염자의 손길을 흘려보낸 락구가 오른팔을 크게 휘둘렀다. 그러자 강철을 덧댄 성화봉에 감염자의 턱이 박살 나며 나가떨어졌다. 비틀대며 일어나려던 감염자는 머리가 강철 막대에 꿰뚫리자 동작을 멈췄다.

두제가 이마의 땀을 닦으며 락구에게 핀잔을 던졌다.

"그거 파괴력은 좋은데, 마무리가 약해."

순간 등 뒤에서 무척 육중한 체구를 가진 감염자가 락구를 노리고 점프했다.

"캬아아아아악!"

락구가 반사적으로 허리를 뒤틀어 물러났는데 하필이면 그것이 벽 쪽이었다. 감염자의 이빨을 피할 여유가 없다고 생각한 락구가 상대의 목을 틀어잡고 입에 성화봉을 들이밀었다. 발화를 위한 분사구를 달그락거리며 깨물려는 감염자. 락구는 정욱이 알려 준 순서를 침착하게 떠올리려 애썼다.

'엄지와 중지에 연결된 줄을 세게 잡아당긴다.'

철커덕.

성화봉 내부에서 일어나는 화약의 움직임이 락구의 손등을 통해 여실히 느껴졌다. 곧 산탄총의 위력을 방불케 하는 폭발이 성화봉 분사구를 향해 터져 나갔다.

퍼어어어엉!

머리가 흔적도 없이 날아가 버린 감염자의 시체가 스르륵 허물어졌다. 그 광경을 지켜보던 두제가 메스껍다는 듯 손사래를 쳤다. 오히려 장본인인 락구는 역겨움을 느낄 낌새도 없었다. 오른팔 전체가 뼛속까지 울리는 진동이 굉장했기 때문이다.

"크윽. 이거 함부로 쓰면 안 되겠네요."

"소리를 듣고 또 놈들이 몰려올지 모르니까 움직이자고, 후배님."

두제가 앞장서서 달리고 락구가 그 뒤를 따랐다. 두 사내는 곧 널찍한 건물의 뒷문에 당도했다. 잠겨 있는 뒷문 대신에 창문을 통해 안으로 들어선 락구와 두제는 곧 코를 틀어막아야 했다. 테이블과 의자 사이사이에 토막 난 사지들이 아무렇게나 흩어져 있었다. 끔찍한 포식이 모두 종료된 현장.

그들은 불이 꺼져 어두워진 선수촌의 식당에 와 있었다.

왼쪽 어깨 밑으로 몸의 대부분을 잃어버린 여자 감염자 하나가 바닥을 기어왔다.

"편하게 해 주지."

그 감염자는 곧 두제가 휘두른 강철 막대로 인해 비로소 쉴 수 있었다.

"여기로 오자고 한 데에는 이유가 있겠지?"

"네. 권투소녀를 따라잡으려면 산책로를 가로질러야 하는데, 거기에 꼭 필요한 게 식당에 있으니까요."

멀쩡한 감염자들은 전혀 보이지 않았다. 시계는 밤 10시를 향해 달려가고 있었기 때문이다. 이 야심한 시각에 식당은 원래 이렇게 텅 비어 있기 마련.

태릉의 식당은 뷔페식으로 운영되며, 그 반찬의 양과 질이 상상을 초월한다. 하지만 지금은 방치된 음식들이 더운 공기에 썩어 가고 있을 뿐이었다. 브로콜리 통에는 피까지 튀어 온갖 식욕을 싹 달아나게 만들 정도였다.

타조를 잡아 온 게 아니냐는 선수들의 의심을 사곤 하던 닭다리. 그것이 잔뜩 담겨 있는 반찬통을 지나 락구는 주방 안으로 들어섰다. 주방을 한참 살피던 락구는 곧 목표로 하던 걸 찾을 수 있었다.

"여깄다."

락구의 키보다 훨씬 큰 스테인리스 문짝을 열자 스산한 냉기가 이마에 날아와 스며들었다. 엄청난 양의 얼음이 보관돼 있는 전용 냉장고. 락구는 그 앞에서 챔피언 하우스에서 챙겨 온 불가리안 백 더미를 등에서 내려놓았다. 원래는 12킬로그램의 모래가 담겨 있는 불가리안 백을 비워 내 가져온 것이다. 그 안에 얼음을 우수수 담아 넣는 락구를 보며 두제가 물었다.

"확실히 효과가 있는 건가? 그걸 짊어지고 다니다가 후배님 생각이 틀리면 사면초가라고."

"사면초가라니. 어려운 말도 쓰실 줄 아네요, 선배님."

"방송 인터뷰를 많이 하다 보면 이것저것 주워듣게 돼."

"좋으셨겠네요. 워낙 조명 받는 걸 반기시니."

"스포트라이트라고 해 주겠나. 뭐, 유도만 사랑하는 자네라면 딱 싫어할 것 같지만."

"말씀 다 하셨으면 이거부터 어깨에 메세요. 네 개는 하셔야 되는데, 괜찮으시겠죠?"

얼음이 가득 담긴 불가리안 백을 들쳐 메며 두제가 피식 웃었다.

"왜 이래. 나 국대 때는 여섯 개까지 거뜬했어. 70킬로 메고 바닷가를 뛰었다고."

잠시 후, 두 남자는 일반 성인 한 명의 무게에 달하는 얼음주머니를 전신에 두른 꼴이 되었다. 그러나 주방을 나서는 발걸음은 평소와 같았다. 불가리안 백을 얹고 윗몸 일으키기를 하거나 계단을 오르는 훈련이 일상이었던 두 사내에게는 충분히 감당할 만한 무게였다.

오히려 문제는 냉기였다. 얼음들이 내뿜는 차가운 감촉들이 불가리안 백과 맞닿아 있는 피부를 얼얼하게 만들고 있었다. 이런 상태가 오랫동안 지속되면 심각한 동상을 입게 될지도 모른다.

"으으으으. 서, 서두르죠. 선배님."

"도, 동감이야. 후배님."

뒤뚱거리며 활짝 열린 유리문을 향해 걷던 락구와 두제. 뒤를 따르던 두제가 문득 궁금하다는 듯 물었다.

"이러면 멀리서는 우릴 못 볼 거라는 말이지?"

"네. 낮에 냉동고 속에 숨어서 좀비들을 피해 본 적이 있어요. 확실히 통할 겁니다."

"하지만 놈들이 너무 가까이 접근하면 안 먹힐 것 같은데."

곰곰이 생각하던 락구가 고개를 끄덕였다.

"그렇겠죠? 그러니 최대한 샛길로 움직여서 의료동까지……."

말을 잇던 락구는 갑작스럽게 팔을 붙잡는 두제 때문에 멈춰서고 말았다.

"왜 그러십니까?"

"옆으로 물러나. 엄청 큰 놈이 바깥에서 이쪽으로 달려오고 있어."

두제의 말대로였다.

가장 가까운 곳에 있던 테이블 위의 물컵이 보였다. 일정한 간격으로 그 물컵에 담긴 물 위에 파문이 일어나고 있었다.

쿵. 쿵. 쿵.

정문 뒤쪽으로 두제와 함께 숨느라 확인할 수는 없었지만 소리가 점점 가까워지고 있었다. 최대한 소리를 죽인 채 두제가 물었다.

"차라리 이걸 벗고 싸우는 게 어때."

"시간이 부족할걸요. 그냥 지나가길 기다려요. 어차피 밤중에 식당은 선수들한테 출입 금지……."

더 이상 말을 이어 나갈 수 없었다. 쿵쿵 소리가 점점 더 가까워지더니 문제의 감염자가 정문 안으로 스윽 들어왔기 때문이다. 벽에 달라붙어 있던 락구와 두제를 스쳐 지나가는 거대한 형체. 식당 안이 순식간에 어두워지는 것처럼 느껴졌다. 감염자의 체구는 그만큼이나 비상식적이었다.

목덜미엔 큼지막한 상처가 있었고, 격렬한 싸움을 여러 차례 겪었는지 상의인 티셔츠는 넝마가 되어 있었다. 두툼한 종아리 밑으로 드러난 발은 맨발이었다.

그 감염자는 식당 한가운데에서 두툼한 허벅지와 엉덩이로 테이블들을 우르르 밀어내고 있었다. 락구와 두제의 시선에서는 태평양처럼 넓은 등짝만 들어올 뿐.

'등이…… 너무 익숙하다.'

락구의 심장이 갑자기 두 배는 빠르게 뛰는 것 같았다. 몸 속에 불덩이가 타오르며 어깨에 얹은 얼음덩이를 전부 녹여 버릴 것만 같았다.

돌발적인 흥분과 격앙 상태.

이상한 낌새를 눈치챈 두제가 침착하란 말을 건네려 옆을 쳐다보는데, 그도 그만 할 말을 잃고 말았다. 전신을 부들부들 떨고 있는 락구의 두 눈에 눈물이 그렁그렁 고여 있었던 것이다.

"……장용이냐?"

감염자의 발걸음이 우뚝 멈췄다. 락구가 부르는 소리에 반응한 것이다. 그가 뒤를 돌아보는 순간 락구가 다시 입을 열었다.

"야. 니가 왜 여기 있…… 흡!"

두제가 락구의 입을 황급히 틀어막았다. 그리고 명확한 몸짓으로 고개를 천천히 저었다.

'아무 소리도 내지 마. 붙잡히면 죽는다.'

하지만 락구에게 그것은 너무 가혹한 조건이었다. 갑자기 얼음이 담긴 불가리안 백이 1톤처럼 느껴졌다. 누군가 발을 붙잡아 지하로 끌고 내려가는 것 같은 절망.

등을 돌린 감염자가 붉은 눈을 빛냈다.

"크으으으으으."

정처 없이 허공을 배회하는 눈빛. 원래 저 녀석의 눈동자는 두툼한 살집에 가려져 있어 좀처럼 구경할 수가 없어야 정상이다. 그런데 지금은 먹잇감의 위치를 파악하려 부릅뜬 채 괴기스러움을 뿜어내고 있다.

바로 락구의 룸메이트이자 영혼의 동반자이던 김장용이었다.

'나래의 말이 맞았구나.'

오직 승미를 만나야겠다는 일념에 휘둘리느라 또 한 명의 소중한 존재가 사람을 잡아먹는 괴물이 되어 선수촌을 배회하고 있다는 사실을 미처 떠올리지 못했다. 그리고 그 녀석이 밤 10시만 되면 식탐을 못 참고 늘 이곳으로 달려왔다는 것도.

떠올리는 것만으로도 너무 고통스럽기에 애써 외면하고 있던 건 아닐까.

콰지직.

장용이 바닥에 나동그라진 철제 식판을 맨발로 밟았다. 그러자 그 압도적인 무게에 식판이 맥없이 우그러지고 말았다.

"흐아아아아아!"

소리를 낸 진원지를 향해 장용의 왼팔이 휘둘러졌다. 그러자 장용의 왼편에 있던 테이블 절반이 부서지며 천장에 부딪힌 다음 나가떨어졌다.

두제가 락구의 가슴을 손가락으로 찌른 다음 손바닥을 아래로 펴 내리는 시늉을 했다.

'진정하고 호흡 가다듬어. 저놈은 우릴 못 봐.'

그의 말대로였다. 주변을 향해 손바닥을 휘두르던 장용은 다시 동작을 멈추고 고개를 한쪽으로 꺾고 있었다. 이대로 벽에 붙은 채로 시간을 보낸다면 장용은 그들로부터 멀리 떨어지거나 주방 안으로 들어가 버릴지도 모른다. 그때를 틈타 식당을 빠져나가면 된다. 그것이 두제의 생각이었다. 친구와 마주치는 바람에 눈물을 뚝뚝 흘리고 있는 락구가 협조적일지는 알 수 없었지만, 여차하면 혼자 달아날 수밖에 없다.

'계속 정신 못 차리고 있으면 나로선 어쩔 수가 없어, 후배님.'

결국 아무런 소리가 나지 않자 장용이 다시 가던 길을 가기 시작했다. 그가 주방의 초입에 들어서려는 순간 락구의 왼쪽 어깨에 멘 불가리안 백이 살짝 벌어졌고, 그 열린 틈으로 네모난 얼음 한 조각이 흘러나오고 말았다.

바닥과 충돌해 두 조각이 나 버리는 얼음 조각.

파스락.

얼음 소리가 고요한 식당 안에 울려 퍼졌고, 그에 따라 장용의 고개가 뒤로 홱 하니 꺾였다. 자신의 계획이 그 얼음 조각처럼 애처롭게 부서져 버리는 기분에 두제는 어금니를 깨물었다.

"크아아아아!"

이번에야말로 피할 수 없다. 장용의 붉은 눈이 수풀더미의 임팔라를 찾아낸 크로커다일의 그것처럼 정확히 락구와 두제를 향해 고정돼 있었다.

58화
날 두고 가

- 감염 4일째. 오후. 10:10.

'너를 언제 처음 만났더라.'

날짜는 정확히 기억나진 않지만 아마도 푹푹 찌는 무더운 여름이었을 것이다.

스무 살의 락구는 상비군 딱지를 떼고 정식 국대가 돼 있었다. 선수들은 각 대학교 유도팀과 교류훈련을 위해 1년에 두 번씩 전국 순회를 도는데, 강원도의 어떤 대학가 앞에서 바로 그 일이 일어났다.

"선배님들. 저기 싸움이 난 것 같은데요?"

훈련이 끝나고 숙소로 귀가하는 락구의 눈에 한 고깃집 옆 골목이 들어왔다. 그러나 선배들은 그쪽은 쳐다보지도 않고 손사래를 쳤다.

"아서라. 제삼자가 설치는 거 아니다."

"여러 명이서 한 명을 둘러쌌는데도요?"

"그 한 명 허우대를 봐. 한 보름 두들겨 맞아도 괜찮을 것 같아 보이는데."

"그래도 좀 비겁하지 않습니까."

"안에서 꽉 막힌 바가지, 밖에서도 꽉 막힌다더니. 됐으니까 빨랑 따라와, 인마."

선배들은 머뭇대는 꼴을 봐주지 않고 보챘지만 락구는 버스로 가는 내내 그 광경이 못내 마음에 걸렸다. 결국 선배들의 귀가 행렬에서 스윽 빠진 락구. 그는 잠시 후 숨을 헐떡이며 문제의 골목 앞에 서 있었다.

"그만두세요. 여럿이서 한 명을 집단 린치하는 건 아름답지 못합니다."

"뭐야, 저 새낀? 한패냐."

멋지게 선포한 것까진 좋았으나 상황이 무척 험악하게 돌아가고 있었다.

린치를 가하는 쪽은 축구 유니폼에 스파이크 슈즈를 신고 있었는데 이미 다섯 명이 바닥에 널브러져 있었다. 아직 서 있는 여섯 명의 얼굴도 퉁퉁 부어 있었다.

그중 두 명이 락구에게 분풀이를 하기 위해 달려들었다. 하지만 가볍게 주먹을 피해 낸 다음 다리를 걸어 넘어뜨려 버린 락구. 그러곤 화들짝 놀라 이렇게 사과했다.

"앗, 미안합니다. 맞아 드릴 생각이었는데 펀치가 너무 굼뜨셔서 그만 반격을 해 버렸네요."

"뭐, 뭐야? 아으으."

"좀 빨리 때려 보시면 어떻겠습니까. 아니면 제가 눈을 감고 있을까요?"

락구는 진심으로 내뱉은 말이었는데 축구부원들은 머리끝까지 화가 났다. 그리고 골목 구석을 등진 채 고군분투를 펼치고 있던 덩치 큰 청년은 툭 튀어나온 배를 잡고 웃어 댔다.

"으킥킥킥. 저거 완전 진성 또라이일세."

살찐 마운틴고릴라를 연상시키는 그 청년은 락구가 시선을 분산시킨 틈을 타 나머지 축구부원들을 툭툭 쳐서 쓰러트린 다음 이렇게 말했다.

"누가 달려올지도 몰라. 일단 튀자."

꽤 멀리까지 달아날 줄 알았는데 그 청년이 락구를 데려간 곳은 고작 두 블록 옆의 샛길이었다.

"헉헉헉. 여기면, 헉헉, 못 찾을 거야."

"겨우 이 정도 뛴 걸로 그렇게 헉헉대? 큰일 났다, 너."

"이젠 나한테 훈계질? 어디서 굴러먹던 도깨비냐."

락구가 자기소개를 하자 녀석은 또 한 번 숨이 넘어갈 듯 웃었다.

"도락구? 이름이 뭐 그따구야? 촌스러움이 우주를 뚫는구만."

"김장용이란 이름을 가진 녀석이 할 말은 아닌 것 같은데."

장용이 흠칫 놀라며 한 걸음 물러섰다.

"내 이름 어떻게 맞혔대? 이 새끼, 진짜 도깨비인가."

"무슨 소리야. 거기 쓰여 있잖아. 검은 띠에."

장용은 검은 띠로 둘둘 말아 봇짐처럼 만든 유도복을 등에 메고 있었다. 락구는 그 검은 띠에 수놓인 이름을 보고 얘기한 것이다. 멀리서 지켜보던 락구의 마음을 못내 불편하게 만들었던 것. 바로 낡고 해진 유도복 뭉치였다.

"아, 그래서 나 도와준 거야? 동포를 알아보고?"

"유도를 좋아하는 사람이라면 나쁜 녀석일 리가 없으니까."

아무렇지도 않게 간지러운 대사를 내뱉는 락구를 장용은 괴이쩍다는 눈빛으로 쳐다봤다. 하지만 재밌는 녀석이라는 생각도 함께 들었다.

"좀 찔려서 말해 두는 건데, 난 우리 학교에 스모부가 없어서 유도를 하고 있는 거야. 그다지 숭고한 이유는 아니지."

"괜찮아. 매트 위에 서서 유도를 한다는 점이 중요한 거지. 그런데 왜 싸움이 난 거야?"

"어어. 예전에 고기부페에서 내가 너무 많이 처먹는 바람에 지들도 덩달아 내쫓겼다며 언제 한번 날 손봐 주겠다고 그랬거든. 오늘 때마침 혼자 있는 걸 보고 시비를 걸더라고."

"뭐? 몇 인분이나 먹었길래?"

"몰라. 10인분 넘기면서부턴 세지 않아. 그딴 거 셀 시간 있으면 고기 한 점이라도 더 먹어야지. 내가 유도를 하는 절반의 이유는 회식 때문이라고."

"아아. 오늘 교류훈련 때 무제한급 에이스가 안 나왔다고 하더니, 그게 너였구나?"

"에이스는 무슨. 무제한급 나 혼잔데. 그나저나 너도 굉장하던데? 77이냐."

"응. 지금은 태릉에 있어."

태릉이란 말을 꺼내면 대부분 경탄의 눈빛을 보내는데 녀석은 눈을 더욱 가늘게 뜨며 질색팔색했다.

"아욱씨. 태릉이라니. 난 그렇게 무식하고 과격하게 훈련하는 거 딱 질색이야. 먹은 만큼 토하는 곳이라며? 그게 무슨 낭비야."

"음. 안 그래. 다 토하진 않아. 너도 태릉 식당에서 한 끼만 먹어 보면 생각이 달라질 수 있을 텐데."

별 생각 없이 던진 말이었는데 장용은 솔깃해했다. 녀석은 입맛을 다시며 이렇게 물었다.

"태릉 식당이 그렇게 대단해? 한번 견학이나 가 볼까."

"상비군부터 시작해 봐. 싸울 때 민첩한 걸 보니까 조금만 제대로 훈련하면 너도 태릉 밥 먹을 수 있을걸."

● • •

그때, 장용을 꼬드기지 않았더라면 어떻게 되었을까.

저렇게 붉은 눈의 괴물이 되어 나에게 달려드는 일은 없었을 텐데.

"크아아아아아!"

회상에서 빠져나온 락구는 두제의 어깨를 밀면서 소리쳤다.

"이쪽으로 피해요!"

장용은 오른손잡이로, 늘 반대쪽 허리가 비어 있다는 약점이 있었다.

락구와 두제가 바닥에 몸을 굴려 피하자마자 장용의 왼팔이 식당의 벽을 뚫고 들어갔다.

꽈아아아아앙!

삽시간에 진지한 표정이 된 두제가 불가리안 백을 벗을 준비를 하며 말했다.

"내가 잠깐 멈춰 서게 해 볼 테니까 그 성화봉으로 머리를 날려 버려."

락구는 흠칫하면서 일단 두제의 팔을 붙잡았다.

"그냥 도망치는 건 어때요? 지금도 저렇게 휘적대는 걸 보면 우릴 또 놓친 겁니다."

"뭐야, 후배님. 덩치 때문에 겁먹은 거야? 그 양궁 선수를 구할 때와는 전혀 딴판이잖아."

●. •

생각해 보면 승미와 그토록 가까워진 데에는 장용의 공헌이 지대했다. 태릉선수촌의 식당에서 승미와 쌓은 추억들 중 태반은 배경에 장용이 떡하니 버티고 있었기 때문이다.

"왜 집은 닭다리를 다시 놓는 거냐, 현승미."

"칼로리 계산해 보는 거야. 너무 짠 건 곤란해."

"설마 칼로리가 높다고 빼는 거야? 그런 거야?"

"왜 그렇게 놀라."

"놀랄 수밖에! 넌 방금 신성한 뷔페와 양념 닭다리무침을 모욕했어. 전국의 일억 양계장 닭들에게 사과해라."

"증말. 넌 꼭 이럴 때만 엄숙한 표정 짓더라."

"당연하지! 칼로리는 곧 나의 신앙. 우리가 세상을 떠날 때 천국행이 결정되는 지표는 오로지 평생 섭취한 칼로리라고."

둘의 티격태격을 지켜보던 락구가 끼어든 것은 이 타이밍이었다.

"무슨 논리가 그래, 김장용."

"먹다 죽은 귀신이 때깔이 고운 이유에 대한 고찰에서 나온 결론이다."

"그거 너무 한국전쟁스러운 이야기 아니냐?"

"아둔한 놈. 운동선수라면 늘 전쟁 중인 법이다."

"뭐랑 전쟁하는 건데? 자신과의 싸움?"

"속 터지는 소리 한다. 자기랑 왜 싸워. 허기짐과 싸우는 거지. 공복을 극복하라. 다이어트야말로 죄악이다. 그러니 이 매콤 낙지볶음 잡숫고 눈물로 회개하라, 죄인들이여."

그렇게 식판 위에 강제로 낙지볶음을 올려놓으면 승미는 늘 장용의 정강이를 걷어찼다.

"너 진짜 죽을래, 이 식신!"

"아윽. 용서하소서, 칼로리의 신이시여. 저들은 자신들의 죄를 모르나이다."

승미 앞에만 서면 입술이 굳어 버리는 자신과 달리, 장용은 늘 너스레를 떨면서 승미와 잘 놀아 주곤 했다. 그런 녀석이 없었다면 승미와 지금처럼 가까워질 수 없었을 것이다.

●. •

"제 친구입니다, 선배님. 그러니 그냥 도망쳐요."

눈물범벅이 된 락구의 얼굴을 보자 두제는 한숨을 내쉬며 고개를 끄덕였다.

"젠장. 그래도 시선을 돌릴 것은 필요해."

두제가 자신의 왼쪽 허벅지에 감겨 있는 불가리안 백 하나를 풀어냈다. 그리고 지퍼를 부욱 하고 활짝 연 뒤, 음료수 자판기가 있는 쪽을 향해 집어 던졌다. 회전하며 날아간 불가리안 백은 자판기와 충돌한 다음 바닥에 무수한 얼음 조각들을 쏟아냈다.

좌르르르르륵.

벽에서 주먹을 뽑아낸 장용의 고개가 다시 한 번 휙 돌아갔다.

"캬아아아아아!"

쇄빙선처럼 의자들을 휙휙 날려 보내며 돌진하던 장용이 자판기에 머리를 갖다 박아 찌그러트렸다.

콰지지직!

그동안 락구와 두제는 슬금슬금 게걸음으로 움직여 식당 입구까지 다다르는 데 성공했다.

소란을 듣고 몰려든 감염자들이 천천히 달려오고 있었다.

"비켜서, 후배님."

두제와 락구가 가로수 뒤로 몸을 숨기면서 움직였다. 마음 같아선 식당에서 최대한 빨리 달아나고 싶었지만 여의치 않았다. 달리기 시작하면 체온이 올라갈 것이고, 얼음은 더 빨리 녹는다. 의료동까지는 이 속도를 유지하면서 이동해야 한다. 그렇게 빠른 걸음과 경보 사이의 속도로 둘은 식당으로부터 멀어졌다.

박살 난 창문 너머로 포효하고 있는 장용의 모습이 아른거렸다.

"크르아아아아아!"

함께 불암산을 달리면 늘 두 바퀴도 못 가서 바람 빠진 타이어처럼 퍼져 버리는 김장용.

— 틀렸어. 난 두고 가라, 도깨비.

락구는 입술을 질끈 깨물었다. 계속 눈물이 나게 두면 시야가 흐릿해져 감염자들을 살필 수가 없으니까.

'미안해. 널 또 이렇게 두고 가서.'

다시 한 번 그 여름날의 골목이 생각난다. 그 만남이 없었더라면 장용은 태릉에 오지 않고 느긋하게 잘 살고 있지 않았을까.

'하지만 그랬더라면 내겐 진짜 친구가 하나도 없었겠지.'

곧 장용은 난동을 멈췄다. 공격할 만한 살아 있는 인간이 주변에 없었기 때문에. 소음 때문에 몰려든 다른 감염자들도 장용의 등 뒤에서 서성이기만 할 뿐이었다.

'언제나 식당 줄서기에서만은 날렵한 녀석이었으니까.'

락구는 팔목으로 눈가를 훔치고는 두제의 뒤를 따라갔다.

잠시 후.

락구와 두제는 의료동이 보이는 산책로에서 속도를 늦춰 걷고 있었다. 사정을 모르는 이가 봤다면 한가로이 도보를 하는 것처럼 보였을지도 모르겠다. 하지만 두 남자는 소름 돋는 냉기와 지독한 싸움을 하고 있었다. 꽤 녹아 버린 얼음들이 불가리안 백의 지퍼 사이로 흘러내리며 수십 분 동안 냉수마찰을 하고 있는 기분을 느끼게 해 주었다.

"후배님. 어느 손 쓰나."

"오른손잡이입니다."

"마음속에 어떤 원을 그려 둬. 한 3미터 정도 되게."

"워, 원이요?"

입술을 덜덜 떨게 되니 자연스럽게 둘의 대화는 속삭임이 됐다.

"아까 보니 시야에서 제일 먼저 달려드는 좀비한테 정신이 팔리는 것 같더라고. 그러면 안 돼. 3미터 바깥에선 그놈이 나와 제일 가까운 좀비일지 몰라도, 등 뒤에서 더 잽싼 좀비가 느닷없이 튀어나올 수 있거든."

"경험에서 나온 조언입니까."

"아까처럼 밍기적대다가 등을 봐 줄 놈이 물리면 곤란하니까."

그때, 벤치 근처에서 서성대던 감염자 셋이 시야에 포착됐다. 두 사내는 입을 다물고 발걸음을 멈췄다. 고개를 떨군 채 휘적휘적 걷는 감염자들이 사선으로 락구와 두제의 바로 옆을 스쳐 지나갔다.

"크르르르르."

그중 한 감염자가 걸음을 우뚝 멈추더니 락구 쪽을 쳐다봤다. 대략 7, 8미터 정도의 거리에서 어떤 낌새를 포착한 듯했다. 락구는 감염자가 덤벼들 경우를 대비해 양손에 힘을 가득 주었다.

'얼음이 대체 얼마나 녹았을까. 저놈들 눈에 난 어떻게 보일까.'

초조함이 곧 어떤 무모한 행동을 촉발시키려던 찰나, 감염자는 다시 휘적휘적 걸어갔다. 남자 기숙사 쪽이었다.

"후우우."

한숨을 내쉬며 다시 갈 길을 걷는 둘. 락구는 이 갑갑한 긴장감 때문에 방금 전 두제가 아무 말이나 꺼냈음을 비로소 깨달았다. 이번엔 락구가 먼저 입을 열어 보기로 했다.

"선배님 태릉 시절에 말입니다……."

"선수 시절 말인가?"

"네. 그때 룸메이트는 누구였습니까."

"무룡 선배였지. 보통은 선후배 한 팀으로 방 배정을 하니까."

그렇다. 동갑내기였지만 사실 락구도 장용보다 2년 선배였다.

"감독님과 친하셨나요."

"글쎄. 나한테 잘해 주셨지. 내 훈련 싸이클이 다른 선수들한테도 귀감이 되어야 한다고 하셨던가."

챔피언 하우스 박물관에서 사무룡 감독과 두제가 해맑게 웃고 있는 사진을 본 기억이 떠올랐다.

"만약 사 감독님이 좀비가 돼서 선배님과 마주쳤다면 어떠셨을까요."

대화가 끊겼다.

잠시 생각에 잠겨 있던 두제가 입을 열었을 땐 의료동이 지척에 다가와 있었다.

"무룡 선배는 워낙 FM이셨어. 규칙을 벗어나는 걸 못 견뎌 했다고. 타고난 지도자 체질이지."

"그래서요?"

"본인이 좀비로 걸어 다니는 걸 못 견디실 거야. 물린 사람들의 머릿속에 조금이라도 지성이 숨어 있다면 하루 빨리 죽여 달라고 부탁했을 거다."

"……."

"그게 내 답이야, 후배님."

일곱 개의 불가리안 백이 의료동 복도에 털썩 하고 쓰러졌다.

이제는 꽤 흐물흐물해져서 한 번 더 사용하기는 어려워 보였다. 그래도 긴 시간 몸을 감싸 준 얼음이 아니었다면 이렇게 지름길로 돌파해 올 순 없었을 것이다.

"벽난로라도 당장 뛰어들고 싶은 마음인데."

"자주 와 본 곳이니 제가 앞장서겠습니다."

락구가 아직 꽁꽁 얼어붙어 있는 것 같은 손으로 입원 치료실의 문을 잡아당겼다. 불 꺼진 입원 치료실은 적막했다.

'왜 아무도 없지?'

락구가 한 발짝 안으로 내딛으면서 누군가를 부르기 위해 입술을 달싹거릴 때, 문 뒤에 숨어 있던 형체가 습격을 했다.

빼어어어억!

피하려 했으나 냉기로 몸이 굳어져 있었고, 상대의 공격이 워낙 빨라 턱을 얻어맞은 락구는 비틀거렸다.

"끄윽."

무심코 벽을 짚어 넘어지는 것은 막았으나 상대가 또 한 번 펀치를 날려 왔다. 락구가 무심코 오른팔을 들어 성화봉으로 상대의 주먹을 막았다.

까앙.

"하아아앗."

그리고 상대의 빈 허리를 얼싸안고 던져 버리려던 그 순간, 뭔가 오랜만에 겪는 낯선 감촉을 느꼈다. 상대의 몸이 뭉클했던 데다가 따스한 온기가 실감나도록 느껴졌기 때문이다.

'기술을 멈춰야 한다!'

잡아챈 상대의 머리통이 바닥에 충돌하기 직전, 락구는 겨우 몸을 붙잡아 세울 수 있었다. 허리에 무리를 줘서 근육들이 비명을 질렀지만, 익숙한 사람에게 뇌진탕을 선사해 주는 실수는 다행히 막을 수 있었다.

"궈, 권투소녀?"

습격자도 락구의 목소리를 대번에 알아봤다.

"유도아재? 뭐, 뭐예요. 유도복 안 입어서 못 알아봤잖아요!"

입원 치료실의 문가에 기대선 두제가 조롱하듯 말했다.

"둘이 워낙 우애가 깊었던 모양이야. 아무리 반가워도 그렇지, 만나자마자 탱고를 추고 그러나."

록희의 등을 받치고 허리를 구부린 락구. 그리고 단발머리가 바닥을 향해 흘러내린 줄도 모르고 넘어지기 직전에 멈춰 선 록희. 합을 맞춰 춤을 선보이는 동작처럼 보이는 것도 무리는 아니었다. 화들짝 둘이 떨어지자 락구는 머리를 긁적였다.

"다음부턴 때리기 전에 누군지 좀 물어봐. 아고, 턱이야."

"좀빈 줄 알았죠. 누가 좀비랑 통성명하고 때려요."

"하마터면 메칠 뻔했잖아."

"그건 됐고. 대체 그쪽이 왜 여깄어요?"

록희의 얼굴이 사나워졌다. 두제가 한 걸음 가까이 다가왔기 때문이다.

"저 아저씨는 왜 또 달고 왔고."

두제를 향해 주먹을 불끈 들어 보이는 록희. 그러자 두제가 싸울 의사가 없다는 듯 양 손바닥을 들어 보이며 웃었다.

"그러지 마. 너랑 싸우느라 체력 소진하고 싶지 않거든."

"설명해 봐요. 누가 풀어줬어요? 여긴 왜 온 거고."

"이것 참. 우리 후배님이 날 꺼내 주는 대신 힘을 빌려 달라고 하더군. 뭐, 무전기로 설친 건도 있고. 나도 그렇게 양심 없는 남자는 아니야."

"웃기시네."

록희는 락구의 가슴에 새겨진 호돌이의 해맑은 얼굴을 쿡 찌르고는 물었다.

"언제 뒤통수칠지 모르는 저런 남자를 왜 달고 다녀요? 미쳤어요?"

"그럼 어떡해. 네가 말도 않고 여기로 온 바람에 나도 별수가 없었단 말이야. 대체 왜 혼자 떠난 거니."

록희가 두 눈을 질끈 감았다. 소파 위에서 승미를 끌어안고 잠들어 있던 락구의 모습이 다시 한 번 떠오른 것이다.

"됐어요. 이제 앞으로 내 일에 상관 말아요. 그 잘난 무전기로 탈출을 하든 말든."

"넌 모르겠지만 승미가 얘기해 줬어. 선수촌 경계까지 가까스로 달아났는데 미군들이 다짜고짜 총질을 해 댔다고."

"뭐라고요?"

"내보내 주지 않겠다는 거야. 우리 모두가 여기서 죽길 바라는 거라고. 지금은 선수촌의 생존자 모두가 힘을 합쳐야 돼. 따로 떨어지면 안 된다는 말이야."

록희가 말을 잇지 못하자 두제가 첨언했다.

"이 친구 말이 맞는 것 같아. 어쨌든 그런 이유로 나도 혼자서 달아난다는 선택지는 고려할 수가 없게 됐어. 부디 그걸 참고해 달라고."

"친한 척 굴지 마요. 지금이라도 눈깔을 짓뭉개 버리고 싶으니까.”

“워워워. 알겠어.”

록희와 두제가 살벌한 시선 교환을 나누는 동안에 락구는 싸늘한 시체가 되어 버린 한 병장 앞에 서 있었다.

“무슨 일이 일어난 건지 설명해 줄래?”

잠시 후.

락구와 두제는 록희의 입에서 자초지종을 전해 듣고 저마다 생각에 잠겼다. 안금숙 소좌가 쫓는 검은 옷의 무뢰한들. 그들이 승미의 동료였던 배드민턴 선수를 살해하고 오륜관을 난장판으로 만들었다.

“그리고 이번엔 백 선생님과 환자들을 데려갔다는 거지?”

“빨리 뒤를 쫓아야 돼요. 물리지 않은 사람들을 ‘미끼’로 쓴다고 했어요. 뭐가 됐든 위험한 상황일 거라고요.”

모든 설명을 들은 두제가 물었다.

“그 검은 옷에 무기까지 들었다는 녀석들 말이야, 후배님도 본 적 있나?”

“한 번이요. 싸워 본 적이 있습니다. 무시무시한 사람들이에요.”

“목적은?”

“자세히는 모릅니다. 아마 선수촌에서 뭘 찾고 있는 것처럼 보였지만요. 그들과는 엮이지 않는 게 최선이라고 생각해요.”

그러나 두제는 손가락을 들어 좌우로 까닥거렸다.

“그냥 피하기만 하는 게 상책일까? 놈들이 활개 치고 다니는 게 우리랑 아무 상관이 없다면 모를까, 알아봐야 하는 거 아니겠어. 결국 이런 사태가 벌어졌잖아."

록희의 눈썹이 치켜 올라갔다.

"무슨 말이 하고 싶은 거예요?"

"잘 생각해 보라고, 탱고 댄서들. 놈들이 무슨 목적을 갖고 있는지는 모르지만 그걸 이루고 나면 여길 떠나겠지. 아마 확실히 탈출할 수 있는 수단도 확보해 놨을 거고. 그렇다면 미군들은? 놈들이 목적을 이루고 떠난 뒤에 이 태릉을 어떻게 할 거 같아?"

락구와 록희는 잠자코 두제의 설명에 집중했다. 그러자 두제는 얼어붙어 있던 어깨를 스트레칭으로 풀며 말을 이어 나갔다.

"거꾸로 생각하면 그 시커먼 놈들이 '최종 목적'을 이루는 시점이 이 태릉의 종말이 될 가능성이 높다는 거야."

"일리가 있네요."

"놈들을 그냥 피해야 하는 천둥번개 같은 걸로 생각하지 마, 후배님. 나라면 그놈들도 이용하겠어. 그 자식들이 우리가 살아 나갈 수 있는 키를 쥐고 있다에 내 금메달 두 개를 걸지."

록희가 중얼거렸다.

"이 판국에 메달 타령은. 거, 나쁜 놈답게 악당들의 속을 잘 아나 보죠?"

몸을 다 풀었는지 피식 웃는 두제.

"사회생활을 하다 보면 말이야, 신념보다는 처지를 따르게 되더라고. 입장은 언제든 바뀔 수 있어."

지금은 악귀처럼 굴 때가 더 많지만, 한때 태릉의 전설로 불리기도 했던 사내가 두 남녀에게 손짓했다.

“그럼 가 볼까. 지금 내 입장은 악당들의 손에서 그 재활 선생님을 구하러 가야 하는 모양이니까.”

59화
주먹 자랑 금지구역

- 감염 4일째. 오후. 10:22.

휘영청 떠오른 달이 천공이란 코스 위를 달리고 있었다. 최소한 45억 년 동안 이어지고 있는, 그야말로 영겁에 가까운 마라톤.

지구의 위성은 초속 1킬로미터라는 가공할 속도로 움직이지만 땅 위에 발붙이고 사는 인간은 그걸 느끼지 못한다. 달의 속도를 느끼기는커녕 지금 태릉선수촌의 잔디 바닥을 살피고 있는 세 명의 남녀는 하늘 쪽은 아예 쳐다도 보지 않고 있었다.

"조심해, 권투소녀. 그쪽 앞은 완전 난장판이야."

"알고 있어요. 근데 신발이 피투성이가 된 지는 이미 오래전이라서."

그로테스크한 장면들도 계속 보다 보면 익숙해지는 걸까. 락구는 록희의 앞쪽에 마치 좌판처럼 펼쳐져 있는 시체들의 향연을 보며 그런 생각을 했다. 날붙이에 절단된 사지, 총알이 박힌 두개골, 둔기에 박살 나 널브러진 척수.

후방을 경계하고 있는 두제의 얼굴 역시 불쾌함을 노골적으로 드러내고 있었다.

"이건 완전 작심하고 썰어 버린 모양인데."

셋은 지금 록희의 언니이자 의료동을 지키고 있던 재활 트레이너 백수희와, 그녀를 데려간 저승사자들의 흔적을 뒤쫓아 가고 있었다.

네 명의 리퍼들은 여덟 명의 사람들을 뛰게 하고 그 주변을 마름모꼴로 호위하며 학살을 벌인 모양이었다. 록희가 장작더미를 치우듯 한 감염자의 잘린 다리를 치우자 특이한 발자국 하나가 드러났다.

"언니 거예요."

심각해져서 다가온 락구.

"정말이야? 백 선생님 발자국이라고?"

"지금까지는 없던 이 발자국이 갑자기 생겼어요. 한쪽만 밑창 사이즈가 좀 크죠?"

"응. 모양도 다르고."

"이거, 언니 보조기예요. 여기까지 그 멀대 같은 태권도 코치가 언니를 업고 달리다가 이렇게 포위되었을 때 잠깐 내려놓은 거예요."

"그래도 다행이다. 우리가 맞는 방향으로 따라온 거니까."

한편, 두제는 땅바닥에 반쯤 처박힌 긴 머리의 여성 감염자의 머리를 보고 혀를 차고 있었다. 그러다 록희가 다시 앞으로 달려 나가자 락구 옆에 붙어 속도를 올렸다.

"그 리퍼란 놈들 말이야, 목적이 좀비의 머리를 수집하는 거라면서? 저 꼴을 보아하니 별로 그런 것 같지 않은데."

"모든 좀비가 목표물은 아닌가 봐요. 어떤 분의 말에 의하면 좀비한테는 단계가 있는데, 그중에서 유독 힘이 세고 폭력적인 단계의 좀비가 있대요."

"그래? 다 똑같은 녀석들이 아니란 말인가."

"3단계 좀비. 저도 만나 본 적이 있는데요, 엄청 빠르고, 또 괴물같이 힘이 세요. 콜롬비아에선 자동차를 들어 올리고 막 그랬다던데."

"흐음. 그래? 그럼 후배님이 생각하기에 내가 물리면 몇 단계 좀비가 될 것 같나."

예상치 못하게 치고 들어온 질문에 락구는 우물쭈물 대답을 하지 못했다. 감염자의 신체 능력이 그 주인이 생전에 쌓아 놓은 육체 능력과 밀접하다고 봤을 때, 차마 두제가 감염자로 탈바꿈하는 광경을 상상하고 싶지 않았던 것이다.

그러고 보니 그건 안금숙 소좌도 마찬가지였고, 리퍼들도 그러했다. 선수촌 내의 생존자들이 줄어들면 줄어들수록, 물리면 그대로 재앙이 될 자들만 남은 것 같은 기분이다.

"왜 대답이 없나, 후배님."

두제가 락구를 재촉하자 록희가 짜증 난다는 듯 대꾸했다.

"왜요? 이 판국에 평범한 좀비가 되면 자존심 상할 것 같아요? 하여간 관종이야."

"관종? 무슨 뜻인진 몰라도 심히 뉘앙스가 안 좋은 것 같은데."

뒤돌아보며 씨익 웃는 록희.

"슈퍼스타란 뜻이에요. 그러니 쓸데없는 입 닥치고 움직이시죠."

두제가 락구를 향해 닥치라는 말은 너무한 것 아니냐는 표정을 지었지만 후배 유도가는 선배에게 어깨만 으쓱하고 달려 나갔다.

그렇게 록희 뒤에 바짝 붙은 락구가 망설이다가 말을 걸었다.

"백 선생님 너무 걱정 마. 강한 분이시니까 괜찮을 거야."

"강하죠, 우리 언니. 그런데 다리가 안 좋은 것도 사실이잖아요. 후우우. 원래 스텝 좋은 아웃복서였는데."

"그랬어? 인파이터인 너랑은 좀 다르네."

"우리 언니, 링 위에서 얼마나 잽쌌는데요. 불암산 기록도 갖고 있다니까."

락구는 확신했다. 록희 본인은 모르고 있었지만, 그녀는 자기 언니 얘기할 때 가장 아이 같은 표정을 짓는다고.

"그 태권도 코치님은 어떤 것 같아? 의지가 될 만한 사람일까?"

"신발에 달린 칼로 좀비 머리 싹둑싹둑 날리는 거 봤잖아요. 무엇보다 우리 언니가 철석같이 믿고 있더라고."

록희는 수희가 밴디징을 해 주면서 나눴던 대화를 떠올렸다.

— 그게 무슨 소리야. 너무 강해서 메달을 따지 못하는 게 어딨어.

— 올림픽 역사상 가장 빠르고 정확한 회전 날아차기를 갖췄지만, 그 기술에 목뼈를 맞은 상대가 영구 장애를 입고 은퇴했어.

— 발차기에? 그게 가능해?

— 그 죄책감을 못 이겨 결국 선수 생활을 포기했고. 하지만 태권도를 포기하진 못했나 봐. 코치로 전업한 거지.

— 그렇다고 메달을 포기할 건 뭐야. 상대도 각오했겠지. 그게 왜 저 사람 탓이야?

— 어려운 문제지. 칼로 자르듯 할 수 없는 게 사람의 마음이란다.

— 흥. 마음이 나약해 빠진 사람이네. 보통은 금메달을 향해 비정해지는 게 정상이지.

— 다정한 사람인 거야. 록희, 네가 다정한 사람인 것처럼.

— 에엑? 뭐라고?

— 내가 다리를 다치니까 방황을 관두고 링으로 돌아왔잖니. 말은 툭툭대도 우리 록희는 사실 다정한 여자애지. 오구오구.

— 아, 볼 꼬집지 마. 금메달 따서 언니 목에 걸어 준 다음에 복싱은 관둘 거거든? 그러니까 그때까진 무조건 살아 있어야 해.

끌려간 언니를 생각하니 록희의 뜀박질이 더욱 빨라졌다. 그러자 락구가 그녀의 손목을 덥석 붙잡았다.

"왜요?"

"잠깐 멈춰 봐. 이쯤에서 확실해진 것 같거든. 백 선생님이 어디로 끌려가셨는지."

락구의 표정은 어두웠다. 선수촌으로 돌아온 이래 가장 피하고 싶었던 건물이 저 멀리 정면에 자리하고 있었다. 두제와 록희의 얼굴도 그와 비슷했다. 눈앞의 건물은 세 남녀 모두에게 깊은 인연이 있는 곳이다.

그곳의 이름은 바로 필승관.

유도, 복싱, 레슬링.

태릉의 대표적인 투기 종목 세 팀의 훈련 장소가 동시에 겹쳐 있는 곳. 태릉인들마저도 농담 삼아 '대한민국에서 절대 주먹 자랑하면 안 되는 건물'이라 부르곤 하는 그곳이었다.

'그리고 저곳엔 왕치순이 있겠지.'

락구가 한숨을 내쉬었다.

"결국 돌아가게 되는구나. 필승관에."

단위 면적당 인구의 전투 능력을 계산해 봤을 때, 전 세계 어디에 내놓아도 꿀리지 않는 곳, 필승관. 하지만 이 건물 이층의 절반을 차지하고 있는 경기장에 대해선 모르는 이가 많다.

바로 대형 규모의 볼링장. 올림픽 정식 종목이 아니기 때문에 오직 세계선수권 기간에만 잠깐 쓰이곤 하는 이 볼링장에 수희와 인준이 묶여 있었다.

리퍼들은 4레인과 5레인 사이에 있는 거대한 사각형 기둥에 그들을 몰아넣고 양팔을 단단한 밧줄로 묶어 놓았다. 기둥 전체를 두르는 매듭에 생존자 각각의 팔을 묶는 매듭이 가지처럼 나와 있는 빈틈없는 형태였다.

덩치가 큰 러시아인 드미트리의 솜씨였는데, 때문에 수희와 인준을 비롯한 생존자들은 벌을 서는 자세로 팔을 든 채 기둥에 묶여 있는 처지였다.

"인준 씨, 괜찮아요?"

키가 190센티미터가 넘는 인준이 보통 키를 가진 사람들과 묶여 있다 보니 허리를 수그리고 있어야 했다.

"걱정 말아요. 그들의 발걸음 소리가 들리지 않을 때까지 기다린 겁니다."

인준이 왼발 뒤꿈치를 기둥에 대고 강하게 충돌시켰다.

철컥.

그러자 접어 놓았던 칼날이 회전하며 신발 앞으로 튀어나왔다.

"설마 신발 밑에 칼을 붙여 놓은 사람이 있을 거라고는 생각 못 했을 테니까요."

수희를 비롯한 다른 생존자들의 얼굴이 밝아졌다.

"후으읍!"

인준이 왼쪽 다리를 수직으로 차올렸다. 그러자 신발 끝에 달린 칼날이 그의 양팔을 묶은 밧줄의 가운데에 박혔다.

푸욱.

한 번으론 부족했지만 네 번의 시도 끝에 인준은 기둥으로부터 풀려날 수 있었다.

"조금만 기다리세요, 수희 씨."

인준은 왼쪽 신발을 벗은 뒤 자신의 왼손을 신발 안으로 집어넣었다. 그리고 기둥을 통째로 두르고 있는 대형 밧줄을 잘라 내기 시작했다.

수희가 말했다.

"그 왼손으로 제 얼굴 만질 생각 말아요."

밧줄 자르기에 집중하고 있던 인준은 그만 실소를 터트리고 말았다.

"이런 상황에서 농담이 나오는 건 자매가 참 닮았네요."

"인준 씨 얼굴이 너무 굳어 있길래 그만."

수희의 말대로 인준은 사실 극심한 불안감에 휩싸여 있었다. 정체불명의 암살자들이 취미 삼아 이 볼링장에 자신들을 묶어 놓았을 리가 없다.

'분명 우릴 미끼로 쓴다고 했어.'

사실 인간이 미끼가 된다고 하는 개념은 낯설다. 문명을 세운 뒤로 인류에게는 오랫동안 상위 포식자가 없었기 때문이다. 다만 지금 이곳에서는 이야기가 조금 다르다. 바이러스로 사망한 자들이 다시 일어나 인간을 뜯어 먹는 상위 포식자로 군림하고 있지 않은가.

"왜인지는 알 수 없지만, 그들은 우리가 이 건물에 있는 좀비한테 뜯어 먹혀 주길 바라는 것 같아요. 그리고 수희 씨도 잘 알겠지만 여긴…….”

“필승관이죠. 다른 수식이 필요 없는.”

“네, 맞아요. 그래서 더 위험합니다.”

인준의 손에 끼워진 신발은 부지런하게 상하운동을 했다. 그 결과로 이제 밧줄은 거의 절반에 가깝게 썰려 나가고 있었다.

수희는 이를 앙다문 인준의 얼굴을 물끄러미 올려다봤다.

‘참 우직한 사람.’

인준을 알게 된 건 2년 전이었다.

그는 여자 태권도팀 코치였기에, 선수들이 스파링 도중 부상을 입으면 업거나 부축을 해서 의료동까지 데려오곤 했다. 하지만 1년이 넘도록 말 한 마디 붙여 본 적이 없었다. 수희가 선수를 치료해 주며 다독이는 동안 장승처럼 굳은 얼굴로 서 있을 뿐.

‘말도 없고. 웃지도 않고. 참내.’

처음엔 도통 감정을 드러내지 않는 이 사내를 대하기가 너무 껄끄러웠다. 하지만 우연히 선수의 입을 통해 인준이 선수 생활을 포기한 사연을 듣게 됐다. 그 애석한 일을 알고 나니, 올림픽을 포기해야 했던 자신과 참 비슷한 처지로구나 하는 생각이 들었다.

“코치님? 여기 누워 보세요. 어깨 마사지해 드릴게.”

“저 말입니까?”

“여기 코치가 또 누가 있어요?”

“괜찮습니다. 사양하겠습니다.”

"늘 선수들 업고 오느라 욕보시잖아요. 선수들의 재활 속도엔 지도자의 컨디션도 중요한 법이라고요. 턱에 훅 날리기 전에 누워요, 얼릉."

처음엔 동정심이었다. 그래서 부러 능청스럽게 자꾸 말을 걸고 친해져 보려 했다.

"이, 이러면 됩니까."

"어머나. 도대체 다리가 얼마나 길면 침대에 다 담기질 못하네. 이거 선수용인데."

동정심은 언제부터 동질감이 되었고…….

동질감은 언제부터 그리움이 되었나.

하지만 안 될 말이라 생각했다. 평생 불구로 살아야 하는 수희가 남자와 진지한 관계가 되는 건. 그렇기에 의식적으로든 무의식적으로든 연애감정과 벽을 치면서 살아오려 했고.

문제는 그녀가 벽을 쌓는 데 영 서투른 사람이었다는 점이다.

"코치님. 이제 선수들 따라 의료동에 안 오셔도 괜찮아요."

"네? 하지만 그게 제 의무입니다."

"그럼 다른 분께 부탁하세요. 제가 불편해서 그래요. 이해해주세요."

"이해가 안 됩니다. 제가 선생님에게 어떤 불편함을 드렸나요."

거기서 멈췄어야 했는데. 그만 수희는 진심으로 당황하는 인준의 얼굴을 향해 진심을 봇물처럼 쏟아내고 말았다.

"코치님이 너무 감질나게 오시니 자꾸 보고 싶어져서 말이죠."

"……뭐라고요?"

"어느 순간부터 태권도 여자 선수들이 옆차기하다가 다리 좀 삐어 줬으면 좋겠다고 기도하고 있단 말예요, 제가. 재활 트레이너로서 완전 실격이죠. 그러니까……."

"이제 안 그러셔도 됩니다."

"네?"

"우리 선수들 다치지 않아도, 제가 매일 선생님 보러 올게요. 그걸로 타협 봅시다."

늘 수희의 눈을 정면으로 보지 못했던 인준이 그때는 똑바로 그녀의 얼굴을 내려다보고 있었다.

"……정말 괜찮겠어요? 내 다리 이런데?"

"괜찮습니다. 그러니 오늘 이후로 다시는 다리 얘기 하지 말아요."

참 이상한 고백이었고, 참 괴상한 응답이었다.

●. •

필승관의 돔형 천장 옆에 달린 발코니에 네 명의 사내들이 검은 슈트를 입고 서 있었다. 단신의 사내 쿤린을 제외한 세 명의 리퍼는 모두 냉기를 뿜어 대는 '밥통'을 메고 있었다. 알바레즈의 귀에는 주세페가 건네준 작은 위성전화 수신기가 부착돼 있었다. 거기에서 냉엄한 남자의 목소리가 들려왔다. 칼 메이나드였다.

— 타깃은 확보했나.

"아직입니다. 그러나 미끼를 공수해 왔으니 이제 놈들이 물게 만들어야겠지요."

— 서둘러. '소각'이 하루 앞당겨졌다.

알바레즈의 얼굴이 미세하게 일그러졌다.

"그럼 우리에겐 열한 시간밖에 남지 않았다는 거군요."

— 값은 더 높게 쳐 주지. 명심해. 그놈의 뇌가 지금껏 너희들이 모아 온 모든 샘플을 합친 것보다 뛰어날 수도 있으니까.

그 말을 끝으로 수신은 끊어졌다.

"다들 들었나."

드미트리와 주세페, 그리고 쿤린이 고개를 끄덕였다. 그들의 발아래엔 레슬링 타이즈를 입고 걸어 다니는 감염자 스물, 그리고 마치 왕좌에 앉은 것처럼 그들을 내려다보는 왕치순이 있었다.

"크ㅇㅇㅇㅇ."

리퍼들의 첫 번째 목적은 저 왕치순을 다른 감염자들로부터 떼어 놓는 것이었다.

"자, 시작할까."

알바레즈가 쿤린을 향해 고개를 끄덕였다. 그러자 유일하게 방통도 헬멧도 착용하지 않은 쿤린이 다이빙대에 서는 선수처럼 발코니 안쪽 난간에 섰다.

"기예단에 있을 때 말이야, 실수로 호랑이 우리에 함께 갇힌 적이 있었는데. 실로 오랜만에 그때 기분이 드는구만."

쿤린이 심호흡을 한 다음 필승관의 레슬링장 아래로 뛰어내렸다. 가벼운 몸놀림을 자랑하는 그답게 천장에 매달린 밧줄을 붙잡아 속도를 줄인 다음 안전하게 착지했다.

"안녕하신가. 타이즈 입은 괴물들."

산개해 있던 스무 쌍의 붉은 눈들이 모두 쿤린에게로 향했다.

"크르아아아!"

한곳에 멈춰 있으면 붙잡힌다. 쿤린은 매트 위를 박차면서 중앙 계단으로 이어지는 문을 향해 달려 나갔다.

초원의 맹수처럼 근육을 씰룩이며 추격해 오는 레슬러들을 보자 쿤린은 오금이 살짝 저리는 것을 느껴야만 했다. 하지만 그는 호랑이 우리에서 멀쩡히 살아 나올 수 있었던 비결을 잊지 않고 있었다.

'야수에게 공포를 들키면 안 되지.'

쿤린은 일부러 더욱 소리를 쩌렁쩌렁하게 내질렀다.

"자, 날 따라와. 좀비 새끼들아!"

그가 레슬링 감염자들을 몰고 가려는 곳은 바로 이층의 볼링장이었다.

"캬아아아아!"

마치 하멜의 피리 부는 사나이처럼 순식간에 감염자들을 몰고 쿤린이 레슬링장을 빠져나가자…….

쿵. 쿵. 쿵.

이윽고 세 명의 다른 리퍼들도 단 한 명의 감염자를 둘러쌌다.

왕치순.

"크으으."

치순은 3단계 감염자답게, 냉기로 몸을 두른 리퍼들이 뚜렷하게 보인다는 듯 천천히 몸을 일으켰다.

알바레즈가 밥통을 벗은 다음 만곡도를 뽑아 들었다.

"자. 그럼 넌 우리와 좀 놀아야겠다."

풀썩.

결국 기둥을 통째로 휘감고 있던 밧줄이 허물어지자 오래 서 있던 생존자들이 다리에 힘이 풀려 주저앉고 말았다.

"허억. 살았다."

"흐흑. 고마워요, 코치 님."

인준은 크든 작든 하나 이상의 부상을 입은 환자들을 다독였다.

"곧 모두 풀어 드리겠습니다. 차분하게 기다리세요."

인준은 제일 먼저 한쪽 다리로 버텨야 했던 수희에게 다가와 그녀의 팔을 묶은 밧줄을 자르기 시작했다. 상념에서 현실로 돌아온 수희가 입을 열었다.

"인준 씨, 꼭 할 말이 있어요."

"지금 같은 상황에서요?"

"지금 같은 상황이라서요. 미안해요. 나 때문에 인준 씨는 여기서 죽게 생겼잖아요."

"무슨 소립니까. 수희 씨와 함께 있는 거 후회하지 않아요."

"약속 한 번만 깰게요. 사실 내 다리 때문에 여기서 빠져나가지도 못하고……."

인준은 칼질을 멈추지 않고 대꾸했다.

"남자가 여자를 사랑하는 데 장애는 상관없습니다. 그리고 남자가 사랑하는 여자 옆에 남는 것 역시 좀비 사태와는 상관없습니다."

"어머나. 목석 같은 사람이라고 생각했는데, 그런 말도 할 줄 아네요."

썩둑.

수희의 밧줄이 깔끔하게 잘려 나갔다.

"캬아아아아아!"

아래층에서부터 짐승들의 포효 소리가 가까이 다가오고 있다. 볼링장의 모든 이들이 그 소리를 듣고 어깨를 흠칫거렸다. 다만 인준은 신발에 넣지 않은 오른손을 뻗어, 수희의 창백해진 손을 붙잡아 온기를 나눠 주었다.

"끝의 끝까지, 제 옆에 붙어 있어요."

60화
스페어

- 감염 4일째. 오후. 10:51.

“좀비들이 몰려온다!”

지축을 울리는 진동. 굴비의 두릅처럼 양팔이 묶여 있는 부상자들은 온몸의 털이 곤두서는 공포를 느껴야만 했다. 인준이 기다란 밧줄 한가운데를 자르고 있었지만 속도는 더뎠다.

“이이이익!”

급기야 부상자 하나가 밧줄을 이로 물어뜯기 시작했고, 다른 이들도 재빨리 그 뒤를 따랐다.

그중에서 가장 빨리 풀려나온 주인공은 수도방위사령부 소속 황익준 상병이었다. 그의 왼쪽 팔목에는 부목이 대어져 있어 비교적 밧줄이 느슨한 상황이었기 때문이다.

"빨리 여기서 빠져나가야 해."

황 상병 스스로는 모르고 있었지만 그는 선수촌에 남아 있는 유일한 현역 군인이었다. 다른 군인들은 감염자가 되었거나 살해당했기 때문이다.

철커덕. 철컥.

"젠장. 잠겼어!"

감염자들의 괴성이 들려오는 방향의 반대쪽 문을 향해 달려가 보았지만 요지부동이었다. 황 상병을 뒤따르던 부상자들의 안색 또한 창백해졌다. 재국이 바닥을 뒹굴고 있던 볼링핀을 손에 쥐고는 그걸로 문고리를 때리기 시작했다.

깡! 까앙!

"안 될걸. 그쪽은 우리가 이미 못 열도록 처리해 놨거든."

수희를 일으키고 있던 인준의 귓가를 파고드는 목소리. 냉혹한 암살자 중 한 명인 쿤린이었다. 그는 꽁꽁 묶여 있어야 할 부상자들이 모두 자유의 몸이 되어 있는 것에 미약한 감탄사를 냈다.

"이야! 신발에 그런 걸 숨겨 놓은 줄은 몰랐지 뭐야? 네놈, 꺽다리. 굳이 따라나서겠다고 한 속셈이 있었구만."

"대체 무슨 짓이냐."

"조금만 더 서두르지 그랬어. 미안하지만 너희들은 쓰러져야 할 볼링핀이야."

쿤린은 날렵한 동작으로 벽을 타고 날아오르더니 환풍구의 덮개를 걷어찼다. 그리고 다리를 집어넣은 다음 느물거리는 웃음을 지었다.

"내가 볼링공들을 좀 데려왔는데, 꽤 무서울 거야. 다음 생에서 만나자고."

쿤린이 환풍구 속으로 사라지자마자 레슬링 타이즈를 입은 거구의 감염자들이 볼링장 안으로 쏟아져 들어왔다.

"크르르르르."

숫자는 무려 스물.

황 상병을 비롯한 부상자들은 열리지 않는 철문을 포기하고 벽을 등지고 붙었다.

"제, 제기랄. 저놈들은 좀비 중에서도 가장 소름 끼치는 놈들인데."

이곳에 남은 이들은 감염 사태가 일어난 첫날 구사일생으로 '물리지 않고 살아난' 생존자들이었다. 그렇기에 선수촌 안에서 가장 무자비한 감염자 집단이 어디인지 누구보다 잘 알고 있었다.

"캬아아아아아!"

바로 그 집단이 붉은 눈을 빛내며 슬금슬금 다가오고 있었다.

"사, 살려 줘."

선두에 선 레슬링 감염자가 트랙 위의 스포츠카처럼 부상자들에게 덤벼들었다. 재국이 손에 쥔 볼링핀으로 돌진해 오는 감염자의 머리를 향해 풀스윙을 했지만 허공을 가를 뿐이었다. 가뿐하게 고개를 숙여 공격을 피해 낸 감염자가 재국의 복부를 어깨로 들이받았다.

퍼어어억!

"끄아아악!"

부웅 날아간 재국의 몸이 벽에 튕겨 다시 떨궈지는 순간, 양옆에서 튀어나온 감염자 둘이 각각 재국의 목과 허벅지를 물어뜯었다.

"아아아아악!"

1번 레인의 파울 라인이 곧 재국의 경동맥에서 분출되는 피 분수로 인해 붉게 물들었다. 생존자들은 패닉에 빠져 제각기 다른 방향으로 도망치려 했다. 그러나 발 닿는 곳 어디에도 감염자들의 포위망으로부터 달아날 곳은 없었다. 반면 그들로부터 대각선 방향에 고립돼 있던 인준은 수희의 앞을 막아서며 말했다.

"수희 씨, 제 뒤로 서세요."

"어쩌려고요? 숫자가 너무 많아요."

"죽을 때까지 싸울 뿐입니다."

만약 인준 혼자라면 어떻게든 길을 뚫어 탈출을 도모했을 것이다. 그러나 수희를 지켜야 한다는 사명감에 휩싸인 인준에게 그런 방법은 고려조차 될 수 없었다.

"크아아아아!"

레슬러의 태클은 장신의 인준에게 있어 기린에게 덤벼드는 코뿔소의 돌진과도 비슷한 양상이었다. 차이점이 있다면 이곳 볼링장의 기린은 코뿔소에게 잠자코 들이받혀 줄 생각이 없다는 점이었다.

"타아앗!"

인준이 왼 다리를 축으로 삼아 바닥을 쓸 듯 레슬링 감염자의 턱을 걷어찼다. 감염자는 막대한 타격을 입고 나가떨어졌지만 인준은 발끝에서 느껴지는 감각을 통해 상대의 목이 부러지진 않았음을 깨달았다.

'말도 안 되게 두껍다.'

밧줄을 자르는 데 사용하느라 인준의 두 신발 중 하나가 비어 있었다. 동시다발적으로 덤벼드는 감염자들에게 킥을 날리다가 일격에 베어 내지 못하고 경추뼈에 걸리기라도 하면 악몽과도 같은 순간이 찾아올 것이다.

함께 몰려다니긴 하지만 감염자들 사이에 전우애 따윈 없었다. 나동그라진 감염자가 비틀대는 사이, 다른 감염자들이 쓰러진 동료의 몸을 밟고 뛰어올랐다. 인준이 심호흡을 한 뒤 몸을 구부렸다. 그리고 곧 공중 요격을 위해 긴 다리로 학처럼 날아올랐다.

● • ·

환풍구를 통해 옥상 발코니로 나온 쿤린의 얼굴은 상기돼 있었다.

"끄아아아아악!"

볼링장에서 아스라이 전해지는 비명 소리가 그에게 짜릿함을 선사해 주고 있었기 때문이다. 하지만 쿤린의 입가에 핀 미소는 곧 급속도로 사그라들었는데, 레슬링장으로 이어지는 통로 맞은편에서 섬뜩할 정도의 살기가 풍겨 왔기 때문이다.

"누구냐."

질문을 던지긴 했지만 어둠 속에서 누가 걸어 나올지 쿤린은 절반 이상 확신하고 있었다.

"제법 눈치는 빠르군 그래."

바로 무광 처리를 한 군용 나이프와 정글도를 양손에 나란히 쥔 안금숙 소좌였다. 쿤린이 리퍼들의 무리에서 떨어져 나와 혼자가 되길 기다린 것이다.

안 소좌가 펜싱복 대신 착용한 복색을 본 쿤린의 표정은 분노로 일그러졌다.

"네년이 무슨 자격으로 그걸 입고 있는 거냐!"

안 소좌가 입고 있는 것은 죽은 사브리나의 것이었던 슈트였다. 헬멧과 밥통이 없으니 냉기로 몸을 숨기는 용도로 쓸 순 없겠지만 어지간한 총탄과 칼날은 튕겨 내 버리는 갑옷을 얻은 것이다.

"필요한 물품을 현지 조달하는 것은 인민전사의 기본이다."

평범한 복색일 때도 절정의 기량을 뽐냈던 안 소좌였다. 쿤린은 호랑이에게 날개가 돋아난 셈이라는 걸 인정해야 했다. 안 소좌가 정글도로 8자를 천천히 그리며 거리를 좁혀 왔다.

"네 친구들은 지금 무지막지한 놈을 상대하느라 널 도와줄 여력이 없을 거야. 내겐 아주 반가운 상황인 듯해."

"감히 날 차려진 밥상으로 생각하는 건가. 팔다리를 자른 다음 내가 숙지한 모든 고문 방법을 차례대로 써먹어 주마."

"흐음. 험악한 말과는 달리 뒷걸음질은 왜 치지?"

그녀의 말마따나 쿤린은 안 소좌의 기세에 밀려 물러나면서 도주로를 살펴보고 있었다. 물론 그것 또한 안 소좌의 계산 안에 있었다.

"도망칠 생각은 마. 그래서 인질을 데려왔거든."

안 소좌의 등 뒤에 놓인 것은 냉기를 내뿜는 한 개의 '밥통'이었다. 쿤린은 즉각적으로 그것이 자신의 것임을 알아봤다.

"젠장. 저것까지 찾아내다니. 지독한 년."

"이게 없으면 네놈들은 빈털터리로 돌아가야 하겠지? 긴말 않겠다. 분실물을 찾아가려면 날 죽이고 넘어가."

쿤린의 양 손목에서 송곳이 철컥철컥 소리를 내며 튀어나왔다. 결국 맞서 싸우는 선택지에 몰린 리퍼가 안 소좌의 다리를 노리고 덤벼들었다.

"죽어라!"

● • •

인준이 분전하며 레슬링 감염자들을 때려눕히고 있을 때, 수희는 반대편의 부상자들의 사정을 살폈다.

"아, 안 돼."

하지만 몸이 성해도 달아나기 힘든 레슬링 감염자들의 압박을 피로에 지친 부상자들이 떨쳐 내긴 불가능했다.

우드드드득.

레슬링 감염자들은 마치 물소를 사냥하는 하이에나처럼 한 번에 한 사냥감을 물어뜯어 공중에서 해체해 버렸다. 결국 다섯 명의 부상자들이 레슬링 슈즈를 신은 포식자들에게 뜯어 먹히고 황 상병만이 혼자 살아남아 바닥을 구르고 있었다.

"수희 씨, 어딜 보는 겁니까!"

인준은 수희의 하얀 가운을 잡아채기 위해 덤벼드는 감염자에게 몸을 돌렸다. 그리고 엑스킥으로 머리를 찍어 상대를 지면에 못 박은 다음 신발에 달린 칼날을 감염자의 뒤통수에 박아 넣었다. 그러나 반대쪽에서 우르르 넘어오는 감염자의 수가 지나치게 많았다.

"크르르르르."

누군가는 이런 절망적인 상황에서는 눈을 질끈 감고 다가올 최후를 공포 속에서 기다리겠지만, 그런 부류의 사람 중에 백수희는 없었다.

"물러서요, 인준 씨."

카운터에 등이 닿자 수희는 닥치는 대로 손을 뻗었다. 그러자 볼링공을 닦는 클리너 용액 통이 손에 잡혔다. 뚜껑을 연 다음 레일 위에 마구잡이로 뿌리는 수희.

뿌지이이이익.

마치 네발짐승처럼 돌진해 오던 감염자들이 클리너 용액에 미끄러져서 나동그라졌다. 감염자들의 육체에 치인 볼링핀이 요란한 소리를 냈다. 레슬링 타이즈에 묻은 피와 투명한 클리

너 용액이 범벅이 돼 감염자들이 허우적대고 있었을 때, 한 감염자가 넘어진 동료의 척추를 부러뜨릴 듯 밟은 다음 훌쩍 날아올랐다.

"캬아아아아!"

다행인 것은 수희가 만들어 준 몇 초의 시간 덕분에 인준이 다시 반격의 자세를 취할 수 있었다는 점이다. 인준이 공중 제비차기로 그 레슬링 감염자의 목을 썩둑 날려 버렸다. 하지만 착지하는 와중에도 인준의 얼굴은 어두웠다.

'놈들이 겁이라도 먹어 준다면…….'

인간을 상대하는 싸움이라면 17대 1이라 하더라도 실제로 열일곱 명을 다 때려눕힐 필요는 없다. 대여섯 명만 파괴적으로 제압하면 다른 이들의 전의에 동요를 일으킬 수 있기 때문이다. 그러나 감염자에게는 그런 심리적 효과를 기대할 수 없었다.

'이대로 가면 물리는 건 시간문제다.'

인준은 감염자들이 볼링장 레인 위에서 살육을 자행하는 동안 입구 쪽이 느슨해졌음을 캐치하고 수희의 손을 덥석 잡았다. 도박을 걸어 볼 만한 상황이라 생각한 것이다. 그러나 수희가 떨리는 목소리로 경고했다.

"조심해요, 인준 씨. 저 친구, 익숙한 얼굴이에요."

입구엔 빨간 레슬링 타이즈에 우람한 덩치를 가진 감염자가 위풍당당하게 수희 쪽을 노려보며 서 있었다. 마치 자신만이 퇴로를 차단할 수 있다는 듯.

"크으으으으."

레슬링팀의 군기를 잡는 장본인인 부주장이었다.

"그래도 뚫는 수밖에 없습니다. 따라오세요."

인준이 수희의 오른쪽 어깨를 안아들 듯 껴안는 그 순간!

꽈아아앙!

반대쪽 철문이 강한 충격을 받아 우그러지며 볼링장 안쪽으로 다다미처럼 쓰러졌다.

"케에에엑!"

박살 난 강철 문짝은 황 상병의 다리를 뜯어 먹으려던 레슬링 감염자의 뒤통수를 박살 내며 찌그러졌다. 구사일생으로 다리를 빼낸 황 상병이 올려다보자 세 명의 남녀가 볼링장 안으로 뛰어 들어왔다.

연기가 모락모락 피어나는 성화봉을 팔에 장착한 도락구. 그리고 그 양옆을 보좌하듯 경계하는 강두제와 백록희였다.

수희를 발견한 록희가 다급하게 소리쳤다.

"언니!"

"록희야?"

"그 아저씨한테 업혀, 빨리!"

록희는 인준과 수희를 둘러싼 감염자들의 뒤쪽으로 덤벼들었다. 그리고 제일 먼저 달려든 레슬링 막내의 어프로치를 사이드스텝으로 피해 낸 다음, 내리꽂는 스트레이트로 만두귀를 공략했다.

락구가 황 상병을 한 팔로 가볍게 들어 올리며 말했다.

"다리는 멀쩡하죠?"

"네."

"어느 쪽이든 상관없으니 도망쳐서 챔피언 하우스로 가세요. 우리는 신경 쓰지 말고. 빨리요!"

한편, 두제는 그 찰나의 순간 동안 레슬링 감염자들의 부풀어 오른 근육량과 태클 준비 자세를 보고 대응 전략을 수립했다.

"후배님. 놈들이랑 절대 맞잡지 마. 첫 번째 접촉에서 공격을 끝낸다고 생각해."

그 말인즉슨 달라붙어서 상대의 힘을 이용하는 유도 기술을 봉인하란 뜻이나 다름없었다. 다행인 것은 지금의 락구에겐 정욱이 달아 준 살상무기가 있다는 점이었다.

한 감염자가 두제에게 투 레그 테이크다운을 노리고 손을 뻗어 왔다.

"어딜!"

두제는 상대의 어깨를 붙잡아 스프롤 자세를 만들어 내며 튕겨 내려 했다. 그러나 괴력의 소유자인 레슬링 감염자는 튕겨 나가기는커녕 더욱 자세를 낮추며 두제의 오른쪽 종아리를 깨물러 들었다.

퍼어어억!

벼락처럼 내리꽂힌 두제의 강철 막대가 감염자의 왼쪽 이마를 박살 냈다.

"한번 넘어지면 끝이라고 생각해야겠군."

볼링장은 탁 트여 있는 형태와 넓은 규모 때문에 다수의 감염자들을 상대하기 적절하지 않았다. 성화봉을 휘둘러 감염자 하나의 콧잔등을 부숴 버린 락구가 소리쳤다.

"좁은 곳으로 유인하는 건 어때요?"

"동감이다, 후배님. 앞장서."

재빨리 주변을 훑자 화장실로 휘어지는 직선 통로가 보였다. 막다른 통로였지만 적어도 사방이 포위되는 일은 피할 수 있다.

"저쪽으로!"

락구가 두제를 이끌고 물러나자 흉흉한 기세의 감염자들이 깔대기에 모이는 모래알처럼 좁은 통로를 향해 돌진해 왔다. 그러다 보니 소떼가 8차선 도로를 달리다 갑자기 골목으로 접어들게 되면 생기는 일이 벌어졌다. 지나치게 넓은 각자의 어깨가 서로를 방해해 속도를 늦춰 준 것이다.

두제가 긴장감을 떨치기 위해 락구에게 말을 걸었다.

"볼링장에서 제일 중요한 게 뭔 줄 아나, 후배님?"

"뭡니까. 스트라이크입니까?"

두제가 창던지기 자세로 강철 막대를 잡은 뒤 감염자들의 무리로 뛰어들었다.

"아니. 스페어 처리지!"

반격의 포문이 열렸다.

"캬오오오오!"

곧 좁은 통로에서 살아 있는 유도 국가대표와 죽어 있는 레슬링 국가대표의 혈투가 벌어졌다.

락구와 두제가 시선을 모아 준 덕분에, 록희는 인준에게 막

업힌 수희에게 다가갈 수 있었다.

"도망쳐야 해, 언니!"

"대체 여길 어떻게 알고 온 거야?"

"속 터지네. 자세한 얘기는 나중에 해!"

록희가 인준을 이끌고 앞으로 나서며 덤벼드는 감염자에게 러시안 훅을 날렸다.

그때, 이 난리통이 생긴 뒤 단 한 번도 발걸음을 뗀 적 없던 그가 움직였다.

"크르르르르."

바로 레슬링 대표팀의 넘버원 그레코로만 레슬러이자 불암산에서 록희에게 망신을 톡톡히 당했던 부주장이었다. 그의 붉은 눈은 볼링장의 다섯 생존자 중에서 단 한 명에게 핀포인트로 꽂혀 있었다.

바로 한 순간도 멈춰 있지 않고 움직이는 단발머리의 권투소녀였다.

〈태릉좀비촌〉 3권에서 계속